메커니즘 3

십인십색十人十色 속 낭중지추囊中之錐

메커니즘 3 십인십색+人+色 속 낭중지추囊中之錐

발행일   2021년 10월 20일

지은이   권보성
펴낸이   손형국
펴낸곳   (주)북랩
편집인   선일영   **편집**   정두철, 배진용, 김현아, 박준, 장하영
디자인   이현수, 한수희, 김윤주, 허지혜, 안유경   **제작**   박기성, 황동현, 구성우, 권태련
마케팅   김회란, 박진관
출판등록 2004. 12. 1(제2012-000051호)
주소   서울특별시 금천구 가산디지털 1로 168, 우림라이온스밸리 B동 B113~114호, C동 B101호
홈페이지 www.book.co.kr
전화번호 (02)2026-5777   **팩스**   (02)2026-5747

ISBN   979-11-6539-972-6 04810 (종이책)   979-11-6539-973-3 05810 (전자책)
           979-11-6539-967-2 04810 (세트)

(주)북랩 성공출판의 파트너

북랩 홈페이지와 패밀리 사이트에서 다양한 출판 솔루션을 만나 보세요!

홈페이지 book.co.kr   •   **블로그** blog.naver.com/essaybook   •   **출판문의** book@book.co.kr

작가 연락처 문의 ▶ ask.book.co.kr

작가 연락처는 개인정보이므로 북랩에서 알려드릴 수 없습니다.

메커니즘

3
十人十色
囊中之錐
십인십색 속 낭중지추

권보성 지음

북랩 book Lab

차례

제17장

실제 상황분석 Ⅱ

"헐⋯! 낙찰자가 물어 줘라⋯! 능마 뿅이다."

흰머리 윤편인은 자기 딴에는 기가 막혀 혼잣말을 종알거렸다.

"어째⋯ 질문들이 없습니까?"

그는 모두를 향해 묻고는 사발 머리를 주억거렸다.

"쉽지 않습니다!"

둥근 머리 맹비견은 히죽대며 힘껏 소리쳤다. 사발 머리 나 교수는 유치권이라는 개념을 사람들이 어려워한다는 사실을 인식하고 있었다. 그래서 나름 '쉽게 풀어서 설명을 할 수 없을까?' 고민을 하고 있었다.

그때 누군가 불쑥 질문을 던졌다. 미모의 명정관이었다.

"그럼 누구누구에게 공사대금을 주장할 수 있나요?"

그녀는 여전히 궁금증이 가시지 않은 채 의혹이 가득 찬 눈빛으로 물어 왔다.

"유치권을 주장하는 건축업자 등은 공사를 발주한 사업자나 의뢰한 건축물 소유주 등에게 채권(공사대금 등)의 반환을 청구할 수 있습니다."

그의 설명은 유치권을 가진 자는 해당 건축물의 소유주 또는 유치물의 권리자가 된 누구에게나 채권(밀린 대금 등)을 주장할 수 있다고 말하고 있었다.

"헐…! 건축물 소유주나 인수한 자…?"

젤 바른 선정재는 나지막이 웅얼거렸다. 사발 머리 나 교수는 일반적인 답변으로 그녀의 궁금증을 증폭시키고 있었다. 일부의 수강생들도 알쏭달쏭한 상태에서 귀를 기울여 듣고 있었다.

"어머, 그럼 건축물을 매수한 사람도 공사대금을 인수해야 하나요?"

그녀는 뭔가 이해가 안 된다는 표정이었다. 젤 바른 선정재는 미소를 머금고 넌지시 지켜보고 있었다.

"그렇습니다. 매수한 사람이 인수를 해야 합니다."

사발 머리 나 교수는 히죽대며 간결하게 말했다.

"어머머…. 그럼 경매 낙찰자도요?"

그녀는 약간 상기된 표정으로 물었다.

"하하하! 맞습니다."

그는 수시로 변하는 그녀의 표정이 재미있어 웃음을 터트렸다. 수강생들도 가볍게 따라 웃고 있었다. 강의실은 순식간에 술렁거렸다. 사발 머리 나 교수는 분위기가 잠잠해지기를 기다리며, 그사이 생수를 비틀어서 갈증을 해소하고 있었다.

그는 한 손으로 입술을 쓰윽 문지르고는 다시 강의를 이어 나갔다.

"그러나 지난 시간에도 말을 했지만, 유치권이 성립하려면 합당한 조건을 갖추고 있어야 합니다."

사발 머리 나 교수는 그녀를 바라보며 설명을 보탰다.

"그 합당한 조건이란 무엇이 있나요?"

미모의 명정관은 그를 추궁하듯 뻔뻔스러운 표정으로 물었다. 사발 머리 나 교수는 그녀의 질문을 반가워하듯 미소가 가득한 얼굴이었다.

뭐 미인 싫다 할 사내가 어디 있을까마는, 그는 특히 해어화들과 대화하는 순간을 마냥 즐기는 것 같았다. 아니 그보다는, 대화의 끈을 놓지 않으려고 자주 말을 시키곤 했었다는 것이 맞을 것 같다.

그러거나 말거나 수강생들은 이들의 대화 내용에 귀를 기울여 가며, 눈동자에 기록을 하듯 가만히 듣고 있었다.

"유치권을 주장할 수 있는 그에 합당한 조건들이 여러분도 알다시피 몇 가지가 있습니다."

사발 머리 나 교수는 은근히 모두의 시선을 끌어들였다.

몇몇 수강생들은 "시벌! 우리가 알긴 뭘 알아? 젠장!" 하고는 구시렁거렸다.

"우선 유치권을 행사하는 자는 받을 채권(공사대금 등)이 변제기

(빚을 갚을 시기)에 있어야 합니다."

"…."

사발 머리 나 교수는 실실 웃어 가며 그녀를 바라보았다.

속 알머리 봉상관은 괜히 기분이 더러워져 잔뜩 인상을 찌푸린 채 그들을 쏘아보고 있었다.

젤 바른 선정재는 그녀의 숨겨진 행동이 자신을 향한 몸짓이라는 것을 짐작하고 있었다. 그래서 영악하게도 그는 여유로운 표정을 짓고서 딴청을 피우고 있었다.

"오…호! 변제기?"

사람들은 와자지껄 떠들며 술렁거렸다. 그러든 말든 사발 머리 나 교수는 달달한 눈초리로 그녀를 주시하고 있었다. 젤 바른 선정재는 '헛물켜지 마라, 이 우라질 자식아!' 하는 눈초리로 씨익 웃고는 그를 쏘아보고 있었다.

"조건은 그게 다인가요? 교수님!"

그녀는 상큼 발랄한 미소로 소리쳤다.

"하하하! 그러면 좋겠지요?"

사발 머리 나 교수는 어림도 없다는 표정을 짓고서 그녀를 보며 웃었다.

"예…."

그녀는 단조롭게 대답했다.

"미안하지만, 좀 전에 설명했던 목적 부동산을 계속 점유하고 있어야 하는 두 번째 조건이 붙습니다."

사발 머리 나 교수는 능청스럽게 말하고는 그녀의 표정을 흘끔 살폈다.

"헐…! 점유? 그런데 나한테 미안할 게 또 뭐야? 웃겨… 정말!"

미모의 명정관은 혼잣말을 구시렁거렸다.

"그러나 점유가 불법행위(고의 또는 과실로 남에게 손해를 주는 행위)에 해당하면 유치권은 인정되지 않습니다."

말끝에 사발 머리 나 교수는 히죽 웃었다.

"에구머니나, 대박! 뭐, 채권은 변제기가 도래해야 된다고…? 젠장!"

하며 이들 중 하나가 대놓고 고시랑거렸다. 가만히 듣고 있던 노란 파마머리 여성이 불쑥 나서며 "게다가 불법점유도 안 된다고 하잖아요." 하고는 자기들끼리 쑥덕거리고 있었다.

"헉…! 뭐가 그리도 복잡해? 젠장!"

뒷자리에서 수강생 하나가 나지막이 불만을 터트렸다.

이들이 떠들거나 말거나 사발 머리 나 교수는 제 할 말을 주절거렸다.

"모두 여기까지 이해들 되셨습니까?"

"…"

그는 강의실 전체를 천천히 둘러보며 물었다.

"예…!"

몇몇 수강생들이 스트레스를 풀듯 돼지 멱따는 소리로 대답을 했다. 사발 머리 나 교수는 뭔가 석연치 않은 얼굴로 부연 설명을 보태며, 다시 이어 갔다.

술렁이던 수강생들은 속닥거리던 목소리를 멈추고, 시선을 고정시켜 그를 쏘아보고 있었다.

"이러한 조건들이 성립되면 변제받을 때까지 그 물건(일정한 형체를 갖춘 모든 물질적 대상)이나 유가증권(사법상 및 재산권을 표시한 증권(어음·수표·채권·주권) 따위)을 유치할 권리가 발생하는 겁니다."

사발 머리 나 교수는 그녀에게 '이제 아시겠습니까?' 하듯 눈짓을 보냈다. 그녀는 아름드리 머릿결을 가볍게 끄덕이며 나지막이 대답을 했다.

"제기, 저 양반 혓바닥에 주단을 깔았나? 부드럽기가 꿀맛 같네 그려…. 어째 두 사람 뉘앙스가 달달해 보이지 않습니까?"

짱구 머리 나겁재는 두 사람이 주고받는 대화가 무척 부러워 마음에도 없는 소리를 가볍게 떠벌렸다. 그러자 팀원들의 눈초리가 그를 꾸짖듯 일제히 싸늘한 눈총을 뜬 채 쏘아 대고 있었다.

"뭐 눈에는 뭐만 보인다고 으…구! 생각 하는 거 하고는…. 내 참!"

새치 머리 안편관은 쥐어박듯 종알대면서 그를 째려보았다.

삼각 머리 조편재는 공감을 하는 표정을 짓고 '세상사 다 그런 거 아니겠어?' 하는 얼굴로 피식피식 웃고 있었다.

"흐흐흐…. 뭐… 내가 잘못 말한 것도 아닌데…."

짱구 머리 나겁재는 아무 일 없다는 듯이 유들유들하게 웃고 있었다. 그 순간 사발 머리 나 교수가 목청을 높여 큰 소리로 주절거렸다.

"세 번째 조건도 있습니다."

"…"

그는 소곤소곤 떠드는 소리 속에 자신을 비하하는 흉을 흘려들기라도 한 걸까? 아주 못마땅하고 날카로운 목청으로 이들의 분위기를 짓밟았다.

"헉…! 또 있어?"

그녀는 파열음을 내듯 웅얼거렸다.

"유치권자는 선량한 관리자의 주의로 유치물(남의 물건을 맡아 둔 것)을 점유하고 있어야 합니다."

사발 머리 나 교수는 모두를 살피며 설명하고는 계속 강의를 이어 갔다.

"그러므로 유치권자는 채무자의 승낙 없이 유치물을 사용을 하거나 대여 또는 담보제공을 하지 못합니다."

그는 설명 중간 중간에도 어려운 수업을 잘 따라오고 있는지가 궁금해 이들의 눈치를 수시로 살피고 있었다.

"헐…! 채무자의 승낙 없이는 유치물은 사용할 수 없다고…?"

몇몇 수강생들이 이마를 부여잡고 중얼거렸다. 그때였다. 수강생 중 하나가 그에게 질문을 하고 나섰다. 돈 사랑 팀원들은 소리 나는 방향으로 눈길을 돌렸다. 그는 팀장 속 알머리 봉상관이었다.

"교수님! 지금 설명한 조건 중에서 한 가지라도 위반하면 유치권은 공중분해 되어 날아가는 겁니까?"

그는 사발 머리 나 교수를 바라보며 익살스럽게 물었다.

"하하! 그렇습니다. 첫 번째와 두 번째 조건까지 위반된 사항이 발견되면 유치권은 소멸합니다."

사발 머리 나 교수는 해쭉거리며, 잘 이해들을 하고 따라오는 걸까? 싶어 수시로 모두의 표정을 둘러보았다.

"헐…! 유치권이 자동소멸…?"

흰머리 윤편인은 '그럴 수가 있나?' 생각하며, 혼잣말을 웅얼거렸다.

"그러나 세 번째 조건은 채무자가 유치권의 소멸을 청구할 수 있다는 것이 앞 조건과 조금 다릅니다."

그는 양 눈썹을 번갈아 움직이며 두 조건을 구별해서 말했다. 혹시라도 차이와 차별을 혼동하는 사회 속에서 성장한 영향이었을까? 아주 구분을 잘하는 그였다.

"헉…! 채무자가 청구해야 소멸한다고…?"

이들은 어리둥절한 눈망울로 "도대체 뭔 소리야?" 하며 수런거렸다. 사발 머리 나 교수는 유들유들 설명을 하다가도 자신의 눈에 띄는 사람을 발견하면 이따금씩 질문을 물어오곤 했었다.

"이제는 유치권 성립 조건이 무엇인지를 이해가 되십니까?"

그는 말끝에 빙그레 웃음을 보였다.

"예…!"

그러나 대부분의 수강생들과 달리 몇몇은 그를 외면을 한 채 딴청을 피우고 있었다. 자신들은 유치권하고는 아무 관련이 없다는 식이었다.

하지만 일부 수강생들은 경쾌한 목소리로 대답하고 있었다. 이들의 분위기는 대체적으로 가벼워 보였다. 사발 머리 나 교수는 그나마 어려운 유치권을 이해했다니 천만다행이라 생각하고 있었다.

그러나 이들은 수박 겉핥기에 불과했을 뿐이지… 정작 깊은 내용은 정말 오리무중이었다. 마치 검은 속은 몰라도 빤한 겉치레만 아는 것처럼 말이다.

또한 사람이 나르시시즘에 빠지면 자신이 제일 잘나 보이듯 사발 머리 나 교수도 자신의 강의 실력이 세상에서 최고라고 생각하고 있는지도 모른다.

"저기요…, 교수님!"

속 알머리 봉상관은 넌지시 그를 불렀다.

"예…. 계속하세요."

그는 손짓으로 그를 가리켰다.

"유치권자도 유치물을 관리 보존하면서 사용한 비용을 청구할 수 있습니까?"

짱구 머리 나겹재가 떠벌리는 말에 의구심을 품었던 속 알머리 봉상관은 의아했던 궁금증을 도저히 참을 수가 없어 물어 왔다.

"하하! 그거야 좀 전에도 설명했지만, 음…. 유치권자(채권자)가 유치물을 보존하는 데 사용된 필요비나 유익비는 소유자(임대인)에게 상환을 청구할 수 있습니다."

사발 머리 나 교수는 답변을 하고는 히죽 웃었다.

"헐…! 대박! 유치물 보존비용까지도 받을 수 있다고…?"

상구 머리 노식신은 혼잣말로 중얼거렸다.

"그러나 유치권자(채권자)의 유익비는 그 가액의 증가가 현존(현재 존재함)하는 경우에 한해 소유자(채무자)의 선택을 좋아, 지출한 금액이나 증가액의 상환을 청구할 수 있습니다."

그는 설명을 하고는 히죽 웃었다.

"헐…! 쩐…다! 소유자의 선택이라고…?"

이들은 생소한 내용을 가지고 한동안 술렁거렸다.

"어때요? 이제는 모두들 이해가 되십니까?"

사발 머리 나 교수는 실실 웃어 가며 물어 왔다.

"예…!"

"…"

이들의 대답 소리는 점점 목구멍 속으로 기어들어 가고 있었다. 모기가 날갯짓을 하는 발버둥처럼 작게 들렸다.

"여러분들 목소리가 무얼 의미하는지를 대충은 알 것도 같습니다."

사발 머리 나 교수는 수강생들의 수업 마인드가 지쳐 있다는 사실을 짐작하고 있었다. 그래서 그는 분위기 전환이 필요하다는 생각이 드는 순간 손목시계를 흘끔 쳐다보았다. 순간 수강생들은 이제야 좀 쉬었다 하려나 기대를 하면서 그를 쏘아보았다.

그러나 이들의 바람과 달리 사발 머리 나 교수는 계속 강의를 이어 갔다.

"헐…! 정말 알긴 아는 거야…?"

이들은 고개를 갸웃갸웃 흔들며, 그를 잡아먹을 듯이 구시렁구시렁 불평을 늘어놓고 있었다.

"지금 배운 내용을 복습하는 의미에서 문제를 하나 풀어 볼까요?"

"…"

사발 머리 나 교수는 짧은 순간에 강렬한 눈빛으로 수강생들의 시선을 집중시켰다. 그는 한 사람을 마주 보며 눈싸움을 벌이듯 떠벌이기 시작했다. 수강생들은 '아니, 지금 뭐 하자는 개수작이야!' 하는 눈빛을 해 가지고, 두 사람을 주시하고 있었다.

"유치권자의 유치물 또는 임차인의 점유물을 보존하거나 개량하면서 지출한 금액, 즉 필요비나 유익비를 청구할 수 있다고 보십니까, 없다고 보십니까?"

"…"

그는 질문을 해 놓고 수강생들의 답변을 잠시 기다렸다.

이들은 서로를 돌아보면서 속닥거렸다. 강의실은 순간 웅성거리며, 술렁거리는 속에서 누군가 냅다 소리를 질렀다.

"있습니다!"

"있습니다!"

한 사람이 대답하고 나서자, 그중 일부의 사람들이 덩달아 알은척을 하며 소리쳤다.

"하하! 좋아요, 아주 굿입니다."

사발 머리 나 교수는 자신이 던진 문제에 수강생들이 서로 달려들어 답변을 내놓자, 순간 소탈하게 웃어 가며 칭찬을 하고 나섰다. 그러나 몇몇 수강생들은 '아주, 지랄들을 떠세요!' 하는 눈길로 싸늘하게 꼬나보며, 이죽거리고 있었다.

"헐…! 그렇게 좋아…?"

흰머리 윤편인은 입이 찢어져라 웃는 그의 모습을 겨냥하듯 비아냥거렸다.

"그럼 그동안 실력들이 얼마나 성장했는가, 몇 문제 더 풀어 볼까요?"

그는 자신의 교수 실력이 얼마나 성과를 냈는지를 평가도 할 겸 이들을 상대로 작게나마 테스트를 해 보고 싶었다.

"헐…! 대충 넘어가면 어디가 덧나나? 젠장!"

그와는 처음부터 꼬이고 뒤틀려 괜히 속이 불편한 새치 머리 안편관은 사사건건 툴툴거렸다. 그뿐 아니라 강의실 곳곳에서 투덜거리는 불평소리는 "우라질!", "지미랄!", "젠장!", "지랄하고 자빠졌네!" 등등으로, 깨알 같은 모깃소리가 주렁주렁 매달리듯 한마디씩 튀어나오곤 했다.

아니 곰탕 국물을 우려내듯 이들은 불평들을 쥐어짜 내 가며 구시렁구시렁 염불을 외듯 지껄였다.

"이거야, 원 제미랄, 코흘리개 데리고 장난하는 것도 아니고, 뭐 하자는 개수작인지…. 젠장!"

큰 머리 문정인도 뭔가 못마땅해서 이마를 잔뜩 찡그려 가며 구시렁거리고 있었다. 옆자리에 있던 미모의 명정관은 그런 그의 모습이 생소해서 빙그레 웃고 있었다.

"문 형, 교수님이 오죽 답답하면 저러시겠습니까?"

흰머리 윤편인은 그 심정을 알고도 남는다는 투로 사발 머리 나 교수를 동정을 하고 나섰다.

그때 팀원들 몇몇은 '아이코! 여기 그리스도 예수님이 부활하셨나? 자비로우신 부처님이 환생하셨나?' 하는 비아냥스러운 눈총으로 그를 싸늘하게 꼬나보고 있었다.

"그래 뭐 한편으로는 설득이 되는 구석이 있긴 합니다."

큰 머리 문정인은 팀원들과 달리 안타까운 마음이 들어 고개를 끄덕이면서 말을 이어 갔다.

"하긴…. 자기도 경매 초보자들을 이해시키려니 얼마나 답답하겠어? 그 맘 알 것 같기도 합니다. 쯧쯧!"

그는 알량한 선심을 쓰는 동정심의 발로처럼 그를 안타깝다는 듯이 바라보며 혀를 '끌끌' 차고 있었다.

"나 교수로서는 최선의 방법일지 모르죠."

흰머리 윤편인은 고개를 끄덕이며 맞장구를 쳤다.

"다만 꼭 저렇게까지 해야 먹고 사나 싶은 게 인간적으로 안타까운 마음이 들기도 합니다."

그의 말에 공감을 느낀 큰 머리 문정인은 슬며시 속을 드러내고 있었다. 이들이 뭐라 이야기를 하든 사발 머리 나 교수는 또 다른 보따리를 풀어 놓기 시작했다.

그는 임대차나 유치권 등에서 임차인이나 유치권자인 점유자가 이득(과실)을 취한 경우에 필요비 등을 청구할 수 있는지를 묻고 싶어 다시 주절거렸다.

"여러분은 부동산 점유자가 점유물에서 과실(이득)을 취득하는 경우 통상의 필요비는 청구할 수 있다고 생각하십니까?"

"…"

"아니면 그 반대라고 생각하십니까?"

사발 머리 나 교수는 어깨 뽕을 살짝 올려 가며 양손을 들어 보였다.

"있습니다!"

"…"

경매 민사집행법에 무지한 수강생 하나가 겁 없이 냅다 소리쳤다.

"없습니다!"

"…"

순간순간 수강생들은 찬반이 갈라져 각자의 의견을 주장하고 있었다.

"하하하! 점유와 동시에 부당이득(과실)을 취득하면 필요비는 청구할 수 없다는 사실을 아셔야 합니다."

사발 머리 나 교수는 고개를 흔들며 안타까운 눈길로 말했다.

"헐…! 대박! 필요비는 과실(원물에서 생기는 수익물)과 상계(두 사람이 서로 같은 종류의 채무를 부담하고 있는 경우에 서로 변제하는 대신에 당사자의 일방의 의사 표시에 따라 양쪽의 채무를 같은 액수만큼 소멸시키는 일)라고…?"

몇몇의 사람들은 처음 듣는 생소한 내용에 짜릿한 희열을 느끼며 술렁거리고 있었다.

"어째… 이해들이 잘 안되십니까?"

"…"

사발 머리 나 교수는 해쭉거리면서 미간을 찌푸린 채 물었다.

"예…!"

시간이 흐를수록 수강생들은 지쳐 있는 낮은 목소리를 내고 있었다. 그 반면 시간이 경과할수록 수강생들은 더욱더 부산스러워지며, 떠드는 횟수가 점점 늘어나고 있었다.

사발 머리 나 교수는 갈수록 수업 분위기가 어수선해지자, 안 되겠다 싶어 수시로 목청을 높여 주절거렸다.

"자… 자! 조용히들 하세요!"

"…"

그는 잠시 머뭇대다가 다시 이어 갔다.

"유치권자는 채권을 변제받기 위해 법원에 경매를 신청할 수 있습니까? 없습니까?"

그는 두 눈에 힘을 바짝 주면서 쏘아보듯 질문을 던졌다.

"없습니다…!"

"…"

수강생 가운데 몇 사람이 심드렁하게 소리를 질렀다.

"있습니다…!"

"…"

대부분의 사람들은 이미 개념을 이해하고 있어 목청을 한껏 높였다. 그러나 일부의 답변이 갈라지면서 아직도 몇몇 수강생들이 유치권이라는 망할 놈의 괴물에서 헤매고 있었다.

　사발 머리 나 교수는 그 광경을 지켜보면서 한편 마음이 씁쓸해서 표정이 잠시 굳어 있었다. 하지만 그는 억지로 웃음을 보이며 주절거렸다.

　"하하하! 유치권자는 정당한 사유가 있는 경우에는 법원에 경매를 신청할 수 있습니다."

　"…"

　사발 머리 나 교수는 큰소리로 웃고는 계속 주절거렸다.

　"헉…! 정말?"

　흰머리 윤편인이 탄식을 하듯 웅얼거렸다.

　"그러나 경매 물건은 절차를 밟아서 감정평가사의 평가를 필히 받아야 한다는 겁니다."

　"…"

　그는 눈을 살짝 치켜뜨고서 힘을 주어 말했다.

　"헐…! 대박! 감정평가를…?"

　수강생들은 어이가 없어하며 이해가 안 된다는 눈치로 각자 수런거리고 있었다. 이들이 뭐라 잡소리를 하던 그는 계속 주절거렸다.

　"그리고 채무자에게 미리 통지할 의무가 있다는 사실입니다."

　사발 머리 나 교수는 진중하고 차분하게 나머지 설명을 곁들였다.

"헉…! 채무자에게 통지까지…."

몰랐던 사실에 흰머리 윤편인은 입속말을 속살거렸다.

"아… 제길! 뭐가 그리도 복잡해? 짱…나게…시리!"

짱구 머리 나겹재는 은근히 짜증이 솟아 구시렁거렸다.

"무슨 소리인지를 이제 아시겠습니까?"

"…."

그는 눈동자에 힘을 주고, 희번덕거리면서 전체를 둘러보았다.

"예…!"

수강생들은 냅다 고함을 치며 대답했다.

"잘 모르겠습니다!"

"…."

개중에는 역정이 섞인 짜증 난 목소리도 함께 들려왔다.

"아이고! 골치야, 짜증 나 미치겠네…. 우라질!"

뭐가 뭔지 도대체 알아먹을 수가 없었던 둥근 머리 맹비견은 혼잣말로 툴툴대며 불평을 늘어놓고 있었다.

그러거나 말거나 사발 머리 나 교수의 고된 질문은 계속 강행군을 하고 있었다.

"유치권은 점유를 상실하면 소멸합니까? 안 합니까?"

사발 머리 나 교수는 핏대를 곤두세워 물었다.

"소멸합니다…!"

수강생들은 모처럼 우렁차게 소리를 질렀다.

"오케이! 그렇습니다. 유치권자는 채권을 회수하기 전까지 목적

물을 계속 점유하고 있어야 합니다."

이들의 우렁찬 바이러스에 전염된 사발 머리 나 교수는 목청에 힘을 잔뜩 주어 말했다.

"그 정도야 나도 알지…."

짱구 머리 나겁재는 흐뭇하게 중얼거렸다.

일부의 사람들은 사발 머리 나 교수의 물음에 고개를 끄덕거리거나, 우라지다 자빠지게도 입만 벙긋거리고 있었다.

"그럼, 이 분위기를 유지하면서 새로운 문제를 풀어 볼까요? 만약 유치권자가 유치물에 필요비나 유익비를 지출하게 되면 낙찰자에게 청구할 수 있습니까? 없습니까?"

그는 수산시장의 신명난 경매꾼처럼 주둥이를 놀리고 있었다.

"있습니다…!"

"…."

수강생들은 "이 정도쯤이야 나겁재도 안다!"라며 소리를 질렀다.

"그렇죠, 청구할 수 있습니다."

사발 머리 나 교수는 문답풀이 방식으로 퀴즈를 내면서 어려운 문제를 한 가지씩 풀어 나갔다.

"뭐… 나름 재미가 있네…."

속 알머리 봉상관은 슬슬 재미가 붙자 상구 머리 노식신을 쳐다보며 한마디 하고는 히죽 웃었다.

"귀에 속속 들어오긴 하는데요? 흐흐…."

상구 머리 노식신은 맞장구를 치며, 얄궂게 웃었다.

"지금껏 들은 강의 중에 이번이 제일 쉬운 질문 같네요. 호호!"

미모의 명정관은 소리를 낮춰 웃으며 속삭거렸다.

젤 바른 선정재는 조심스럽게 말하는 그녀의 표정이 사랑스러웠다. 그래도 주위의 눈을 의식해서 말은 못 하고, 그녀에게 수시로 윙크를 날리면서 나름 자신의 마음을 담은 다정한 미소를 보냈다.

"내 말이…. 히히!"

둥근 머리 맹비견은 약방의 감초처럼 히죽거리며 끼어들었다.

"처음부터 이렇게 강의를 했으면 오죽 좋았을까? 젠장맞을! 크크!"

짱구 머리 나겹재는 입술에 침을 묻혀 가며 빈정거렸다.

그 순간 사발 머리 나 교수는 듣기라도 한 것처럼 이들을 향해 물어 왔다.

"그럼, 임차인의 경우는 필요비와 유익비를 청구할 수 있습니까? 없습니까?"

그는 말끝에 두 눈을 부릅뜬 채 강의실을 두리번거렸다.

"있습니다…!"

수강생들은 대답과 동시에 자기들끼리 속닥거리며 여기저기서 술렁거렸다.

"하하하! 아주 잘하고 있습니다."

사발 머리 나 교수는 이들의 답변이 매우 만족스러웠다.

그래서 흐뭇한 얼굴로 칭찬을 자주 해 주었다.

그와 달리 수강생들은 3개월 동안 알게 모르게 귀에 익고 기억 속에 잠재된 학습들이 복습과 반복을 거듭하면서 뭔가 자신 속에서 무르익어 갔다. 그러한 자부심이 수강생들의 어깨 뽕을 슬그머니 들먹이며 우쭐거리게 했었다.

그때였다. 속 알머리 봉상관은 흰머리 윤편인의 어깨를 툭 건드리며 한마디 주절거렸다.

"윤편인 임원…. 저기 말이죠…. 가령 유치물에서 나오는 과실(수익금)을 수취한 유치권자가 다른 채권보다 먼저 그 채권의 변제를 충당할 수 있습니까?"

그는 나지막한 소리로 속삭이듯 물어 왔다.

"당근이죠, 할 수 있습니다. 다만, 과실이 금전이 아닐 때에는 경매 처분을 해야 합니다."

흰머리 윤편인은 사발 머리 나 교수의 눈치를 슬쩍슬쩍 살펴 가면서 목소리를 최대한 낮춰 가며 조심스럽게 속삭거렸다.

"그러면 과실은 이자에 먼저 충당합니까? 원금에 먼저 충당 합니까?"

그는 넌지시 다시 물었다.

"그거야 우라질 이자가 먼저고, 잉여가 있으면 원금에 충당 합니다."

흰머리 윤편인은 슬금슬금 교탁 쪽을 쳐다보면서, 목소리를 최대한 낮춰 가며 말했다.

"아하! 그렇군요? 흐흐흐."

속 알머리 봉상관은 고개를 까닥이면서 얼른 메모를 했다. 그즈음 사발 머리 나 교수는 새로운 문제를 꺼내 놓고 주절거렸다.

"마지막으로 유치권 행사는 채권의 소멸시효(권리자가 권리를 행사할 수 있을 때부터 기산해 법정 기간 안에 권리를 행사하지 않으면 그 권리를 소멸하는 제도) 진행에 영향을 미칩니까?"

"…"

"아니면 그 반대입니까?"

사발 머리 나 교수의 말이 채 끝나기도 전에 누군가 힘껏 소리쳤다.

"미칩니다!"

"…"

곱상하게 생긴 갈색 파마머리 여자 수강생이었다.

"미치지 않습니다!"

대부분의 수강생들은 정답을 알고 있어 자신에 찬 목소리였다. 갈색 파마머리 여자 수강생은 '아닌가?' 하는 머쓱한 표정으로 민망한 듯 고개를 갸웃갸웃 거렸다. 강의실은 금세 소란스러워졌다가 다시 수그러들기를 반복하고 있었다.

"그렇죠, 유치권 행사는 채권의 소멸시효 진행에는 아무런 효력이 미치지 않습니다."

사발 머리 나 교수는 실실 웃어 가며 보충 설명을 떠벌렸다. 수강생들의 거침없는 답변은 그의 기대치를 뛰어넘고 있었다. 그래서 그랬을까? 그의 얼굴은 이미 함박꽃이 활짝 피어 있었다.

"헐…! 미친년이 아니라고? 흐흐…"

흰머리 윤편인은 입속말로 읊조리며 웃고 있었다.

"어째, 모두들 이해를 하시겠습니까?"

사발 머리 나 교수는 눈동자를 껌벅껌벅 거리며 목청을 높였다.

"예…!"

이들은 한목소리를 내듯 냅다 소리를 질렀다. 강의실은 순간 술렁거리다가 차츰차츰 가라앉고 있었다. 흰머리 윤편인은 뭔가를 계속 적고 있었다.

"저기요? 교수님!"

"…"

"예…. 질문하세요."

그는 손짓으로 상구머리 노식신을 가리켰다.

"채무자는 담보를 제공하고, 유치권의 소멸을 청구할 수 없습니까?"

상구머리 노식신은 강의를 듣다가 뜬금없이 질문을 해 왔다.

"하하하! 뭔가 허전한 구석이 있다 했었는데, 아주 질문을 잘하셨습니다."

사발 머리 나 교수는 그의 질문을 받고 기특해 죽겠다는 표정으로 반가워했다. 사람들은 '잘하면 큰절하겠네…. 젠장!' 하는 눈길로 그를 쏘아보며 종알거렸다.

"헐…! 쟤 뭐라는 거야…?"

앞쪽에서 누군가 짜증스럽게 구시렁거렸다.

"그런 경우에 채무자는 상당한 담보를 제공하고, 유치권의 소멸을 청구할 수 있습니다."

사발 머리 나 교수는 답변을 하고서 그를 쳐다보았다. 그의 표정은 유치권은 금전을 받아 내기 위한 채권자의 당연한 권리 행사이기에 합당하다는 얼굴이었다.

"헉…! 정말 그런 거야?"

상구 머리 노식신은 탄식을 하듯 중얼거렸다. 수강생들은 "아하! 그런 거야? 젠장! 난 또 뭐라고…" 하며 구시렁거렸다.

"어째… 이제는 이해가 되셨습니까?"

사발 머리 나 교수는 주야장천 달고 사는 자신의 십팔번을 주절대고서, 히죽 웃었다.

"예…!"

나른한 오후 몰려오는 춘곤증에 수강생들은 소리라도 질러야 그나마 버틸 수가 있었다. 그래서 이들은 골치 아픈 스트레스를 풀기 위해 몸짓까지 써 가며 고함을 질렀다. 사발 머리 나 교수는 잠시 기다렸다가 차츰 수그러들자 이내 강의를 다시 이어 나갔다.

단독주택 전세권

"지금까지는 유치권에 대해 알아보았습니다. 그러나 이제부터는 주택에 관한 문제를 풀어 보도록 하겠습니다."

사발 머리 나 교수는 해쪽거리며 모두를 바라보았다.

"먼저 단독주택(한옥, 다가구주택 등)입니다."

"…"

그는 칠판으로 돌아가 분필 같은 매직을 집어 들었다. 그리고 휘갈기듯 빠르게 몇 글자를 적었다. 그리 명필은 아니었다. 그렇다고 악필은 더욱 아니었다.

"와…우! 단독주택?"

수강생들은 이쪽저쪽에서 물결을 치듯 술렁이고 있었다.

"임차인이 단독주택을 임대하면서 전세권을 주택 일부에 설정해 놓았습니다. 그렇다면 이런 경우에 임차인의 전세권 효력이 건물과 토지 모두에 미치겠습니까?"

"…"

"만약 그 반대라 생각하시면 왜 그런지…? 그 이유에 대해 설명을 해 보실 분 있으시면 어디 손들어 보세요."

알쏭달쏭한 질문을 던진 사발 머리 나 교수는 사방을 둘러보다가 유독 한 사람을 가리키며 눈짓을 하고는 히죽 웃었다. 몇몇 수강생들은 자신을 가리킬까 싶어 얼른 고개를 돌려 딴청을 피우고 있었다. 그러다 누군가 지명이 되면 슬그머니 그쪽을 향해 눈길을 돌렸다.

"거기, 윤 편인 수강생께서 말씀해 보세요."

사발 머리 나 교수는 어느새 그의 이름까지 기억하고 있었다. 그는 사발 머리 나 교수가 자신의 이름을 호명하자 딴 짓을 하다 들킨 사람처럼 화들짝 놀라는 표정이었다.

그러고는 고개를 들어 손짓으로 자신을 가리켰다. 그가 고개를 끄덕이며 그렇다고 말했다. 그는 잠시 무슨 생각을 하다가 다시 머뭇거렸다. 그리고 턱을 내밀면서 설명을 시작했다. 그 순간 대부분 수강생들의 시선이 한곳으로 모아졌다. 이들은 그의 주둥이에서 무슨 소리가 나올까? 잔뜩 기대를 걸고서 쏘아보고 있었다.

그러나 다른 사람들과 달리 삼각 머리 조편재의 눈총은 '저놈의 인간이 이번에는 뭐라고 주접을 떨어 댈까?' 싶은, 궁금한 눈길이었다. 아니 시기심으로 가득 찬 눈초리로 째려보고 있었다. 그러거나 말거나 그는 주절거렸다.

"단독주택 일부분에 전세권을 설정하면 아파트와 달라서 건물에는 전세권이 미치지만, 토지에는 전세권의 범위가 미치지 못 합니다."

흰머리 윤편인은 조리 있게 설명을 마치고, 혹시나 싶어 혜실혜실 웃고 있었다.

"그렇습니다. 전세권이 미치는 범위는 아파트의 경우라면 건물과 대지 사용권 양쪽 모두에 적용되는 반면…"

사발 머리 나 교수는 전체의 이목을 끌어당기듯, 한 템포를 늦춰 가며 눈가에 힘을 주고 말했다.

"와…우! 정말, 그런 거야?"

이들은 한순간에 왁자지껄 떠들어 가며 수런거리고 있었다.

"단독주택이나 건물 등에 전세권을 설정할 시에는 부동산에 미치는 범위(우선변제)는 토지를 제외한 건물에만 적용을 받는다는 것을 우리는 알고 있어야 합니다."

사발 머리 나 교수는 설명을 끝내고 실실 웃었다. 그는 '이제는 아시겠지요?' 하며 물어보는 지루한 표정이었다. 그의 말인즉 건물과 주택은 아파트와 달라서 토지에는 전세권이 미치지 않는다며, 날선 강조를 하고 있었다.

"헐…! 대박! 토지는 제외라고? 아니… 그게 사실이야?"

수강생들은 순식간에 술렁거렸다. 사발 머리 나 교수는 이들의 소란스러운 속삭임을 개의치 않았다. 그리고 계속 수업을 이어 나갔다.

"아파트는 대지권까지 패키지로 설정이 되지만, 단독주택은 토지를 포함하지 않는다는 사실을 이제는 확실히 아시겠습니까?"

그는 달관한 전문가답게 설명을 덧붙여 가며, 두 눈을 치켜뜬 채 물어 왔다.

"예…!"

수강생들은 알겠다며 큰 소리로 외쳤다.

사발 머리 나 교수는 싱글벙글 웃는 얼굴로 오른 엄지손을 흰머리 윤편인을 향해 치켜세웠다. 그러고는 모두에게 확인을 시키고 있었다.

그 모습을 부러운 듯 쏘아보는 수강생들은 약속이나 한 것처럼 두런두런 속닥거렸다. 그 가운데 유독 삼각 머리 조편재만 '우라질 자식! 하여튼 아는 것은 존…나 많네.' 하며 눈살을 찌푸리고 있었다.

"저… 교수님!"

속 알머리 봉상관은 한 손을 들고 그를 불렀다.

"예…. 말씀해 보세요."

사발 머리 나 교수는 눈짓으로 그를 가리켰다.

"단독주택 일부분에 설정된 전세권을 가지고 경매신청을 할 수 있습니까?"

속 알머리 봉상관은 돋보기를 살짝 올려 가며 의혹의 눈빛으로 물어 왔다. 수강생들은 '글쎄… 가능할까?' 하는 눈길로 술렁거리고 있었다.

그러거나 말거나 사발 머리 나 교수는 이들을 아랑곳하지 않은 채 이어 주절거렸다.

"건물 일부에 설정된 전세권은 경매신청을 할 수 없습니다. 여러분들도 기억해 두세요."

그는 사발 머리를 가로저어 가며 중얼거렸다.

"어째서 그렇습니까?"

속 알머리 봉상관은 궁금한 눈초리로 되물어 왔다.

"건물 일부에 설정된 전세권은 부동산(건물과 토지) 전체에 그 효력이 미치지 못하기 때문입니다."

그는 단독주택에 설정된 전세권의 효력은 토지를 제외하고, 건물에만 그 효력이 미친다고 말했다.

"헐…! 대박! 그럼, 일부분 전세야…?"

둥근 머리 맹비견은 듣고 보니 개떡 같다며, 탄식하듯 종알거렸다.

"그러므로 당연히 경매 신청 대상에서 제외됩니다."

사발 머리 나 교수는 손을 가볍게 내젓고 있었다.

"그럼 아파트에 설정된 전세권은 경매 신청 대상에 해당된다는 말입니까?"

삼각 머리 조편재가 히죽 웃는 밉살스러운 낯짝을 들이밀며 물었다. 몇몇 수강생들은 그의 넉살이 재미있어 키득키득 웃고 있었다.

"전세권은 아파트뿐만 아닙니다. 건물 등에도 일부가 아닌 부동산 전부에 대해 전세권을 설정해 놓았다면, 경매 신청 대상에 해당됩니다."

"…."

"왜냐하면 전세권은 전세권에 기한 임의경매 신청을 서류 소송 없이도 직접 신청할 수 있기 때문입니다."

사발 머리 나 교수는 보충 설명을 보태며, 사람들의 이해를 도왔다.

"아… 그런 거야? 우라질! 뭘 알아야 면장을 하든, 지랄을 하든 하지…. 젠장!"

삼각 머리 조편재는 괜히 자신에게 짜증이 솟구쳐 툴툴거렸다.

흰머리 윤편인은 그를 보면서 빙그레 웃고 있었다. 짱구 머리 나겁재는 '아주 지랄을 떨어요!' 하며 그를 째려보았다.

"헐…! 건물 전체?"

수강생들은 새로운 내용이 생소하면 드러내 놓고 수런거렸다. 사발 머리 나 교수는 그를 쳐다보며 '이제 뭐 좀 이해가 되셨습니까?' 하는 얼굴로 주억거리고 있었다.

"그럼, 토지에도 전세권 효력이 미칩니까?"

삼각 머리 조편재가 눈동자를 껌벅거리며 다시 물어 왔다.

"그렇습니다. 건물 등과 토지 대금 전부에 대해 우선 변제받을 수 있습니다."

사발 머리 나 교수는 말끝에 히죽 웃었다.

"와…우! 정말…?"

미모의 명정관은 혼잣말로 웅얼거렸다.

"어째… 이제 이해들이 좀 되셨습니까?"

"…"

사발 머리 나 교수는 달관한 낯빛으로 모두를 향해 목청을 높였다.

"예…!"

이들은 개념을 잘 이해하지 못해도 '그까짓 것쯤이야…' 하는 목소리로 냅다 소리를 질러 댔다.

"아하! 그러고 보면 전세권 중 일부의 권리는 효용가치가 부분적으로 적용되지만, 전세권 중 전부의 권리는 효용가치가 전체적으로 적용되는 전세장전이군요? 크크!"

새치 머리 안편관은 히죽 웃으며, 관골이 붉거진 표정으로 주억거렸다.

"저, 교수님!"

조용히 듣고 있던 상구 머리 노식신은 손을 번쩍 들고 그를 불렀다. 나 교수는 사발 머리를 가만히 돌려 눈짓을 먼저 하면서 주절거렸다.

"예…. 질문하세요."

그는 손짓으로 상구 머리 노식신을 가리켰다.

"임대인과 전세권을 계약하면서 부동산 일부분을 설정한 임차인이 계약한 전세 기간이 만료되었는데도 아직 전세금을 돌려받지 못했다면, 어떻게 구제 방법은 없습니까?"

그는 그동안 궁금했던 부분을 파고들며 물었다.

"그런 경우라면 이런 방법을 쓰기도 합니다."

사발 머리 나 교수는 뭔가를 꺼내 놓을 표정을 지어 가며 그를 넌지시 바라보았다.

그의 말에 관심을 가진 사람들은 귀를 쫑긋 세우고 눈길을 모았다.

"방법이 있기는 있는 겁니까?"

상구 머리 노식신은 성깔을 부리는 깐깐한 사내처럼 미간을 잔뜩 찌푸린 채 조급증을 보였다. 마치 그를 추궁하는 인상이었다.

그러나 달리 보면 수업료를 받은 만큼 그 값어치를 하라는 무언의 표정 같기도 했다. 그러든 말든 사발 머리 나 교수는 아무런 대꾸도 없이 계속 주절거렸다.

"지금의 경우처럼 전세금을 돌려받지 못할 때는 먼저 절차를 밟아 구분 등기를 등록합니다. 그 이후에 구분 등기된 부분만 경매 신청을 할 수 있습니다."

사발 머리 나 교수는 사람 참! 하듯 인상을 구기며, 그를 잠시 쏘아보면서 설명을 마쳤다.

"와⋯우! 징말?"

상구 머리 노식신은 '그걸 몰랐다니⋯. 한심하고 구태의연한 놈⋯.' 하는 얼굴로 자책하며 속살거렸다. 수강생들은 '아하! 그런 방법이 있었어?' 하고는 쑥덕거리고 있었다.

"교수님! 그러니까 전세권이 설정된 부분만 구분등기 한다는 말입니까?"

　상구머리 노식신은 아직 이해가 부족해 자기 식으로 돌려 물어왔다. 그러자 그는 사발 머리를 끄덕이며 주절거렸다.

　"맞습니다. 그 방법이 싫다면 소유자를 상대로 전세금반환청구 소송을 제기하고, 승소한 판결문을 가지고, 부동산(토지·건물) 전부를 강제경매 신청을 할 수도 있습니다."

　덧붙여 부연 설명을 늘어놓은 사발 머리 나 교수는 단조로운 낯빛으로 그를 쳐다보았다.

　"헉…! 대박! 그런 거야?"

　둥근 머리 맹비견은 몰랐던 사실에 탄식을 하며 중얼거렸다.

　"하지만 우리가 소송까지 해야 하는 것은 아니잖아? 젠장!"

　짱구 머리 나겁재는 어깨 뽕을 살짝 올리고는 입술을 샐룩 샐룩거리며 둥근 머리 맹비견에게 말했다.

　"누가 알아요? 사람 일을…."

　둥근 머리 맹비견은 얄궂은 표정으로 비아냥거렸다.

　"하긴 그래…. 살다 보면 별의별 일을 다 겪고 사는 것이 인생이니까 말이야…. 흐흐…."

　짱구 머리 나겁재는 산전수전을 다 겪고 살아온 꼰대처럼 넉살을 떨어 가며 히죽거렸다. 그 순간 상구 머리 노식신은 사발 머리 나 교수를 향해 재차 질문을 던졌다.

　"두 가지 방법 가운데 하나를 선택하라면 어느 방법을 권장하시겠습니까?"

그는 지혜를 구하려고, 사발 머리 나 교수의 생각을 물었다. 돈 사랑 팀원들은 두 사람을 번갈아 쏘아보고 있었다.

"음···. 구분등기는 현실성이 떨어질 수도 있습니다."

잠시의 지체도 없이 사발 머리 나 교수는 고개를 흔들며 말했다.

"헐···! 그런 거야···?"

상구 머리 노식신은 이해할 수 없다는 의혹의 표정을 보이며 웅얼거렸다. 일부 수강생들은 인상을 쓰며 "으···잉! 정말···?" 하고 탄성을 질렀다.

"어차피 판을 벌리려면 확실한 판결문(법원이 판결을 내린 사실·이유 및 판결 주문 따위를 적은 문서)으로 경매 신청을 해야 더욱 효과적일 겁니다."

사발 머리 나 교수는 씨익 웃고는 계속 주절거렸다.

"헐···! 판결문으로···?"

흰머리 윤편인은 고개를 갸웃갸웃거리며 혼잣말을 웅얼거렸다.

"질문하신 분 이해가 되셨습니까?"

사발 머리 나 교수는 그를 얽어매듯 눈가에 힘을 주고 물었다.

"예—!"

상구 머리 노식신은 구렁이 담 넘어가는 식으로 대답을 하고는, 그를 가만히 올려다보았다.

"다시 물어보죠? 단독주택에 전세권을 설정하면 토지부분에는 전세권 효력이 미친다, 미치지 않는다?"

사발 머리 나 교수는 안달이 난 눈빛을 해 가지고, 재차 강조하듯 물었다.

"헐…! 논다 놀아!"

젤 바른 선정재가 혼잣말로 종알거렸다.

"미치지 않습니다…!"

수강생들은 큰소리로 대답을 하고는 금세 시시덕거렸다.

"모두들 잘 따라오고 있습니다. 꼭 암기를 하도록 하세요."

그는 환한 표정으로 미소를 보였다. 이들은 그를 째려보듯 쏘아보면서 "잘났어…. 정말!" 하며 구시렁거리고 있었다.

"예…!"

그래도 몇몇 수강생들은 착실하게 대답을 해 주며 그의 강의를 응원했다.

강의실은 수런수런 이야기 소리가 점차 커져 가며 일순간 술렁거렸다.

"아, 조용…! 조용히들 하세요!"

떠드는 소리가 점차 커져가자, 사발 머리 나 교수도 이제는 슬슬 짜증이 솟구쳐 수시로 목청을 높였다.

그러나 수강생들은 '아… 우리가 언제 그랬느냐?' 싶게 한순간에 조용해지며, 아우성은 잠시 수그러들었다.

사발 머리 나 교수는 이때를 기다렸다는 눈길로 나머지 내용들을 다시 꺼내 놓으며 강의를 시작했다.

그즈음 창문 너머로 서녘 햇살이 점차 시들어 가고 있었다. 그러거나 말거나 그는 주절거렸다.

"그러나 아파트는 전세권의 효력이 건물과 토지(대지권) 모두에 미친다는 것을 기억해 두세요."

사발 머리 나 교수는 잊지 말라는 설명을 끝으로 교탁 위에 서적을 뒤적이고 있었다.

강의실이 잠시 소강상태를 보이자, 그 틈을 타서 수강생들은 서로에게 수업 내용에 대해 묻고 답하느라 소란스럽게 웅성거렸다.

휴식 시간

사발 머리 나 교수는 손목시계를 확인하면서 이들을 향해 주절 거렸다.

"시간도 많이 지났는데 잠깐 쉬었다 할까요?"

그는 피곤한 듯 초췌한 안색을 해 가지고 물어 왔다.

"예…!"

휴식 소리에 화색이 밝아진 사람들이 벼락처럼 소리를 질렀다. 기다렸다는 표정들이었다.

"아이고! 이제야 숨 좀 돌리겠네. 젠장!"

짱구 머리 나겁재는 희색이 만면한 표정으로 중얼거렸다. 강의실 은 순식간에 시장통처럼 변해 소란스럽게 박작거리고 있었다.

"자… 화장실에 다녀오실 분들은 다녀오시고, 10분간 휴식을 갖도록 하겠습니다."

사발 머리 나 교수의 말이 땅에 떨어지기도 전에 사람들은 쏜살같이 밖으로 달려 나갔다. 참았던 나 홀로 살롱의 소 마담과 변 마담 그리고 연 부인을 만나기 위해 성급하게도 걸었다.

일부의 사람들은 강의실에 남아서 핸드폰을 조작하느라 정신없이 엄지손을 놀려 대고 있었다. 수강생들이 모인 곳은 늘 수선스러웠다. 대다수의 사람들은 복도에 나와서 잡담들을 하고 있었다.

흰머리 윤편인을 비롯한 몇몇은 강의실에 남아서 자신들의 경험담을 늘어놓으며 주위의 이목을 끌고 있었다. 그때였다. 속 알머리 봉상관이 나서 주절거렸다.

"여기서 이러고들 있지 말고, 커피나 한잔하러 갑시다."

"그럽시다. 목도 마른데 가서 커피를 한잔하는 것도 나쁠 거야 없지요."

흰머리 윤편인은 주위 팀원 중 한 사람 등을 살짝 떠밀며 말했다. 이들은 서로의 얼굴을 마주 보며 눈짓을 하다가 바로 따라나섰다.

그렇게 속 알머리 봉상관은 멤버 몇 사람을 데리고 커피 자판기로 향했다.

그는 자판기에 지폐를 밀어 넣고는 필요한 인원수만큼 커피를 뽑기 시작했다.

"모두들 커피 드실 겁니까?"

속 알머리 봉상관은 버튼을 누르며, 일행들을 향해 물었다.

"예."

"예…."

"저도요."

그의 물음에 몇몇이 고개를 끄덕이며 대답했다. 지폐를 투입하고 잠시 기다리던 속 알머리 봉상관은 커피가 나오기 시작하자 가까운 순서대로 한 잔씩 돌렸다.

커피를 받아든 팀원들은 약간의 뜨거운 기운을 느끼며 홀짝홀짝 마시고 있었다. 그때였다.

"감사합니다. 팀장님!"

흰머리 윤편인은 커피를 받아 들고서 고맙다며 깍듯하게 인사를 치렀다. 주위에 팀원들도 번갈아 가며 고마움을 표했다.

"커피 한 잔에 별말씀을…."

속 알머리 봉상관은 손사래를 치면서 중얼거리고는 마지막 잔을 집어 들었다. 이들은 커피 향을 음미하면서 홀짝홀짝 메마른 입술을 적셔 가듯 조금씩 들이키고 있었다.

"팀장님이 사 줘서 그런가 커피가 달달합니다. 크크!"

둥근 머리 맹비견은 커피를 마시다 말고, 속 알머리 봉상관을 쳐다보았다. 그러고는 사탕발림을 하는 아랫사람 입놀림처럼 달콤한 말로써 예의를 챙겼다.

"그래서 맛있나? 제 커피도 달달합니다. 흐흐…."

상구 머리 노식신이 맞장구를 치며, 립 서비스를 하듯 속 알머리 봉상관의 기분을 띄워 주며 히죽 웃었다.

"우라질 자식들 혓바닥에 사탕을 깨물었나? 오늘따라 달달하기가 꼭 진나라 아첨꾼 환관 조고趙高와 같군그래…."

새치 머리 안편관은 입속말을 속살거렸다. 그러고는 더 이상 입이 근질거려 참지 못하고, 두 사람을 향해 한마디를 쏘아붙였다.

"뭘… 커피 한 잔에 그렇게까지 혓바닥을 고생시킵니까? 흐흐…."

그는 까칠한 성격 탓에 나오는 대로 지껄이며 비아냥거렸다. 순간 분위기가 싸늘해지면서 두 사람 눈동자에 불꽃이 튀었다.

"사람 참! 정떨어지게 그게 할 소린가 말이지…. 말 좀 가려 가면서 하면 안 됩니까?"

핏대가 잔뜩 오른 상구 머리 노식신은 험악한 눈초리로 되받아쳤다.

"아…아! 뭘 그런 걸 가지고. 됐어요, 됐어…. 커피나 마저 드십시다."

속 알머리 봉상관은 얼른 그들의 중간을 막아서며, 사이에 끼어들었다. 그러고는 눈짓 손짓을 마구 해 대며 이들의 분위기를 돌리려고 애를 썼다.

"팀장님 때문에 이번엔 참고 넘어가지만, 말 그렇게 함부로 내뱉지 마세요!"

둥근 머리 맹비견은 성난 낯짝을 해 보이며, 한마디 쏴붙이고는 분을 참으려고 자신의 입술을 깨물고 있었다.

"아이고! 이거 말 한번 잘못 꺼냈다가 맞아 죽게 생겼네…."

새치 머리 안편관은 나지막한 소리로 빈정대고는 안 되겠다 싶은지 얼른 엉뚱한 곳으로 화제를 돌렸다.

"그러나 저러나 명정관 팀원하고 선정재 팀원이 재미를 보러 다닌다고 하던데 많이들 했나 몰라?"

그는 뚱딴지같은 소리를 꺼내 놓고는 얼렁뚱땅 분위기를 반전시켰다. 팀원들은 '무슨 소린가?' 싶은 호기심에 그의 툭 불거진 얼굴을 빤히 쏘아보았다.

"아니…. 무슨 재미를 보러 다닌다는 겁니까?"

속 알머리 봉상관은 금세 안색이 굳어져서는 의아한 표정으로 물어 왔다.

흰머리 윤편인을 비롯한 팀원들은 놀란 기색을 보이며, 몹시 긴장을 한 채로 그의 입에서 무슨 흥미진진한 소리가 나올까 기대하며 그를 빤히 쳐다보았다.

"팀장님은 소식이 캄캄한 것 보니 아직 모르시나 봅니다."

새치 머리 안편관은 양손을 벌려 가며, 히죽히죽 웃어 가며 말했다.

"도대체… 지금 무슨 소리를 하시는 겁니까? 난 당최 모르겠습니다."

속 알머리 봉상관은 붉게 상기된 낯빛을 해 가지고, 안달이 난 똥개처럼 안절부절못하고 말했다.

"두 사람이 경매법원에 자주 드나드는 광경을 제가 확인하지 못했지만, 소식통에 의하면 둘이 정분난 내연처럼 붙어 다닌다고 합니다."

새치 머리 안편관은 일전에 상구 머리 노식신한테 들었던 이야기를 눈 덩어리를 굴리듯 과장해 꺼내 놓았다. 그러고는 짝사랑으로 애가 타는 속 알머리 봉상관의 가슴에 대못을 박는 소리를 지껄였다.

"헐…! 대박!"

흰머리 윤편인은 아무것도 모르는 척 중얼거렸다. 그러자 옆에서 듣고 있던 상구 머리 노식신이 한마디 거들며 주절거렸다.

"헤헤! 그 소리가 사실인지는 확인된 적은 없습니다."

그는 속으로 뜨끔해서 얼른 변명하듯 중얼거렸다.

얼마 전에 자신이 불륜 현장을 직접 보았다는 말은 못 하고, 이리저리 돌려 가며, 귀띔하듯 팀원들에게 뜨문뜨문 흘리고 다녔었다.

"아하! 법원 경매장에 드나든다고 했습니까?"

속 알머리 봉상관은 금세 히죽 웃으며 반문했다.

"그렇다고 들었습니다. 흐흐…."

새치 머리 안편관은 음흉을 떨듯 실실거리며, 대꾸하고서 남은 커피를 홀짝홀짝 마셨다.

"난 또 많이 했나 소리에 그 짓을 하러 다니는 줄 알고 깜박 속을 뻔했습니다. 흐흐…."

둥근 머리 맹비견은 두 사람이 흥미진진한 불륜에 빠졌다는 상상을 하며, 잠시나마 야릇한 착각을 일으키고 있었다.

"하하하! 이 양반 생각하고는, 하여튼 못 말리는 사람이야…."

흰머리 윤편인은 한바탕 게걸스럽게 웃고는 그를 툭 치며 "당신 말이 맞아…" 속살대면서 넉살스럽게 히죽거렸다.

"헤헤! 뭐 이래서 한번 웃지, 언제 웃나. 안 그래요? 하하하!"

그는 능청을 떨며 낄낄거렸다. 속 알머리 봉상관은 그 소리가 귀에 거슬렸다. 그래서 그를 마땅찮은 눈길로 째려 가면서 한마디 주절거렸다.

"그래도 말 함부로 했다가 경치지 마시고, 세 치 혓바닥을 조심하세요."

그는 언짢은 표정을 지어 가면서 기분이 잔뜩 상한 것처럼 짜증스럽게 일침을 놓았다.

"맞아요, 너 나 할 것 없이 요즘은 혓바닥이나 손끝을 잘못 놀려서 곤경에 빠지기가 일쑤입니다."

흰머리 윤편인은 웃음을 머금은 채 능청스럽게 말했다. 속 알머리 봉상관은 그녀 일이라면 유독 칼날을 세우면서 예민한 반응을 보였었다.

그래서 그랬을까? 언제 어디서나 그녀와 관련된 이상한 소문이나 잘못된 이야기만 나와도 예민하게 신경을 곤두세우곤 했었다.

자신이 그녀의 기둥서방이나 되는 사내처럼 시시때때로 돈키호테가 되어 그녀를 대변하고 있었다.

"요즘은 내로남불 시대라 내가 하면 로맨스고, 남이 하면 불륜으로 치부해 버리는 세상입니다. 행동거지 잘못하면 신세 부러진다, 이 말입니다."

새치 머리 안편관은 누구 들으라고 하는 말인지? 자기 주둥이

하나도 건사하지 못하는 주제에 뼈 있는 말을 서슴없이 지껄였다.

"젠장! 망할 놈의 세상이 어찌 된 노릇인지…. 뭐 좀 했다 하면 '내사남추'니, '내로남불'로 몰아대니 이거 어디 겁나서 숨 쉬고 살겠습니까?"

흰머리 윤편인도 세상 돌아가는 형편들이 영 마땅찮아 짜증스럽게 한마디 거들고 나섰다.

"하긴 요즘 행동거지나 말 한번 잘못하면 한방에 훅 가는 세월이니 다들 조심들 하셔야죠. 아차 말실수에 잘못 되는 것은 순식간 아닙니까?"

속 알머리 봉상관은 몸서리를 치듯 고개를 절레절레 흔들면서 말을 받았다.

"아이고, 나부터 입방정 떨지 말고 몸 사리고 살아야 되겠다. 으…구!"

상구 머리 노식신은 자신이 슬쩍슬쩍 퍼트린 말에 후회가 남는 표정이었다. 그는 날카로운 칼날에 베인 듯 얼른 상처를 감싸며, 반성하는 자세로 몸서리를 치고 있었다.

"이게 다 조선시대로 회귀해서 남녀칠세부동석으로… 아니지, 방구석에서 각자 살아갈 언택트(비대면) 시간이 멀지 않았다는 증거 아니겠습니까?"

흰머리 윤편인은 뜬금없는 말을 꺼내서는 팀원들의 귀를 의심시켰다.

이들은 '무슨 귀신 방귀 뀌는 소리를 하고 자빠졌나.' 싶은 표정으로 '자식! 오버하기는…' 하며 그를 쏘아보고 있었다.

흰머리 윤편인은 여성과 아랫사람이 대접받는 하원갑자시대 (1984~2044)가, 아니 하극상과 숙살의 시대, 수水의 시대, 남성과 여성의 대립 시대, 부모 자식 간에 도덕적 윤리관이 상실되었던 시대가 서서히 저물어 가면… 어느덧 남성과 윗사람, 아니 아버지와 상사 및 통솔자가 존중받는 상원갑자시대(2045~2105)로, 그리고 도덕적 윤리관이 회복되는 화火의 시대로 회귀할 날이 점점 가까워진다는 것이었다. 더불어 호흡기 질병도 소멸되는 세월이 멀지 않았다는 것을 그는 은연중에 말하고 있는 줄 모른다.

"맞아요, 맞아, 이거, 이거, 조심스럽게 행동하지 않으면 까딱 잘못했다가 성추행범으로 전과자가 될 수도 있겠어요."

새치머리 안편관은 자신의 우라질 손버릇과 망할 놈의 혓바닥보다 먼저 불편해진 성문화에 안타까움을 드러내며 인상을 구겼다.

"허허허! '내사남추'는 또 뭡니까?"

속 알머리 봉상관은 말의 뉘앙스가 흥미로워 웃음기 있는 묘한 얼굴로 물어 왔다. 그의 말에 팀원들도 궁금한 표정을 짓고서 흰머리 윤편인을 마냥 쏘아보았다.

"내가 하면 사랑이고, 남이 하면 성추행이라는 말입니다. 흐흐."

그는 절제되어 숨겨진 말을 그냥 손부채를 펴듯이 쫙 펴서 일러주고는 혓바닥을 날름대며 웃었다.

"쯧쯧! 하여튼 요즘은 말들도 그럴싸하게 잘도 지어내는 우라질 세상이야…!"

새치 머리 안편관은 미간을 잔뜩 찌푸린 채 혓바닥을 차면서 혼 잣말을 구시렁거렸다.

"크크! 아마 누군가 있었으면 제4차 산업혁명 시대를 들먹이며 한소리 할 텐데…."

속 알머리 봉상관이 씨익 웃어 가며 중얼거리자, 모두들 짐작 가는 사람이 있어 깔깔거리며 웃었다. 그는 사방으로 볼일이 바쁜 큰 머리 문정인을 가리키고 있었다.

"참! 그 양반은 왜 안 보이는 겁니까?"

둥근 머리 맹비견은 상구 머리 노식신을 향해 물었다.

"좀 전에 저쪽으로 나가시는 것 같던데요."

상구 머리 노식신은 잘 모르겠다는 표정을 보이며, 한쪽을 손가락으로 가리켰다. 그는 큰 머리 문정인을 찾고 있는 눈치였다.

비상계단 밀회

한편 강의실을 빠져나온 젤 바른 선정재는 급한 볼일을 끝내 놓고는 미모의 명정관이 서성이며 기다리는 한적한 곳으로 다가갔다. 무슨 일이 생겨 한동안 만나지 못했던 두 사람은 기다리는 시간 동안 서로를 향한 애련한 마음이 달콤한 핑크빛 사랑으로 물들어 가고 있었다.

그래서 그랬을까? 상대를 바라보는 눈빛이 예전과는 사뭇 달라 있었다.

눈짓을 주고받은 두 사람은 서둘러 복도를 빠져나갔다. 그러고는 남들의 눈을 피해 건물 내 비상문을 밀치고 안으로 들어갔다.

이들을 맞이하는 조용하고 아득한 분위기가 두 사람의 들뜬 마음을 흥분과 감정을 느끼도록 동적으로 몰아가고 있었다.

그러나 이들과 달리 고요 속 파묻힌 비상계단 돌기둥은 한적한 산사의 대리석처럼 정적이었다. 하지만 그것들은 누구를 기다리듯 상하로 이어져 흰 빛깔 틈 사이 공간 속은 아늑한 밀실처럼 약간의 어둠과 함께 적막감이 감돌고 있었다.

잠시 주위를 기웃기웃 살피다가 서로 눈빛이 마주친 두 사람은 인기척이 없다는 것을 느끼는 순간, 와락 부둥켜안은 채로 상대의 입술을 찾았다.

오랜 시간 갈증 끝에 오아시스를 마시듯 서로는 사랑의 블랙홀 속으로 한동안 빨려 들어갔다.

두 사람은 차츰 흥분의 도가니 속으로 몰입되면서 젤 바른 선정재는 급하게 손을 더듬어 가며 움직였다.

마치 그녀의 몸속에 꿈틀대는 욕정을 더듬어 가듯이 그렇게 뜨거운 가슴에 불을 지폈다.

그는 불덩이로 변한 묵직함을 느끼는 순간 그녀를 한 몸처럼 밀착시켰다.

그렇게 프렌치 키스로 잠시 잠깐 한 쌍의 뱀처럼 서로의 사랑을 확인하고 있었다. 시공을 초월한 두 사람은 한참 만에 이성을 찾고서야 서둘러 흐트러진 매무새를 가다듬었다. 그러고는 주변을 기웃거리며 비상문을 빠져나왔다.

그러고는 누가 볼세라 강의실로 앞서거니 뒤서거니 빠른 걸음을 재촉하며 걸었다.

"어흥! 호랑이가 제 말 하면 온다더니… 저기 두 사람이 함께 오고 있습니다."

둥근 머리 맹비견은 그들을 먼저 보고 손짓을 하며 가리켰다.

"어디들 다녀오십니까?"

속 알머리 봉상관은 의심의 눈초리로 다가섰다. 그는 미모의 명정관을 처음 본 날부터 마음속에 담고 있었기에 언제나 살뜰하게 챙기고 있었다. 팀원들은 얄궂은 표정으로 그들을 쏘아보고는 어깨 웃음을 쿡쿡 웃고 있었다.

"아… 예, 화장실에 갔다가 하도 머리가 지끈거려서 바람 좀 쐬고 옵니다."

젤 바른 선정재는 아무 일도 없었던 것처럼 뻔뻔스러운 낯짝으로 그를 바라보았다.

"커피는 마셨어요? 안 했으면 한 잔씩 뽑아 드릴까요?"

속 알머리 봉상관은 두 사람의 얼굴을 번갈아 보면서 뭔가 흐트러져 보이는 무엇이라고 꼭 집어서 표현할 수없이 묘하고, 야릇한 이상한 기운을 느꼈다.

분명 둘 사이에 무언가를 간직하고 있다는 것을 알 수 있는 뉘앙스가 그들의 행동과 몸짓에서 그려졌다.

왜냐하면 조금만 관심을 가지면 누구나 눈치 챌 수 있는 그런 표정의 분위기였기에, 이들은 느낄 수 있었던 것이다.

"이미 먹었습니다. 커피 마시러 나오셨나 봅니다."

젤 바른 선정재는 가볍게 묻고는 부풀어 오른 닭똥집 같은 입술로 웃음을 보였다.

"우리는 강의실이 답답해서 머리도 식힐 겸 잠시 나왔습니다."

둥근 머리 맹비견은 뭔가 눈치를 챈 표정으로 능글능글 웃어 가며 대꾸했다.

"예에…. 휴식 시간 다 된 모양 같은데 안 들어가십니까?"

젤 바른 선정재는 앞서 걸어가는 미모의 명정관을 의식한 듯 말끝에 그녀를 뒤따라갔다. 그리고 이들보다 앞장서서 곧장 강의실로 향했다. 팀원들은 직감적으로 확신은 있었다. 하지만, 설마 하며 고개를 갸우뚱거릴 뿐 차마 물어볼 수는 없었다. 다만 상상 속에서 그의 뒤를 따라가며 히죽거렸다.

새치 머리 안편관은 상구 머리 노식신과 눈짓을 주고받으며, 히죽히죽거렸다.

속 알머리 봉상관은 두 사람에게 분명 뭔가가 있다고 감을 잡은 눈치였다. 그는 의혹의 눈길로 뒤통수를 노려보며 따라갔다.

그러나 미모의 명정관은 누구의 말도 아랑곳하지 않은 채 곧장 강의실로 돌아왔다. 그녀는 자리에 앉자마자 빠르게 자신의 핸드백을 뒤져 작은 손지갑을 열었다.

그리고 잠시 부스럭대더니 뭔가를 꺼내 들었다. 직사각 립스틱이었다. 그녀는 뚜껑을 가볍게 열고는 살짝 비틀었다.

연분홍 립스틱이 고개를 내밀며 천천히 올라왔다. 미모의 명정관은 아직 진한 여운이 남아 있는 입술 선을 따라 립스틱을 부드럽게 덧칠하며 손거울을 가만히 들여다보았다.

거울 속에 비친 자신의 얼굴은 무척이나 행복해 보였다. 그녀는 아직도 정취가 가시지 않은 채 마냥 깊은 정서를 자아내며, 여운에 흠뻑 젖어 있었다. 밀려드는 행복감을 만끽하며, 서둘러 몸치장을 마친 그녀는 아무 일도 없었던 1교시처럼 교탁을 응시하고 있었다….

제18장

주택임대차

임차인

앞서 걸어가는 두 사람의 관계를 쑥덕거리며, 강의실로 컴백한 흰머리 윤편인과 팀원들은 자기 자리로 돌아가 수업 준비를 하고 있었다. 수강생들은 아직 못다 한 이야기가 남아 있어 사발 머리 나 교수의 움직임을 주시하면서 소곤거리고 있었다.

"음…. 이번 시간에는 현장에서 자주 접하는 임차인과 관련된 사건들로 주택임대차에 중점을 두고서 질의를 받겠습니다."

그는 휴식을 취해서 목소리에 힘이 넘쳤다. 수강생들은 그러던 말든 자기들 매너리즘 속에서 떠들고 있었다.

"헐…! 주택임대차…?"

흰머리 윤편인은 혼잣말을 웅얼거렸다.

"여러분의 질의가 끝나는 대로 오늘 수업을 마치기로 하겠습니다."

사발 머리 나 교수는 말끝에 히죽 웃었다.

"그동안 궁금했던 질문이 있으면 서슴지 마시고, 주택임대차 및 임차인과 관련된 사항들을 질문하세요?"

그는 말과 동시에 호흡을 가다듬고 정면을 응시한 채 서있었다.

"저, 교수님! 현장실습은 언제 나갑니까?"

짱구 머리 나겁재는 갑자기 떠오른 궁금증에 무작정 질문을 던졌다. 수강생들은 그 소리를 듣자, 자신들도 궁금해서 사발 머리 나 교수를 향해 눈길을 돌렸다.

"시간이 얼마 남지 않았으니 수업과 관련된 질문만 받겠습니다."

그는 평소와 다르게 약간 짜증스러운 낯빛으로 대꾸했다. 그러고는 곧바로 교재를 뒤적거리며, 그에게서 눈길을 돌렸다.

"헐…! 패스라고…?"

짱구 머리 나겁재는 그의 무성의함에 성깔이 확 솟구쳤다.

순간 자신의 눈동자를 후딱 까대면서 툴툴거렸다. 그러고는 그를 미운 놈 보듯이 한껏 째려보았다. 그러자 괜히 속이 뜨끔해진 사발 머리 나 교수가 한마디 주절거렸다.

"현장실습에 대해서는 종료 시간에 따로 설명해 드리도록 하겠습니다."

까칠하게 대꾸했던 그는 미간을 찌푸린 채 쏘아보는 짱구 머리 나겁재의 표정이 보기 미안해 간략하게 언급해 주며 넘어갔다. 수강생들은 '현장실습 거 좋지.' 하고는 쑥덕거리고 있었다. 그때였다.

"저… 교수님!"

"예, 질문하세요."

그는 상구 머리 노식신을 가리켰다.

"가압류 등기와 후 순위 확정일자 임차인 간의 순위는 누가 빠릅니까?"

상구 머리 노식신은 궁금한 사항이 생기면 참지 못했다. 기어코 묻고 나서야 직성이 풀리곤 했었다. 그는 평소에 질문할 사항들을 꼼꼼하게 정리해 메모해 두었다가 틈만 나면 캐묻곤 했었다.

"음…. 임차인의 대항력은 주택 인도와 주민등록 이전 다음날 0시부터요, 확정일자는 임대차 계약서에 직인을 받은 다음날 0시부터 효력이 발생한다고 이미 앞에서 배우지 않았습니까?"

사발 머리 나 교수는 설명을 곁들여 가며 상구 머리 노식신을 안타까운 눈길로 바라보았다.

"예…!"

휴식을 취한 탓이었을까? 수강생들의 목청은 잠자는 애꿎은 창문을 두드리고 있었다. 사발 머리 나 교수는 우렁찬 답변에 기분이 좋아져 빙그레 웃음을 보이며 강의를 계속 이어 나갔다.

"가압류 등기와 임차인의 대항력은 평등하다고 우리는 이미 한차례 배웠는데 기억이 나십니까?"

그는 묻고 나서 이들이 알고 대답을 하는 눈치인지? 모르면서 아는 체를 하는 건성인지를 살폈다. 그러는 가운데 이들의 행동을 수시로 모니터하고 있었다.

"예…!"

왜냐하면 수강생들 가운데 우라질 일부는 건성건성 소리를 지르고 있다는 것을 사발 머리 나 교수는 잘 알고 있기 때문이었다. 그래도 이제는 개념들을 이해할 시간이 되지 않았을까? 기대하는 표정이 순간순간 드러났었다.

대부분의 수강생들은 기대를 저버리지 않고 따라오는 눈치였다. 시간에 쫓기는 사발 머리 나 교수는 계속 추진력을 높여나가고 있었다.

"그러므로 우선변제 선후를 가를 때에는 가압류 등록 일자와 임차인 확정일자 중 누가 먼저 접수를 했느냐에 따라 우선순위가 정해진다고, 앞 시간에 배웠는데 생각들이 나십니까?"

사발 머리 나 교수는 묻고 나서 걱정스러운 얼굴로 주억거렸다.

"예…!"

수강생들은 냅다 소리를 질렀다.

강의실은 금세 웅성거리는 말소리가 늘어 가고 있었다. 사발 머리 나 교수는 아직도 개념을 이해하지 못한 수강생들이 눈에 뜨이자 '이거 너무한 거 아니야?' 하는 실망스러운 표정을 보이며, 고개를 갸웃갸웃거렸다. 그래도 그는 아랑곳하지 않은 채 꿋꿋하게 주절거렸다.

"헐…! 선 접수?"

큰 머리 문정인은 입속말을 웅얼거렸다.

"대법원 판결도 이와 같다는 사실을 기억들 해 놓으세요."

사발 머리 나 교수는 한껏 힘을 주어 말했다.

"교수님! 그럼 임차인이 후 순위로 배당을 받게 되는 겁니까?"

상구 머리 노식신은 재차 물었다.

수강생들의 눈길이 일제히 두 사람을 쏘아보고 있었다.

"아… 그건 아닙니다. 선순위 가압류라도 담보권자와 평등 배당을 받는 것처럼, 선순위 가압류는 후 순위 확정일자와도 평등 배당 관계에 있습니다."

사발 머리 나 교수는 실망해서 기운이 쑥 빠져나간 듯 약간 지친 표정으로 말했다.

"와…우! 당연하지…."

흰머리 윤편인은 자만에 빠진 망할 놈의 거만한 표정으로 웅얼거렸다.

"이제 확실하게 이해가 되셨습니까?"

그는 모두를 향해 묻고서 양 눈썹을 좌우로 주억거렸다.

"예…!"

수강생들은 마지못해 건성건성 소리를 지르고 있었다.

"헉…! 평등 배당?"

둥근 머리 맹비견은 이미 배웠던 내용까지 까먹은 채 화들짝 놀란 얼굴로 속살거렸다.

"나는 어째서 듣고 나면, 순간 기억들이 새털처럼 날아가 버리는 걸까? 참… 알다가도 모르겠단 말이야…. 그래서 그런 가? 하여튼 난 강의를 들을 때마다 처음 듣는 수업 같단 말이야. 으…; 젠장맞을!"

둥근 머리 맹비견은 이마를 감싸 쥐며, 자성하는 표정으로 웅얼거렸다. 그때였다.

"여기요…. 교수님!"

미모의 명정관은 그가 뭐라 하든 말든 아랑곳하지 않은 채 소리쳤다.

"예…. 거기 손드신 분 말씀해 보세요."

사발 머리 나 교수는 기다렸다는 식으로 히죽거리며, 미모의 명정관을 가리켰다.

"경매로 넘어간 부동산(건물과 토지) 중에 건물은 취소되고, 토지만, 낙찰되었다면 임차인은 토지대금에서 보증금을 받을 수 있나요?"

그녀는 자못 진지하고, 궁금한 얼굴로 물어 왔다.

"음…. 전 시간에 강의를 했듯이 주택이 아파트인지, 단독주택인지, 또는 건물인지 등 부동산 종류와 사건의 성격에 따라 구별됩니다. 하지만, 여기서는 편의상 주택을 위주로 말씀드리자면, 주택의 소액임차인은 담보물권자보다 소액보증금을 우선해서 변제받을 수 있습니다."

그는 달달한 눈길로 그녀의 물음에 응하고 있었다.

"소액보증금이라면 그 기준은 얼마인가요?"

그녀는 대충 알아듣기는 했지만, 기준이 모호해서 되물어 왔다. 수강생들은 이미 지난 시간에 학습을 했다는 사실을 까마득하게 잊고 있었다.

아니, 벌써 망각의 강을 건너 헤매고 있는 것이었다.

"아…하! 기준이요? 에…. 소액보증금의 범위는 대지가액의 2분의 1을 우선변제 받을 수 있습니다. 그러나 자신이 받을 수 있는 소액보증금은 경매사건 최선순위 기준권리(근저당권 등)가 설정된 기준연도에 해당하는 소액보증금만을 받을 수 있습니다."

사발 머리 나 교수는 소액임대차 보증금 및 최우선 변제액은 해당 지역과 설정된 기준연도에 따라 변제 액수가 다르다는 사실을 설명하고 있었다.

그러나 그는 여기서는 주택도 똑같이 주택가액의 2분의 1을 우선변제 받을 수 있다는 말은 하지 않았다.

"헐…! 대박! 정말… 그런 거야?"

수강생들은 희미해진 기억을 떠올리며, 수런거렸다.

"더 궁금한 점은 없습니까?"

사발 머리 나 교수는 검은자위를 희번덕거리며, 그녀를 부추겼다. 강의로 지쳐가는 그에게 미모의 명정관의 질문은 활력을 불어넣는 피로회복제 그 이상이었는지 모른다.

"예…."

미모의 명정관은 눈에 띄는 고운 자태로 우아하게 대답하고는 살짝 미소를 지었다.

"또 다음 질문자 없습니까?"

사발 머리 나 교수는 눈동자를 굴려 가면서 좌우로 훑어 나갔다. 그 순간 수강생들은 그의 눈을 피해 고개를 숙이거나 딴 짓을 하느라 그를 외면하고 있었다.

"저… 말입니다. 임차인에 관한 질문인데요."

한동안 침묵을 지키고 있던 흰머리 윤편인이 가만히 손을 들었다.

"예…. 말씀해 보세요."

사발 머리 나 교수는 서슴없이 그를 가리켰다. 대부분의 수강생들은 교탁으로 향하던 눈길을 돌려 흰머리 윤편인을 쏘아보았다.

"그러니까 문제의 핵심은 담보를 설정할 당시에는 임차인이 없었습니다. 그런데 막상 주택이 경매로 넘어가자 갑자기 임차인이 나타난 겁니다. 그래서 나중에 은행을 통해서 알아본 결과 대출 당시에 주택 소유자가 직접 은행에 나와서 세입자 등에게 방을 임대한 사실이 없다는 확인을 해 주며 증빙서류에다 본인이 직접 서명을 날인했다는 겁니다."

그는 주택 담보 설정자인 소유주와 주택 담보 설정권자인 은행과의 절차상 임대 관계를 차분하게 설명해 주었다.

"그런데요?"

사발 머리 나 교수는 호기심이 생겨 궁금한 얼굴로 그를 부추겼다.

"게다가 살고 있는 임차인조차도 임대차한 사실이 없다며, 확인차 나간 은행 조사원에게 털어놓았답니다."

"…?"

"그러고는 차후에라도 임대차 보증금에 관해서는 일절 권리 주장을 하지 않겠다는 내용 확인서를 본인이 작성해 은행에 제출했다고 합니다."

흰머리 윤편인은 긴 설명 끝에 호흡을 가다듬고는, 잠시 머뭇거렸다.

"그래서요?"

사발 머리 나 교수는 의무적으로 묻고는 그를 쳐다보았다. 소란스럽던 수강생들은 어쩐 일로 숨을 죽인 채 듣고 있었다.

"그런데 막상 주택이 경매에 넘어가자 임차인은 자신의 보증금을 돌려달라며, 배당요구를 주장하고 있습니다."

흰머리 윤편인은 심각한 표정으로 자신의 심정을 늘어놓으며 이따금씩 한숨을 쉬었다.

"헐…! 웃겨. 설마!"

미모의 명정관은 혼잣말을 웅얼거렸다.

"이런 경우라면, 임차인은 보증금을 배당받을 수 있습니까?"

착잡한 심정으로 설명을 끝낸 그는 혹시나 하고, 긴장한 얼굴로 해결책을 기대하는 눈치였다.

"임차인 사정은 딱하지만, 결론부터 말하자면 보증금을 받지 못합니다."

사발 머리 나 교수는 단호한 얼굴로 목소리에 힘을 주고 말했다.

"아… 그래요? 그럼 교수님! 그 이유가 뭡니까? 흐흐…."

잔뜩 긴장하면서 설명했던 흰머리 윤편인의 얼굴이 순간 긴장은 사라지고 화색이 돌았다. 그의 표정을 확인한 사발 머리 나 교수는 보다 구체적으로 내용을 풀어 나갔다.

"임차인이 직접 작성해 제공한 내용 확인서(제출대상 서류 및 내용

등을 확인하는 내용의 문서)가 빌미가 되어 금반언(일단 행한 표시나 행위는, 번복할 수 없다는 원칙) 및 신의칙(권리의 행사와 의무의 이행은, 신의에 좇아 성실히 해야 한다는 원칙)에 위반이 되기 때문입니다."

사발 머리 나 교수는 그를 쳐다보며, 빙그레 웃는 얼굴로 주억거렸다.

"그렇다면 담보 설정 당시에 임차인이 임대보증금이 없다고 써준 내용 확인서가 그의 부메랑이 되었다는 말입니까? 흐흐…."

그는 재차 확인하며 묻고는 기쁨에 찬 얼굴로 환하게 웃었다. 사발 머리 나 교수는 근심이 사라진 그의 표정을 보면서 고개를 끄덕이며 가볍게 미소를 지었다.

흰머리 윤편인은 임차인이 권리주장을 할 수 없다는 소리를 듣는 순간 뛸 듯이 기뻤다. 사발 머리 나 교수가 그 순간에 행복을 전해 주는 전도사처럼 보였다. 금방이라도 쫓아가서 뺨에다 뽀뽀라도 해 주고 싶은 들뜬 기분이었다.

그는 한동안 임차인 문제로 고민을 했었는데, 정말 간만에 오랜 숙환을 떨치고 일어난 환자처럼 상쾌한 기분이었다.

그리고 계속된 사발 머리 나 교수의 부연 설명은 흰머리 윤편인의 마음을 더욱 유쾌하게 해 주고 있었다.

"임차인에게는 안됐지만, 낙찰자에게는 대항하지 못합니다."

그는 단호하게 말했다.

"헐…! 대박!"

흰머리 윤편인은 입속말을 속살거렸다. 순간 수강생들은 '아니,

이럴 수가… 세입자는 어떡하라고…?' 하는 눈빛들로 술렁거리고 있었다.

"그러므로 계약서를 작성한 우라질 임대인을 상대로 보증금 반환청구소송을 하는 방법밖에 없습니다."

"…"

흰머리 윤편인은 담보설정 당시에 임차인이 작성한 내용 확인서가 해결의 실마리를 찾아 주었다. 반면에 임차인의 처지도 딱하고 안타까웠다. 하지만, 그는 주택을 명도받을 생각만 하면 눈앞이 깜깜했다.

세상은 일리일해라고 누군가 말했던가…. 그는 한동안 굳은 얼굴로 어두운 그늘이 드리워져 있었다. 흰머리 윤편인의 기쁨 뒤에는 새로운 고민거리가 잉태하고 있었기 때문이었다.

부동산 경매에서 마지막 하이라이트는 망할 놈의 부동산 명도이기에 그는 한동안 고민에 빠졌었다.

왜냐하면 한 가지 문제는 해결되었다 하더라도 임차인의 명도 해법은 다시 찾아야 했었다. 그래서 진짜 중요한 골칫거리는 미치고 환장하게도 이제부터 시작이었다. 임차인이 보증금을 배당받지 못하고, 주택을 비워 주어야 한다는 깡통보증금에 직면했기 때문이었다.

그로서는 외면할 수 없는 지랄 같은 난제였다. 흰머리 윤편인 입장에서 임차인이 깡통 차고 길거리로 내몰리는 처지에 이사 비용

몇 푼을 받고서, 순순히 주택을 비워 줄 순한 양인지? 그도 아니면 무지막지한 막무가내 임차인인지? 그것조차도 고민이 아닐 수 없었다.

다행히 경매대금이 저당권자의 채권을 탕감하고, 일부의 보증금이라도 배당받을 수 있기를 바랄 뿐이었다. 그러나 희망을 기대하기에는 너무나 뻔한 계산이기에 도움을 줄 만한 대안은 떠오르지 않았다.

다만, 법적으로는 문제가 될 일은 없었다. 그에게 주어진 자비는 인간적인 감성과 적덕 그리고 시간이 필요할 뿐이었다. 그는 비용이 추가되더라도 최후의 수단으로 법원에 인도명령과 명도소송을 미리 신청하는 방법이 문제 해결에 도움을 줄 것이라고 생각을 했다.

그리고 모든 준비가 끝나면 우선적으로 임차인과 마주 앉아서 협상할 계획을 구상해 보았다.

흰머리 윤편인은 임차인의 마음을 먼저 얻어야 주택을 수월하게 인도받을 수 있다는 생각에 잠겨 도돌이표를 찍고 있었다. 그렇게 그는 명도에 관한 고민 속에서 흔들리는 갈대처럼 오락가락을 반복하고 있었다.

임차인이 주택을 언제 비워 줄지를 그 속을 모르기 때문이기도 했지만, 명도(인도 명령 결정문, 인도 소송 판결문) 전쟁이 자신을 기다리고 있다는 생각만 해도 골치가 지끈거려 왔다. 그래도 문제 하나가 해결되어 희망적인 생각을 품고, 강의를 듣고 있었다.

"저 교수님!"

"…."

"예…. 질문하세요."

그는 속 알머리 봉상관을 가리켰다.

"가압류 등기 이후에 전입한 임차인을 낙찰자가 인수해야 합니까?"

그는 선순위 가압류가 담보권자나 후 순위 임차인과도 평등 분배된다는 소리에 의문점이 생겨 한동안 뜨악했었다. 하지만, 용기를 내서 물었다.

"음…. 가압류 등기가 등록된 이후에 주택 인도와 주민등록을 전입한 임차인은 낙찰자에게 임대차 효력을 주장할 수 없습니다."

사발 머리 나 교수는 '아직도 이해를 못 했습니까?' 하는 표정으로 심드렁하게 말했다.

"헐…! 대박! 그런 거야?"

속 알머리 봉상관은 혼잣말로 웅얼거리고 있었다.

"아시겠습니까?"

사발 머리 나 교수는 '지금까지 뭘 듣고 배웠나?' 싶어 한심하다는 눈초리로 그를 잠시 흘겨보았다.

"그 이유가 무엇입니까?"

그는 쪽팔리는 것쯤이야 아랑곳하지 않았다. 그래서 작은 눈을 키워 가며 되물었다.

"선순위 가압류 등기도 최선순위 기준권리에 해당하기 때문입니다."

사발 머리 나 교수는 눈동자에 힘을 잔뜩 주고 말했다.

"헐…! 대박! 가압류도 최선순위 기준권리라고?"

짱구 머리 나껍재는 아직도 이해를 못 한 채 탄식하듯 구시렁거렸다.

"그러므로 가압류보다 접수기일이 늦은 권리들은 배당받고, 소멸된다는 겁니다."

사발 머리 나 교수는 자신의 설명을 긍정하듯, 고개를 자주 끄덕거리고 있었다.

"헐…! 소멸이라…? 죽이네."

수강생들은 술렁거렸다. 사발 머리 나 교수는 실실 웃어 가며, 계속 이어 나갔다.

"또 다음 질문은 누가 하시겠습니까?"

그는 수강생들을 돌아보며, 두 눈을 깜박이고는, 사발 머리를 주억거렸다.

"없습니까?"

그는 멀뚱거리며 자신만 쳐다보는 수강생들을 독려하는 차원에서 직접 질의에 나섰다.

"그럼 제가 여러분께 질문을 하나 드리죠, 최선순위 권리(말소기준권리) 이전에 주택인도와 주민등록을 전입 신고한 대항력 있는 선순위 임차인이 배당요구를 하지 않은 경우에 임대보증금은 누구에게 받을 수 있을까요?"

사발 머리 나 교수는 모두에게 묻고는 눈치를 살피고 있었다.

"경락자요!"

"낙찰자요!"

여기저기서 소리를 외쳤다.

"임대인이요!"

가당치도 않은 헛소리도 튀어나왔다.

"받지 못합니다!"

수강생들은 가진 밑천을 다 드러내며, 거의 발악에 가까운 소리를 질렀다. 강의실은 순식간에 술렁거리며, 소란스럽게 변해갔다. 와자지껄한 장터처럼 시끌시끌한 생동감이 넘쳐났다. 사발 머리 나 교수는 실망한 표정으로 고개를 연신 갸웃대면서 주절거렸다.

"대항력 있는 선순위 임차인은 말소되지 않습니다."

사발 머리 나 교수는 지친 표정을 지었다.

"와…우? 그런 거야?"

단발머리 여성 수강생이 옹얼거렸다.

"따라서 낙찰자(경락자)에게 인수되는 위험한 권리라는 사실을 아셔야 합니다. 다들 기억들 하세요?"

사발 머리 나 교수는 벌써들 까먹었느냐는 화난 눈빛으로 채찍질을 하듯 큰소리를 치고 있었다. 그의 성난 표정이 제대로 먹혔다. 그래서 수강생들은 귀청이 먹먹하도록 고함을 외쳤다.

"예…!"

이들의 대답은 일부를 제외하고 음성이 갈수록 시원스러웠다.

은근히 기분이 좋아진 사발 머리 나 교수의 우라질 민낯에는 살짝 미소가 번지고 있었다.

그는 호흡을 고르며 교탁에 놓인 생수를 집어 '꿀꺽꿀꺽' 들이키고는 미치고 환장할 질문들을 계속 이어 갔다.

"앞의 경우처럼 선순위 임차인이 배당 요구서를 제출했다가 배당 요구 기일 안에 다시 취하를 했다면, 임대보증금을 받을 수 있을까요, 없을까요?"

사발 머리 나 교수는 두 눈을 희번덕거리면서 수강생들에게 묻고 있었다.

"헐…! 똥물에 튀길 고얀 놈일세…"

흰머리 윤편인은 인상을 구겨가며 웅얼거렸다.

"만약, 있다면 누구에게 받을 수 있는지를 답변해 보실 분."

그는 누군가를 기다리는 얼굴로 손짓을 했다. 수강생 가운데 손을 드는 사람은 몇 사람에 불과했다. 사발 머리 나 교수의 눈길은 한 사람을 행하고 있었다. 그는 이어 주절거렸다.

"윤편인 수강생께서 한번 설명해 보시겠습니까?"

그는 수강생 중에 유일하게 이름을 기억하고 있는 그를 꼭 집어 가리켰다. 특별한 이유라기보다 흰머리 윤편인은 언제나 사발 머리 나 교수의 믿음을 저버리지 않았었다.

그는 경매 개념을 잘 이해하고 있었으며, 논리적으로 조리 있게 설명해 그의 기대에 부응해 왔기에 그의 마음을 훔칠 수 있었다. 그래서 그랬을까? 나 교수는 그를 신뢰해 까다롭거나 어려운 문제는 맨 먼저 찾는 이름이 되었다.

흰머리 윤편인은 그의 기대에 한 치의 망설임도 없이 천천히 주절거렸다.

"대항력을 가지고 있는 선순위 임차인은 주택임대차 보호법에 의해 주택을 양도받은 임차주택 양수인(타인의 권리·재산 및 법률상의 지위 등을 남에게서 넘겨받는 사람)에게 임대 보증금을 주장할 수 있다고 봅니다."

흰머리 윤편인은 선순위 임차인의 경우에는 최선순위 기준 권리에 앞선 대항력을 가지고 있어, 배당 요구서를 제출하지 않아도 낙찰자를 상대로 임대보증금을 청구할 수 있다고 알기 쉽게 말했다.

"헐…! 대박! 즁…말! 그런 거야?"

잠시 잊고 있었던 사람들은 그 말을 듣는 순간 잊었던 기억이 불현듯 떠올랐다. 그래서 깜박했다는 사실에 탄식을 하며 수런거리고 있었다.

"즉 임대보증금을 반환받을 때까지 임차주택의 존속(거주 및 점유)을 주장할 수 있습니다."

흰머리 윤편인은 잠시 생각을 하며 말을 중단했다가 다시 이어 갔다. 삼각 머리 조편재는 그런 여유로운 태도가 못마땅해서 "우라질 자식! 여유 부리기는…. 젠장!" 하며 혼잣말을 읊조렸다.

그러고는 얼굴 가득 짜증을 담은 채 찌푸린 눈길로 그를 쏘아보고 있었다. 그러거나 말거나 흰머리 윤편인은 이어 주절거렸다.

"그러므로 선순위 임차인이 배당요구를 신청했다가 철회를 요청

했다 하더라도 권리의 포기로 볼 수 없다는 겁니다."

그는 임차인이 배당요구 기한 내에서 배당 요구서를 제출하거나, 취하를 할 수 있다는 설명을 간과하고, 지나쳤다.

"헐…! 그런 거야? 쩐…다, 쩔…어!"

그 말에 짜증이 솟구쳐 상구 머리 노식신은 툴툴거렸다.

"그래서 이 경우는 낙찰자가 인수해야 합니다."

긴 설명을 끝내고 나서 흰머리 윤편인은 사발 머리 나 교수를 향해 '어때 이 정도 설명이면 마음에 드십니까?' 하는 아주 건방진 눈길로 응시하고 있었다. 수강생들은 '젠장! 맞기는 한 거야?' 하며 술렁거렸다.

"그렇습니다. 지금 들은 신대로 대항력 있는 선순위 임차인이 배당 요구서를 제출했다가 다시 취하를 해도 임차인의 권리는 자동 말소되지 않습니다."

"…"

"단, 취하는 배당요구 기일이 정해진 기간 내에서 포기할 수 있지만, 배당요구 기일이 지나서는 취하할 수 없다는 사실을 알아야 합니다."

사발 머리 나 교수는 두 눈에 힘을 주고는, 양 눈썹을 좌우로 꿈틀거리고 있었다.

"헐…! 알아…, 알아!"

새치 머리 안편관은 허접한 표정으로 그를 쏘아보며 중얼거렸다.

"그러므로 이 문제는 경락인(낙찰자)에게 인수되는 경우입니다.

이해하시겠습니까?"

사발 머리 나 교수는 재차 묻고는 뭔가 탐탁지 않은 얼굴로 서성거렸다.

"예…!"

수강생들은 너나없이 소리를 질렀다. 강의실은 금세 소란스러워지면서 술렁거렸다. 이들이 떠드는 망할 놈의 소리는 금세 가라앉지 않았다.

"제기…. 그럼 말소되는 줄 알았던 낙찰자는 졸지에 한 방 먹은 셈이네…. 크크!"

둥근 머리 맹비견은 어이가 없어했다. 그래도 스토리만큼은 스릴이 넘쳐, 재미있다는 얼굴로 한마디 중얼거렸다.

"완전 피박에 쪽박 찬 거지, 뭐…."

그의 말에 짱구 머리 나겹재가 익살스러운 낯짝으로 받아치며 빈정거렸다. 그 순간 젤 바른 선정재가 나서서 그녀를 향해 나지막한 소리로 주절거렸다.

"그러게…. 누구처럼 낙찰됐다고 한껏 기분을 냈다가 졸지에 돈만 날린 꼴이네요? 쯧쯧!"

그는 양손을 들어 어깨 뽕을 살짝 올리고는, 히죽대고 이죽거리며 미모의 명정관에게 살며시 눈짓을 보냈다.

"아…하! 그 친구분 말이죠? 크크!"

그녀는 젤 바른 선정재에 대해서 이미 많은 일들을 공유하고 있었다. 그래서 아는 척을 하며 미소를 지었다.

그럴 때면 속 알머리 봉상관은 아주 기분이 더러운 눈초리로 그들을 째려보면서 싸다듬이 눈총을 쏘아 대곤 했었다.

"그 녀석 아마 모르긴 몰라도 적어도 1억은 손해 보고 손 씻었을 겁니다. 흐흐…."

젤 바른 선정재는 아는 지인이 지금처럼 똑같은 경우를 당해 경매장을 떠났다는 이야기를 언제가 그녀에게 들려준 적이 있었다.

속 알머리 봉상관은 이들의 노는 짓이 눈꼴사납고 마땅찮아 냅다 소리를 질렀다.

"저기 말이죠? 교수님!"

젤 바른 선정재는 자신의 뒤통수에 대고 고함을 치자, '이 영감탱이가 기차 화통을 삶아 처드셨나?' 하며 읊조리고는 짜증이 잔뜩 난 눈빛으로 쏘아보았다. 미모의 명정관은 '어머… 팀장님이 보약을 드셨나 봐?' 하며 피식 웃고 있었다.

"예…. 질문하신 분 말씀하세요."

그는 속 알머리 봉상관을 가리켰다.

"무허가 건물에 입주한 임차인도 임대차 보호법을 적용받습니까?"

그는 지난 가을철에 입찰 나온 무허가 건물이 생각나 묻고 있었다. 그는 임차인이 있다는 소리에 입찰을 거른 적이 있었다. 속 알머리 봉상관은 질투보다는 나중을 위해서라도 해답을 듣고 싶었다.

"무허가 건물이라도 주택 임대차 보호법 제3조 2항의 규정을 적용받습니다."

사발 머리 나 교수는 교탁 위에 놓인 교재를 뒤적거려 필요한 내용을 읽어 주고는 바로 고개를 들었다.

"그럼 교수님! 소유주가 바뀐 무허가 건물의 임차인은 누구에게 임차권을 주장할 수 있습니까?"

속 알머리 봉상관은 재차 묻고는 미간을 오므렸다 피면서 그를 바라보며 기다렸다.

"전 소유주에게 건물을 임차한 임차인은 새로운 소유주, 즉 건물을 양도받은 양수인에게 임차권을 주장할 수 있습니다."

사발 머리 나 교수는 완전 당연하다는 표정으로 모두에게 강조했다.

"헉…! 정말?"

미모의 명정관은 입술을 오물거리며 읊조렸다.

"왜냐하면 건물을 매수한 양수인은 주택 임대차 보호법 제3조 2항의 임대인의 지위를 승계했기 때문입니다."

사발 머리 나 교수는 무슨 의미인지를 아시겠느냐는 눈빛으로 두루두루 이곳저곳을 쏘아보았다.

"아니… 미등기 건물에 세 든 임차인도 보호를 받는다는 말이야…?"

상구 머리 노식신은 혼잣말을 중얼거렸다. 사발 머리 나 교수는 비슷한 문제를 하나 꺼내 놓고는, 새롭게 물어 왔다.

직접점유와 간접점유

"에… 여러분은 주택을 직접 점유하던 임차인이 다시 세를 놓고, 간접점유(물건의 소유자가 남과 법률관계를 맺어, 그 물건을 넘겨주는 경우의 점유)로 전환한 경우 그 임차인이 대항력을 가지고 있다고 보십니까? 아니면 없다고 보십니까? 누가 답변해 보실 분…?"

사발 머리 나 교수의 시선은 한 사람을 향하고 있었다.

"없다고 봅니다!"

그 순간 짱구 머리 나접재가 불쑥 나서며 고함을 치듯 대답했다.

"크크! 그래요? 그러면 거기에 합당한 답변을 말해 보실까요?"

사발 머리 나 교수는 어이가 없는 얼굴을 보이며 해죽 웃고는, 그를 몰아붙이듯 물었다.

"이유는 잘 모릅니다!"

짱구 머리 나겁재는 능청을 떨듯이 아주 뻔뻔스러운 낯짝으로 나불거렸다.

"까르르…!"

"으하하하…!"

순간 강의실은 폭소가 터져 웃음바다로 변해 갔다. 이들은 그의 뻔뻔함과 능청스러움에 기가 막히고 코가 막혀 웃음이 빵 터졌다. 사발 머리 나 교수도 뜻밖에 답변에 어이가 없는 표정으로 허탈하게 웃고 있었다.

그는 소란이 가라앉기를 잠시 기다렸다. 그러고는 이들을 따라 히죽히죽 함께 웃고 있던 사발 머리 나 교수는 강의실 웃음소리가 차츰 가라앉고서야 다시 강의를 이어 갔다.

"그럼 누가 대신 설명해 보실 분 없습니까?"

그는 한 손을 들고 강의실을 천천히 훑어보았다.

"제가 한번 설명해 보겠습니다."

그때까지 킥킥거리며 웃고 있던 큰 머리 문정인이 슬며시 손을 들고 나섰다.

"예…. 말씀해 보세요."

사발 머리 나 교수는 기다렸다는 반가운 표정을 짓고는, 오른손을 내밀어 그를 가리켰다.

"임차인이 주택을 점유하는 방법은 본인이 거주하는 직접점유(물건을 직접 지배하거나 점유 보조자를 통해 점유하는 일)와 타인의 점유를 매개(양편의 관계를 맺어 줌)로 하는 간접점유가 있습니다."

그는 사발 머리 나 교수의 눈치를 슬쩍 살펴 가며 말했다.

"헐…! 직접점유와 간접점유…?"

생소한 소리에 수강생들은 '이게 뭔 소리인가?' 싶어 술렁거렸다.

"그러나 두 점유 모두 주택 인도와 주민등록을 마쳐야 대항력이 발생한다고 봅니다."

큰 머리 문정인은 설명을 마치고, 사발 머리 나 교수를 물끄러미 올려다보고 있었다.

"아주 설명을 잘하셨습니다."

사발 머리 나 교수는 흐뭇한 미소로 엄지손을 추켜 세워주면서 칭찬을 하고 나섰다. 그는 '뭘 그 정도 가지고.' 하는 표정을 지었다.

"다만, 여러분이 기억하실 내용은 주택에서 직접점유를 하던 임차인이 자신의 주소지만 남겨 놓은 채 이사를 하고, 타인을 매개로 해서 간접점유를 하는 경우에는 대항력이 인정되지 않는다는 겁니다. 아시겠습니까?"

그의 설명은 간접점유 하는 새로운 전차인(새 임차인)이 주택 점유와 주민등록 즉 주거와 전입을 마쳐야 대항력이 발생한다는 것이었다.

"예…!"

몇몇 수강생들은 개념을 이해하지 못한 채로 목청만 높이고 있었다.

"헐…! 저건 또 뭔 개소리야…?"

짱구 머리 나겹재가 짜증을 확 내면서 구시렁거렸다.

"에그, 시벌! 내 말이…. 젠장! 직접점유는 뭐고, 간접점유는 또 뭐란 말인가?"

옆자리에 있던 둥근 머리 맹비견은 짜증이 섞인 말투로 툴툴대면서 대거리를 하듯이 맞받아쳤다.

"좌우지간에 뭐, 그런 게 있다는 사실만 알면 되겠지요? 젠장맞을!"

짱구 머리 나겁재는 인상을 잔뜩 구겨 가면서 중얼거렸다. 돈 사랑 팀원들은 뭐라 말은 못 하고, 속으로만 쿡쿡 웃고 있었다.

"교수님! 그러면 간접점유자가 주택에 주민등록을 전입신고하고 난 이후에도 거주하고 있어야 대항력을 인정받습니까?"

삼각 머리 조편재는 얄궂은 얼굴을 불쑥 들이밀며, 아닌 밤중에 홍두깨처럼 물어 왔다.

"하하하! 그렇습니다. 최초의 직접점유자(임차인)가 대항력을 상실하지 않는 방법은 간접점유자(전차인)가 해당 주택에 주민등록을 전입해 직접점유를 하고 있는 것입니다."

사발 머리 나 교수는 직접점유자인 임차인이 주소를 전출해도, 간접점유자인 전차인(새임차인)이 주민등록을 거주지에 전입하고, 직접 거주하면 직접점유자에서 간접점유자로 전환되어 주소를 전출한 임차인(전 임차인)도 수호신 대항력을 상실하지 않는다는 것이었다.

"헐…! 그런 거야…?"

삼각 머리 조편재는 직접점유자가 간접점유자에게 다시 임차한 전차인이라는 사실과 간접점유자가 임대인(주택소유자)에게 주택을 임대해 전 전세를 놓은 직접점유자(전 임차인)였다는 사실이 이해가 됐는지, 고개를 끄덕이고 있었다.

"즉, 한마디로 주택에 현재 거주하는 직접점유자가 자신의 전입신고를 마쳐야 두 사람(임차인과 전차인) 모두에게 대항력이 발생한다는 말입니다. 이해가 되셨습니까?"

사발 머리 나 교수는 두 눈을 희번덕거리면서 아시겠느냐는 표정으로 물었다.

"예…!"

개념을 이해한 일부의 사람들이 목청을 높였다.

"아니요!"

여기저기서 우라지다 자빠질 소리가 메아리치듯 들려왔다. 강의실은 금세 잡다한 소리들로 퍼져나가고 있었다.

사발 머리 나 교수는 직접점유와 간접점유를 헷갈려 하는 사람들이 섞여 있다는 정황을 잘 알고 있는 눈치였다. 그는 한 번에 모든 내용을 이해할 수 없다는 이들의 고충을 잘 아는 것처럼 고개를 끄덕이고 있었다.

"이해가 잘 안되시는 분들은 주위 분에게 물어서라도 반드시 개념을 정리하시길 바랍니다."

사발 머리 나 교수는 실실 웃어 가며, 이제는 두 번 강의가 없다는 것을 은근히 심어 주고 있었다.

"헐…! 이해 못 하면 어때…? 젠장!"

곱슬머리 수강생 하나가 구시렁거렸다.

사발 머리 나 교수는 기초적인 법률 지식이 없는 사람들을 상대하기란 여간 어려운 것이 아니라는 어려움을 새삼 느끼면서 지친 듯 혀를 내두르고 있었다.

그 반면 수강생들은 난해한 내용들을 소화시키느라 나름대로 스트레스가 쌓여 갔다. 하지만, 비싼 수강료를 생각하며 꾹 참고 있었다.

탁! 탁!

"자… 자! 그럼 비슷한 경우를 하나 더 살펴보기로 합시다."

사발 머리 나 교수는 흩어진 분위기를 한 곳으로 집중시켜 놓고는 다시 강의를 이어 갔다.

"대항력을 가진 선순위 임차인이 주택 임대인의 동의를 얻은 이후에…"

"…"

"전차인(임차인과 계약으로 법률관계를 체결한 자)과 전대차계약(빌리거나 꾼 물건을 남에게 다시 빌려주는 계약)을 새로 체결했습니다. 그리고 그 이후에 주민등록을 이전한 경우라면 여러분은 대항력이 소멸한다고 보십니까? 아니면 그 반대라고 보십니까?"

사발 머리 나 교수는 느물스러운 표정을 지어 가며 물었다.

"소멸하지 않습니다!"

한동안 침묵을 지키고 있던 새치 머리 안편관이 단호한 표정으로 소리를 질렀다.

"아니… 저는 소멸한다고 봅니다! 흐흐…"

짱구 머리 나겁재는 무슨 이유인지 그와 반대 입장을 피력하고
나섰다. 수강생들은 누구의 주장이 맞는 말인지가 궁금해 의혹의
눈총을 쏘아 대고 있었다. 이미 내용을 아는 이들은 실실 웃고 있
었다. 그리고 그들의 입에서 무슨 잡다한 소리가 나올까? 잔뜩 기
대에 찬 눈빛으로 귀를 기울이고 있었다.

"그럼, 먼저 답변한 분부터 그 이유를 설명해 보실까요?"

사발 머리 나 교수는 말끝에 새치 머리 안편관에게 눈짓을 하며
그를 주시하고 있었다.

"좀 전에도 교수님께서 주택을 점유한 직접점유자가 주민등록을
마친 다음 실제로 거주하고 있다면, 대항력은 소멸하지 않는다고,
설명하신 것처럼, 이 경우에도 적법한 절차를 거쳐 전차인에게 주
택을 양수(타인의 권리·재산 및 법률상의 지위 등을 넘겨받는 일) 또는 전
대(꾸어 온 것을 다시 남에게 꾸어 줌)한 경우에 해당하기 때문입니다.
따라서 임대인의 대항력은 상실하지 않는다고 봅니다. 단 직접점유
자인 전차인이 점유와 주민등록 이전을 마쳐야 한다는 단서가 붙
습니다."

새치 머리 안편관은 조리 있게 설명을 마치고, 곧바로 사발 머리
나 교수를 향해 '맞습니까?' 하는 눈빛으로 응시했다.

"그럼, 이번에는 소멸한다고 주장하신 분은 왜 소멸하는지를 그
이유에 대해 설명해 보실까요?"

사발 머리 나 교수는 말끝에 강렬한 눈빛으로 그를 쏘아보고 있
었다.

"헤헤! 앞에 분이 설명한 걸 듣고 보니 제 판단에 잠깐 착오가 좀 있었던 것 같습니다. 흐흐⋯. 그래서 소멸하지 않는 쪽이 타당한 것 같습니다."

짱구 머리 나겹재는 '괜히 끼어들었나?' 싶은 생각에 겸연쩍은 인상을 해 가지고 뒷머리를 긁적거리고 있었다.

"허⋯! 그렇습니까?"

사발 머리 나 교수는 그의 태도에 어이가 없는 듯 피식피식 웃고 있었다.

"킥킥⋯!"

"크크! 아니, 개무시할 때는 언제고, 이제 와서 나 몰라야⋯? 지린다. 정말!"

일부의 수강생들은 속닥거리며, '낄낄' 웃었다. 강의실은 금세 웅성거렸다.

"그래도 자기주장을 말할 수 있는 발표력은 아무나 가질 수 있는 용기가 아니라고 봅니다."

사발 머리 나 교수는 무안해서 고개를 납작 수그리고 있는 그를 능청스럽게 감싸 주고는, 히죽히죽 웃고 있었다.

"앞에서의 경우처럼 주택 임대인과 적법한 절차를 거쳐서 주택을 임차인이 전대한 경우에는 전차인(새 임차인)이 주택을 점유하고, 전입신고를 마치면 다음날 0시부터 대항력은 발생합니다."

사발 머리 나 교수는 여기까지 말하고는 주위를 살피며, 두 눈을 주억거리다가 다시 이어 갔다. 수강생들은 그의 설명을 듣고는 부지런히 볼펜을 놀리며, 고개를 끄덕끄덕거리고 있었다.

"이와 같이 간접점유 임차인은 직접점유 전차인이 대항력을 갖추고 살고 있다면, 다른 지역으로 주민등록을 전출했더라도 보증금을 지켜 줄 수 있는 대항력은 소멸하지 않습니다."

사발 머리 나 교수는 말끝에 미모의 명정관을 바라보며 히죽 웃었다.

"다들 이해가 되셨습니까?"

그는 전체를 천천히 둘러보며 힘주어 물었다.

"예…!"

대충이라도 개념을 이해한 사람들은 사나운 맹수가 포효하듯 소리를 지르고 있었다.

사발 머리 나 교수는 세 든 임차인이 주택 임대인의 승낙을 얻고 나서 전차인에게 주택을 전대차했다면, 문제가 될 소지는 없다는 것이다.

다만, 반드시 지켜야 할 것은 주택에 살고 있는 전차인이 전입신고를 마쳐야 한다는 것이다. 그래야 대항력이 소멸하지 않는다.

그래서 그는 신고 정신을 강조하고 있는 것이었다.

"헐…! 우선은 주택 임대인의 허락을 받고, 나중에 전차인이 전입신고를 반드시 해야 된다 말이지…?"

흰머리 윤편인은 입 안을 가글하듯 혼잣말을 웅얼거렸다.

사발 머리 나 교수는 수런거리는 소란 속에서 빠른 속도로 교재를 훑어보면서 책장을 넘겼다. 그가 다시 고개를 들고 목청을 높이자, 눈치를 살피던 소란스러움은 슬며시 수그러들기 시작했다.

"이번 문제는 여러분이 배운 주택임대차 가운데 지금의 경우와 조금 다른 문제입니다."

그는 눈매를 가늘게 뜨고서 실실 웃어 가며, 숨겨 놓은 뭔가를 내놓을 표정으로 말했다.

"헐…! 또 뭔데?"

수강생들은 지친 표정을 해 가지고 짜증을 부리듯 종알거렸다.

본인 주민등록 퇴거한 대항력

"세대주가 가족의 주민등록은 그대로 둔 채 자신의 주민등록만 퇴거한 경우입니다."

"…"

"헉…! 어떻게 그럴 수가…?"

수강생들은 순간 쑥덕거렸다.

"이런 경우라면 대항력은 소멸 됩니까?"

"…"

"아니면 그대로 존재하겠습니까?"

사발 머리 나 교수는 히죽거리며, 누가 대답할 건지 이들의 얼굴을 살피고 있었다.

"소멸합니다!"

"존재합니다!"

여기저기서 자신이 옳다고 소리를 질렀다.

그 바람에 강의실은 웅성거리는 소란 속에서 일순간에 수업 분위기가 난장판처럼 흐트러져 버렸다.

"아! 조용…! 조용하세요! 음…. 정답부터 말씀드리자면, 존재합니다."

사발 머리 나 교수는 말끝에 히죽 웃었다.

"헉…! 미쳤어…. 정말?"

한쪽에서 누군가 소리쳤다.

"세대주 임차인이 가족과 동거하면서 가족의 주민등록은 주소지에 그대로 남겨 둔 채 일시적으로 세대주 임차인만 주민등록을 전출하는 경우에는 가족의 전체적인 퇴거라 볼 수 없습니다."

사발 머리 나 교수는 무슨 말인지 이해를 하시겠느냐는 얼굴로 모두를 바라보며 씨익 웃고 있었다.

"헐…! 대박!"

여성 수강생들은 탄성을 지르고는 소곤거렸다.

"그러므로 종국적으로는 임차인의 주민등록이 이탈이라고 볼 수 없다는 대법원의 판결에 의거(어떤 사실이나 원리에 근거함)해 세 든 임차인의 대항력은 살아 있다고 보는 쪽이 맞습니다. 아시겠습니까?"

사발 머리 나 교수는 모두를 향해 '알겠죠?' 하는 두 눈으로 희번덕거렸다.

"예…!"

수강생들은 엉겁결에 소리를 지르고, 서로를 쳐다보면서 히죽 웃고는 고개를 흔들고 있었다.

"헐…! 저건 또 뭔 우라질 개소리냐?"

짱구 머리 나접재는 좀 황당하다며, 눈을 치켜뜬 채 종알거렸다.

"아니, 자기 주민등록을 전출시켜도 가족들이 함께 전출신고를 하지 않고, 그 집에 남아 살고 있다면 대항력은 상실하지 않는다는 소리 같은데 아닙니까?"

상구 머리 노식신은 의혹이 가득 찬 표정을 해 가지고 흰머리 윤편인을 향해 물어 왔다.

"맞습니다. 맞고요, 자신의 주민등록을 일시적으로 다른 곳으로 전출시켜도, 주민등록을 함께하는 가족들이 그 주소지에 남아서 살고 있다면, 임대보증금의 수호신 대항력은 그대로 살아 있다는 말입니다."

그는 그의 물음에 맞장구를 치면서, 보충 설명을 살짝 보탰다. 강의실은 수강생들의 수선스러움에 잠시 소란스럽다가 점차 소강 상태를 보이고 있었다.

그사이 사발 머리 나 교수는 책에서 뭔가를 다시 찾고 있었다. 상구 머리 노식신은 비슷비슷한 내용들이 혼잡하게 뒤섞여 머릿속을 아리송하게 뒤흔드는 궁금증을 참지 못했다.

전입신고 실수

그래서 묻는 길에 재차 흰머리 윤편인을 쿡 찌르며 주절거렸다.

"윤 형, 실제 지번은 산山 177번지인데, 산은 깜박 잊고, '177 번지'로 전입신고를 했는데 말입니다. 그래도 적법한 공시방법으로 유효할까요?"

"그래요?"

"왜냐하면 건축물대장이나 등기사항전부증명서(등기부등본)에 기재된 산 177번지와 등록 주소가 달라서 혹 문제가 되지 않을까 싶어 묻습니다."

경매 지식을 꿰고 있는 그는 알겠지, 하는 생각에 답답한 궁금증을 눈치껏 속삭거렸다. 주위에 수강생과 돈 사랑 팀원들도 호기심에 이들에게 눈길을 돌려 가며 이따금씩 힐끔힐끔 쳐다보고 있었다.

"왜 전전 시간에 서류를 확인하는 수업에서 거기에 대해 배웠는데 별안간 생각이 잘 안 나십니까?"

흰머리 윤편인은 그의 얼굴을 바라보며, 기억을 더듬어 보라고 눈치를 주었다.

"그때 교수님이 주소와 관련된 사항은 토지대장이나 건축물대장을 기준하고, 권리사항은 등기사항전부증명서를 기준 한다고 설명을 했잖습니까?"

그는 일전에 수업 시간을 떠올려 가며, 그의 기억을 되짚어 주었다.

"아, 그랬나…? 돌대가리라 그런지 도무지 생각이 잘나지 않네. 우라질!"

그는 기억을 더듬어 가며 잠시 눈동자를 어지럽게 움직이고 있었다. 그러자 흰머리 윤편인이 주절거렸다.

"제가 판단할 때는 주민등록에 등재된 주소가 대장과 다르다면, 아마 유효한 공시방법으로 제삼자가 인식할 수 없다고 생각합니다."

그는 부정적인 입장을 취하며, 흰머리를 좌우로 흔들었다.

주위에서 듣고 있는 돈 사랑 팀원들은 대충은 알고 있는 듯 자기들만의 몸짓을 놀리고 있었다. 그러나 상구 머리 노식신은 '으음…. 그렇구나?' 하며 신음하듯 속으로 읊조렸다.

"만약, 정말 그렇다면 대항력 발생에 문제의 소지가 있다고 봅니다."

흰머리 윤편인은 그의 이해를 돕기 위해 약간의 보충 설명을 늘어놓았다.

"그럼 어떤 조치를 취해야 할까요?"

상구 머리 노식신은 순간 당황해서 뻔히 알면서도 정말 모르는 사람처럼 물었다.

그러는 그를 팀원들은 이상한 눈빛으로 곁눈질을 하며 힐끔힐끔 쳐다보면서 뭔가 마땅찮은 듯 입을 삐죽거렸다.

"그거야 당장이라도 주민등록에 기재된 177번지를 건축물 대장의 주소인 산 177번지로 정정 신고하시고, 주소를 바로잡으셔야 되겠죠?"

눈치껏 속삭거린 흰머리 윤편인은 그의 얼굴을 안타깝다는 눈길로 빤히 쳐다보았다.

"그러면 동사무소(주민 센터)에 찾아가서 정정 신고하면 될까요?"

상구머리 노식신은 그렇게 묻고는 겸연쩍은 표정을 지었다.

"아마… 그래야 하지 않겠습니까? 허허허!"

흰머리 윤편인은 비아냥거리는 표정으로 얄밉게 웃었다.

"저기, 한 가지만 더 물어볼 게 있는데, 혹시 지번만 전입신고하고, 호수를 기재하지 않았는데, 혹 그것도 공시 방법으로 유효합니까?"

상구 머리 노식신은 마른 입술에 침을 바르며, 혓바닥을 날름거리고 물어 왔다.

"아니…. 아직 개념을 이해를 하지 못한 것은 아니시겠죠?"

흰머리 윤편인은 실망스러운 표정으로 물어 가며, 이어 다시 주절거렸다.

"왜 일전에 이 문제도 교수님이 설명한 걸로 알고 있는데, 기억이 잘 안 나세요?"

그는 조금 무시하는 투로 묻고는 한심하다는 눈초리로 째려보고 있었다.

"그랬습니까…? 저는 도무지 통… 기억이 떠오르지 않습니다. 벌써 건망증이 생긴 모양입니다. 요즘은 도대체가 제정신이 아닙니다."

상구 머리 노식신은 자신을 자책하며 나무라듯 말했다.

"허허허! 가끔 그럴 때가 있더라고요."

흰머리 윤편인은 고새 알량한 동정심이 발동했다. 그래서 그의 말에 측은한 마음이 들어 살짝 보듬어 주었다.

"윤 형, 유효한지 안 한지 결론부터 말해 주실래요?"

그는 내놓고 말을 못 한 남모를 걱정에 근심이 가득 찬 눈빛으로 물어 왔다.

"하하! 그게 말입니다. 주택의 종류에 따라 구별이 다르거든요."

흰머리 윤편인은 똥줄이 타는 그와는 다르게 여유를 부려가며, 말을 꺼냈다. 옆자리에서 지켜보는 큰 머리 문정인은 귀를 기울려 듣고는 빙그레 웃고 있었다.

"그래요, 어떻게 다릅니까?"

상구머리 노식신은 궁금한 눈빛으로 서두르듯 물었다.

"후후…. 우선은 알고 싶은 주택의 종류가 무엇인지부터 말해 주시겠습니까?"

흰머리 윤편인은 가볍게 물었다.

"아⋯하! 주택이요? 글쎄⋯ 연립주택인지? 빌라라고 그랬나⋯? 하여튼 확실하지 않지만, 아마 맞을 겁니다."

상구 머리 노식신은 고개를 갸우뚱하고는 추측하듯 말했다.

그 소리를 듣자, 큰 머리 문정인은 그를 쏘아보며 한심하다는 눈빛으로 혀를 '끌끌!' 차고 있었다. 그러나 흰머리 윤편인은 씨익 웃고는 차분하게 주절거렸다.

"그렇습니까? 아까 호수를 빠트린 채 전입신고를 했다고 말했죠?"

그는 궁금한 그의 눈을 쳐다보면서 물었다.

그러고는 그의 답변을 기다리며 두 눈을 주억거렸다.

"예⋯. 번지만 신고하고 호수는 기재하지 않았습니다."

상구머리 노식신은 고개를 끄덕이며 대꾸했다.

"결론부터 말하자면, 공동주택의 경우 호수를 빠트리고 한 전입신고는 제삼자가 인식(사물을 분별하고 판단) 하는데 어려움이 따르므로 임대보증금의 수호신 대항력은 그래서 발생하지 않습니다."

흰머리 윤편인은 단호한 어투로 말하고는 괜히 민망해하는 표정으로 그를 쳐다보았다. 그 순간 상구 머리 노식신은 낯빛이 검겨지듯 변해서 순간 어두운 그늘이 스치고 지나갔다.

그러고는 실망한 눈빛으로 재차 물어 왔다.

"그럼 호수를 기재하지 않아도 대항력이 발생하는 주택은 몇 종류가 있습니까?"

그는 해법을 찾고 싶은 요량으로 눈빛에 힘을 주며 매달렸다.

"왜? 지난번에 교수님이 아파트, 연립주택, 다세대 등 공동주택은 전입신고 시에 주소 표기 란에 반드시 주소, 번지, 동, 호수까지 정확하게 기재해야 된다고, 강의했는데, 어째… 기억이 잘 안 납니까?"

흰머리 윤편인은 그의 시선을 응시하며 속닥거렸다.

"알아요, 들은 기억이 있습니다."

그는 어렴풋이 내용이 떠올라 상구 머리를 끄덕였다.

"그리고 다가구나 다중 주택 또는 한옥 같은 단독주택은 주소와 번지만 정확하게 기재해도 임대보증금의 수호신 대항력에 문제가 없다고 하지 않았습니까…?"

흰머리 윤편인은 어깨 뽕을 추켜세우며, 그를 물끄러미 쳐다보았다.

한동안 지켜보던 미모의 명정관은 그의 장난기 있는 모습이 재미있어 피식 피식 웃고 있었다.

그녀와 다르게 상구 머리 노식신은 걱정스러운 핼쑥한 얼굴로 주절거렸다.

"아… 맞아, 그랬지요? 그럼, 빌라 같은 다가구 주택 등은 단독주택에 해당된다, 이 말입니까?"

"…"

윤편인은 순간 그렇다며 흰머리를 까닥거렸다.

"그럼 그런 주택은 호수를 빠트려도 대항력이 살아 있다는 말입니까?"

상구 머리 노식신은 그 말을 묻는 순간 어두웠던 낯빛이 환하게 밝아지며 실 웃었다.

"그렇습니다."

흰머리 윤편인은 고개를 끄덕였다.

"이제야 뭔가 감이 잡히는 게 속이 다 후련합니다. 헤헤!"

상구 머리 노식신은 방금까지도 노심초사했던 걱정이 사라졌다. 그의 낯빛은 어느새 수심은 간데없고, 해바라기처럼 환하게 웃고 있었다.

"좌우지간 감사합니다…"

왜냐하면 그는 빌라주택을 연립주택(동당 건축 연면적이 660평방미터를 초과하는 4층 이하의 공동주택)으로 잘못 알고 있었다. 그가 물어본 건축물이 위치한 지역은 단독주택 전용지역으로 다가구주택(19세대 이하가 거주할 수 있는 단독 주택의 하나. 현행법에는, 3층 이하로 연면적이 660평방미터 이하인 건물) 혹은 다세대주택(4층 이하의 영구건물로서 건물의 연면적이 660평방미터 이하이면서 건축 당시 다세대주택으로 허가받은 주택)이었다.

그런데 잠시 헷갈려 하다가 단독주택(단독, 다중, 다가구) 지역에 지어진 필로티(근대건축에서 건물 상층을 지탱하는 독립기둥으로, 벽이 없는 1층의 주열) 다가구 주택이라는 사실을 확신하고서야 비로소 웃음을 되찾은 것이다. 그는 그제야 비로소 상구 머리를 끄덕거렸다.

"하하하! 이제라도 이해가 됐다니 그나마 다행입니다."

그의 인사에 흰머리 윤편인은 왠지 모르게 뿌듯한 기분이 들었다.

한동안 책을 뒤적이던 사발 머리 나 교수는 원하는 내용을 찾고서야 고개를 들었다. 그는 웅성거리는 수강생들을 향해 새로운 질문을 던지며 이렇게 주절거렸다.

"여러분 가운데 주택을 임대하고, 전입신고를 했다가 사정이 생겨서 일시적으로 전출을 갔다가 다시 재전입을 했다면 대항력은 언제 발생하는지를 누가 한번 설명해 보실 분 없으십니까?"

사발 머리 나 교수는 모두를 향해 손을 들고서 답변자를 찾았다. 수강생들은 주저주저하듯 하나둘씩 손을 들고 있었다.

"거기 손 드신 분?"

그가 한 사람을 지적하자 이들은 서로를 쳐다보느라 우왕좌왕하고 있었다.

"아니…. 그 옆의 분 말씀해 보세요."

사발 머리 나 교수는 꿩 잡는 매의 눈빛으로 그를 가리켰다.

"저요…?"

둥근 머리 맹비견은 자신을 가리키며, 나 교수를 올려다보았다.

"예…."

사발 머리 나 교수는 고개를 끄덕이며 가리키던 손짓을 내렸다. 그는 무슨 연유로 건성으로 손을 들고 있는 둥근 머리 맹비견을 꼭 집어 가리켰다.

자신을 가리킨다는 사실을 알고부터 둥근 머리 맹비견은 '쳇! 우라질 인간! 왜 하필 또 나야…? 젠장!' 하며 그를 향해 험상궂은 눈알을 부라리고는, 답변을 시작했다.

"에… 임차인이 주택의 소재지에 주민등록을 전입신고 한 다음 날 0시부터 대항력이 발생한다고 봅니다."

둥근 머리 맹비견은 될 대로 되라는 식으로 알고 있는 상식들을 취합해서 뇌까리고는 그의 눈치를 슬쩍 살피고 있었다.

그의 설명을 다 듣고 난 사발 머리 나 교수는 곧바로 주절거렸다.

"하하하! 맞습니다. 여러분은 그렇게 배웠습니다."

그는 기가 막혀 그냥 웃었다. 둥근 머리 맹비견의 답변은 방향을 잘못 잡고 설명했기에 웃어넘긴 것이다.

"헐…! 아주 가지고 노는구만."

후미에서 누군가 종알거렸다. 생뚱맞은 그의 답변을 그럴싸하게 포장한 사발 머리 나 교수는 에둘러 정곡을 찌르며 말했다.

"그런데 질문과는 다른 생뚱한 답변을 내놓고 말았습니다. 즉 묻는 문제의 요지는 다른 데 있다 이 말입니다."

그의 반응에 둥근 머리 맹비견은 머리를 긁적이며, 피식피식 웃고 있었다.

수강생들은 혹시라도 자신을 시킬까 싶어 전전긍긍하며, 그의 눈을 외면하고 있었다.

"누가 자신 있게 설명해 보실 분…?"

사발 머리 나 교수는 수강생들이 질문을 비켜 가도 하하 거렸다. 상대방을 배려하는 마음에 아니 그보다 당신만의 강의 방식으로 수강생들을 포옹하듯 끌어안았다.

"제 생각에는 임차인이 주택 소재지에 전입한 날짜에 대항력이 발생한다고 보지 않습니다."

흰머리 윤편인은 그가 잘못 판단하고 있다는 생각에 구원 투수처럼 대타로 나섰다. 주위에 앉은 삼각 머리 조편재가 질시 어린 눈길로 그를 쏘아보면서 '자식! 하여튼 난 척은….' 하며 입을 실룩거렸다.

"그 이유는 어디에 있다고 보십니까?"

사발 머리 나 교수는 그의 등장에 반가운 얼굴로 물었다.

"임차인이 전입한 이후에 전출을 갔다가 다시 재전입해서 돌아왔기 때문입니다."

그는 거침없이 대답했다.

"헐…! 그게 뭐? 어쨌다는 건데…?"

둥근 머리 맹비견은 꽁알거리듯 입속말로 웅얼거렸다.

"따라서 기존의 대항력은 소멸했다고 봅니다."

흰머리 윤편인은 어깨 뽕을 살짝 올리며, 양팔을 벌렸다.

"헐…! 정말?"

소리를 지른 사람들은 '정말… 맞기는 맞는 건지? 젠장! 뭐 알아야 면장을 하든, 답변을 하든 하지?' 하고는, 고개를 가볍게 흔들며 속닥거렸다.

"그럼 대항력은 언제 발생한다고 보십니까?"

사발 머리 나 교수는 의미 있는 웃음을 웃어 가며, 다시 물어 왔다.

"임차인의 대항력은 다시 재전입한 다음 날 0시부터 발생한다고
봅니다."

그는 설명을 끝내 놓고서 사발 머리 나 교수가 뭐라 할지가 궁금
해서 그의 툭 불거진 입술을 응시하고 있었다.

"허허허! 그렇습니다. 임차인이 소재지에 주민등록을 전입했다가."

"…"

"사정상 일시적으로 주소를 전출해 갔다는 사실은 이전 주소지
에 대항력을 상실했다는 것과 같습니다."

사발 머리 나 교수는 말끝에 잠시 책을 훑어보고는 다시 이어
갔다.

"왜냐하면 임차인이 전출한 뒤 그 짧은 시간에 담보권이 설정 되
었다면, 임차인의 대항력을 인정할 수 있겠느냐? 하는 웃지 못할
심각한 문제가 발생합니다."

사발 머리 나 교수는 눈동자의 힘을 바짝 주고 말했다.

"헉…! 대박! 듣고 보니 그럴 수도 있겠네?"

수강생들은 서로를 쳐다보며 구시렁거렸다. 그 순간 매매를 이용
한 전세 사기 사건이 이슈로 떠올라 강의실은 매우 소란스러웠다.

"만약 임차인의 전입 일자가 동일성을 인정받는다면, 담보권자
는 채권의 반환에서 생각지 못했던 손해를 감수해야 하기 때문
입니다."

사발 머리 나 교수는 '알겠죠?' 하는 눈빛이었다.

"헐…! 대박! 쩐…다!"

흰머리 윤편인은 혼잣말을 속살거렸다.

사발 머리 나 교수는 잠시 숨을 고르며, 광대뼈를 매만졌다. 그러고는 책장을 한 페이지 넘겨 놓고, 다시 강의를 이어 갔다.

"그러므로 임차인의 대항력은 재전입한 날 다음 날 0시부터 새로운 대항력이 발생하는 겁니다."

그는 설명을 마치고 먼저 모두를 살펴 가며, 이들의 반응부터 체크했다.

"헉…! 그런 거야…?"

돈 사랑 팀원들은 쑥덕거리고 있었다.

사발 머리 나 교수는 수강생들의 표정부터 확인했다. 그리고 나서야, 흰머리 윤편인을 향해 엄지손을 세웠다.

사발 머리 나 교수가 그를 추어주는 이유는 언제나 자신의 기대에 부응하면서 수업을 이끌어 가는 데 실망시키지 않는다는 것이었다.

그래서 그에게 주는 작은 답례인지 모른다.

여기서 잠깐 흰머리 윤편인에 대해 살펴보면 이렇다. 그는 중키에 체격은 건장했으며, 이상을 실현하기 위해 근본을 캐고, 연구하는 추구적 성향을 가진 성격이었다.

또한 문사에도 우수한 재능을 가졌다. 반면 신비스러운 것을 탐구하는 호기심 발달로 나름 역술에도 일가견이 있었다. 흰머리 윤편인은 현실보다는 미래 구상이나 공간성에 뛰어난 소질을 보였다.

그는 순발력과 재치가 뛰어나며 인내력을 품고 있었다. 그 반면에 속박을 싫어했다. 예능에도 뛰어나 만인의 인기를 한 몸에 받았다. 하지만, 방랑과 파괴 그리고 창조와 개혁을 추구하는 사내이기도 했다.

한편 사발 머리 나 교수는 대체적으로 밝은 표정을 하고 있는 수강생들의 얼굴에서 만족감을 얻고 있었다.

수업을 마치며

어느덧 오후 햇살은 시들해지며 창 너머로 붉은 석양빛이 물들어 가고 있었다.

"에… 오늘 수업은 여기까지 하는 걸로 하고, 끝내도록 하겠습니다."

사발 머리 나 교수는 강의를 마친다는 소리에 힘을 주고는 모두를 쳐다보며 실실 웃었다.

"헐…! 정말?"

수강생들은 수업을 종료한다는 소리에 시간을 확인하고서 금세 쑥덕거리며 소란을 떨고 있었다.

"오늘도 수업을 받느라 수고들 하셨습니다."

사발 머리 나 교수는 두 눈을 희번덕거리고는 계속 말했다.

"다음 주 수업은 법원 현장실습을 할 예정입니다."

그는 목청을 약간 높였다.

"헐…! 현장실습?"

흰머리 윤편인은 혼잣말로 웅얼거렸다.

"그런 줄 아시고, 학교로 나오시는 분이 없도록 각 조 팀장님들이 각별한 주의를 기울여 주시길 부탁드립니다."

사발 머리 나 교수는 씨익 웃음을 보이며 말했다.

"교수님! 어디로 모이면 되나요?"

모임 장소가 궁금했던 미모의 명정관은 상큼한 미소로 물어왔다.

"아, 모임 장소요?"

그는 반색하며, 눈웃음을 쳤다.

"예…"

순간 그녀는 미간을 구겼다 피면서 살짝 미소 짓는 얼굴로 끄덕였다. 속 알머리 봉상관은 괜히 속이 쓰려 질시 어린 눈길로 그를 꼬나보고 있었다.

"여러분은 대법원 건물 안에 있는 서울중앙 지원 경매 입찰 법정 안으로 늦어도 10시 30분까지는 도착하셔야 합니다."

"…"

"나머지 전달 사항은 이미 각 조 팀장님께 프린트를 해서 나누어 드렸으니, 자세한 사항은 팀장님을 통해서 들으시면 됩니다."

사발 머리 나 교수는 황소가 여물을 씹듯이 생글거리며 말했다.

그는 이미 도착 장소 등이 인쇄된 프린트 종이를 각 팀장들에게 배포한 뒤였다. 그래서 더 이상의 긴 설명을 하려 하지 않았다.

그 순간 미모의 명 상관은 고운 머릿결을 살랑거리며 감사의 인사를 드렸다. 그러고는, 부지런히 자신의 소지품을 챙기고 있었다. 그때였다. 속 알머리 봉상관이 팀원들을 향해 주절거렸다.

"여기 돈 사랑 팀원들은 이쪽으로 모이세요!"

그는 허공에 손짓을 하며 외쳤다. 그러고는 미모의 명정관을 가만히 보면서 이어 말했다.

"총무님이 여기 프린트 종이를 한 장씩 배포해 주실래요?"

그는 들고 있던 인쇄물을 총무에게 건네주며, 눈짓을 해 주었다.

"예…. 알겠어요."

그녀는 엉겁결에 인쇄물을 받아 들고는, 잠시 내용을 살펴가며 읽었다. 그러고는 이내 팀원들에게 한 장씩 나누어 주기 시작했다.

"여기 인쇄물을 보시면 아시겠지만, 다음 주 수요일 서울중앙 지원 경매 법정 10호실로 10시까지 도착하시면 됩니다."

그는 담담한 표정으로 읽어 내려갔다.

"여기도 한 장 주세요!"

짱구 머리 나겹재는 딴청을 피우다가 늦게서야 한 장 달라고 소리를 쳤다.

"그리고 다들 늦지 않게 서둘러 주시길 부탁드립니다."

속 알머리 봉상관은 인쇄된 내용을 일일이 짚어 가며 당부했다. 팀원들은 받아든 프린트 종이를 읽어 내려가며, 고개를 까닥거렸다.

"팀장님! 서울 중앙지법은 어디에 있습니까?"

새치 머리 안편관은 궁금한 얼굴로 물어 왔다. 그는 강의 때마다 충청도에서 기차를 타고 상경하는 처지였기에 서울 지리에는 익숙하지 못했다.

"글쎄요?"

속 알머리 봉상관은 머리를 절레절레 흔들었다.

그 순간 보고만 있기에 답답했던 젤 바른 선정재가 대뜸 '오는 길은 내가 알려 주는 편이 빠르겠네.' 하며 앞으로 나섰다.

"맞아…. 강남 지리에 밝은 선정재 씨가 알려 주시면 되겠네요?"

속 알머리 봉상관은 그 말을 꺼내며 한 발 뒤로 물러섰다. 자연스럽게 젤 바른 선정재는 그가 서 있는 곳으로 다가가 그 앞에 섰다.

"아! 맞아…. 선 형이 있었지…. 하하하! 부탁합니다."

새치 머리 안편관은 능청스럽게 눈을 찡긋하고는 히죽 웃었다.

"알았어요, 제가 알려드리겠습니다. 우선은 서울역에서 4호선 충정로 가는 지하철을 타세요."

젤 바른 선정재는 약도를 그리며 손짓을 해 보였다.

"그리고요?"

새치 머리 안편관은 눈짓을 하며, 그의 손짓을 따라갔다.

"충정로역에서 하차해서 다시 3호선 교대역으로 가는 지하철을 갈아타세요."

그는 손바닥 위에 노선을 그리면서 그가 보라는 듯이 눈짓을 했다.

"한 번 갈아타네요?"

새치 머리 안편관은 미소를 머금고 되물어 왔다.

"맞습니다. 그리고 교대역에서 하차해 11번 출구로 나오시면 됩니다."

젤 바른 선정재는 설명을 끝내고 히죽 웃었다.

미모의 명정관은 그들을 지켜보면서 '어머머…. 지하철 노선을 확인하고 찾아올 수 있는데, 뭘 물어보고 난리람 참! 남자들이란…?' 하고는 알 수 없는 수컷들의 세상을 안쓰러운 눈길로 바라보고 있었다.

"감사합니다…."

새치 머리 안편관은 그를 보며 고개를 까닥거렸다.

"그깐 일로 감사까지야. 하하!"

젤 바른 선정재는 별일도 아닌 것을 가지고 그런다며, 손을 내젓고는 기분 좋게 웃었다.

"그럼, 모두들 그렇게 아시고… 수요일에 그곳에서 만나기로 합시다."

속 알머리 봉상관은 제 할 일을 다 했다는 만족한 표정으로 뒤로 물러났다.

"오늘은 생맥주 한잔 없이 그냥 헤어지십니까?"

짱구 머리 나겁재는 앞서가는 팀원들 뒤통수에 대고서 툴툴거렸다.

"생각 있는 분들은 한잔 걸치고 오세요…!"

새치 머리 안편관은 강의실을 빠져나가며, 손을 흔들어 소리쳤다.

"하하하! 저는 기차 시간이 빠듯해서 먼저 갑니다."

그는 기차 시간을 핑계 삼아 서둘러 꽁무니를 뺐다.

팀원들은 멀어져 가는 그를 빤히 쳐다보고 있었다.

"저 친구는 그렇다 치고 동행자 누구 없습니까?"

짱구 머리 나겁재는 한잔 생각이 간절해 술맛이 목구멍까지 솟구치는 눈빛을 하고서 아쉬운 듯 말했다. 그렇게 그는 팀원들의 발걸음을 붙잡고 있었다.

"오늘은 그냥들 헤어지고, 다음 주 현장 실습을 끝내고 나서 노 팀원이 운영하는 호프집으로 한잔하러 갑시다."

속 알머리 봉상관은 못내 아쉬워하는 짱구 머리 나겁재를 다독이면서 발걸음을 재촉했다.

어중간하게 서성거리던 팀원들 중 일부는 은근히 망설이며, 다른 사람들의 눈치를 살피고 있었다.

"그럽시다. 뭐 오늘만 날인가…."

짱구 머리 나겁재는 못마땅한 표정으로 중얼거리며, 발길을 돌렸다. 그가 등을 돌려 강의실을 빠져나가자, 여러 생각으로 미적미적 눈치를 보고 있던 팀원들도 각자의 목적지를 향해 뿔뿔이 흩어졌다.

흰머리 윤편인은 그런 그의 모습이 재미있어 괜히 히죽히죽 웃어가며 강의실을 빠져나갔다. 그는 오늘도 자동차를 두고 대중교통을 이용했다. 그래서 곧장 그곳을 나와 집으로 향했다.

지하철역으로 가는 길목에는 어느덧 봄이 찾아와 있었다. 그래서 그랬는지 칙칙했던 겨울 의상들이 어느 틈엔가 사라져 버렸다. 거리에는 화려한 원색의 물결들이 출렁이고 있었다.

그는 봄의 향연을 즐기며, 개나리, 진달래, 목련 꽃이 만발한 화사한 귀갓길에서 색다른 행복을 만끽하고 걸었다. '그래도 가족이 기다리는 내 집보다 더 좋은 곳이 없겠지?' 하며 그는 생각했다. 그래서 곧장 스위트 홈을 향해 발걸음을 재촉하고 있었다.

제12장

경매법원 현장실습

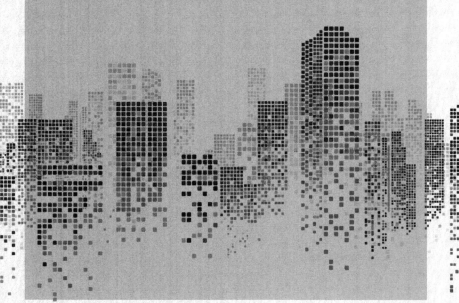

다음 주 수요일 아침.

경칩이 지난 거리에는 아직도 쌀쌀한 바람이 엄습하고 있었다. 동녘 하늘에 떠오른 아침 햇살이 구름을 뚫고 서서히 서울중앙 지원 주위를 눈부시게 비출 무렵 많은 인파들이 서서히 몰려들고 있었다.

법원 경매 입찰장으로 가는 입구에는 일찌감치 전단지 아줌마 부대들이 장사진을 치고 있었다. 이들은 도열하는 군부대 열병식처럼 문턱을 넘어서는 사람들을 맞이했다.

그리고는 손에 든 경매 정보지와 대출 명함을 일일이 나누어 주었다. 이들은 호객 행위를 직업 삼아 돈을 버는 경매 시장의 일꾼들로 부동산 경매 관련 업체에 소속되거나, 고용된 사람들이 대부분이었다.

악어와 악어새처럼 서로가 공생 공존하는 경매 시장에서 없어서는 안 될 필요한 매개체로 나름 경매시장 그늘에서 한몫하는 소중한 사람들이었다.

그 비좁은 사이를 뚫고 밀려드는 인파와 법원 복도에 즐비하게 늘어선 사람들이 서로 뒤엉켜 넓은 실내가 말 그대로 장마당 행사장 풍경처럼 떠들썩하게 붐비고 있었다.

법정 실습

난생처음 실습을 나온 수강생들 눈앞에 펼쳐진 경매 법정 풍경은 경이로웠다. 그도 그럴 것이 워낙 많은 사람들이 박작거려 정신을 차릴 수 없을 정도였다.

입찰시간이 가까워질수록 몰려든 사람들로 입찰법정은 한마디로 인산인해로 발 디딜 틈조차 없이 복작거렸다.

그중 인파의 절반 이상은 실습 나온 수강생들로 보였다. 빈 공간 사이로 틈 하나 없이 꽉꽉 메운 얼굴은 대학원에서 한 번이라도 눈인사를 주고받은 주야간 동기생들이 절반은 차지하고 있었다.

돈 사랑 팀원들 중 몇몇은 법원 정문에 모였었다. 그리고 10호법정(경매입찰장)을 찾아 안으로 몰려 들어갔다.

이들은 흰머리 윤편인을 앞세우고 비좁은 골목길을 헤치고 들어

가는 로봇처럼 거침없이 파고들었다.

"와! 뭔 사람들이 이리도 많이 왔대?"

둥근 머리 맹비견은 많은 인파에 깜짝 놀라 숲속 오솔길에서 여우를 만난 토끼 눈을 뜨고서 두리번거렸다.

"그러게 말입니다…. 이거야 콩나물시루 속에 들어온 것 같은 기분이네…. 젠장!"

상구 머리 노식신은 사람들에 치여 몸이 자유롭지 못하자, 은근히 짜증을 부리며, 구시렁거렸다.

흰머리 윤편인은 내 집처럼 드나들던 법정이 오늘 같이 많은 인원이 몰린 것은 처음 목격한다며, 짧은 혀를 내둘렀다.

팀원들은 밀치고 밀리느라 힘을 쓰면서 각자 한마디씩 툴툴거렸다. 실습 나온 수강생들은 넘실대는 사람들 풍경에 넋이 나간 듯 눈이 휘둥그레져 사방을 두리번거리고 있었다.

이들은 부동산 경매 열기가 이처럼 뜨거운 배틀 시장인지를 몰랐다는 새삼스러운 표정이었다. 그렇게 너 나 할 것 없이 놀라고 있었다. 팀원들은 짝을 지어 이리저리 몰려다니며, 볼 일을 보고 다녔다.

입찰 경쟁에 뛰어든 사람들은 넘쳐나는 인파에 분위기를 파악하느라 분주하게 법정을 드나들고 있었다. 프로와 아마추어가 입질하는 옥션 입찰 물건은 오랜 경륜을 요구하는 시장이기도 했다.

그러나 그날의 일진에 좌우되는 경우가 비일비재한 시장이기도 했다. 경매장에 모인 꾼들의 눈매는 먹잇감을 찾아 헤매는 독수리

눈처럼 살기가 번뜩였다. 그렇게 경쟁자를 향한 눈초리는 살벌한 레이저 빛을 발산하며 서로를 경계하고 있었다.

혹시라도 자신들의 입찰가격 정보를 경쟁 상대가 눈치라도 챌까 싶었다. 그래서 이들은 주위를 감시하면서 송골매의 눈을 크게 뜨고, 사방경계를 하듯 두리번거렸다.

경매장은 총성 없는 전쟁터라는 인식을 가슴에 새긴 입찰자만이 웃고 돌아가는 냉혹한 시장인지 모른다.

이들은 주위에 누가 붙으면 '혹시나 염탐꾼이 아닐까?' 의심부터 했다. 왜냐하면 경매장에 몰려든 사람들은 서로를 경쟁자로 보기 때문이었다.

그래서 조건 없이 경계하며 최종 목적 위해 사력을 다하는 것이다.

이들은 만에 하나라도 상대방의 눈에 경쟁자로 비치면 행동거지 하나에서 움직임 까지도 절대 놓치지 않는다.

그 순간부터 그들의 동선을 체크하면서 지켜본다.

거기서 한발 더 나가면 요주의 인물로 분리하고, 자신들의 블랙리스트 감시 명단에 올려놓는다.

꾼들은 한술 더 떠서 누구라도 자신이 노리는 경쟁 입찰물건 매각 명세서(법원에서 제공하는 입찰 서류)를 들춰보기라도 하면, 그 즉시 요주의 인물로 찍혀 감시대상이 된다.

즉 경쟁상대로 취급되는 것이다.

그렇게 자신의 눈동자에 새겨진 경쟁자의 행동거지를 입찰 마감 전까지 그들은 절대로 놓치지 않는다.

그 이유는 입찰 경쟁자의 증감 숫자에 따라 입찰 기재 금액의 고저가 달라지기 때문이었다.

그래서 그런 가 부동산 경매 시장도 낙찰을 받고서 보험에 가입하는 예술품 옥션 시장을 많이 닮아 있었다.

돈의 가치 흐름을 이용하는 노련한 꾼들은 부동산 낙찰 가격을 상당한 가격까지 끌어올려서 주변 부동산 가격까지 상승을 유발시키기도 하는 것이다.

어떻게 그럴 수가 있느냐고 묻는다면 요즘은 부동산 거래 시에는 실거래 가격이 등기부 등본이나 국토교통부 실거래 상에 그대로 기록으로 남기 때문에 가능하다.

이들은 등기 사항 전부 증명서 등을 보증보험 증서처럼 남용하는 것이다. 자유 경쟁 시장은 공급과 수요에 의해 가격이 작용하지만, 의외로 심리적 작용이 시장의 판세를 결정짓는 중요한 역할을 담당하기도 한다.

한 사례를 들춰보면 몇 년 전 어느 입찰자가 토지를 입찰 받는 과정에서 2조 원 감정가를 대폭 인상해 12조 원에 낙찰받는 파격적인 방법을 사용했던 것처럼 이들은 액수만 차별될 뿐이지, 거의 유사한 기교를 구사하는 것이다.

일반적인 경매 기법은 한 푼이라도 저렴하게 받아서 시중 부동산보다 세금이라도 절약해 보려는 마인드가 기본적인 옥션 메커니즘이다.

그러나 세상은 다양한 사람들이 자기만의 셈법으로 시장을 움직이고 있다. 정부가 각종 정책과 규제로 시장을 움직이는 것과 다르게 보이지 않는 꾼들은 부동산 시장의 흐름을 손금 보듯이 읽어가면서 타이밍을 기다린다.

그러다 부동산 물건들이 바닥을 보이는 시점이 오거나, 정부가 헛발질을 할 때를 기점으로 그간에 눈여겨 놓은 목표물이나 지역을 거대한 자금을 동원해 돈 되는 부동산을 최대한 저렴하게(헐값, 급매 등) 사 모으는 것이다.

그들은 여기저기 뜬소문을 흘리며, 고약한 냄새를 피우고 다니기도 한다.

이들은 리디노미네이션(화폐개혁) 등이 곧 시작될 것처럼 헛소문을 부풀리거나, 그것으로도 배가 고프면 지역을 옮겨 다니며 풍선효과를 일으키기도 한다.

그러면 매스컴 등에서 부동산 급등 지역을 조명하거나, 누군가 흘린 루머에 홀린 개미들이 몰려들어 벌 떼처럼 달려든다.

그러면 집값은 덩달아 상승하고 오르는 집값을 두고 볼 수 없는 무주택자는 자율적 방어('영끌', '빚투', '패닉바잉')에 나서면서 수요에 부채질을 한다.

자연스럽게 공급은 부족하고 부동산 가격은 신고가를 갱신하며 덩달아 전세값도 오르기 시작하는 것이다.

수요에 비해 공급이 따라가지 못하면서 일어나는 자연스러운 현상이다. 이때쯤 꾼들은 퇴장할 경보가 울렸다며, 보따리를 싸기 시작한다.

꾼들은 지금까지 사 모은 부동산을 소리 소문 없이 매각하고는 잽싸게 손을 털고 나온다. 꾼들이 이미 사라진 과열 시장을 정부가 나서서 부동산 가격을 안정시키겠다거나, 또는 투기꾼 등을 잡겠다고, 각종 규제 정책을 남발하기 시작한다.

피해는 고스란히 집값 인상에 놀라 자율적 방어에 나선 집 없는 국민들이나, 평생을 집 한 채로 늙어 가는 노년 인생들에게 날벼락이 떨어진다는 사실이다.

그러나 정부가 지정한 투기지역 및 과열 지역이나 투기 조정 지역은 아이러니하게도 학습된 투자자들이 돈이 된다는 이유로 몰려들기도 한다.

풍선 효과로 천정부지로 치솟는 집값을 두고 볼 수 없는 무주택자들은 고금리라도 좋다면서 제2의 금융권이나, 정부의 규제가 미치지 못하는 사금융이라도 죽기 살기로 대출을 받아서 무리하게 부동산을 사들인다.

문제는 이때부터 투자에 나섰던 개미와 집 없는 서민 등이 정부의 각종 규제에 두들겨 맞는 역설적 효과가 나타나기 시작한다는 것이다.

물론 소리 없는 기득권층의 아우성은 그들의 몫으로 남겨 두더라도 말이다.

게다가 더 큰 문제는 글로벌 위기라도 발생하면 고금리에 노출되거나, '저물가, 저성장, 저금리, 저출산'이 원인이 되어 디플레이션(통화 축소로 물가하락) 등에 빠지거나, 경제적 파동으로 심리적 노선이 무너지거나 하면 졸지에 깡통 주택들이 양산되기도 한다.

그러면 부동산 시장은 버블로 이어져 부동산 가격 하락과 함께 서민들은 파산 상태로 빠져들어 연쇄적인 파동이 일어나기도 하는 것이다.

그러나 이때 현금을 확보하고 있는 꾼들은 일반인들과 달리 움직이는 상반된 전략으로 발 빠르게 움직이는 것이다.

왜냐하면 급매물이 쏟아지는 경·공매 시장 등을 선점하기 위해서다. 이들이 종횡무진 활동이 가능한 것은 모두가 알다시피 부동산 시장과 달리 경·공매 시장은 규제에서 자유롭기 때문이다.

그래서 위기에 빛을 발하는 꾼들의 광경을 그곳에서 종종 목격되곤 하는 것이다. 이것은 지금까지 부동산 시장의 보이지 않는 손들의 감춰진 재테크 비술 중에 하나이기도 하다.

하여튼 경쟁자가 많고 적음은 부동산 가격의 흐름뿐만 아니라, 당락을 좌우하는 변수이기도 했다.

이렇게 결정타를 날리는 숫자는 장내 분위기에서 나오는 것이다. 특히 얼마로 책정할지 주판알을 튕기는 묘미도 경매시장 만이 가지고 있는 관전 포인트 중 하나다.

서로의 눈치를 살피는 피 말리는 신경전도 부동산 경매 투자에서 맛볼 수 있는 짜릿한 매력이기도 하다.

여하튼 경매법원에 몰려드는 사람들은 낙찰에 성공하기를 손 모아 기대한다. 이들은 그 맛을 보기 위해 철저한 준비를 거쳐 법정에 모습을 드러내는 것이다.

여상呂尙 태공망太公望이 위수 강변에서 무왕武王을 만나기 전까지 손맛을 즐기던 것처럼 말이다.

한편 팀원들은 받아 온 정보지에서 각자 마음에 드는 물건을 하나씩 점찍어 두었다. 흰머리 윤편인도 자신이 눈여겨 둔 물건을 하나 선정해 사건번호를 기억해 두었다.

그리고 입찰에 필요한 서류들을 유취(종류에 따라 모음)해 살펴보았다. 법정에 비치된 기일입찰표, 위임장, 입찰봉투 등을 한 장씩 가져다가 입찰에 참가하는 심정으로 빈칸을 채워 나갔다.

팀원들은 소신껏 입찰가격을 기록해 입찰봉투에 담았다. 자신들만의 시뮬레이션이었다. 이들 모두는 어느 때보다 진지했다.

그리고 입찰이 시작되기를 기다리고 있었다.

"총무님은 어떤 물건을 찜했습니까?"

속 알머리 봉상관은 그녀에게 접근해 달달한 눈길로 물었다.

"저요? 아파트로 찜했어요, 팀장님은요?"

그녀는 대답과 동시에 그를 응시하며 단조롭게 물었다.

"저도, 아파트로 정했습니다."

그는 마른 입술에 침을 살짝 바르며 그녀를 훑듯이 바라보았다. 속 알머리 봉상관은 매끈하게 드러난 그녀의 각선미에 눈길을 주면서 이따금씩 흘끔거렸다.

그녀의 모습에서 무얼 찾는 사람처럼 그는 한시도 눈을 떼지 못하고 있었다.

"여기들 계셨군요?"

뒤늦게 도착한 젤 바른 선정재는 팀원들에게 인사를 하며 다가왔다.

"어머…. 이제야 오셨네요?"

그녀는 귀에 익은 반가운 목소리가 들려오자, 순간적인 반응을 보였다.

"제가 좀 늦었죠?"

그는 미소를 머금은 얼굴로 죄송한 태도를 취하고 있었다.

"호호! 늦긴요, 아직 입찰시간 전인걸요."

멋들어지게 차려입은 핸섬한 사내의 미소는 그녀를 잠시 긴장시켰다. 미모의 명정관이 그에게 매력을 느낀 이유는 잘생긴 탓도 있지만, 그의 차림새에서 풍기는 우아한 세련미에 더욱 호감을 가지고 있었다.

아니 뭐 패션 감각이 뛰어났다는 것이 맞는 것 같다.

"늦지 않게 제시간에 잘 도착했는데요, 뭘…."

속 알머리 봉상관은 '왔으면 됐지.' 하는 상관없다는 식으로 말했다. 그는 두 사람이 가깝다는 짐작만 어렴풋이 했다.

실상은 뜨거운 내연의 관계라는 내막을 전혀 알지 못하는 데서 나오는 여유처럼 보였다. 그러나 그녀의 다정스러움은 부럽기도 하고, 질투심을 부르기도 했었다.

그래서 속 알머리 봉상관은 질시 어린 눈길로 그녀의 가슴을 마구 헤집고 있는 줄 모른다.

그의 뜨거운 눈길이 부담스러웠던 그녀는 젤 바른 선정재에게 슬쩍 눈치를 주고는 복도로 향했다. 그는 잠시 팀원들과 대화를 나누다가 슬그머니 그녀를 찾아 나섰다. 그즈음 흰머리 윤편인은 자신이 선택한 경매물건을 분석하느라 큰 머리 문정인과 질의를 주고받고 있었다.

이들과 달리 둥근 머리 맹비견은 짱구 머리 나겁재와 둘이서 매각 명세서가 놓여 있는 탁자 앞으로 다가갔다. 그러고는 허리를 약간 굽힌 자세로 이곳저곳을 뒤적이고 있었다.

새치머리 안편관은 삼각 머리 조편재와 함께 자신들이 선정한 경매 물건이 혹시나 취소되지는 않았을까 살피러 나갔다. 그러고는 법정 출입구 게시판에 붙여 놓은 사건 번호를 꼼꼼히 살펴보고 있었다.

그 시각 속 알머리 봉상관은 정보지를 뒤적이면서 상구 머리 노식신과 물건에 대한 장단점을 짚어 보고 있었다.

이들은 서로의 견해를 빌미 삼아 아웅다웅 다퉈가며, 자기 의견 대립이 한창이었다. 늦게야 나타난 사발 머리 나 교수는 입찰시간이 다 된 것을 확인하고는 빈자리를 찾아가서 앉았다.

11시 정각이 되자, 입 큰 집행관은 일차적인 안내 방송을 내보냈다. 그는 남은 시간이 얼마 남지 않았다는 짧은 멘트를 날렸다.

그리고 입찰 마감 10분 전에 마지막으로 서류 작성을 서둘러 달라며 안내 방송을 떠들었다.

입 큰 집행관은 11시 30분 정각이 되자, 작성된 입찰 봉투를 모두 가지고 나오라며 재차 안내 방송을 떠벌렸다.

그러고는 가지고 나온 입찰봉투를 모두 입찰함에 투입하라고 권고했다. 그러자 대기하고 있던 입찰자들이 우르르 몰려들어 입찰함 앞에서 나란히 차례를 기다렸다.

일렬로 늘어선 채로 서성거리던 사람들은 자기 차례가 돌아오면 순서대로 가져온 봉투를 입찰함에 투입하고는 제자리로 돌아갔다.

그리고 이들은 마감 시간이 되기를 기다리며, 자신들의 볼일을 보면서 바쁘게 북적거렸다.

입찰 법정은 다양한 사람들로 붐비고 있었다. 이곳 광경은 천태만상 인간 시장을 닮아 있었다.

장내 분위기를 타는 민감한 사람들이 있는 반면, 이곳 분위기에 연연하지 않는 사람들도 섞여 있었다. 이들 중에는 사전에 입찰가격을 미리 써넣고 봉투째 가져온 입찰자들도 있었다.

그러나 경쟁자를 의식한 사람들은 현장 분위기를 파악하고 입찰가격을 기재하는 신중함을 보였다.

혹시라도 옆 사람이 자신의 입찰가격을 훔쳐볼까 싶어 잔뜩 경계하는 눈초리로 한 손으로 가리고 적는 입찰자, 누가 보든 말든 개의치 않는 초보자, 마감 시간이 임박해서 헐레벌떡 들고뛰는 입찰자, 식구들과 어울려온 관람객, 부부로 보이는 구경꾼, 단체나 회사에서 출장 나온 회사원, 경매로 집이 넘어가 낙찰을 확인하러 나온 채무자, 개인 단독으로 기웃거리는 경매꾼, 핸드폰으로 누군가에게 법정 상황을 실시간 보고하는 조직원, 친구들과 투자 모임을 구성해 찾아온 투자자, 대학원에서 현장실습 나온 수강생들….

저마다 다양한 사연들을 가지고 행동하는 모습에서 삶의 의욕들이 활화산처럼 분출되고 있었다.

팀원들의 눈에 비친 광경은 흥미롭기가 그지없었다. 이들은 지금까지 살면서 한 번도 느껴 보지 못한 세상이었다. 아니 알 수 없는 재미가 점입가경 그 이상으로 분출하는 요지경 시장이었다.

한편 귀 큰 집행관은 마감 시간을 확인하고, 정확하게 12시 정각에 입찰함을 열었다. 이들은 모든 방청객이 지켜보는 가운데서 입찰 봉투를 경매사건 번호 순서대로 정리하기 시작했다.

손 큰 집행관들은 차곡차곡 쌓인 입찰 봉투를 하나씩 뜯어 가며 개봉해 나갔다. 집행관들은 입찰보증금 10%가 맞는지? 입찰서류는 격식을 갖추고 있는지? 금액과 성함, 그리고 위임장 등에 오기가 없는지를 시시티브이가 촬영되는 가운데서 꼼꼼하게 확인을 하고 있었다. 입찰자들은 눈 큰 집행관의 움직임을 하나라도 놓칠세라 부지런히 쫓아다녔다.

그들은 잠시도 입찰봉투의 행방에서 눈의 초점이 벗어나지 않고 있었다. 눈 큰 집행관들은 사건마다 순위를 가려내고 있었다.

이들은 최고가 낙찰자를 선정하고, 내용을 컴퓨터에 기록하는 작업을 거치고 있었다.

입 큰 집행관들은 분리 작업이 끝나는 대로 사건번호를 순서대로 호명했다. 그리고 낙찰자와 차순위자를 차례대로 나오라고 말했다.

지명자들이 앞으로 나오면 이들은 최고가 낙찰 금액을 불러주고, 곧바로 차순위자에게 차후 낙찰 권리신청을 하겠느냐며 기회를 주었다. 공유자가 있는 경매 사건은 낙찰된 금액을 먼저 알려주었다.

그리고 이들은 공유자의 우선권은 1회에 한해 신청할 수 있다고 했다.

그러면서 공유자는 입찰자가 낙찰한 금액으로 먼저 권리 행사를 할 수 있다는 경악스러운 안내를 아무렇지도 않게 말해 주었다.

그러는 가운데 입 큰 집행관은 매사건마다 반드시 사건을 종결한다는 마지막 경고 멘트를 잊지 않았다. 그러나 낙찰에 성공한 자와 실패한 사람의 표정은 입 큰 집행관의 호명에 따라 희비가 엇갈리고 있었다.

팀원들은 낙찰을 받고 히죽히죽 웃는 모습과 상심한 얼굴로 경매장을 빠져나가는 탈락자의 뒷모습을 지켜보았다. 그러면서 미래의 자신의 모습을 보는 것 같아 어딘지 모르게 짠한 마음과 묘한 감정이 엇갈리고 있었다.

흰머리 윤편인과 팀원 중 일부는 그런 싱숭생숭한 광경들이 낯설지 않았다. 이들은 때로는 기쁘기도 하고, 한편으로는 처량하기도 했다.

낙찰에 성공한 사람들은 주민등록증과 도장을 지참하고서, 눈 큰 집행관이 제공하는 서류에 기재 사항을 작성해 제출했다. 그러나 낙찰에 실패한 입찰자들은 그 자리에서 입찰보증금을 돌려받

왔다. 그리고 자신의 목적지로 발길을 돌려야 했다.

그즈음 미모의 명정관은 복도로 나왔다가 대출 도우미들이 건네주는 정보지와 명함을 받았다.

그녀는 잠시 내용을 확인하다가 가끔 사방을 두리번거렸다. 그러다 빈자리를 하나 발견하고서 그곳으로 걸어가 가만히 앉았다. 그리고 받아 온 금융 업체들의 광고지에서 담보대출 금액, 이자 등은 몇 퍼센트나 가능한 건지? 또는 사금융 업체와 융자 금액은 얼마나 차이가 나는가를 서로 비교해 보고 있었다.

얼마 지나지 않아 밖으로 그녀를 찾아 나선 젤 바른 선정재는 소파에 앉아 있는 그녀를 발견하고서 발길을 돌려 커피 자판기로 향했다. 자판기 앞에 멈춰 선 그는 호주머니를 뒤져 잔돈을 꺼내 들었다. 그리고 그녀가 좋아하는 원두커피와 맥심커피를 한 잔씩 뽑아들었다.

임장 밀회

뜨거운 커피가 뿜어내는 김 자락이 모락모락 피어오르는 채로, 그는 천천히 미모의 명정관 곁으로 다가갔다.

"오래 기다리셨지요?"

그녀는 숙였던 고개를 들어 소리 나는 쪽을 향해 가만히 올려다보았다. 젤 바른 선정재가 양손에 커피를 들은 채 미소를 짓고 있었다. 그리고 한마디 주절거렸다.

"총무님이 좋아하시는 커피를 뽑아 왔습니다."

그는 은은한 커피 향내가 물씬 풍기는 원두커피를 천천히 내밀었다. 이들은 공식적인 자리에서는 서로에게 존칭을 사용하는 영악함을 보였다.

"어머⋯. 고마워라. 그렇지 않아도 커피 한잔 생각이 간절했었는데…! 호호! 내 마음을 어찌 이리도 잘 알고 계실까 몰라?"

미모의 명정관은 커피를 마신 지 얼마 되지 않았다. 그러나 마다하지 않았다. 아니, 커피 생각이 간절했었다는 거짓 표정을 천연덕스럽게 내보이며 능청스럽게 아양을 떨었다.

"어제는 잘 들어가셨어요?"

그녀는 커피를 받아 들며 엷은 미소로 물었다 그러면서 젤 바른 선정재를 그윽하게 바라보았다.

"저야 덕택에 잘 들어갔습니다. 총무님은 너무 늦지 않았나요?"

그의 진심 어린 눈길에는 걱정하는 마음이 한 아름 묻어 있었다. 젤 바른 선정재는 어제 그녀를 데리고 경매물건을 구경한다는 명목으로 아래 지방을 다녀왔다.

서산 지원에서 나온 경매물건을 둘러보기 위해서였다. 임장(현장에 나옴)을 내려온 두 사람은 현장에 도착해 물건을 꼼꼼히 둘러보고는 자신들이 생각한 만큼 물건의 내재가치가 신통치 못하다는 결론을 내렸다.

그래서 두 사람은 서둘러 일을 마쳤다. 아니…, 어쩜 데이트를 위해 만든 임장이었는지도 모른다.

그러고는 서울로 돌아오는 길에 두 사람은 다정한 연인이 되어 서해 바닷바람을 맞으며 드라이브를 즐겼었다. 세단 차가 당진 해안가 근처에 이르자, 젤 바른 선정재는 눈에 보이는 횟집 한곳을 골라 세단 차를 그 앞에 세워 놓고 안으로 들어갔다.

그는 눈앞에 펼쳐지는 바닷가를 배경으로 비어 있는 테이블 한

곳으로 걸어가 그녀에게 먼저 자리를 권하고, 이내 자신도 방석을 깔고 앉았다.

잠시 후 횟집 부인처럼 보이는 여종업원이 날렵하게 다가왔다. 그녀는 어서 오시라는 인사와 동시에 메뉴판을 펼쳐 보이며 주문을 권했다.

젤 바른 선정재는 한동안 살펴보다가, 그녀가 좋아하는 몸은 둥글고 납작한 머리를 가지고 있는 일명 '애정어' 또는 '출세어'라 불리는 숭어 생선회를 골라 주문했다.

그러자 친절한 여종업원은 원하는 소주가 무엇인지 물어 왔다. 그는 자신이 좋아하는 드림 소주를 시켰다.

그녀는 알겠다며 그 즉시 주문한 술병부터 이들 앞에 가져다 놓았다.

주방장을 겸하는 주인 남자는 주방에서 손님들을 바라보다가, 그녀의 주문을 받자 재빠른 손놀림으로 싱싱한 숭어 횟감을 칼질하기 시작했다.

그사이 여종업원은 밑반찬과 함께 술상을 차려 내왔다. 그러고는 그냥 가기 섭섭했던지, 빙그레 웃으며 회에는 드림 소주가 최고라면서 엄지손을 들어 보이고 돌아갔다. 그렇게 그녀가 다녀가고 두 사람은 파도치는 바닷가 풍경에 매료되어 정담을 나누는 사이에 어느새 마련된 싱싱한 횟감이 이들 앞에 도착했다.

두 사람은 기다렸다는 듯이 반가운 얼굴로 소주 한잔 속에 사랑의 눈빛을 담아 건배를 외쳤다. 그리고 가만히 젓가락을 집어 들었다. 접시 위에서 살아서 꿈틀꿈틀 움직이는 아가미와 지느러미 그리고 맥없이 쳐다보는 눈동자를 외면한 채, 녀석은 싱싱한 횟감이 진미라며 이들을 안주 삼아 소주를 마셨다. 두 사람은 잠깐 사이에 소주 한 병을 게 눈 감추듯 가뿐하게 비워 갔다.

이들은 회를 초장에 찍어서 서로의 입에 넣어 주며, 사랑하는 마음을 드러내 놓고, 정다운 시간을 보냈다. 미모의 명정관도 횟감이 싱싱하다며 한잔 술을 마다하지 않았다.

두 사람은 어느새 수평선 넘어 일엽편주에 몸을 실은 연인이 되어 갔다. 그리고 노을로 물든 서녁 바닷가 풍경에 푹 빠져 넘실대는 파도 위에 올라탔다. 그렇게 이들은 사랑과 술에 취해 가고 있었다.

둘만의 사랑 이야기와 한잔 술에 취한 그녀의 얼굴은 어느새 붉은 홍조를 띠어 가며 한 떨기 장미꽃처럼 아름답게 피어올랐다.

젤 바른 선정재는 붉게 달아 오른 취기를 무기 삼아 능청스럽게 자신의 속마음을 입에 담았다. 그는 술을 핑계로, 어디 가서 잠시 쉬었다 가자며 은근히 그녀를 유혹했다.

미모의 명정관은, 기다리고 있었던 말을 왜 이제야 하느냐는 눈빛이었다.

그녀는 음주운전은 공공의 적이라며, 이 상태로 서울까지 운전하기에는 무리가 따른다는 구실을 주며 앙살을 부렸다. 그녀는 둘만의 공간에서 함께 있고 싶다는 마음을 에둘러서 표현한 것 같았다.

그 말이 무엇을 의미하는지를 두 사람은 너무도 잘 알고 있었다.

누가 먼저 말했는지, 아니 누가 먼저 원했는지는 이들에게 중요하지 않았다.

그렇게 마음이 하나가 된 이들은 술값을 치르고, 감흥이 오른 기분으로 횟집을 빠져나왔다. 운전대는 술에 취한 그를 대신해서 미모의 명정관이 잡았다.

이미 시동이 걸려 있어 그녀는 가볍게 액셀러레이터에 발을 올려 가속페달을 밟았다.

두 사람은 그 길로 어디론가 달려갔다. 그러고는 러브호텔이 줄지어 늘어서 있는 한적한 곳으로 차를 몰았다. 아직 검붉은 석양이 남아 있는 초저녁 러브호텔 풍경은 화려한 네온 불빛들로 반짝거리고 있었다.

이들이 타고 있는 세단 차는 요란스럽게 주위를 끌고 있는 사보자 러브호텔 주차장 한곳으로 들어갔다.

주차장 초입은 초저녁인데 불과하고 주차할 빈 공간조차 찾을 수없이 세단들로 꽉 채워져 있었다.

젤 바른 선정재를 먼저 입구에 내려놓은 그녀는 주차장 한쪽에 빈 공간을 찾아내고서야 겨우 차를 세웠다. 그사이 젤 바른 선정재는 호텔 프런트로 찾아가 방값을 치르고 있었다.

주차를 마친 그녀는 호텔 라운지 입구로 천천히 걸어왔다. 마스터키를 받아 든 그가 승강기 앞에서 미소를 머금고 기다리고 있었다.

미모의 명정관은 조용히 다가와 젊은 연인처럼 다정하게 팔짱을

끼었다. 그리고 두 사람은 5층 객실로 올라갔다.

잠시 후 승강기 문이 스르르 열렸다. 레드 카펫이 펼쳐진 복도가 눈앞에 서서히 들어왔다. 태양빛을 밝히는 엷은 조명이 은은하게 퍼진 복도를 따라 객실은 띄엄띄엄 나열되어 있었다.

어느새 호실을 확인한 젤 바른 선정재는 마스터키를 입구에 대고, 삑 소리가 들리자, 가만히 도어핸들을 돌렸다.

그리고 문이 열리자, 그녀는 그의 어깨에 기대어 룸 안으로 들어갔다. 실내로 들어선 젤 바른 선정재는 외투를 벗어 옷걸이를 찾고 있는 그녀를 부둥켜안으려다 뒤로 한 발짝 물러서며, 잠시 소파에 가서 앉았다.

그는 뜨겁게 취기는 오르지만, 왠지 오늘따라 서두르고 싶지 않았던 모양이다.

그녀는 샤워를 하고 나오겠다며, 먼저 입고 있던 옷가지를 하나씩 탈의하고 있었다. 그 순간 젤 바른 선정재는 실루엣을 투영하듯 그녀의 벗은 몸을 떠올리고 있었다.

그러나 비너스 차림의 미모의 명정관은 그의 바람을 저버린 채 욕실 문을 열고 시야에서 사라졌다. 그녀가 들어가고 잠시 후 물소리가 들려왔다. 그는 야릇한 흥분을 느끼고 나서야 서둘러 거추장스러운 헝겊 나부랭이를 벗어던지기 시작했다. 그렇게 그는 순식간에 알몸이 되었다. 그러고는 욕실 문을 살며시 열고 안으로 들어갔다. 그녀는 돌아서서 세찬 물줄기에 나신을 맡긴 채 비누칠을 하고 있었다.

젤 바른 선정재가 뒤에서 다가오는 줄도 모르고, 그녀는 망중한을 느끼듯 여유로움을 즐기는 여인 같았다.

그녀의 피부는 백옥처럼 뽀얀 도자기 살결로 매끄러운 윤기가 빛을 내듯 반들거렸다. 흰 비누거품이 어우러져 굴곡지고 균형이 잡힌 곡선미가 아름답게 잘 드러나 있었다.

젤 바른 선정재는 빼어난 이목구비에 에스라인 몸매를 가지고 있는 그녀의 매혹에 숨이 탁 막혀 왔다. 빵빵한 엉덩이 아래로 늘씬한 각선미가 한눈에 들어왔다.

그는 갑자기 아랫도리에 힘이 솟는 무게감을 느낀 채 살며시 다가가 그녀의 알몸에 자신을 밀착하듯 뒤에서 살며시 안았다.

그녀는 기다리고 있던 남자의 건장한 육체였기에 작은 몸부림으로 그에게 안겨 왔다.

그 순간 두 남녀는 깊고 깊은 사랑의 질곡 속으로 빠져들어 갔다. 둘은 한 몸이 되어 한동안 샤워기에서 뿜어내는 뜨거운 물줄기에 몸을 맡겼다. 두 연인은 한동안 그렇게 서로의 사랑을 속삭였다.

그러다 침대로 돌아온 이들은 식을 줄 모르는 욕정을 채우기 위해 하얀 시트 위에 사랑의 흔적을 새겨놓기 시작했다. 애욕으로 시작된 이들의 정사는 한동안 식을 줄 몰랐다. 얼마의 시간이 흘러 두 사랑은 조금씩 격정에서 벗어나고 있었다.

이들은 서로에게 만족감이 넘어서자, 서서히 따분함을 느꼈다. 그녀가 먼저 자리에서 일어나 옷가지를 하나씩 챙겨 입었다. 그러고는 잠시 후 러브호텔을 빠져나와 서울로 향했다. 그렇게 집에 도착한 시각은 밤 10시를 훌쩍 넘겼다.

예전에 미모의 명정관은 늦어도 9시까지는 집에 들어가는 가정주부였다. 그러나 이제는 핸드폰조차 꺼 놓고 지낼 수 있는 자유부인이었다. 그래도 그녀는 혹시나 싶어 통화 자체를 오프 시켜 놓아 자식들과 지인들에게 걸려오는 전화를 일체 받지 못했었다.

그러한 사실을 알고 있는 젤 바른 선정재는 혹시나 무슨 걱정스러운 일이 있었을까 싶은 마음에 먼저 물어온 것이었다. 그의 염려와 달리 그녀는 누구에게도 말 못 할 속사정을 가지고 살았다. 왜냐하면 오래전부터 시작된 남편과의 각방살이가 최근 들어 이혼을 전제로 별거에 들어갔기 때문이었다.

혼자가 된 그녀는 의식주를 해결하기 위한 방안으로 부동산 경매에 뛰어든 것이었다. 그녀는 모두를 속이고 유부녀 행세를 했었다. 하지만, 현실은 외로운 생활에 젖어 사는 '돌아온 싱글'이었다. 그래서 자신의 환경을 극복하기 위해 남몰래 뛰어다녔다.

그러나 젤 바른 선정재는 이러한 사실을 까맣게 모르고 있었다. 프라이버시가 강한 그녀는 누구에게도 자신의 은밀한 사생활을 노출하지 않았다.

"별일 없이 잘 들어갔어요, 저 때문에 걱정을 많이 하셨나 보죠? 호호!"

그녀는 오히려 그가 걱정이 되었다는 표정을 보이며 가볍게 미소를 지었다.

"아! 예… 당신 생각에 한숨도 못 자다가 새벽녘에 겨우 잠이 들었는데, 그만 늦잠을 잤지 뭡니까. 허허!"

그는 눈알이 벌겋게 충혈되어 능청스럽게 웃었다.

"어머, 저런…. 그래서 눈이 빨갛게 충혈됐군요? 괜히 제가 다 미안해지네요. 호호!"

염려스레 그를 보는 미모의 명정관에 눈길은 안타까움이 가득 서려 있었다.

"후후…. 이거야 하룻밤 잘 자면 없어지겠죠? 너무 걱정하지 마세요."

그는 별거 아니라는 투로 가볍게 웃어넘겼다. 그녀는 아무렇지 않게 툭 던지는 그의 말에 다소나마 안심이 되는 눈치였다.

"근데 우리 여기서 이러고 있다가 팀원들에게 눈 밖에 나는 거 아닐까요? 허허허!"

눈치가 빠른 그는 혹시나 구설수에 오를까? 싶어 우려하는 눈빛이었다.

"어머, 정말! 빨리 들어가요, 우리…"

그녀는 호들갑스럽게 소지품과 핸드백을 챙겨서 소파에서 일어났다. 그러고는 부리나케 팀원들이 모여 있는 방향으로 발길을 재촉했다.

세상에는 벽에도 귀가 달리고, 하늘에도 눈이 있다는 말이 거짓은 아닌가 보다. 이들의 행동을 한쪽 구석에서 지켜보는 사람이 있었다. 흰머리 윤편인이었다.

그는 벌써부터 두 사람의 행동거지에 묘한 뉘앙스를 느끼고, 의심의 눈초리로 이들의 모습을 멀찌감치 떨어져서 지켜보고 있었다.

그전부터 '내로남불'이라는 생각에 두 사람의 행동을 팀원 누구에게도 함부로 떠벌리거나 이상한 루머를 흘리지는 않았었다.

두 사람의 프라이버시에 치명타를 입힐 수 있다는 생각도 들었지만, 괜히 구설수에 말려들어 똥통에 빠지고 싶지 않았다.

그래서 함구하는 것이 최선책이라 생각을 하고, 이들을 지켜볼 뿐이었다.

낙찰 발표

"총무님! 어디 갔다 오십니까?"

짱구 머리 나겹재는 이죽거리며 그녀에게 다가가 물었다.

"예, 복도에 잠깐요, 왜요…?"

미모의 명정관은 전단지를 그에게 보여 주며 단조롭게 말했다.

"이제 곧 우리가 선택한 물건들이 발표될 겁니다."

속 알머리 봉상관은 그녀를 보자, 반가움에 한마디 덧붙였다.

"어머…. 벌써 시간이 그렇게 되었나요? 호호!"

미모의 명정관은 손목시계를 들여다보며, 말했다. 그녀는 궁색한 변명을 하며 헤죽헤죽 웃었다.

이들 주위에는 웅성거리는 소리와 함께 사람들로 박작거렸다.

"저기, 모니터로 낙찰된 물건들이 빠른 사건번호 순서대로 올라

오거나, 예외적으로 입찰자가 많이 몰린 사건 번호가 먼저 올라올 수 있으니 잘 지켜보세요."

속 알머리 봉상관은 집행관 머리 위쪽 구석에 달려 있는 모니터를 손가락으로 가리키며 말했다.

"아하! 저쪽에…?"

짱구 머리 나겹재는 말을 받으며 끄덕였다. 그녀는 조용히 지켜보며 듣고만 있었다.

"자기들이 찜한 물건들이 낙찰됐는지…, 낙찰되면 낙찰 금액은 얼마인지를 확인들 하시길 바랍니다."

속 알머리 봉상관은 사발 머리 나 교수가 일러 준 순서대로 팀원들에게 말했다.

"그리고 왜 그 물건을 선정했는지와, 자신이 결정해 기재한 금액이 낙찰 금액과 얼마의 오차가 발생했는지도 정리해 주세요, 아, 참! 그 결과를 파악해서 평가 보고서를 제출해야 합니다. 다들 알고들 계시죠?"

속 알머리 봉상관은 자기 임무를 끝냈다는 안도감에서 그길로 '나 홀로 살롱', 즉 화장실을 향해 냅다 줄행랑을 놓았다.

그는 오 마담이 자신을 눈이 빠지게 기다리고 있는 것처럼 종종걸음을 쳤다.

"팀장님! 어디 가십니까?"

상구 머리 노식신은 깐죽거리듯 그를 불렀다.

그는 뒤도 돌아보지 않은 채 마냥 뛰어나갔다.

"나 홀로 살롱에 소 마담 만나러 가는 것 같습니다. 흐흐…"

흰머리 윤편인은 웃는 눈빛으로 익살스럽게 말했다.

"제기…. 왜 하필 지금이야…? 그리고 나 홀로 살롱은 또 뭐고? 소 마담은 또 누구입니까? 히히!"

음흉스러운 눈빛으로 능치듯 물어온 새치 머리 안편관은 정말 아무것도 모르는 척 시치미를 떼면서 능청을 떨었다.

"아하! 아직 모르십니까…? 크크!"

둥근 머리 맹비견은 것도 모르냐는 표정으로 아는 척하며, 킥킥 웃고 있었다.

"예…. 제가 충청도 촌놈 아닌가유…? 흐흐흐."

새치 머리 안편관은 싱겁게 웃었다. 그가 서울 생활을 청산하고 지방으로 내려간 이후부터 줄곧 시골 사람, 아니 시골 공인 중개사 행세를 하는 그였다. 하지만, 남들이 모르는 출중한 실력을 가진 사내였다.

"나 홀로 살롱은 화장실이고, 소 마담은 소변을 말하는 거 같은데요? 헤헤!"

둥근 머리 맹비견은 말을 해 놓고, 흰머리 윤편인의 얼굴을 흘끔 쳐다보며 '맞지요?' 하는 눈길을 그에게 보냈다.

"그렇습니까? 그럼 변 마담은 대변입니까? 허허허!"

그는 능청을 떨며 되물어 왔다.

"하하하! 맞습니다. 소 마담은 소변이라는 말입니다. 그리고 대 마담은 대변이라는 말입니다. 허허허! 어째…? 우리도 오 마담이나 한번 만나러 갈까요? 히히!"

흰머리 윤편인은 익살스럽게 말하며 능청을 떨었다. 돈 사랑 팀원들은 실실 웃어 가며, 고개를 흔들고 있었다.

"흔들게 있으면 혼자 다녀오세요. 흐흐…"

새치 머리 안편관은 이죽거리며, 손바닥을 가로저었다. 이들이 웃고 떠드는 사이에 안내 방송이 흘러나왔다.

입 큰 집행관은 그때부터 경매 사건번호를 부르기 시작했다. 그러고는 관련된 입찰자들은 모두 앞으로 나오라며 안내했다. 그는 최고 낙찰 금액과 낙찰자 그리고 차순위자의 성명을 차례차례 호명했다.

그렇게 시작된 사건 처리는 일사천리로 종결을 지어 나갔다. 돈 사랑 팀원들은 자신들이 선택한 경매물건이 유찰되면 된 대로, 낙찰되면 입찰 금액과 최고가 낙찰 금액을 비교해 평가 보고서를 꼼꼼하게 정리해 작성해 놓았다. 오후 1시 30분이 지나가자 경매 입찰부터 사건 종결까지 모든 진행 순서는 절차에 따라 순조롭게 끝을 맺고 있었다.

잔무가 남은 집행관들이 마지막 정리를 하는 동안 인산인해를 이루었던 입찰 법정은 썰물 빠지듯 사람들의 흔적을 찾아볼 수 없었다. 어느새 장내는 빈 좌석들만 덩그러니 남아 있었다.

간혹 한두 사람이 입구 밖에서 고개를 홀끔 내밀고 쳐다보는 정도였다. 방청객들이 떠난 경매장은 언제 그랬는가 싶도록 썰렁한 찬바람이 감돌고 있었다.

그런 을씨년스러움이 남은 온기마저 쌀쌀맞게 밖으로 내몰지 못
해 안달하는 것 같았다. 흰머리 윤편인은 텅 빈 객석을 뒤로한 채
팀원들을 따라 발길을 돌렸다.

설렁탕집

사방으로 흩어졌던 수강생들은 약속된 장소로 꾸역꾸역 모여들고 있었다. 늦장을 피우던 흰머리 윤편인은 팀원들이 서성이는 곳으로 합류해 그들과 함께 왁자지껄 떠들어 가며 어디론가 몰려갔다.

그렇게 법원 정문 앞에 몰려든 수강생들은 사발 머리 나 교수의 통솔 아래 법원 근처 설렁탕집을 향해 걸음을 옮겨갔다.

흰머리 윤편인이 팀원들과 들어선 한옥 식당은 한눈에 보아도 널찍해서 많은 인원을 받기에 모자람이 없어 보였다. 사방이 막힌 실내는 넉넉한 평수여서 그런지, 답답한 느낌이 전혀 들지 않았다.

목재로 제작한 식탁 위에는 각종 양념 그릇과 깍두기를 담아 놓은 항아리와 수저통이 가지런히 놓여 있었다.

오후 1시 30분이 넘었는데도 손님들이 띄엄띄엄 늦은 식사를 하고 있었다. 팀원들끼리 식탁을 차지한 수강생들은 설렁탕이 나오는 순서대로 점심을 먹었다.

한옥을 개조해 꾸며진 식당은 많은 인원을 수용하고도 설렁탕이 빠르게 나왔다. 흰머리 윤편인은 식사를 하면서도 이런저런 생각을 해 보았다.

그는 '아마도 사발 머리 나 교수가 미리 식당에 연락을 해 놓지 않고서야 수백 명이 넘는 많은 인원을 한꺼번에 받을 수 있었을까?' 하는 나름 계산적인 주판알을 튕겨 가며 수저를 들고 있었다.

그렇게 허기를 채운 사람들은 하나둘씩 식당을 빠져나갔다. 이들은 식당 입구에서 조금 떨어진 장소에 모여들어 서넛이 짝을 지어 자판기 커피를 마셨다.

일부는 아직 남아 있는 사람들을 기다리며 수런거리고 있었다. 그때 식사를 마친 사발 머리 나 교수가 식당을 나오며, 모여 있는 수강생들을 향해 주절거렸다.

"식사들은 맛있게 하셨습니까?"

포만감을 느끼며, 식당을 빠져나온 그는 이쑤시개를 한 손에 들고 물었다.

그러나 그를 아랑곳하지 않는 수강생들은 웅성웅성 떠드는 소리에 그의 목소리를 못 들었다. 그래서 대부분은 들은 척도 하지 않고서 자신들의 이야기를 하고 있었다.

마치 뉘 집 똥개가 짖느냐는 식으로 이들은 안중에도 없는 눈치였다. 그 와중에도 외마디 소리가 들려왔다.

"예!"

그와 눈이 마주친 수강생 하나가 꽁지머리를 끄덕이며, 대답을 하는 소리였다.

"법원에 나와 경매 입찰을 간접 참여해 보니 어째 실감들이 나십니까?"

사발 머리 나 교수는 소리 나는 쪽을 향해 물었다. 그는 허기를 채워 마냥 흡족한 얼굴로 주억거리고 있었다.

"헐…! 쟤 뭐라니?"

와글거리는 사람들 속에서 누군가 종알거렸다.

"뭐… 한두 번 와 보는 것도 아니고…. 경매장이 다 그렇고 그렇지, 언제는 달랐나…. 젠장!"

행인들이 오고 가는 길거리라 그런지 수강생들의 반응은 영 시큰둥해 보였다.

"오늘은 예행 실습으로 경매 입찰을 견학했지만, 앞으로 여러분은 더 많은 경매 사건을 대하면서 실전 경력도 차츰 쌓일 겁니다."

사발 머리 나 교수는 소화라도 시킬 요량으로 주위를 한껏 살펴가며 인솔자로서 해야 할 이런저런 말들을 주절거렸다.

"여러분은 임장 활동 등을 많이 거쳐야, 야전에서 다양한 위기 상황이 닥쳐도 능히 난관을 헤쳐 나갈 수 있는 겁니다. 즉 경매 경험이 쌓여 갈수록 능력이 향상되고, 실전 역량이 배가된다는 말씀입니다."

그러나 주의가 산만해 수강생들의 반응은 영 신통치 않았다. 그래서 사발 머리 나 교수는 말하다 말고, 이맛살을 찌푸렸다가 다시 주절거리기를 반복했었다.

"여기서는 더 이상 길게 설명할 여건이 못 되는 관계로 자세한 질의응답은 다음 시간에 학교 강의실에서 받기로 하겠습니다."

"…"

그는 자신이 준비했던 이런저런 설명을 포기하는 눈치였다.

"그러므로 오늘은 여기서 수업을 끝내는 걸로 하겠습니다. 이만 각자 집으로 돌아가셔도 좋습니다."

사발 머리 나 교수는 말끝에 전체를 돌아보면서 히죽 웃었다.

"헐…! 진짜?"

흰머리 윤편인은 속살거렸다.

"모두들 경매 법정을 견학하시느라 수고들 많이 하셨습니다."

사발 머리 나 교수는 질의를 받는 대신에 약간의 논평으로 대신하고는, 법원 현장 실습수업을 마무리 지었다.

"교수님! 오늘 수고하셨습니다."

속 알머리 봉상관은 미소를 보이며, 고개를 가볍게 숙였다. 순간 사발 머리 나 교수는 반갑게 반응하면서 주절거렸다.

"그래, 오늘 현장 견학은 좀 어때 습니까?"

인사를 받은 그는 잘됐다 싶어 그 즉시 수강생들의 반응도 살펴볼 요량으로 물어 왔다.

"저는 사람들 경매 열기가 이렇게까지 뜨거울 줄 정말 몰랐습니다. 아니 깜짝 놀랐습니다."

그는 자신이 보았던 느낌을 그대로 말했다. 언젠가 광화문 광장에 몰려든 사람들을 만난 느낌이었다며, 그는 혀를 내둘렀다.

"하하하! 그러게요, 오늘따라 법원에 많은 사람들이 몰려들어 평소보다 열기가 뜨거웠을 겁니다."

사발 머리 나 교수는 자신도 의외라는 표정을 보였다. 그러나 여기서 이들이 간과한 것은 자신들은 실습차 견학했지만, 그날 입찰에 참가한 사람들은 많은 인파에 놀라 금액적인 경쟁률이 상당히 높게 나왔을 것이다.

왜냐하면 이들을 모두 경쟁자로 오인했기 때문이었다. 그래서 평소보다 입찰 액수가 상당한 고액으로 낙찰되었다. 어찌 보면 이들에게 견학이었지만, 그들에게는 간접적 피해를 입혔는지, 모른다.

그때였다. 짱구 머리 나겹재가 끼어들며 주절거렸다.

"팀장님! 오늘 호프 데이트는 어떻게 진행하는 겁니까?"

그는 지난주 봉 팀장이 한말을 기억하고는, 가볍게 지나가는 소리로 물어 왔다.

"아 예…. 약속은 지키라고 있는 건데, 이행을 해야 되겠죠?"

속 알머리 봉상관 히죽 웃으며 대꾸하고는 이어 주절거렸다.

호프 가든파티

"총무님이 어디 계십니까? 혹시 아시면 제가 좀 보자고 해 주시겠습니까?"

봉 팀장은 씽긋 웃으며 말했다.

"알겠습니다. 제가 찾아서 이리로 오겠습니다."

술 마실 생각에 신이 난 짱구 머리 나접재는 반가운 표정으로 돌아섰다. 그가 사라지자 속 알머리 봉상관은 사발 머리 나 교수를 바라보며, 같이 가시겠느냐며 의향을 떠보았다. 그는 학교로 돌아가서 해야 할 잔무가 남았다며, 슬며시 꽁무니를 뺐다.

잠시 후 짱구 머리 나접재가 미모의 명정관을 대동하고 나타났다. 그러고는 팀원들을 하나둘씩 불러 모으고 있었다.

"총무님! 오늘 돈 사랑 단합 차원에서 호프 데이트를 갖자는데 시간이 어떠십니까?"

속 알머리 봉상관은 말을 해 놓고 그녀의 눈치를 쓱 살폈다.

"호호! 제 눈치 볼 것 없으세요, 팀원 전체가 움직이는데, 저만 빠질 수 없으니까요."

그녀는 웬일인지 싫다는 소리 대신 경쾌한 음성으로 한 아름 웃음꽃을 선사했다.

"헉…! 이게 무슨 해가 서쪽에서 뜨는 일이래…?"

속 알머리 봉상관은 그녀의 의외 반응에 속살거리며, 얼굴 가득 함박꽃을 피웠다.

그는 한동안 이런저런 이유로 그녀에게 미팅을 신청했었다. 그러나 번번이 거절당해 오늘도 그렇게 예상을 했었다. 그런데 실로 오래간만에 그녀에게 꿀단지 떨어지는 소리를 들은 것이었다.

"흐흐흐, 오늘은 작정하고 들이대 볼까…?"

속 알머리 봉상관은 벌써부터 마른침을 꿀꺽 삼키며 헛물을 켰다. 그녀가 젤 바른 선정재와 둘이서 불륜에 빠진 내연 관계라는 사실도 모른 채 아니 어렴풋이 짐작을 하고 있었다.

그러나 그는 골키퍼 있다고 골을 넣지 못하는 사내는 아니라는 의욕을 보여 주고 싶었는지도 모른다.

정년퇴직을 넘긴 나이에도 욕정만큼은 젊은 사내를 능가할 정도로 기운이 넘치는 그였다.

속 알머리 봉상관은 익어서 시들시들한 마누라를 상대하다가 대학원에서 와서 젊고 싱그러운 미모의 명정관을 본 뒤 그 아름다운 자태에 취해서 한눈에 반해 버렸었다. 그런 그에게 그녀가 함께 동행하겠다고 따라나서니 지금 그의 심정은 그녀와 함께라면 지옥이라도 따라갈 기세였다.

"아하! 난 또 그런 줄도 모르고, 총무님이 못 간다고 할까 봐 은근히 걱정했는데…. 흐흐흐."

속 알머리 봉상관은 능글능글한 눈빛으로 그녀의 매혹적인 미모로 시작해서 늘씬한 몸매까지 찬찬히 뜯어보며 말했다.

"호호! 염려 놓으세요, 모임 장소는 어디로 가시는데요?"

그녀는 미워도 팀장이라는 생각에 생글거리는 눈빛으로 받아 주고 있었다.

"지난주에 약속한 장소로 가야겠지요?"

그는 몹시 달가워하는 눈매로 왠지 모를 흥에 겨워 주억거렸다.

"팀장님! 다 모였는데, 거기 가는 교통편은 어떻게 움직일까요?"

짱구 머리 나접재는 어깨 뽕을 추켜세우며 물어 왔다.

팀원들의 눈길이 그들을 쫓아 쏘아보고 있었다.

"가만, 오늘 차 가져오신 분계십니까?"

속 알머리 봉상관은 주위를 둘러보며, 팀원들에게 물었다.

"…"

"단체 행동을 한다고 해서 오늘은 대중교통을 이용했습니다."

삼각 머리 조편재의 한마디에 팀원들은 자기들도 그렇게 알고 차를 두고 왔다며 이구동성으로 대답했다.

"그럼, 노식신 씨가 앞장을 서시죠?"

속 알머리 봉상관은 그를 쳐다보며 손짓을 했다.

"알겠습니다. 좋을 대로 하시죠, 그럼 제가 앞장을 서겠습니다. 저만 줄곧 따라오세요. 후후…"

속 알머리 봉 팀장이 주절거린 한마디에 신명이 오른 상구 머리 노식신은 헤벌쭉 한 얼굴로 대꾸하고는 서둘러 앞장서서 걸어갔다.

돈 사랑 팀원들은 그의 뒤를 쫓아 두세 명씩 짝을 지어 따라갔다. 잠시 도로를 따라 걸어가던 상구 머리 노식신은 곧바로 교대역 출구에 들어서더니 주위에 계단을 두고 에스컬레이터를 타고 내려갔다.

그러고는 잠시 승강장에서 서성거리다가 첫 번째 도착한 지하철에 올라탔다.

팀원들은 그를 따라 우르르 전철 안으로 몰려 들어갔다.

교대역을 출발한 전철은 팀원들을 태우고 한참을 달려서 몇 정거장을 지나고 나서야 목적지에 도착할 수 있었다.

그렇게 전철에서 하차한 팀원들은 도보로 지하철역을 빠져나왔다.

그는 팀원들을 이끌고 어디론가 서둘러 걸어갔다. 흰머리 윤편인은 팀원들과 경매장에서 벌어졌던 소소한 일들을 화제 삼아 노닥거리며, 유치원 선생님을 쫓아가듯 그의 뒤를 졸졸 따라갔다.

상구 머리 노식신은 역에서 얼마 멀지 않은 곳에서 부인과 함께 노천 호프 광장을 운영하고 있었다.

흰머리 윤편인과 팀원들은 첫날 미팅 시간에 그에게서 들었던 멋진 호프 광장을 상상하며 걸었다. 이들은 나름 기대가 커 가는 내내 그 말을 했었다.

그러나 그렇게 도착한 장소는 도로와 마주한 광장에다 탁자를 펼쳐 놓고, 오고 가는 행인들을 상대하는 노천카페와 비슷한 영업 형태로 거리에서 운영되고 있었다.

눈부신 햇살이 가득한 광장 주변은 흐드러지게 피어난 봄꽃들과 이국적인 해어화들이 잘 아우러져 눈의 호사로움과 마음의 정경은 여기만한 곳도 없다 싶었다.

아름다운 꽃구경을 하면서 호프 한잔을 즐기는 재미도 그런대로 흥취와 낭만이 있었다. 오고 가는 자동차의 물결들, 날씬한 자태를 드러낸 섹시한 이성들, 그리고 이국적인 경관을 가미한 도시의 빌딩 숲, 이러한 구경거리를 안주 삼아 즐기는 술맛도 그렇게 혐오스러운 어울림은 아니었다.

그러나 팀원들 표정은 썩 밝지 못했다. 하지만 이들은 나름대로 훤한 대낮을 어둠 속 밤거리를 허우적거리듯 상상을 부풀리며, 자신들의 유토피아 속에서 대화에 취해 갔다.

속 알머리 봉상관은 그 이상을 작정하고 왔는데, 자신의 생각을 벗어난 주변 풍경에 그녀에게 접근도 못 해 보고, 죄 없는 호프 잔만 비우고 있었다.

취기가 오른 팀원들은 벌건 대낮에 빨갛게 달아오른 낯짝으로 대로를 활보할 수 없다는 핑계를 만들어 노래방으로 우르르 몰려갔다.

이들은 누군가 선곡을 하면 목청을 높여 가사를 따라 불렀다. 그러다 흥이 오르면 탬버린을 흔들고, 요란한 막춤으로 분위기를 띄웠다. 홍일점인 그녀는 팀원들 틈에 어울려 기회가 생기면 젤 바른 선정재와 가볍게 춤을 추고 있었다.

속 알머리 봉상관도 기회를 엿보다 지르박이라도 추고 싶어 그녀의 손을 잡았다. 하지만 그녀가 소스라치게 놀라는 모습에 엉겁결에 손을 놓고서 슬그머니 뒤로 물러서기를 반복했었다.

그녀는 연로한 영감태기가 나잇값도 못하고 들이대는 수작보다 젤 바른 선정재의 눈치가 더 보였다. 그래서 잡는 손을 밀어내고 있었다.

속 알머리 봉상관은 끼어들 틈조차 주지 않는 그녀가 야속하기보다, 자신을 대하는 태도에 몹시 실망감을 느끼고 있었다.

그는 한동안 그녀의 주위만 맴돌다가 결국 들이대지도 못한 채 스스로 포기하고 말았다. 속 알머리 봉상관은 서운한 마음에, 간다는 인사도 없이 슬그머니 그 자리를 떠났다.

기를 쓰고 악을 써 대던 팀원들도 서서히 술기운에서 깨어나자, 미쳐 날뛰던 흥분들이 점차 가라앉고 있었다.

이들의 술자리는 누가 먼저인지 모르게 어느 순간 빈자리는 하나둘씩 늘어 가고 있었다.

마지막까지 자리를 지키던 흰머리 윤편인은 일부가 떠난 을씨년스러운 분위기에 나머지 팀원들과 어울려 노래방을 빠져나왔다.

그리고 각자의 행선지로 발길을 돌렸다….

제20장

수업의 마지막 단계

경매 상담 능력 시험

금요일.

이른 봄 오후 햇살이 가득한 대학원 캠퍼스는 바쁘게 움직이는 학생들로 붐비고 있었다. 하나둘씩 강의실로 모여든 수강생들은 현장 견학 평가 보고서를 카피하느라 정신들이 없었다. 돈 사랑 팀 원들도 미리 작성해 온 몇몇의 평가 보고서를 돌려보고 있었다.

그마저도 준비하지 못한 사람들은 비슷하게라도 정리하느라 손 놀림에 전동기를 달고 있었다.

오늘은 여러모로 바쁜 날이었다. 수요일에 다녀온 현장견학(법원 경매장)에 대한 평가 보고서도 제출해야 했지만, 3개월 동안 배운 경매 학습 및 상담 능력을 테스트를 받기 위한 중요한 날이기도 했 었다.

왜냐하면 대학원에서 치르는 시험을 통과해야 경매 상담 능력 인증서와 수료증을 받을 수 있기 때문이었다.

수강생들에게는 그동안 비싼 수업료를 지불하고 치르는 대가이기에 놓칠 수 없는 한 판 승부이며 통관 절차였다.

그래서 스트레스는 최고조에 도달하는 날이기도 했다.

흰머리 윤편인은 혹시나 싶어 그동안 모아둔 자료들과 시험을 대비해 정리해 놓은 문제지를 카피해서 가지고 왔다.

그리고는 만약을 위해서 큰 머리 문정인과 질의를 주고받으며, 철저히 준비를 하고 있었다.

팀원들은 수업을 경청하며, 기록한 자료와 참고서 등을 나름 준비해 두었다가 혹시나 싶어 챙겨 가지고 왔다. 그래서 이들은 서로의 견해를 묻고 답하는 질의응답 식으로 복습에 열중하고 있었다.

새치 머리 안편관과 미모의 명정관은 준비해 온 자료를 펼쳐 놓고, 예비시험 문제를 정리하며, 한 문제씩 풀고 있었다.

두 사람은 서로에게 질의를 하느라 주위를 돌아볼 여유조차 없어 보였다. 삼각 머리 조편재와 젤 바른 선정재는 한자리에 모여 앉아 커닝 페이퍼를 돌렸다.

이들은 학교의 출제 의중을 알고 있는 눈치였다. 그래서 시험지에 답안을 채워 넣는 문제들을 연습을 하고 있었다.

속 알머리 봉상관은 상구 머리 노식신과 마주 앉아 집에서 챙겨 가져온 참고 서적을 펼쳐 놓고, 한 사람이 질문을 하면 한 사람은 답변하면서 나름대로 시험 준비를 하고 있었다.

짱구 머리 나겁재와 둥근 머리 맹비견은 맨땅에 헤딩을 하듯이 빈손으로 학교에 나와 동료들이 제공한 문제지를 풀었다. 그래서 모르는 문제는 주위 사람들에게 묻곤 했었다.

이들은 시험에 패스하면 운이고, 패스하지 못하면 팔자려니 생각한다면서 설렁설렁 훑어보고 있었다.

자격시험은 사발 머리 나 교수가 강의실에 도착 하고 나서도 곧바로 치러지지 못했다. 왜냐하면 학교 사정상 업무 차질이 빚어져 시험지 준비가 늦어지는 관계로 수요일 날 현장 견학에 대한 질의가 먼저 이어졌기 때문이었다.

자료에 나타난 문제들을 수강생들이 주로 질문을 하면 사발 머리 나 교수는 거기에 대한 충분한 답변으로 이들을 이해시켰다.

그렇게 한동안 질의응답은 계속되었다. 얼마 후 질의에 관해 마무리가 되어 갈 무렵 사발 머리 나 교수는 시간을 체크했다. 그러고는 이들에게 준비한 평가 보고서를 모두 조교에게 제출해 달라고 말했다.

강의실은 금세 웅성거리며 와글거렸다. 그렇게 소란을 떨며 수런거리던 수강생들은 준비한 평가 보고서를 팀별로 거둬 조교에게 제출했다.

이들이 제출한 평가 보고서에 대한 심사는 사발 머리 나 교수가 별도로 검토하고 성적에 반영하겠다며, 보고서에 관해서는 별다른 문제없이 넘어갔다.

그렇게 모든 질의가 끝나 갈 무렵 건장한 남자 조교 하나가 시험지를 가지고 들어왔다. 모두의 시선이 그에게 주어지고 있었다. 그는 빠른 몸놀림으로 시험지 뭉치를 풀어서 각자에게 배분하기 시작했다.

수강생들은 마지막 시간을 그렇게 자격 인증 시험에 매달려 각자가 습득한 실력을 평가받기 위해 끙끙대며 문제를 풀어 나갔다.

주관식으로 치러진 시험문제는 민사집행법을 위주로 경매 절차와 실무 등에 관련된 문제들로 각각 20문항씩 출제되었다.

자격 인증 시험에 나온 문제는 주로 경매 관련 지식과 절차 과정을 어느 정도 수준까지 습득하고 있는지, 그리고 상담 능력과 자질은 충분하게 갖추고 있는지에 대해 물었다. 즉 민사집행법 절차와 실무에 관한 이해와 지식의 습득 정도, 그리고 상담에 대한 충분한 자질에 관해 그 역량을 묻고 있었다.

주어진 시험 시간은 자료를 찾아서 검토하고, 답안지를 채우는 데까지 각자 실력에 따라 편차를 보였다.

물론 그동안 철저하게 시험을 준비한 수강생들은 여유롭게 높은 점수를 얻었다.

그러나 '별게 있겠나?' 싶어 대충 준비한 수강생들은 촉박한 시간에 쫓기어 낮은 점수를 받았다.

시험은 정해진 시간 안에 마쳤다. 치러진 시험지와 답안지는 뒷줄서부터 걷어서 맨 앞자리로 전달되었다. 모여진 페이퍼들은 조교가 수거해 사발 머리 나 교수 교탁 위에 올려놓았다.

시험을 끝낸 수강생들은 왁자지껄 소란을 떨며, 서로의 답안지를 확인하면서 인상을 구기거나 펴기도 하면서 나름 이야기꽃을 피웠다.

강의실 분위기는 한동안 어수선했지만, 사발 머리 나 교수는 평소처럼 교탁을 치지도 않았다.

마지막 시간이라는 여유로움 속에서 나오는 그만의 너그러움 같았다. 수강생들의 불만과 불평을 들어 주느라 시간을 할애한 그는 질문한 답변들에 관해 마지막 보충 설명을 하는 데 주력했다.

종료 시간 마지막은 다음 주 수료식에 관해 사발 머리 나 교수의 설명이 있었다. 그는 졸업시험 성적 우수자에 대한 표창장 수여와 졸업 논문 우수상 발표 그리고 졸업 논문 기념 책자를 졸업 기념으로 제공하겠다며, 공짜로 인심을 쓰는 것처럼 분위기를 잡았다.

어찌 되었든 사발 머리 나 교수와 달려온 3개월간 경매 수업은 그렇게 마침표를 찍고 있었다.

그는 다음 수요일에 다시 만나자며, 손 안에는 뭔가를 잔뜩 들고서 축 처진 어깻죽지 자세로 밖으로 걸어 나갔다.

그가 떠난 강의실은 한동안 소란스러웠다. 수강생들은 어딘가 허전하고 아쉬웠던지, 자리를 떠나지 못하고, 여기저기 팀원들끼리 어울려 떠들고 있었다.

그러나 부산스러웠던 움직임은 그리 오래가지 않았다. 왜냐하면 이들의 모습이 하나둘씩 사라질수록 강의실은 점차 철 지난 바닷가 백사장처럼 텅 비어 갔기 때문이었다.

수료식

그다음 주 수요일.

춘분이 지난 대학원 운동장은 청명을 앞두고, 만춘을 시샘하는 봄바람이 불고 있었다. 쌀쌀한 사내바람은 여인네 치맛자락을 펄럭거리듯 꽃잎이 돋은 나뭇가지를 흔들어 살랑살랑 나부끼도록 심술을 부추겼다.

따사로운 햇살에 잠긴 유리창 넘어 강의실은 수료식을 앞두고 몰려든 수강생들로 왁자지껄 수선을 피우 듯 부산스러웠다. 여럿이 시끄럽게 떠드는 소리는 강의실을 통째로 삶아먹을 것처럼 들썩이며, 난리도 그런 난리가 없었다.

잠시 후 부동산 대학원 학과장을 선두로 등장한 사발 머리 나 교수와 몇몇의 부동산학과 교수들이 교탁 뒷좌석에 나란히 자리를 잡고 앉았다.

이어서 조교들이 가져온 졸업논문 책자와 상패 그리고 상장과 인증서와 수료증 등이 차례대로 교탁 위에 모습을 보였다. 모든 준비가 끝나자, 사발 머리 나 교수는 사회자로 나서 모두가 들뜬 분위기 속에서 수료식은 잠시 미루어 둔 채, 경매 상담 자격 인증 시험 결과에 대한 발표부터 시작했다.

"한 주간 안녕하셨습니까?"

사발 머리 나 교수는 밝은 미소를 보이며 말했다.

"예…!"

수강생들은 천둥이 내려치듯 반갑게 대답했다.

강의실은 사람들의 부산스러움으로 술렁거리며, 수료식 분위기는 절정에 달아올라 있었다. 사발 머리 나 교수는 교탁을 가볍게 두드려 이들의 소음을 점잖게 가라앉히며 이렇게 주절거렸다.

"오늘은 지난주에 치러진 경매 상담 능력 인증 시험에 대한 시상식과, 여러분이 지난 몇 달간 경매 수업을 받느라 고생하며, 달성한 학업 성과에 대한 노고를 치하하고, 이어서 수료식도 거행될 예정입니다."

사발 머리 나 교수는 주위를 둘러보며, 고개를 주억거렸다.

"그동안 여러분이 보여 준 강의에 대한 열의는 수료증을 받기에 부족함이 없었습니다. 그 반면에 경매 상담 능력 인증시험에서 실망감을 안겨 준 수강생들도 적지 않았습니다. 그러나 여러분의 경매 학습은 여기서 끝나는 것이 아닙니다."

사발 머리 나 교수는 눈가에 힘을 주고 말했다.

"헐…! 알아, 알아…."

흰머리 윤편인은 웅얼거렸다.

"지금부터가 시작입니다. 그동안 고생한 보람이 헛되지 않도록 새로운 각오가 필요하다고, 저는 독려해 봅니다."

그의 표정에는 단호함이 서려 있었다.

"여러분이 지금까지 공들인 대가를 얻기 위해서는 발로 뛰어야 합니다. 한마디로 시장 질서를 흐리는 투기꾼이 되기보다, 진정한 경매꾼으로 거듭나야 한다는 겁니다. 왜냐하면 여러분의 움직임은 사회성이 따른다는 것을 인식하시고, 각자 책임의식을 분명히 하실 것을 다시 한번 강조합니다."

사발 머리 나 교수는 말끝에 히죽 웃었다.

"헐…! 누가 그걸 모르나…."

큰 머리 문정인이 속살거렸다.

"그리고 풍성한 결실을 맺기 위해서는. 첫째는, 손에서 책을 놓지 말아야 합니다."

"…."

"둘째는, 정보 습득에 귀를 기울여야 합니다."

사람들은 웅얼거리며, 고개를 끄덕거리고 있었다.

"즉, 부동산 시장 흐름을 간파하는 역량을 키워야 한다, 이 말입니다."

"…."

"셋째는 권리 분석과 임장을 게을리하지 말아야 합니다. 즉 한마디로 습관화시키라는 겁니다."

"…"

사발 머리 나 교수의 두 눈에는 불꽃같은 힘이 잔뜩 실려 있었다.

"마지막으로 명도하는 테크닉을 습득하는 데 심혈을 기울여야 합니다."

"…"

그는 양미간을 찌푸렸다 펴면서 눈동자를 확대하곤 했었다.

"즉, 사람 마음을 얻을 수 있는 마법을 터득하는 데 공을 들이라는 겁니다."

그는 확대한 눈동자에 힘을 주고서 눈알이 툭 튀어나올 것처럼 주절거렸다.

"이 같은 조건을 갖추신다면, 경매 시장에서 여러분의 목적을 달성하는 데 큰 어려움이 없을 것 같다고, 저는 미루어 짐작해 봅니다."

사발 머리 나 교수는 마지막 경매 수업을 하듯이 늘어놓고는 막바로 시상식과 수료식을 거행했다. 사회는 사발 머리 나 교수가 진행을 맡아 상장 내용 등을 대독했다. 그가 뜸을 잔뜩 들여가며, 모두를 놀라게 한 부동산 경매 최고과정의 논문 최우수상의 영예는 흰머리 윤편인이 제출한 리포트가 수상의 영광을 차지했다. 이로써 상장과 부상은 부동산 대학원 학과장이 직접 수상자에게 수여했다.

그로 인해 돈 사랑 팀원 전원에게는 상장과 메달이 수여되었다. 두 번째로 거행된 경매 상담 능력 인증 시험 시상식에서도 수강생들을 재차 놀라게 하는 경악스러운 일이 벌어졌다. 이번에도 흰머리 윤편인이 또다시 우수상의 영예를 거머쥐었다.

그는 부동산 대학원 학과장으로부터 상장과 상패를 수여받고, 수상의 영광과 고마움을 팀원들에게 돌렸다.

나머지 수강생들은 시험 결과에 따라 상장과 경매 상담능력 인증서가 수여되었다.

그러나 수업에 참여한 수강생들 가운데 한국 대학교 부동산 대학원 총장의 수료증은 교육 전 과정을 참석해 결격 사유가 없어야 받을 수 있었다.

부동산 경매 최고과정의 마지막은 부동산 대학원 학과장의 인사말을 끝으로 수료식의 마침표를 찍었다.

이들은 동지섣달 긴긴날을 추위와 싸워가며 대학원 문턱을 자신의 서재와 같이 죽기 살기로 도돌이표를 찍었다.

그리고 대학가 골목길은 소주를 벗 삼아 나 홀로 살롱처럼 생각나면 드나들면서 마침내 결실을 얻어 낸 것이었다.

종강 회식

그중에서도 이날을 화려하게 장식한 돈 사랑 팀원들은 다른 수강생들로부터 "컨그레츄레이션!"이라는 축하 인사와 부러움을 한몸에 받았다. 이들은 뭇사람들에게 스포트라이트를 받자, 칭찬에 고무된 미모의 명 총무는 수료식에서 받은 논문 최우수상과 돈 사랑 팀의 공로자인 흰머리 윤편인의 우수상을 축하하자는 취지에서 종강 회식을 제의하고 나섰다.

"봉 팀장님! 그동안 모인 회비도 충분한데 어디 가서 축하파티라도 열고 헤어져야지, 그냥 여기서 돌아가시면 두고두고 섭섭하지 않을까요?"

그녀가 귀여운 미소를 날리며, 속 알머리 봉상관의 의중을 물어 왔다. 오늘따라 그녀의 패션은 평소보다 화려하게 차려 입고 있었다.

화창한 봄 날씨에 잘 어울리는 의상으로 한눈에 사람들의 이목을 끌기에도 부족함이 없어 보였다.

"허허허! 셀러브레이션이야 당연히 해야 되겠죠?"

그는 지난주 일은 까맣게 잊고서, 실실 웃으며 맞장구를 쳤다. 그는 오늘따라 중후한 정장 차림으로 한층 멋을 내고서 수료식에 참석했다.

노래방에서 당한 설움 때문에 차림새가 더욱 세련되고, 누가 보아도 멋을 부린 태가 물씬 풍겼다.

"하하하! 우리 돈 사랑 팀이 두 가지 상장을 모두 휩쓸었는데 그냥 헤어지기에는 정말 아쉬운 날이죠."

큰 머리 문정인이 가세해 팀원들의 분위기를 잡았다.

"맞아요, 상도 받았는데 어디 가서 축하 기분 좀 내고 헤어집시다."

상구 머리 노식신이 질세라 한마디 덧붙였다.

여성 회원 가입

"아… 참, 그리고요. 제가 깜빡했는데 다른 팀원들 중에서 여성 몇 분이 우리 멤버에 가입시켜 달라는데 어찌할까요?"

미모의 명정관은 말하는 도중에 뜬금없이 새로운 여성들의 회원 가입을 들먹여 가며, 팀원들의 의사를 물어 왔다.

"회원은 많을수록 좋지 않을까요? 특히 여성분들이라면 굳이 마다할 이유가 없을 것 같은데…"

여성이라는 소리에 삼각 머리 조편재가 득달같이 끼어들었다.

"뭐 다다익선 좋지요, 흐…. 여성분들이 가입하면 그러지 않아도 총무님이 혼자였는데 좋지 않을까요? 흐흐흐."

짱구 머리 나겁재는 팀원들을 향해 말하고, 개나리꽃이 활짝 핀 표정으로 실실 웃었다.

"저는 팀원들만 좋다면 오케이입니다."

흰머리 윤편인은 여성회원들이 가입한다는 소리에 묘한 기분이 잠시 들었다. 하지만, 그렇다고 반대할 이유도 찾을 수 없었다.

"저도 반대할 의향은 없습니다. 다만, 우리 총무님 인기가 식지 않을까? 걱정입니다. 후후…"

새치머리 안편관은 그녀를 흘끔 쳐다보며, 히죽 웃었다.

"아이…, 별걱정을 다 하시네요, 저야 여성 회원이 늘어나면 말벗이 생겨서 나쁠 게 없지요. 호호!"

그녀는 듣고 보니 불리한 점도 있겠다 싶었다. 하지만, '쳇! 별일이야 있겠어?' 하는 마음에 상관없다는 식으로 받아들였다.

"하여튼, 회원이 늘어나면 경매 물건도 큰놈으로 잡을 수도 있고, 단합 차원에서도 여러 가지로 서로에게 도움이 되지 않을까? 싶습니다. 히히!"

둥근 머리 맹비견은 히죽 웃어 보이며 속내를 털어놓았다. 그는 무형의 자산이 늘어난다는 기쁨에 왠지 모르게 흐뭇해서 제법 그럴듯한 의견을 내놓았다.

"그건 그렇고, 오늘 어디서 뭉치면 좋겠습니까?"

상구 머리 노식신은 속 알머리 봉 팀장을 건너다보며 물었다.

"왜 거기… 우리 단골집 어떻습니까?"

그는 싱긋 웃어 가며, 대학가 돼지불고기집을 가리켰다.

"그럼, 모두 그쪽으로 갑시다. 여기서 우왕좌왕하지 마시고…"

젤 바른 선정재는 그 말을 하고서 곧바로 앞장을 섰다. 그는 모두가 자신을 따라오라는 몸짓으로 걸어갔다. 흰머리 윤편인은 팀원들과 어울려 둘셋씩 무리를 지어 그의 뒤를 졸졸 따라갔다.

"총무님! 우리 팀에 가입하겠다는 분들도 오시라고 연락을 미리 하시죠?"

속 알머리 봉상관은 꿍꿍이속이 따로 있는 눈치였다. 그래서 몹시 들뜬 기분에 서둘러 그들을 챙기고 있었다.

"호호! 알았어요, 그런데 오늘 따라 팀장님 기분이 상당히 경쾌해 보이시네요?"

그녀는 팀장의 정곡을 찌르며 씽긋 눈웃음을 쳤다. 이전부터 그녀는 봉 팀장이 자신을 바라보는 눈길이 예사롭지 않다는 것을 알고 있었다. 그래서 되도록 거리를 두려고 노력했었다. 그러나 연로하신 분이라는 측은한 생각이 들 때면 가끔은 비위를 맞추기도 했었다.

그런데 여성 회원들을 챙기는 그에게 섭섭한 마음이 드는 울적한 심사는 왜일까? 오히려 자신에게 괜히 민망스러웠다. 그때 핸드폰 소리가 그의 생각을 깨트렸다.

'자기야 행복인 걸— 정말 몰랐니—, 자기야—.'

그녀의 핸드폰 멜로디 소리가 요란하게 울렸다.

"여보세요?"

"아, 저예요…."

"그러지 않아도 막 전화를 하려던 참인데 먼저 전화를 하셨네요? 후후."

"전화를 기다리다가 궁금증을 참지 못해서요. 호호!"

"아… 예에…. 잘하셨어요."

"어떻게 받아 주시겠대요? 후후…."

"예…. 모두들 흔쾌히 환영하셨습니다. 호호!"

"어머, 잘됐네요."

"지금 이리들 오시겠어요?"

"예, 어디로 가면 되죠?"

"왜 길 건너편 먹자골목 돼지불고기집 아시죠?"

"호호! 그럼요, 먼저 한번 가 본 식당인걸요."

그녀의 폰 너머로 여성들의 조잘대는 소리가 끊임없이 흘러나오고 있었다.

"그리로 오세요. 우리도 그쪽으로 가는 중입니다."

"예…. 알겠어요, 조금 이따 봐요."

그녀는 곧바로 핸드폰을 끊었다. 미모의 명정관은 핸드폰을 가만히 접고서 봉 팀장을 향해 손가락을 오므려 동그라미를 만들어 보여 주고는 이어 주절거렸다.

"팀장님! 모임 장소로 직접 오겠답니다."

그녀는 헤실헤실 웃어 가며, 말했다.

"아… 그래요, 잘 됐군요."

속 알머리 봉상관은 여느 때와 다르게 오늘은 환한 얼굴로 무게를 잡았다. 그즈음 대학원을 먼저 나간 팀원들이 하나씩 모임 장소로 속속 모여들고 있었다.

강의실에서 나중 나온 팀원들도 하나둘씩 도착해 자리를 채웠다. 이들은 시끄러운 1층을 피해 비교적 한적한 2층에 자리를 잡았다. 출입구부터 코끝을 찌르는 돼지고기 굽는 맛있는 냄새에 이들은 벌써부터 군침을 삼키고 있었다.

그즈음 속 알머리 봉상관은 여종업원이 펼쳐 놓은 메뉴판을 천천히 훑어보고 있었다. 그녀가 무엇을 시킬 것인지 물어오자, 그는 슬그머니 미모의 명정관을 향해 메뉴판을 건네주었다.

그는 퍼스트레이디라나 뭐라나 주절대면서, 그녀에게 음식을 주문하라는 눈짓을 보냈다. 식탁 위에 메뉴판을 펼쳐 놓은 미모의 명정관은 두말하면 잔소리라는 표정으로 서슴없이 돼지불고기와 적당량의 소주를 주문했다.

그리고 메뉴판을 접어서 그녀에게 돌려주었다. 여종업원은 계산서에 숫자를 표시하고는, 이내 돌아갔다.

식탁을 가운데 두고 마주 앉은 팀원들은 새로운 회원들이 오기 전에 팀 운영에 대한 견해 차이로 약간의 설전이 벌어지고 있었다.

그사이 주문한 술과 음식들이 먼저 나왔다. 상구 머리 노식신은 여종업원이 가져다 놓은 돼지불고기를 불판에 올려놓고는 스위치를 켰다. 돼지불고기가 익어 갈 무렵 새로 가입할 여성분들이 도착해 계단을 오르는 하이힐 구두 굽 소리가 요란스럽게 들려왔다. 잠시 후 누군가의 청아한 목소리가 들려 왔다.

"어머나…. 여기들 모여 계시네요?"

낯익은 얼굴들이 입가에 미소를 듬뿍 담고서, 방 안으로 들어섰다.

팀원들은 환영하는 뜻에서 조금이라도 잘 보이고 싶은 얼굴로 그녀들을 반기고 있었다. 그녀들도 입꼬리가 만개한 나팔꽃처럼 웃고 있었다.

"하하하! 어서들 오세요, 그러지 않아도 총무님한테 말씀을 듣고서 누구신가 기다리고 있었습니다."

삼각 머리 조편재는 먼저 나서서 그녀들을 반갑게 맞이했다.

"안녕하세요? 강의실에서 뵙고 또 만나니 구면이죠?"

유니크한 스타일로 모던한 여성미를 풍기는 한옥경은 능청스럽게 인사를 건넸다.

그녀의 우아한 미소에는 지성미가 엿보였다. 동행한 일행들은 그녀의 뒤를 이어서 빈자리를 찾아가 앉았다.

신입회원은 모두 네 명이었다. 그녀들은 자리에 앉는 순서대로 인사를 하고 있었다. 팀원들은 마른침을 꿀꺽 삼키며, 그녀들의 실루엣을 훑어보고 있었다.

"안녕하세요? 안혜숙입니다."

미소가 어여쁜 그녀는 자태에서 지적인 완숙미가 느껴졌다. 아니 소피스티케이트한 도회적인 세련미가 엿보였다.

"조다혜입니다."

그녀는 피부나 눈의 빛깔 그리고 에스닉한 이국적 분위기와 잘 어울리게 생긴 자태가 누가 보아도 한눈에 끼가 넘쳐 보였다.

"저는 전원숙입니다 앞으로 예쁘게 봐주세요."

그녀는 고른 건치를 보이며, 씽긋 웃었다. 흰머리 윤편인은 첫눈에 그녀가 엘레강스하고 섬세한 여성스러움이 물씬 풍기자, '으흠…. 마음이 쓰이는 여자로군….' 하며 혼자 이렇게 속살거렸다.

'저 여자는 로맨틱한 분위기가 잘 어울리는 여성의 자태를 가졌네…. 젠장! 어느 놈이 데리고 사는지는 몰라도 밤이 좋겠네. 흐흐…' 하는 눈빛으로 그녀를 그윽하게 바라보았다.

어찌되었든 그녀들은 수료식이 있는 날이라 한껏 멋을 부린 모습이었다.

흰머리 윤편인은 그녀들이 풍기는 맵시에서 '뭔가 목적이 있는 것은 아닐까?' 싶은 선입견으로 쏘아보다가 의심을 넘어 왠지 알 수 없는 호기심이 불현듯 스치고 지나갔다.

그러나 오늘은 그러한 모습조차 사랑스럽다고 느끼고 있었다. 마음에 울림을 주는 그녀의 효과였을까? 아니 상복이 터진 날이라 그랬는지도 모른다. 여하튼 그의 움직임을 지켜볼 수밖에 없는 지금은 누구도 서로의 속을 몰랐다.

그러나 팀원들도 역시 같은 마음으로 수료식을 핑계 삼아 모처럼 잘 차려입고 나왔구나, 하는 눈초리로 그녀들의 첫인사를 받고 있었다.

왜냐하면 하나같이 차림새가 여성스러우면서 우아한 패션으로 럭셔리한 멋을 부렸기 때문이었다.

"하하하! 강의실에서는 대충 지나쳤는데 오늘 여기서 마주 대하고 보니 대단한 미인들이십니다. 흐흐…."

짱구 머리 나겁재는 입에서 나오는 대로 주절거리며 실실 웃었다.

"오시느라고 수고하셨는데 뭐 좀 드셔야 되겠죠?"

삼각 머리 조편재는 수저를 챙겨 주면서 도회적인 안혜숙을 향해 눈길을 주었다. 속 알머리 봉상관도 이에 뒤질세라 첫눈에 끌리는 모던한 한옥경을 위해 수저를 챙겨 주고 있었다.

새치 머리 안편관은 앞자리에 앉은 이국적인 조다혜를 챙기며, 술잔과 수저를 차례대로 건네주었다. 흰머리 윤편인도 가만히 보고만 있을 수 없었다. 그래서 우아한 전원숙 앞에다 이것저것 챙겨 주면서 가볍게 인사를 나눴다.

그녀는 어쩔 줄 몰라 하며 한마디 주절거렸다.

"어머나⋯. 친절도 하셔라, 실력만 좋은 줄 알았더니 매너도 굿이시네요?"

그녀는 얼른 수저를 받아 챙기며, 감사하다는 말 대신 칭찬을 늘어놓고는 생긋 웃고 있었다.

"하하! 이 정도야 누구나 하는 서비스 아닙니까?"

흰머리 윤편인은 괜히 어색해서 히죽 웃어 가며 말했다.

"이번에 최우수상 졸업 논문도 혼자서 작성을 했다는 소문이 있던데 하여튼 대단하십니다."

우아한 전원숙은 몹시 부러운 눈길로 먼저 말을 걸어왔다.

"하하하! 그게 소문일 뿐입니다. 실상은 팀원 모두가 함께 고생했습니다."

그는 손사래를 치고는 쑥스럽다며, 겸손을 떨었다. 옆자리에 점잖게 앉아 있는 큰 머리 문정인은 연신 고개를 끄덕이며, 시샘하는 눈길로 째리고 있었다.

"어머⋯. 수강생들 사이에 입소문이 자자하던데 겸손하시긴⋯. 호호!"

그녀는 살짝 앙증스러운 미소를 지었다. 흰머리 윤편인은 어쭙잖은 성과를 칭찬하는 그녀가 은근히 친근감이 느껴져 괜히 좋아 보였다.

"저보다는 문정인 씨가 대단하십니다. 모든 공이 그의 도움이거든요. 흐흐흐."

그는 괜히 어색해서 옆자리를 가리키면서 히죽 웃고 있었다.

"그런 소리 하지도 마세요, 누가 뭐라 해도 윤편인 씨가 최고라는 것쯤은 아는 사람은 다 아는 사실인데, 너무 그렇게 겸손 떨 것 없습니다. 안 그렇습니까? 여러분!"

그의 말에 큰 머리 문정인은 팔짝 뛰듯이 터무니없는 개소리를 말라면서 주위에 응원을 구했다. 새 회원들은 일제히 고개를 끄덕이며, 미소를 짓고 있었다.

"뭐⋯, 대단하다고 봐야죠? 별 볼일 없는 상이란 상은 싹쓸이했는데⋯. 히히!"

삼각 머리 조편재는 그러지 않아도 그놈이라면 괜히 자다가도 창자가 뒤틀리고, 속이 뒤집어지는데, 잘됐다 싶어 노골적으로 비아냥거렸다.

그러고는 능청스럽게 실실 웃고 있었다. 둥근 머리 맹비견은 눈치를 주면서 금붕어처럼 입만 벙긋벙긋 거렸다. 젤 바른 선정재도 옆구리를 툭 치며 눈짓을 하면서 그를 말렸다.

이들은 괜히 분위기 깨지 말라며 서로에게 눈치를 주고받았다.

속 알머리 봉상관은 주위 공기가 심상치 않다는 낌새를 눈치 채고서 얼른 사람들의 관심을 돌리듯 큰소리로 주절거렸다.

"그나저나 이제 인증서와 수료증도 받았는데, 적당한 물건을 골라서 실력 발휘들을 한번 하셔야 되겠죠?"

그는 사람 좋은 인상으로 말하고는 주변을 돌아보았다.

"안 그래도 팀원들이 모이면 낙찰을 함께 받는 투자 모임을 건의할까? 했는데, 그 말 한번 잘하셨습니다."

젤 바른 선정재는 팀장의 한마디에 그 말을 기다렸다는 듯이 적극적인 반응을 보였다.

"저도 지난번부터 쭉 생각을 하고 있었는데 팀장님이 먼저 의견을 내 놓으시니 반대할 이유가 없습니다."

흰머리 윤편인이 반색을 하며 찬성표를 던졌다.

큰 머리 문정인과 나머지 팀원들도 이구동성으로 한마디씩 거들었다. 그중에는 신중을 기하는 표정으로 이들을 바라만 보고 있는 팀원들도 있었다.

"우리 팀 에이스들이 제 의견에 호응을 보여 주시니 용기가 백배납니다. 그려, 허허허!"

속 알머리 봉상관은 생각했던 반응 보다 예상외로 호응도가 좋게 나오자, 우쭐한 기분에 의기양양하게 웃고 있었다.

이때다 싶어 흰머리 윤편인은 모두를 위한 건배를 제의하고 나섰다.

"자… 자, 이 대목에서 우리 모임의 무궁한 발전을 위해서 건배나 한번 합시다."

그는 잔을 높이 들고 모두를 향해 외쳤다. 팀원들은 그의 낯선 태도에 깜짝 놀란 표정으로 눈길을 모았다.

"크크! 윤 형이 웬일이십니까?"

삼각 머리 조편재는 눈살을 찌푸린 채 빈정거렸다. 그에게만큼은 까칠하기가 뺑덕어멈 저리 가라인 그는 뭔가 불만이 잔뜩 쌓여 있는 표정으로 흰머리 윤편인을 은근히 치대고 있었다.

아무래도 두 가지 상을 독식한 시기심이 그의 자존심을 건드린 것 같았다.

그러자 몇몇이 도끼눈을 뜨고 그를 노려보았다. 분위기를 더럽게 만들지 말라는 핀잔을 주는 눈짓 같았다.

"아니… 나는 뭐 특별난 사람입니까?"

흰머리 윤편인은 냉소를 머금고 가볍게 받아넘겼다.

"좋아요. 팀장님이 먼저 선창하시죠?"

큰 머리 문정인이 얼른 끼어들어 어색한 분위기를 바꾸어 놓고 있었다. 그러나 이번에도 흰머리 윤편인이 먼저 나서 주절거렸다.

"오케이! 우리 모두 잔을 들고 단숨에 마시는 겁니다. 아셨죠?"

그는 오늘 따라 유난히 호들갑을 떨며, 평소와는 다른 행동을 하고 있었다.

"만약 한 방울에 술이라도 남기신 분들은 우리 회원 자격이 없다고 보겠습니다. 으하하하!"

그답지 않은 들뜬 행동에 몇몇 팀원들은 밥맛없다는 눈빛으로 그를 째려보고 있었다. 일부의 팀원들은 '자식! 어디다 내놓지도 못하는 별 볼일 없는 상을 휩쓸더니 영 맛이 쳐 갔나…' 하는 눈초리로 속살거렸다.

또 일부는 '새로운 여성 회원들이 가입하고 보니 잘난 척을 더럽게 하고 싶은 거야, 뭐야? 이 우라질 자식 말이야…!' 하며 그를 쏘아보고 있었다.

틀린 말은 아니었는지 모른다. 흰머리 윤편인은 새로운 여성 중에 잘 보이고 싶은 여성 회원이 하나 있었다.

그러나 그는 누구도 모르게 시치미를 떼고는 능청스럽게도 괜히 유난을 떨고 있었다. 자신의 사나이다운 기질이라도 보여 주고 싶어 안간힘, 아니 발버둥을 치고 있었다.

오늘따라 알 수 없는 그의 행동에 팀원들이 색안경을 끼고 바라보는 것은 당연했다.

그는 혼자 속고는 누구도 눈치 챈 사람은 없을 것이라고 생각했었다. 그 상황을 가만히 지켜보던 속 알머리 봉상관은 모두에게 주절거렸다.

"그럼, 제가 선창을 할 테니 여러분은 '위하여!' 하세요."

그는 사람들의 시선을 한곳으로 모았다.

술잔이 비어 있는 팀원들은 알겠다며, 서둘러 술병을 집어 들었다.

그리고 돌아가면서 빈 잔에 술을 가득 채웠다. 팀원들은 움켜쥔 술잔을 높이 치켜들고는 팀장의 갈라진 입술을 향해 시선을 고정시키고 있었다. 그 순간…,

"돈 사랑 팀 포틴의 우정을…!"

속 알머리 봉상관은 새로운 팀명을 선창했다. 새롭게 개명을 해서그는 큰소리로 외쳤다.

"위하여…!"

팀원들은 영문을 몰라 얼떨결에 소리치며, 몇몇이 그를 마땅찮은 듯 쏘아보고 있었다.

쨍그랑…!

"…."

그러는 가운데 일부는 서로에게 축하한다는 악수를 나누고 있었다. 흥이 넘치고, 정이 가득한 사람들은 차마 이성을 껴안지 못하고, 괜히 동성끼리 보듬어 안고서, 낄낄거리고 있었다.

"아…, 잠깐! 제가 돈 사랑 팀명을 새로운 여성 팀원들이 가입한 기념으로 돈 사랑 팀 포틴으로 개명을 해 봤는데 듣기가 어땠습니까?"

속 알머리 봉상관은 자신의 의미대로 작명한 팀명을 모두에게 물었다.

팀원들은 그냥 듣고는 있었다. 하지만, '무슨 개수작인가?' 싶어 그를 유심히 쳐다보고 있었다.

"어차피 경매 수업도 끝났는데 팀명이 필요합니까?"

짱구 머리 나겹재가 이죽거리며, 나섰다.

"뭐 굳이 팀명이 필요한 것은 아니지만, 그래도 모임에는 닉네임과 회칙은 있어야 하지 않겠습니까?"

큰 머리 문정인은 주위를 슬쩍 둘러보며 말을 이어 갔다.

"물론 제 생각이 전부 옳다고 주장하는 것은 아닙니다. 그러니다른 의견이 있는 분은 말씀해 주시기 바랍니다."

그는 짱구 머리 나겹재의 제의를 반박하기보다는 모두의 의견을 묻는 식으로 좌중을 둘러보았다.

"이런들 어떻고, 저런들 어떻겠습니까? 우리는 돈만 벌면 되는데. 안 그렇습니까?"

삼각 머리 조편재는 익살맞은 코맹맹이 개그로 사람들을 웃겼다.

"하하하…!"

"까르르….'

익살스러운 소리에 빵 터진 팀원들은 음식점이 떠나가도록 한바탕 웃고 떠들었다.

이들의 웃음소리가 점점 잦아들어 소란한 분위기가 수그러들자, 흰머리 윤편인이 불쑥 나서 주절거렸다.

"앞으로는 닉네임보다 중요한 골자는 단체를 이끌어 갈 회칙과서로가 함께할 마음이라고 저는 생각합니다."

그는 화합을 강조하듯 다부지게 말했다.

"저도 어떤 모임이라도 친목 단체 명칭과 회칙은 정해 놓고 활동하는 것처럼 우리도 친목 회합을 도모하든, 투자 모임을 함께하든, 있을 건 있어야 한다고 봅니다."

새치 머리 안편관은 평소의 품은 소신을 털어놓으며 건너편에 앉은 이국적인 조다혜를 흘끔 쳐다보았다.

"호호! 그러면 처음 부르던 대로 부르도록 하세요."

이들의 이야기를 조용히 듣고 있던 이국적인 조다혜가 넉살스럽게 웃음을 보이며 중재를 하고 나섰다.

"그럼요, 우리가 가입했다고 지금까지 귀에 익은 팀명을 군이 개명할 필요가 있을까요? 군이 그럴 이유가 없다고 봅니다."

모던한 한옥경이 분위기를 살펴 가며 슬쩍 한마디 거들고 나왔다.

"뭐 그럽시다…. 쇄신도 좋지만, 이미 정해 놓은 팀명을 군이 바꿀 필요까지 없잖습니까?"

젤 바른 선정재는 왠지 자신도 그러는 편이 좋겠다고 생각이 들었다. 아니 잘 보이고 싶은 고약한 버릇 때문인지도 모른다. 여하튼 그는 그녀의 말을 거들고 나섰다.

"좋습니다. 여러분들의 뜻이 정 그렇다면 원래대로 돌아갑시다. 뭐 돈 사랑이면 어떻고, 돈 사랑 포틴이면 어떻습니까? 팀명이야 부르기 좋으면 그만이지…. 허허허!"

속 알머리 봉상관은 말은 듣기 좋게 했다. 하지만, 은근히 속이 뒤틀리고, 심사가 불편했었다.

그는 새로운 팀원들을 생각해서 마음을 썼다. 하지만, 모두가 원래 명칭이 좋다고 고집하고 나서자, 괜히 입장만 어색해졌다. 그래서 상당히 기분이 불쾌해졌었다. 그러나 그는 꼰대답게 팀장이라는 미명 아래 가볍게 웃어넘겼다.

"자… 자! 이 대목에서 한 잔씩 마시고, 힘을 합쳐서 좋은 물건이나 찾아봅시다."

둥근 머리 맹비견은 어색해진 분위기를 바꾸고 싶어 슬쩍 화제를 다른 곳으로 돌렸다. 그때 눈치 빠른 짱구 머리 나겁재가 재빠르게 나섰다.

"자… 자! 마십니다, 마셔…. 오늘은 기분 좀 내 봅시다."

그는 앞에 앉은 도회적인 안혜숙의 가슴팍을 힐끔거리며, 느물스럽게 지껄였다. 이때다 싶은 팀원들은 분위기에 편승해 한마디씩 떠들면서 함께 잔을 쨍! 하고 부딪치며, 소리를 냅다 질렀다.

"…"

"아니…. 무작정 술만 마실 게 아니라 구체적인 투자 모임에 대해서 마무리를 짓고, 회합을 하든 대작을 하든 해야 되지 않겠습니까?"

흰머리 윤편인은 이들로부터 미움받을 각오를 단단히 한 놈처럼 나왔다. 자신의 기분 탓인지, 술맛 떨어지게 분위기 깨는 소리를 이렇게 떠벌리고 있었다.

"사실, 우리 모임이 술 먹자고 모이는 친목모임도 아니지 않습니까? 다들 함께 지혜를 모아 돈을 벌어 볼 생각에 없는 시간을 쪼개서 만났다고, 저는 생각합니다. 그래서 주제넘게 한마디 드리는 겁니다."

그는 지금 자신이 지껄이는 말들이 술맛 떨어지는 개소리라는 사실을 잘 알면서도 거침없이 지껄였다. 게다가 재수 대가리 없게 근엄하면서도 위엄 있는 눈빛을 반짝이면서 말했다.

"개자식! 잘났다. 임…마!"

아니나 다를까? 삼각 머리 조편재가 곱지 않은 눈초리로 쏘아보며, 속살거렸다.

흰머리 윤편인은 주위에서 째리거나, 말거나, 하고 싶은 말을 계속 주절거렸다.

"소중한 시간을 그냥 즐기는 데 소비하기보다는 뭔가 생산적이고, 가치 있는 대화를 나누는 데 쓰자는 제 건방진 의견입니다."

그가 말을 끝내자 일부의 팀원들은 쌍심지를 켜고서, '그래 너 잘 났다며' 노려보고 있었다. 이들은 '분위기를 깨는 소리를 작작해라 이 자식아!' 하는 눈총을 마구 쏘아 대고 있었다.

그러나 여자 팀원들과 남자 팀원 몇몇은 흰머리 윤편인 말에 적극 동조하고 나섰다.

"호호! 틀린 말은 아니지만, 오늘은 자리가 자리인 만큼 축하 파티나 즐기시고, 다음번에 새로 모임을 공지하면 어떨까요?"

이국적인 조다혜가 만면에 미소를 보이면서, 그에게 권유하듯 슬쩍 끼어들었다.

그러고는 팀원들의 생각을 묻듯이 말을 이어 갔다.

"그때 다시 모여 투자 모임을 갖는 것도 그리 나쁘지 않다고 생각이 드는데…. 윤편인 씨는 어뗘세요?"

그녀는 밝게 웃어 가며 나긋나긋 하게 물었다.

"예…에, 저에게 물으시니 답변을 해 드려야겠죠?"

한 고집하는 흰머리 윤편인은 씨익 웃고서 자신의 말을 천천히 이어 갔다.

"술과 음식은 지금처럼 드시면서 기본적인 사항들은 대충이라도 협의를 해 두어야, 다음 모임을 공지하더라도 투자에 대한 애정이라고 하면 좀 그런가? 하하하! 어쨌든 의욕들이 생겨나 능동적으로 참석을 할 것 아닙니까?"

그의 얼굴은 웃고는 있었다. 하지만, 그녀에게 양보할 표정은 어디에서도 찾아볼 수 없었다.

"아주… 지랄을 해요!"

삼각 머리 조편재는 그를 노려보면서 속살거렸다.

"혹… 제가 주제넘게 너무 앞서가는 겁니까?"

흰머리 윤편인은 흥분된 기분을 가라앉히려고, 낯빛을 자주 바꿔가며, 되도록 차분하게 말하고 있었다.

"윤편인 임원, 당신의 말뜻은 알겠지만, 첫날밤 치르고 아이를 내놓으라는 식은 좀 곤란하지 않겠습니까?"

속 알머리 봉상관은 마땅찮아 하며 불쾌한 심정을 은근히 내비쳤다.

"내 말이…. 아니 우물가에서 숭늉 찾는 것도 아니고 이제 막 분위기 좀 잡아보려는데…. 고새 찬물 끼얹는 인간이 어디 있어? 젠장맞을!"

둥근 머리 맹비견은 노골적으로 그가 들어 보라는 식으로 구시렁거렸다.

"어머나…. 이러지들 마세요, 좋은 날에 모두들 축하하자고 만났는데…."

미모의 명정관은 갑작스러운 반응에 기겁해서 놀란 표정을 보였다. 그러고는 이들에게 손을 급하게 저었다.

그녀는 본래 사내들이란 자존심이 상하면 별일도 아닌 일을 가지고, 주먹질을 휘두르는 어리석은 피조물이라 생각했었다. 반면에 조금만 달래 주고, 칭찬을 해 주면 간이고, 쓸개고, 다 내어주는 순진무구한 곰돌이 사내라는 사실도 잘 알고 있었다.

그래서 그녀는 사내들을 향해 부드럽게 주절거렸다.

"오늘은 새로운 팀원들도 가입 했으니 우리가 모인 취지와 앞으로의 계획을 대충이라도 설명해 줄 필요가 있을 것 같습니다. 어째… 총무 말에 동의를 하시는지? 모두에게 묻고 싶군요?"

그녀는 다정스러운 미소를 짓고서 사내들을 진정시키듯 조심스럽게 물었다.

"하하하! 그럽시다. 까짓것 그게 뭐 어려운 일이라고…. 자…자! 술을 한 잔씩 마시면서 토론해 봅시다."

짱구 머리 나겁재는 시원스럽게 지껄이고는 속 알머리 봉상관과 둥근 머리 맹비견을 향해 돌아가며 술잔을 내밀었다. 새치 머리 안편관과 삼각 머리 조편재는 이들의 동의를 방조한 채, 술잔 속에 성질을 잔뜩 담아 부딪쳤다.

속 알머리 봉상관과 둥근 머리 맹비견은 흰머리 윤편인의 말이 어느 정도 일리가 있다고 생각을 하면서도 가슴 한구석이 왠지 찜찜한 마음은 그날의 기분 탓도 있었다. 달리 보면 이성적인 판단은 맞는데 술기운이 이들의 자존심을 건드려 짜증나게 만들고 있는 줄 모른다.

그러나 이들은 프라이드를 죽인 채 이성을 따라 판단하며, 때로는 가면을 쓰고 남을 사귀는 지성인과 같이 고매한 인격인 척 행동하곤 했었다.

"그럼 총무님이 사회를 보시고, 윤편인 임원이 우리 모임의 성격을 설명해 주세요?"

속 알머리 봉상관은 약간 자존심이 상했다. 하지만, 서로의 충돌을 봉합하는 차원에서 수습을 하고 나섰다.

"그건 아니죠, 팀장님이 계신데 제가 나설 수 있습니까? 그냥 팀장님이 지금처럼 진행을 하세요."

흰머리 윤 편익은 말끝에 씨익 웃었다. 그는 주객이 전도되면 말이 안 된다는 생각을 가지고 있어서일까? 모양이 빠져도 일단 슬쩍 양보하면서 다시 주절거렸다.

"우리는 옆에서 보조를 할 테니 그렇게 하시죠?"

"…"

그는 속 알머리 봉상관을 은근한 눈빛으로 건너다보며 말했다.

"지랄…. 아주 경우 바르고, 점잖은 척은 혼자 다 해요."

삼각 머리 조편재가 눈초리를 째리며, 입속말을 속살거렸다. 흰머리 윤편인은 찬물도 위아래가 있다는 자세를 보이며 속 알머리 봉상관의 상했던 마음을 살짝 어루만지고 있었다. 그의 진의를 알아챈 속 알머리 봉상관은 차갑던 표정이 한순간에 봄눈 녹듯이 풀어져서는 가볍게 미소를 보였다.

"그럼 제가 먼저 설명하기로 하고, 부족한 보충 설명은 팀원들이 아는 만큼 채워가는 걸로 합시다."

그는 못이기는 척 수락을 하고 나섰다.

그렇게 시작된 술자리 토론은 어영부영 이어지다가 어느 순간에 이르자 갑자기 급물살을 타듯 일사천리로 필요한 지혜들이 모아지고 있었다. 이렇게 투자 모임에 대한 모양은 서로가 내놓는 플롯들이 하나씩 모여 조금씩 실체를 갖추어 갔다.

팀명은 돈 사랑을 원래대로 사용하는 것으로 결정을 보았다. 대신에 호칭은 팀원을 회원으로 바꿔 부르기로 의견을 모았다.

투자 대상은 부동산으로 한정했으며, 투자 물건은 경매 시장을 첫 번째 타깃으로, 공략하는 걸로 합의를 하고, 나머지 번외 시장 물건은 차순위 목표로 두고, 상황에 따라 과반수 결정에 따르기로 정했다.

그리고 투자금은 각자의 능력에 맞춰서 지분 투자하기로 의견을 일치시켰다. 거기에 따르는 이익 배당금은 투자 금액에 비례해 배분하기로 합의를 보았다.

여기까지는 책정이 순조롭게 이루어졌었다. 그러나 문제는 지랄

맞은 부동산 명의에서 걸림돌이 나타나 갈피를 못 잡고 의견들이 분분했다.

이들의 의견은 망할 놈의 세금 문제 때문에 법인(평균10~20% 중과, 30% 종부세, 6%~12% 주택 수별 150~300% 신설)이냐, 공동 명의 [보유세(종부세 0.5~6%, 재산세 105~150%), 거래세(취득세 1~12%, 양도세 6~70%, 증여세 최고 12%)]냐, 두 세력 다툼에서 의견이 갈라졌다.

화끈하게 법인을 설립하자는 주장도 여러 차례 거론 되었다. 그러나 일부는 법인은 미리 설립해야 하고, 각종 거래 시에는 우라질 세법을 준수해야 되며, 법인세와 별도로 개인 배당 종합소득세가 14% 별도로 나오고, 장기보유특별공제 혜택도 없다며, 목소리가 격앙되기도 했었다.

또한 취득세, 등록세도 세율이 높고, 신설된 종부세도 매년 공시지가 상승으로 과세율이 점점 높아지는 추세라 세금이 장난이 아니라며, 사이좋게 공동 명의로 하자는 주장도 나왔다.

그러나 규제 지역이 아닌 지방이나 수도권 그리고 지식산업센터 등은 여러모로 법인이 유리하다는 볼멘소리도 나왔다. 돈에 미치고 환장한 몇몇의 주장은 이랬다.

회원 지분이 N분의 1로 소액이니 열네 명의 공동 명의로 하자는 그룹과 부동산을 여러 채 보유한 회원은 세금[양도소득세(1주택 6~42%, 2주택 16~60%, 3주택 26~70%), 종부세(주택 0.5~2.7%, 최고 0.6~3.2%, 토지종합 1~3%, 별합 0.5~0.7%, 등 세율은 정책에 따라 수시변동)] 등을 고려하자는 그룹으로 양분되어 한동안 합의점을 찾지 못했다.

회원들은 마라톤협상 끝에 세금 문제에 걸림돌이 없는 회원 명의로 투자를 받자, 그건 아니다 결정을 번복하며 입씨름을 벌이기도 했었다. 세금은 공동으로 해결하는 방안과 당장은 소액이니, 열네 명 지분 명의로 낙찰을 받아서 각자 해결하자는 방안, 투자 금액이 상향되면 그때에 가서 법인으로 전환하자는 방안, 등등을 주장하며 각자가 엇갈린 의견을 내놓았다.

회원들은 공방을 벌인 끝에 결국 정부의 부동산 정책 규제가 심하지 않은 쪽으로 유턴하기 시작했다.

한마디로 상황에 따라 세금과 대출 등이 유리한 방향으로 낙찰을 받기로 했다. 그러나 최종 결정은 회원의 과반수 찬성이 있어야 입찰에 응하도록 잠정적 의견이 모아졌다.

"자… 자, 이 대목에서 합의를 축하하는 의미로 건배 한번 합시다."

속 알머리 봉상관은 어려운 문제 하나가 매듭을 짓자, 회원들을 독려해 모두가 한잔하기를 권했다.

그가 눈동자에 힘을 잔뜩 주고 술잔을 높이 쳐들 듯 앞으로 내밀자 회원들은 서로를 마주 보며, 술잔을 앞으로 힘껏 내밀었다.

"건배…!"

쟁…그랑!

술잔이 부딪치며 맑게 퍼지는 울림이 이들의 건배 소리와 함께 허공을 가르고 있었다.

술잔을 부딪친 남성 회원들은 소주를 단박에 입속에 털어 넣었다. 음주를 즐기는 이국적인 조다혜와 도회적인 안혜숙을 제외한 여성들은 슬쩍 입술을 적시다 내려놓기를 반복하고 있었다.

미모의 명 총무는 회의 결과를 기록하느라 술과 안주는 제대로 먹지도 못한 채 혼자 바쁘게 손을 놀리고 있었다. 그런 그녀가 마음이 쓰인 젤 바른 선정재는 이들과 어울리는 가운데 눈치껏 상추쌈을 만들어 빈사라 위에 올려놓기 바빴다.

손이 바쁜 그녀를 대신한다는 그럴싸한 명분이 센스남처럼 제대로 먹혔다.

그래서 그녀는 회원들의 눈치를 보지 않고도 먹을 수 있었다. 그러든 말든 돈 사랑 회원들은 빈 소주잔을 채우고는 몇몇은 다시 회의를 이어 갔다.

속 알머리 봉 팀장은 흰머리 윤편인의 의견을 참고해 투자금과 결산에 대해 회원들의 의견을 취합해 나갔다. 이들은 우선 사업 총결산을 1년을 기준으로 결정했다.

회계 처리는 분기마다 처리할 것인지? 물건을 처분해 이익금이 발생할 때마다 분배할 것인지? 각자의 의견들이 충돌을 거듭하며, 회의는 진행되고 있었다.

옥신각신 공방 끝에 법인설립 전까지는 이익금이 발생할 때마다 배당금을 분배하기로 했다.

세금과 경비는 경상이익[영업이익(영업수익 - 영업비용) + 영업 외 수익(수입이자 및 할인료 등) - 영업 외 비용(지급이자 및 할인료 등)]에서 처리하고, 이익 배당금은 순이익금(총 수익 - 총 비용)에서 투자 지분별로 분배하자고 타결을 보았다.

그러나 순이익금의 일부는 잉여금[일정 시점에 있어서의 자본금을 초과하는 자기자본의 초과액(자본잉여금/이익잉여금)]으로 적립해 자산의 현금 흐름을 높이고, 법인 설립을 추진하는 데 보태자며 입을 모았다.

다만 회칙은 한 사람이 작성해 과반수 찬반을 거치기로 했다.

법인 설립은 체계가 잡히면 그 시기에 가서 전문가의 도움을 받기로 절충을 보았다.

투자 자본금과 잉여금 통장의 명칭은 돈 사랑 회명으로 개설하고, 법인 설립과 동시에 법인 통장으로 이전한다는 의견도 일치를 보았다.

그렇게 술자리가 끝나 갈 무렵 돈 사랑 모임은 대충이라도 투자 계획의 아웃트라인이 윤곽을 드러내고 있었다.

"어유⋯. 고생들 하셨습니다."

이국적인 조다혜는 약간의 홍조를 띤 얼굴로 인사를 챙겼다.

"정말이지 대단들 하십니다. 호호!"

그녀는 단맛에 길들인 헛바닥을 놀리며, 과한 칭찬을 늘어놓았다.

"술 먹으랴, 회의하랴, 거기에 안주까지 곁들여 먹으랴⋯. 호호호!"

도회적인 안혜숙도 엄지손을 추켜세우며, 칭찬 릴레이를 이어 갔다.

"맞아요, 호호호! 저는 이 투자 모임에 가입하기를 잘했다고, 제

스스로 칭찬하고 있는 중이랍니다."

모던한 한옥경이 설레발을 치듯 한바탕 웃어 가며 말했다.

"저도 동감이에요, 특히 여러 방면에 박식하신 분들과 함께할 수 있었어 이 자리가 무한한 영광입니다. 호호!"

우아한 전원숙은 그들에 뒤질세라 한마디를 덧붙이고는 헤실헤실 웃고 있었다.

"거봐요? 제 말 듣기를 잘 했죠, 언니들…? 호호!"

이국적인 조다혜는 새 회원들을 향해 우쭐하며, 어깨 뿡을 살짝 올렸다가 내렸다.

새로운 여성들은 고맙다며, 그녀에게 눈웃음을 치면서 고개를 한번 끄덕거렸다.

"어머머…. 다들 뭐라는 거야? 이 언니가 이끌어 준 고마움은 까맣게 잊었나 보지…. 앙큼한 계집애들 같으니라고…. 흥!"

미모의 명정관은 괜히 부아가 치밀어 혼잣말을 속살거리며, 조용히 눈을 흘겼다.

"자…, 이제 여기 술자리는 그만 끝내시고, 2차들 가셔야죠?"

상구 머리 노식신은 술기운을 넘어 이성을 향한 유혹으로 잔뜩 바람을 잡고 있었다.

삼각 머리 조편재는 흐뭇한 눈길로 박수를 보내고 있었다.

"아니…. 그럼 여기서 집에 가려고 했단 말입니까? 흐흐…. 그건 아니죠, 헤헤! 오늘 같은 역사적인 날은 제대로 한번 놀아 줘야 두고두고 추억의 한 페이지를 남길 게 아닙니까? 흐흐흐."

취기가 오른 짱구 머리 나겁재는 꼬이는 헛바닥을 굴려 가며, 능글맞게 지껄이고서 낄낄거렸다.

"세상 소풍 나온 추억이라…? 좋습니다. 뭐 어차피 노는 길에 인생 도화지에 스케치를 한번 그려봅시다."

술김이라 그런지 흰머리 윤편인은 주둥이에서 나오는 대로 나불거렸다.

"좋시다! 오늘 이차는 내가 확실하게 쏠 테니 모두 함께 갑시다."

술이 약간 오른 속 알머리 봉상관은 허세를 부리듯, 큰소리를 치고는 벌떡 일어섰다.

젤 바른 선정재는 '영감태기가 아주 신이 제대로 나셨군그래…' 하는 눈길로 쏘아보고 있었다.

"팀장님이 2차를 쏘겠다고 하십니다."

둥근 머리 맹비견은 공짜 술을 먹을 수 있겠다는 생각에 신명이 났다.

그래서 그는 몹시 기분 좋은 표정으로 모두에게 주절거렸다.

"누구 한 분이라도 꽁무니 빼지 마세요, 팀장님이 섭섭해하십니다."

둥근 머리 맹비견은 은근히 엄포를 놓으며 익살스럽게 압력을 가했다. 짱구 머리 나겁재는 그를 그윽하게 바라보면서 아주 잘하고 있다며 반가운 눈빛을 쏘아 보냈다.

"아주, 무기들이 살판들이 났군…."

미모의 명정관은 입속말을 속살거렸다.

"알았으니 앞장서기나 하세요. 호호!"

이국적인 조다혜는 뭐 꺼릴 이유가 없다는 얼굴로 생글생글 웃어 가며 대꾸했다. 여성 회원들도 일찍 돌아갈 마음을 포기한 눈치였다.

이들은 자기들 나름대로 뭔가 결심을 굳힌 표정들이었다. 흰머리 윤편인은 상도 받았겠다. 여성 회원들까지 새로 가입해 기분도 좋은데, 어딘들 못 갈까 싶었다.

게다가 마음에 쏙 드는 회원까지 가입을 했으니, 그로서는 더 이상 거부할 이유가 없었다.

"호호호! 어디로 가시려고요?"

도회적인 안혜숙은 붉게 타오르는 얼굴로 귀엽게 물었다.

"글쎄요? 팀장님 어디로 모실까요?"

상구 머리 노식신은 쓰윽 다가와 팀장의 어깨에 묻은 이물질을 털어 내며 물었다. 속 알머리 봉상관은 그의 행동이 싫지 않은 표정이었다. 그는 빙그레 웃고서는 그를 마주 보며 주절거렸다.

"어디긴요? 술도 먹고 노래도 할 수 있는 곳으로 갑시다."

그는 히죽 웃으며 준비했던 대사처럼 경쾌하게 말했다.

그사이 음식 값을 치르고, 돌아온 미모의 명 총무가 합세를 했다.

"호호! 오늘 수료식에서 상도 타시고, 투자 모임도 결성하셨으니, 한턱내시는 건가요?"

미모의 명정관은 수려한 이목구비를 앞세우고 쾌활하게 물어 왔다. 그녀는 평소 거리를 두었던 속 알머리 봉상관이었다. 하지만, 여자 회원들이 가입하면서 심정에 변화를 일으켜 돌연 태도가 바꿰고 있었다.

"하하하! 오늘은 웬일로 총무님이 나긋나긋하십니다. 내가 벌써 술이 취했나? 흐흐흐."

속 알머리 봉상관은 뼈 있는 농담을 능청스럽게 던졌다.

"아이…, 팀장님도. 언제는 내가 외면이라도 했나요? 호호! 괜히 민망스럽게 왜 이러세요?"

미모의 명정관은 뜨끔한 마음에 앙탈을 부리면서 애교스럽게 눈을 흘겼다.

"뭘? 그렇게 심각하게 받아들여요, 농으로 한번 해 본 소리를 가지고…. 허허허!"

속 알머리 봉상관은 그녀가 입을 뾰로통하게 내밀고, 살짝 토라지자, '하여튼 여자들 속은 알 수 없는 존재야.' 하는 눈빛으로 얼른 말꼬리를 돌렸다.

"그래요, 웃자고 한 소리니 빨리 갑시다."

젤 바른 선정재가 옆에서 보고 있다가 슬쩍 눈치를 주면서 얼른 데리고 나갔다. 흰머리 윤편인도, 회원들도, 하나둘씩 자리에서 일어나 밖으로 나왔다.

"어서들 가세! 오해들 말고 내가 술이 취해 헛소리를 하더라도 오늘은 그런가 보다 이해들 좀 해 주시게나. 허허허!"

속 알머리 봉상관은 '내가 괜한 소리를 했나….' 싶어 짧은 순간에 후회를 삼켰다.

그사이 다른 일행들은 노래방 근처까지 도착해 있었다. 이들은 속 알머리 봉 팀장이 무슨 마음을 품고 있는지를 이미 알고 있는 것처럼 뮤직이 빵빵한 노래방을 찾아 들어갔다.

곧바로 뒤따라 들어온 속 알머리 봉상관은 계산대 앞을 가로막고서 동행한 회원들을 모조리 룸 안으로 몰아넣었다. 그리고 몸을 돌려 자신의 카드를 주인에게 내놓으며 노래방 비용을 선불로 치렀다. 그는 술 취한 정신에도 회원들이 마음껏 즐길 수 없도록 미리 결제하고 돌아온 것이었다.

기존 회원들은 새로운 여성 회원들의 노래를 들어 봐야 한다며 여느 신고식처럼 돌아가면서 한 사람씩 마이크를 넘겼다. 열네 명이 박작거리는 작은 룸은 발 디딜 곳이 불편할 정도로 비좁았다.

그래도 음악이 흐르고, 술이 몇 순배 돌아가자 서로가 한 몸처럼 엉켜서 지르박, 차차차, 블루스가 숨 가쁘게 돌아갔다.

노래가 선곡될 때마다 누가 시키지 않아도 회원들은 벌떡 일어나 생난리를 치며, 악을 쓰고 놀았다. 마음이 통하는 회원들끼리는 부둥켜안은 채로 돌아갔다.

음악에 취하고, 술에 취해서, 아니 분위기에 취해서, 시간이 어떻게 가는 줄도 모르고, 이들은 가무를 즐기며 놀았다.

오후 이른 시간부터 시작된 이들의 파티는 어둠이 짙게 깔린 저녁 무렵이 지나서야 파장이 났다. 노래방을 빠져나온 이들 앞에는 휘황찬란한 네온 불빛들이 반짝거렸다. 도로에는 가로등 불빛 아래를 파고드는 자동차 헤드라이트 불빛들이 어둠을 삼켜 버린 채 거리를 밝히며 달리고 있었다.

거리에는 귀갓길 행인들이 종종걸음을 치고 있었다. 퇴근해 쏟아져 나온 인파들이 그들과 뒤섞여 분주히 걸어갔다. 이들이 빠져나온 노래방 골목 사이로 술집에서 몰려나온 취객들이 시끄럽게 떠들어 가며 어디론가 사라지고 있었다.

그사이를 헤치듯 둘셋씩 무리 지어 도로로 걸어 나온 이들은 아쉬운 마음에 서로를 붙잡고 인사를 나누었다.

"팀장님이 2차를 쏘는 바람에 잘 놀다 갑니다."

삼각 머리 조편재가 먼저 인사를 챙겼다.

"잘들 놀았다니 제가 감사하죠."

속 알머리 봉상관은 혀가 꼬부라지는 소리로 고개를 주억거렸다. 이들은 서로를 붙잡고 일일이 악수를 하면서 3개월 동안 적어도 한 주에 두 번은 만나다가 이제는 못 보게 됐다는 서운함을 손 안에 가득 담고서 오랫동안 흔들었다.

"모두들 잘 들어가시고, 수시로 연락을 취하도록 합시다."

큰 머리 문정인은 작별을 고하며, 아쉬운 표정으로 인사를 먼저 했다. 회원들은 각자 거리를 서성대며, 여기저기서 휘청거리고 있었다.

"아이…, 가시려고요? 3차 가서 생맥주로 입가심은 하고 가셔야죠? 그냥 가시면 섭섭하지 않겠습니까?"

짱구 머리 나겁재가 그를 붙잡고 늘어졌다. 큰 머리 문정인은 그의 손을 살짝 빼내며 주절거렸다.

"저는 볼일이 남아 있어서 빨리 가 봐야 합니다."

그는 손사래를 치면서 그의 만류를 뿌리쳤다.

"집이 충청도인 나도 아직 남아 있는데 먼저 가시려고요?"

새치 머리 안편관은 섭섭하다며, 아쉬운 눈빛으로 그를 잠시 붙잡았다.

그때 짱구 머리 나겹재가 맞는 소리라며, 고성방가를 하듯 냅다 고함을 쳤다.

"이제는 적당히들 취했는데 여기서 그만 헤어지고, 다음 정기 모임에나 모여서 오늘 못다 했던 말들을 마저 의논합시다."

흰머리 윤편인은 적당한 때 술자리를 끝내는 것도 다음을 위해서 좋다고 생각했다. 그 순간 어디선가 그를 응원하듯 요란한 자동차 클랙슨 소리가 들려왔다.

"그래요, 우리들도 가정으로 돌아갈 시간입니다. 오늘은 이쯤에서 끝내는 게 좋겠어요."

우아한 전원숙은 여성들을 대표해서 작별을 고했다. 그러나 여성 회원 가운데 일부는 술자리를 함께 했던 남성 회원들 사이에 끼여서 흐느적거리고 있었다.

아직 돌아갈 생각이 없는 표정들이었다. 그때 흔들흔들 거리며 서성대던 속 알머리 봉상관의 고함소리가 들려왔다.

"저는 여기서 가야 하니 다른 분들은 한잔을 더하고 오시든지 알아서들 하세요."

그는 작별을 고하고 나자 더 이상은 술을 이기지 못하고 몹시 비틀거렸다. 제 한 몸을 제대로 가누지 못하는 고주망태처럼 휘청 휘청거렸다.

이국적인 조다혜는 얼른 그를 부축해 가며 지나가는 택시를 향해 마구 손을 흔들었다. 그 옆을 지나가던 빈 택시 한 대가 그녀를 발견하고는 득달같이 달려와 발 앞에 차를 멈추었다.

그녀는 얼른 뒷문을 열어 봉 팀장을 부축하다시피 차를 태웠다. 그가 출발하자, 그녀는 잠시 손을 흔들어 주다가 다시 일행 쪽으로 돌아왔다.

그녀와 도회적인 안혜숙은 인도에서 서성이며, 3차를 가기 위해 미적거리는 무리 속에 어울렸다. 이들과 달리 몇몇 여성 회원들은 방향이 같은 차편을 얻어 타려고 서둘러 각자의 방향을 물어보고 있었다.

그러나 이들 중 3차에 미련이 남은 회원들은 귀갓길을 서두르는 회원들과 헤어져 먼저 무리를 지어 생맥주 집으로 몰려갔다.

입구부터 많은 손님들이 북적거렸다. 몇몇은 서로가 어울려 자기들 이야기에 빠져 있었다. 그들 앞에는 생맥주와 노가리가 놓여 있었다.

또 다른 일행은 노가리를 안주 삼아 소란스럽게 떠들며 마시고 있었다. 왁자지껄 떠드는 그 틈을 비집고 들어간 이들은 빈 테이블을 하나 차지하고 술을 시켰다.

그렇게 시작된 3차 술자리는 서로를 붙들어 놓고 지난날 부동산으로 재산을 불려온 숱한 사연 보따리를 청산유수처럼 풀어 놓았다.

이들은 과거 불나방 시절부터 지금까지 살아온 산적한 세월들을 늘어놓다가 갈증이 날 때면 생맥주를 홀짝거렸다. 안주는 노가리를 자랑하듯 씹고 또 씹었다.

때로는 서로를 칭찬하다가 심사가 뒤틀리면 상대를 깔아뭉개듯 치대기를 반복했다. 아무리 그래도 기분은 살아 있어 그런지 건배는 잊지 않고 먼저 챙! 하고 들이켰다.

동승

한편 흰머리 윤편인과 동승한 우아한 전원숙은 여성 회원들과 함께 움직이려 했다가 집 방향이 같은 흰머리 윤편인을 택한 남모르는 속셈이 있었다.

대학원에서 알 수 없는 끌림에 그를 유심히 주시했었다. 그런데 팀이 달라 말 한마디를 건네 보지 못했었다.

그러던 중에 우연히 경매 수업이 끝나면서 기회가 찾아 왔다. 이국적인 조다혜가 돈 사랑 회원으로 가입하자며 제의를 해온 것이다. 그녀는 '이게 무슨 일인가.' 싶어 반가운 마음에 선뜻 승낙을 했었다.

게다가 마지막 날 흰머리 윤편인이 논문 최우수상을 타면서 그에게 향한 마음이 더욱 고취되어 있었다.

그랬다 그녀는 꼭 한 번이라도 대화를 나누고 싶었던 상대였기에 무작정 회원으로 가입한 것이었다.

그와는 돼지불고기집에서 첫인사를 나누었다. 그녀는 대화를 나눌수록 박식하다는 사실에 매료되어 그에게 빠져들어 갔다.

"오늘은 직접 만나 대화를 나눌 수 있어서 너무 좋았어요. 호호!"

그녀는 매혹적인 눈길로 미소를 보냈다. 흰머리 윤편인은 어딘가 모르게 끌리는 구석이 있는 그녀가 은근히 신경이 쓰였던 터라 말문이 저절로 트였다.

"저도 동감입니다. 어디서 내리세요?"

흰머리 윤편인은 반문하고서 왠지 마음을 쓰이게 하는 여자구나, 생각하고 있었다.

"아현동 마포 경찰서 앞에서 내리면 됩니다."

그녀는 경쾌하게 대답했다.

"그러시면 제가 내려 드리고 가면 되겠네요?"

그는 잘 됐다 싶어 씽긋 미소를 지었다.

"자택이 어디신데요?"

그녀는 행선지를 돌아가면 피해다 싶어 재차 물어 왔다.

"아…, 저는 대흥동입니다."

흰머리 윤편인은 생각 없이 가볍게 말했다.

"어머…. 저희 집에서 멀지 않은 곳에 사시는군요?"

우아한 전원숙은 전혀 뜻밖이라며 반가워했다.

그러고는 잘됐다 싶어 창밖을 내다보며 피식 웃었다.

"하하하! 그러고 보니 이웃 동네 사시네요?"

흰머리 윤편인은 단조롭게 받았다. 차창 밖 어둠이 내린 거리에는 야경 불빛 사이로 아름다운 조형미를 드러낸 간판들이 획획 지나가고 있었다.

"경매 경험이 아주 많으신가 보죠?"

그녀는 본색을 드러내듯 화제를 돌려 물어 왔다.

"아니요, 별로. 그런데, 그건 왜요?"

그는 뜨끔했다. 사실 이론적으로는 조금 알지만, 실전은 많은 경험을 못 해 봤기 때문이었다. 그래서 그는 대답과 달리 까칠하게 물었다.

"호호! 별거는 아니고요, 수업 시간에 워낙 답변을 잘하셔서 경험이 많나 보다 생각했거든요."

그녀는 여성스러운 매력을 풍기며 밝게 웃었다. 기사 아저씨가 백미러를 올려다보면서 덩달아 히죽거렸다.

"하하하! 난 또 뭐라고. 그거야, 미리 예습을 해서 갔기에 가능했었습니다."

흰머리 윤편인은 어색한 듯 말끝에 머리카락을 쓸어 넘기며, 창밖을 흘끔거렸다. 차창 밖으로 거리 풍경들이 빠르게 지나가고 있었다.

그는 시치미를 뚝 떼고 있지만, 옆자리에 함께 앉아 나누는 그녀와의 대화가 왠지 기분이 묘하게 느껴졌다.

그러나 좀처럼 싫지 않았다.

그래서 그는 이따금 창가를 내다보기도 하며, 슬쩍슬쩍 그녀를 훔쳐보듯 말하곤 했었다.

"어머머… 그래도요."

그녀는 귀여운 표정을 보이며 앙살을 떨었다.

"저는 그 정도 실력만 있어도 걱정이 없겠네요, 뭐. 호호호!"

우아한 전원숙은 부러운 눈빛으로 그를 지그시 바라보았다.

차 안에 누가 없으면 당장이라도 안겨 들 기세로 그녀의 눈빛은 반짝거렸다.

"저도 알고 보면 허광虛曠입니다. 하하하!"

흰머리 윤편인은 미리 손을 쓰는 편이 번거로움을 피할 수 있겠다는 생각에 그녀의 핵심을 피하고 있었다.

택시는 어느새 마포대로 길로 들어서고 있었다. 얼마나 달렸을까? 그녀는 거리를 확인하고는 주절거렸다.

"기사 아저씨… 저기서 좀 세워 주세요."

그녀는 마포 경찰서 건널목 앞을 가리켰다.

"예… 알겠습니다."

기사는 대답과 동시에 인도 쪽으로 방향을 틀었다. 택시는 서서히 속력을 줄이더니 잠시 정차를 하고 있었다.

"잘 들어가시고요, 다음 모임에서 또 만나요."

그녀는 차 문을 열고 내리면서 인사를 건넸다.

"오늘 만나서 즐거웠습니다. 안녕히 들어가세요."

흰머리 윤편인은 가볍게 인사를 받았다. 그녀는 택시가 출발하자, 신호등을 기다리며 한동안 택시 뒷모습을 바라보고 서 있었다.

한편 미모의 명정관은 대리기사를 불렀다는 소리에 젤 바른 선정재와 승용차 뒷좌석에 나란히 기대고 앉아 기다렸다. 그 순간 주위를 두리번거리던 젤 바른 선정재는 주변에 인기척이 없자, 살며시 그녀 곁으로 다가가 가볍게 포옹하며, 입맞춤을 했다. 그녀는 기다렸다는 몸짓으로 그의 입 속에 도드라진 혀를 살짝 밀어 넣었다. 그렇게 한참을 포옹하고 있었다. 누군가 차창을 두드리는 소리가 들려왔다. 둔탁한 소리에 놀란 두 사람은 반사적으로 몸가짐을 바로 세웠다.

"대리기사 부르신 분 없으세요!"

곱슬머리 중년의 사내가 차창을 두드리며 외치는 소리였다. 사내는 남녀가 포옹하고 있는 모습을 못 본 척 외면하고서, 차창을 두들겼다.

젤 바른 선정재는 창문을 내려 운전석에 열쇠가 꽂혀 있다고, 말하며 손짓으로 운전대를 가리켰다. 곱슬머리 대리기사가 차에 올라타자, 그는 부풀어 오른 입술로 강남 신사동으로 데려다 달라고 말했다.

그들이 떠나자 새로운 차들이 먼저 차머리를 밀어 넣으려고 빵빵거렸다.

두 사람을 태운 승용차가 떠나고, 뒤늦게 새로운 대리기사 하나가 헐떡이며 도착했다. 삼각 머리 조편재가 부른 대리기사였다.

모던한 한옥경은 차를 얻어 타고 가려고, 방향을 묻고 있었다. 그러나 자신의 집하고는 반대 방향이라는 사실을 안 그녀는 지하철역까지만, 태워다 달라며 양해를 구했다.

삼각 머리 조편재는 웬일인지 까칠하게 나왔다. 그런데 이상하리만큼 그녀의 반응은 적극적이었다.

"아무 역이라도 좋으니 출구 근처까지만이라도 데려다주세요. 호호!"

그녀의 미소 띤 부탁에 삼각 머리 조편재는 가는 방향 아무 역이나 내려 줘도 괜찮겠느냐고, 까칠하게 대꾸했다. 그녀는 연신 고개를 끄덕였다.

그는 어쩔 수 없이 포기한 낯빛을 보이면서 일단 타라고 시큰둥하게 말했다. 삼각 머리 조편재는 그녀를 처음 볼 때부터 끌리는 매력은 눈곱만큼도 없었다.

자기 스타일은 도회적인 안혜숙이지, 당신은 아니라는 눈빛이었다. 그러나 뜯어보면 생김새는 그럭저럭 밉지 않은 현대적인 타입이라고 생각했다.

그래서 술자리나 노래방에서 줄곧 대화를 나누곤 했었다. 하지만 회원 그 이상도 이하도 아닌 관계 유지일 뿐, 더 이상 관심 밖의 여자였다.

그런데 그녀가 삼각 머리 조편재의 매력에 이끌렸다.

아니 술기운에 판단력을 잃은 건지 모르겠다. 아무튼 이상스러울 만큼 그에게 적극적으로 대시를 하고 있었다.

여성 편력이 많은 그는 모던한 한옥경의 이상한 낌새를 눈치 채고는 처음과 달리 그녀의 집 근처까지 친절을 베풀었다.

그러고는 다음 모임에 만날 것을 기약하고, 헤어졌다. 그는 차를 유턴해 오던 방향으로 다시 차를 몰았다.

삼각 머리 조편재는 그녀를 바래다주면서 여러 가지 정보를 얻을 수 있었다. 생각했던 것 이상 그녀는 부동산 시장에 대해 많은 지식을 가지고 있었다. 그래서 그녀와의 대화가 시간의 낭비보다는 만남의 수확이라고 여겼다.

그즈음에 마지막까지 3차를 위해 남은 회원들은 짱구 머리 나겁재와 둥근 머리 맹비견을 비롯해 상구 머리 노식신과 새치 머리 안편관까지 남자 회원 네 명, 그리고 새로운 여성 회원 이국적인 조다혜와 도회적인 안혜숙까지 여섯 명이 합세해 즐기고 있었다. 이들은 술 동맹을 맺는 것처럼 자정을 넘기고서야 자리를 털고 일어났다.

취중 정사

그러나 하룻밤을 묵고 갈 수밖에 없었던 새치 머리 안편관과 이 국적인 조다혜는 다른 회원들을 위해 마지막까지 수고를 아끼지 않았다.

대리기사를 불러 주거나, 지나가는 택시를 잡아서는 그들의 귀가를 도왔다. 그리고 이들은 약속이나 맺은 한 쌍의 연인처럼 곧바로 모텔을 향해 직행을 하고 있었다.

두 사람은 지인을 찾아가기에는 너무 늦은 시간이기도 했지만, 새치 머리 안편관은 자택이 충청도라 열차편이 끊겼다. 이국적인 조다혜는 집이 평택이라 고속버스가 끊어지는 핑계를 대고 있었다.

어차피 두 사람은 어딘가에서 하룻밤을 유숙할 처지였다. 두 사람은 술이 거나하게 취한 상태였다.

취중 마음이라 이들은 방을 두 개 얻을 필요가 없다는 데 동의를 했다. 왜냐하면 서로에게는 술친구가 필요했었다. 그래서 더욱 짝짜꿍이 잘 맞아 떨어졌다.

이국적인 조다혜가 마트에 들러 캔 맥주와 안주를 사 오는 동안 새치 머리 안편관은 모텔로 가서 방값을 치렀다. 두 사람은 한 방에 투숙해 대작을 이어 가다가 날이 밝으면 나가자며, 아주 뻔뻔스럽게 늘 그렇게 해 왔던 것처럼 말했다.

그러나 부대끼는 쓰린 속을 견디지 못한 그녀는 괴로움에 시달리다 새벽녘에 눈을 떴다. 그런데 이게 무슨 일인가…. 이국적인 조다혜는 순간 자신의 모습에 소스라치게 놀라 설깬 잠마저 확 달아났다.

자신이 누군가에 품에 안겨 있었다. 그것도, 빠져나오기 힘든 상태였다. 그녀는 직감적으로 뭔가 잘못되었다는 것을 느끼고 순간 두려움이 엄습했다. 그래도 그녀는 죽을힘을 다해 실눈을 뜨고 보았다. 세상에, 서로가 실오라기 하나 걸치지 않은 알몸이었다.

그녀는 기가 막혔다. 하지만 도무지 기억이 떠오르지 않았다. 뒷골만 깨어질 것처럼 짓눌려 통증이 밀려왔다.

그래서 얼른 눈을 감은 채 어젯밤 무슨 일이 벌어졌었구나 하는 짐작만 어렴풋이 떠올리고 있었다. 그녀는 아무리 생각을 해 보아도 깨질 것 같은 두뇌 속 기억은 황홀한 꿈을 꾼 듯 머릿속 고통만 호소할 뿐 전혀 떠오르지 않았다.

전날 모텔에 들어오기 직전까지의 일들만 주마등처럼 스치고 지나갔다. 그즈음에 새치 머리 안편관도 잠에서 깨어나서는 그녀를 부둥켜안은 채 자고 있는 자신에게 적지 않게 놀라는 눈치였다.

그러나 역시 남자라 그랬을까? 이미 엎어진 물이라 생각한 그는 더욱 힘차게 그녀를 품에 안았다.

잠에서 깨어난 두 사람은 어느 순간부터 남자와 여자라는 감미로운 이성의 감정을 느끼기 시작했다.

누가 먼저 시작했는가는 중요하지 않았다. 어느 순간 서로가 거친 호흡을 뿜어내고 있었다.

한참이 지나서야 이들의 거친 열정은 천천히 가라앉고 있었다. 처음은 알 수 없는 취중의 유토피아 속에서 넋을 놓은 섹스라 거리낌이 없었다.

하지만, 정신을 차리고 어눌하고, 어색하게 시작한 정사는 달콤한 하룻밤 풋사랑…, 아니 밤사이 소담스럽게 쌓인 눈송이와 같이 아름답고 푸근하게 느껴졌다.

두 사람은 아직 여운이 남은 채로 자아도취에 빠져 있었다. 이들은 한동안 부둥켜안은 채 시간을 보내면서 자신들이 살아온 지난 이야기와 서로의 뜨거운 체험을 가슴에 아로새겼다.

그러고는 이렇게 속삭였다. 우리의 인연이 닿는 그날까지 함께 친구처럼, 또는 연인처럼, 잘 지내 보자면서 속삭였다.

이들은 마치 언약 비슷한 새끼손가락을 걸고서 약속을 했었다. 그리고 새치 머리 안편관은 살짝 입맞춤을 했다. 그는 서로에게 자주 연락을 주고받자는 다짐을 받고서야 침대에서 빠져나왔다.

두 사람은 어지럽게 널브러져 있던 옷을 챙겨 입고서야 전화번호를 주고받기 위해 자신의 핸드폰을 가동했다.

핸드폰 속에는 누군가 연락을 보내와 개통과 함께 수신된 전화번호들이 여러 개 찍혀 있었다. 그리고 알람과 동시에 문자도 여러 개 들어왔다.

아마도 두 사람 집에서 가족들이 연락을 취한 것 같았다. 늦은 아침 모텔을 빠져나온 두 사람은 나이트클럽에서 밤새도록 춤을 추다가 나온 젊은 아베크 한 쌍처럼 해장국집에 들러 콩나물을 넣은 선지해장국으로 허기와 쓰린 속을 달랬다.

새치 머리 안편관은 그녀를 터미널까지 바래다주겠다고 말을 했었다. 하지만, 그녀가 극구 사양을 하자, 그는 다음을 약속한 채 한 사람은 고속 터미널로, 한 사람은 서울역으로, 각자 행선지를 달리해 헤어졌다.

돈 사랑 회원들은 그렇게 각자의 생활로 돌아갔다.

제21장

투자 모임과 회상

한 달 후.

돈 사랑 회원들은 돈이 되는 경매 물건을 찾아서 전국의 경매 법정에서 올라온 물건들을 놓치지 않고 이 잡듯 검색하며 지냈다. 낚시꾼이 손맛을 느끼기 위해 물길을 따라 헤매듯 이들도 낙찰 맛을 보기 위해 불철주야 전국 법정을 누비고 다녔었다.

물건을 찾아서 헤매던 이들은 돈 냄새를 풍기는 물건이라도 발견되면 서로에게 문자 정보를 공유하며, 핵심 사항을 주고받았다.

그 가운데 흰머리 윤편인은 서울에 거주하는 마음 맞는 회원들과 수시로 접촉해 수도권 내 법원을 내 집처럼 드나들곤 했었다.

경매법원 미팅

그렇게 1개월이 지날 무렵 드디어 먹잇감들이 하나둘씩 이들의 눈에 뜨이기 시작했다. 화요일 오전 서울 서부 지원(지방법원) 현관 1층에서 흰머리 윤편인은 누구를 기다리며, 손목시계를 자주 들여다보고 있었다. 그때 주차장 안으로 승용차 한 대가 미끄러져 들어와 멈칫멈칫거리다 천천히 주차선 안으로 들어섰다.

잠시 뒤 조수석 문이 열리며 내린 사람은 속 알머리 봉상관이었다. 그리고 뒤따라 운전석에서 내린 사람은 상구 머리 노식신이었다. 이들은 주위를 두리번거리다 곧장 법원 현관문을 향해 걸어갔다.

두 사람이 여기서 모습을 보인 것은 그동안 경매 시장에 나온 매각 물건에 대한 각자의 의견을 수렴하자는 흰머리 윤편인의 연락을 받았기 때문이었다.

그래서 입찰 시간에 늦지 않게 서부 지원에 도착한 것이었다.

이들이 현관으로 걸어 들어오는 것을 발견한 흰머리 윤편인은 1층 출입구에 서서 반갑게 손짓을 해 보였다. 이들도 그를 발견하고는 가볍게 손을 흔들어 주며 웃었다.

"어서들 오세요, 이쪽입니다."

그는 반가운 표정으로 두 사람을 불렀다.

"허허허! 그동안 무탈하셨지요?"

속 알머리 봉상관은 고개를 살짝 끄덕하며 오른손을 휘적거렸다.

"수료식 때 보고 한 달 만인가요? 그런데 꽤 오래간만에 만나는 것 같습니다. 하하하!"

상구 머리 노식신은 너스레를 떨며 반갑게 웃었다.

"하하하! 그러게 말입니다. 노 회원은 그대로입니다."

흰머리 윤편인은 달게 웃으며 그를 손으로 가리켰다.

속 알머리 봉상관은 옆에서 지그시 웃고 서 있었다.

"제가 그 재미로 산다면 믿으시겠습니까? 하하하!"

그는 대꾸와 동시에 고개를 갸웃거리며 약간 걸어왔다.

"믿어야죠, 어찌 안 믿겠습니까? 할렐루야! 아미타불! 으하하하!"

그는 유들거리면서 익살을 떨었다. 속 알머리 봉상관은 사람 좋게 웃고서는 넌지시 말을 건넸다.

"한데 일전에 말한 물건은 우리가 낙찰을 받으려고 하는 겁니까?"

속 알머리 봉상관은 앞뒤가 맞지 않자, 뭔가 이상한 듯 의심의 눈초리로 물었다.

상구 머리 노식신은 두 사람을 번갈아 쳐다보며, 주절거렸다.

"이제 시작한 물건인데 입질이 있겠습니까?"

그는 어림없다는 표정을 지어 보였다.

"모르죠? 세상 일이 어디 다 내 마음 같아야 말이죠. 흐흐…"

흰머리 윤편인은 곧바로 대꾸하며 히죽 웃었다.

"전 걸린 문제가 복잡해서 몇 차례 유찰된다고 보는데 윤 회원은 그렇게 보지 않나 봅니다."

상구 머리 노식신은 이해할 수 없다는 표정으로 양팔을 들어 어깨를 살짝 들썩거렸다.

"오늘은 우리도 구경꾼 행세나 하면서 경락을 좀 살펴봅시다."

속 알머리 봉상관은 벌써 돌아가는 상황이 콩인지? 된장인지를 감을 잡은 눈치였다. 흰머리 윤편인은 고개를 좌우로 흔들고 있었다.

"아니…, 부동산 시장 추세를 볼 것도 아닌데, 돈 되는 물건이 보이면 한번 들어가 봅시다."

웃음기가 섞인 표정으로 조크를 날린 상구 머리 노식신은 이들의 밋밋한 얼굴을 힐끔거렸다. 그러고는 표정을 즐기고 있는 낯짝으로 헤벌쭉 웃었다.

"크크! 뻔히 아는 분이 농담은…"

실없는 소리는 하지도 말라는 듯이 흰머리 윤편인은 슬쩍 받아치면서 입술을 이죽거렸다.

"내가 좀 과했나…. 크크! 아무튼 법정으로 들어갑시다."

상구 머리 노식신은 좀 무안했던 모양으로 흰머리 윤편인을 겸연쩍게 쳐다보았다. 그리고 곧바로 도착한 승강기 안으로 따라 들어갔다. 누군가 이미 버튼을 눌러 놓았다. 그래서 경매 법정이 있는 층수에는 불이 들어와 있었다. 잠깐 사이에 도착한 승강기 문이 열리자 타고 있던 사람들이 거의 다 내렸다.

이들도 복도를 따라 법정 출구 쪽으로 들어섰다. 이미 실내에는 많은 사람들이 박작거렸다. 그들은 혼을 쏙 빼듯 정신없이 떠들고 있었다.

"문정인 회원하고 나겁재 회원도 온다고 했는데, 이미 와서 기다리고 있는지도 모르겠습니다."

속 알머리 봉상관은 갈라진 입술에 침을 바르며 중얼거렸다.

"아…, 참! 명정관 회원하고, 선정재 회원은 남부지원에 들려서 볼일을 마치고 오겠다며, 조금 늦겠다는 문자를 보내왔습니다."

그의 말을 듣고 나서야 문득 그들이 생각이 난 흰머리 윤편인은 젤 바른 선정재에게 받은 소식을 전했다.

"근데 그 두 사람은 잘도 붙어 다니네? 뭐 들은 얘기 없습니까?"

속 알머리 봉상관은 은근히 질투가 나서는 남의 험담을 찾는 사람처럼 과민한 반응을 보였다.

"벌써 오래전부터 함께 물건을 보러 다닌다는 소문은 우리 모두가 다 아는 사실이 아닙니까? 흐흐…."

흰머리 윤편인은 그들에 대해서는 이미 새삼스러울 것이 없다는 표정을 보이며, 능청스럽게 웃었다.

"에잇…. 두 사람에 대해서 안 좋은 소문이 내 귀에 들리던데, 뭐 아는 얘기가 있으면 말 좀 해 보시죠?"

속 알머리 봉상관은 못 믿겠다는 낯빛으로 지분거렸다. 상구 머리 노식신은 지난번 일이 생각이 났지만, 세상이 변해 함구하고 있었다.

쓸데없이 입을 잘못 놀렸다가 괜히 구설수에 휘말리고 싶지 않았다. 하긴 말 한마디 잘못 옮기면 생각지 못한 저격에 소송까지 당하는 세월이라 함구무언은 요즘을 살아가는 적절한 해법인지 모른다.

"저는 전혀 아는 사실이 없습니다."

흰머리 윤편인은 이미 오래전부터 두 사람이 불륜 관계라는 낌새를 눈치 채고, 혼자만의 뉘앙스를 즐기고 있었다.

다만 뭐라 말을 잘못 옮겼다가는 남의 일에 휘말려 곤욕을 치를 수 있기에 입에다 자물쇠를 채웠을 뿐이었다.

"왜 두 사람이 그렇게 붙어 다니니 질투라도 나십니까?"

그는 속 알머리 봉상관의 표정을 살피며 깐죽거렸다. 상구 머리 노식신의 시선은 두 사람의 대화를 외면한 채 사방을 두리번거리며, 누군가를 찾고 있는 눈치였다.

"원, 별소리를 다 듣겠네, 질투는 무슨…. 사람하고는. 내가 그 정도밖에 안 되는 사람으로 보이십니까?"

속 알머리 봉상관은 은근히 속에 켕기는 구석이 있어서 그런지 벌컥 화부터 내며, 자기방어를 하듯 으르렁거렸다.

"아니…. 그런데 그 소리에 뭘 그렇게 과민 반응을 보이십니까? 사람 민망하게…. 허허허!"

흰머리 윤편인은 별일도 아닌 일에 신경질부터 내는 그의 의중을 도리어 반격하듯 비아냥거리며 트집을 잡았다.

"허허허! 내가 그랬나? 그랬다면 미안합니다. 요즘 내가 부쩍 신경이 예민해져서 그랬나 봅니다."

속 알머리 봉상관은 붉혔던 표정을 금세 바꿔가며 능청스럽게 얼버무렸다. 그러고는 밝게 웃으며 슬쩍 화제를 돌려 주절거렸다.

"새 여성 회원 중에 조다혜 회원만 참석하지 못하고, 다른 여성 회원들은 북부 지원(지방법원)에 들러서 볼일을 보고 온다며 문자를 보냈던데, 어째… 그쪽으로도 문자가 도착했습니까?"

속 알머리 봉상관은 두 사람을 쳐다보고 실 웃으며 중얼거렸다.

"예…. 받았습니다."

흰머리 윤편인은 고개를 가볍게 끄덕이며 대답했다.

"저도 어찌나 성가시게 문자를 보내오는지, 요즘은 그 재미에 푹 빠져 삽니다, 제가…. 허허허!"

속 알머리 봉상관은 익을 대로 익은 숙성한 나이에 젊은 여성들로부터 받는 문자가 그렇게나 좋은 모양이었다.

그의 얼굴에는 함박꽃이 활짝 피어 젊은 애인을 둔 것처럼 자랑 삼아 중얼거렸다.

"하하하! 정말 요즘 사는 게 달달하신 모양입니다. 그러시다가

입이 귀에 걸리시겠습니다. 흐흐흐."

흰머리 윤편인은 비아냥거리듯 은근히 그를 놀려대면서 실실 웃고 있었다. 그때 상구 머리 노식신의 목소리가 요란하게 들려왔다.

"여기들 와 보세요!"

그는 고함을 치듯 목소리를 높여 급하게 손짓을 했다.

"저 사람이 별안간 왜 소리는 지르고 난리야…."

속 알머리 봉상관은 웅얼거리며 흰머리 윤편인과 함께 소리치는 곳으로 천천히 걸어갔다.

"어서들 오세요, 그간 잘 지내셨습니까?"

삼각 머리 조편재와 둥근 머리 맹비견은 이들이 다가 오자 반가움에 얼른 인사를 건넸다. 손에는 광고지를 한 움큼 들고서 손을 내밀었다. 흰머리 윤편인과 속 알머리 봉상관은 그들이 내민 손을 붙잡고 반갑게 흔들었다.

법정에 모여 있는 몇몇 사람들이 눈살을 찌푸리면서 이들을 잠시 째려보고 있었다.

"아이쿠! 이거 오래간만이십니다."

흰머리 윤편인은 몇 년은 못 본 사람을 대하듯 아주 반가운 태도로 능청스럽게 말했다.

"그래 언제들 오셨습니까?"

속 알머리 봉상관은 이들과 일일이 악수를 나누며 그동안 안부를 물어 가면서 반갑게 대했다.

"우리도 방금 전에 도착했습니다."

둥근 머리 맹비견은 웃음기 있는 얼굴로 인사를 건넸다.

"그런데 왜 우리가 못 봤을까…?"

흰머리 윤편인은 지나가는 소리로 무심코 중얼거렸다. 그러고는 다시 주절거렸다.

"혹시, 문정인 회원과 나겁재 회원을 만나지 못했습니까? 그들도 온다고 했는데 말입니다."

흰머리 윤편인은 혹시나 먼저 와 있지 않나 싶어 그들의 소식을 물었다. 속 알머리 봉상관의 눈길은 그 순간에도 나머지 팀원들을 기다리며 입구를 살펴보고 있었다.

"글쎄요? 아직 눈에 띄지 않는 걸 봐서는 그런 것 같습니다."

삼각 머리 조편재는 주변을 두리번두리번 살펴 가며 중얼거렸다.

"그러게요, 아직 도착하지 못한 모양입니다."

흰머리 윤편인은 중얼거리며 속 알머리 봉상관을 넌지시 쳐다보았다.

"그보다도 제가 소식을 한 가지 알려드리고 싶은 일이 있습니다."

속 알머리 봉상관은 이들을 차례대로 쳐다보며 말했다.

"뭔데요? 좋은 일이라도 생기셨습니까?"

삼각 머리 조편재는 이죽거리는 눈길로 비아냥스럽게 물어 왔다.

"회원들이 다 모인 자리에서 말씀을 드리려고 했었는데, 여러분을 보니 입이 근질거려서 말입니다. 허허!"

"그리고 뭐… 어차피 금방 다 알게 될 텐데, 굳이 늦출 필요까지 있나 싶기도 해서요…. 흐흐…."

"…"

"그래서 우선 여기 모이신 분들께 먼저 소식을 알려 드리는 겁니다."

속 알머리 봉상관은 주위에 눈길과 삼각 머리 조편재의 얄궂은 물음에도 여유로운 표정을 지어 가며 계속 주절거렸다.

"다름이 아니라 제가 이번에 작은 공인 중개사 사무실을 오픈하게 되었습니다."

그는 말끝에 히죽 웃었다.

"정말입니까? 그거 듣던 중 반가운 소식입니다. 하하하! 미리 축하드립니다."

둥근 머리 맹비견은 환한 얼굴로 그의 손을 덥석 잡고서 히죽히죽 웃었다.

"그래서 얘긴데, 회원들 모임 장소나 임시 사무실로 우리 사무실을 이용하시면 어떨까? 싶습니다. 그래서 겸사겸사 알려드리는 겁니다."

이렇게 속 알머리 봉상관은 주둥이를 떠벌리고 있었다. 하지만, 그의 속은 달랐다. 부동산 중개업소 개업을 마치 자랑이나 하듯이 은근히 이들에게 뻐기고 싶었던 것이었다.

그러나 회원들은 아랑곳하지 않고서 이렇게 주절거렸다.

"봉 팀장님 중개 사무실 오픈도 축하할 일이지만, 이제 우리 사업도 본격적으로 벌일 때가 되지 않았습니까?"

삼각 머리 조편재는 '자신의 일만 챙기지 말고 팀장 노릇 좀 제대로 해라 이 영감탱이야!' 하는 싸늘한 눈빛으로 대거리하며 빈정거렸다. 그가 뻐기는 그의 얼굴에 완 펀치를 날린 것이었다.

"두말하면 잔소리 아닙니까? 허허허!"

상구 머리 노식신은 중간에 끼어들며 넉살을 떨고는 한바탕 웃었다.

속 알머리 봉상관은 이들이 지금 무슨 소리를 지껄이는지를 짐작을 하고는 순간 부아가 치밀어 이맛살을 잠깐 구겼다 폈다.

그러고는 '괜히 말했나?' 싶어 속상한 기분에 고개를 돌렸다. 그러면서 법정 모니터 화면 위로 하나씩 올라가는 경매 사건번호에 눈길을 주고 있었다.

"저도 미리 축하드립니다. 봉 팀장님! 그런데 어느 지역에다 오픈하십니까?"

흰머리 윤편인은 개업한다는 소리가 반가워 그와는 달리 화색이 가득한 얼굴로 경쾌하게 물었다.

잔득 찌푸리며 속이 상해 있던 속 알머리 봉상관은 그의 물음에 고개를 돌려 주절거렸다.

"아…, 사무실 위치 말입니까? 이 근처 공덕동입니다. 그리고 중개 사무실은 서부 지원으로 가는 대로변에 있습니다."

그는 잠시 굳어 있던 표정을 풀면서 약간 어정쩡한 얼굴로 대답을 해 주었다.

"그래요? 그거 정말, 잘 됐습니다. 경매법원도 가깝고 말입니다. 호호…"

삼각 머리 조편재는 무엇이 좋은지 방금 전 표정은 온데간데없이 사라졌다.

그리고 간사할 데가 꼭 게다짝 앞잡이를 닮은 얄궂은 얼굴로 살살거렸다.

옆에서 가만히 지켜보며 서있던 둥근 머리 맹비견은 '하여튼 못 말리는 인간이 여기 또 하나 있군그래…' 하는 눈빛으로 그를 째려보고 있었다.

"그나저나 상가 임대료나 나올지 걱정이 앞섭니다."

속 알머리 봉상관은 은근히 엄살을 떨면서 잠시 어두운 낯빛을 보였다. 흰머리 윤편인은 '설마 그렇게야 되겠나?' 싶은 얼굴로 바라보면서 고개를 갸웃갸웃거리고 있었다.

"아니…. 오픈도 때리기도 전에 벌써부터 앓는 소리부터 하십니까? 크크!"

둥근 머리 맹비견은 미리부터 엄살떨지 말라며, 도끼눈을 흘겨대고는 괜스레 킥킥거렸다.

"그러게요? 보통 자리 잡기까지 3년에서 5년은 고생할 각오를 하지 않습니까?"

삼각 머리 조편재는 누군가에게 응원을 구하듯 중얼거렸다.

"그렇죠? 처음부터 대박 치는 미치고 환장할 사업이 어디 있겠습니까?"

"…"

"처음이야 용돈 벌이한다 생각하시고, 친절한 서비스와 신용으로 고객의 신뢰부터 쌓는 것이 중개업을 성공시키는 지름길이 아니겠습니까?"

흰머리 윤편인은 중개서비스 사업은 신뢰성 구축이 정의인 것처럼, 한마디를 덧붙였다. 마치 자신이 해 보기나 한 것처럼 알은척거들먹거린 것이었다.

그때 출입구 쪽에서 큰 머리 문정인이 짱구 머리 나겹재와 경매 광고지를 살펴보면서 들어오고 있었다.

"어, 저기… 두 사람이 옵니다."

둥근 머리 맹비견은 그들을 먼저 발견하고, 여기를 보라는 듯이 손짓을 하며 마구 흔들었다.

"누구요? 누가 왔습니까?"

삼각 머리 조편재는 그를 툭 치며 주변을 두리번거렸다.

"문 회원과 나 회원이 왔습니다."

둥근 머리 맹비견은 말을 하면서 손을 흔들었다. 그렇게 두 사람과 눈이 마주치자 원을 그리듯 손짓을 해 보였다. 그들도 반가운 얼굴들이 보이자, 얼른 손을 흔들어 가며 다가왔다.

"하하하! 어서들 오세요. 안녕들 하셨습니까?"

둥근 머리 맹비견은 두 사람을 마주 보며 인사부터 먼저 챙겼다.

"벌써들 와 계셨네요?"

큰 머리 문정인은 밝은 미소로 고개를 살짝 숙이며 인사와 동시에 대꾸했다.

"나는 여기 다 모여 있는 줄도 모르고, 젠장! 괜히 밖에서 팀원들 오기만 기다렸잖아?"

짱구 머리 나겹재는 회원들을 만나서 들어오려고 현관에서 착실하게 기다리고 있었다. 그러다 큰 머리 문정인을 만나서 따라 들어왔더니 사람들이 다 여기 모여 있었다.

그는 갑자기 열불이 솟구쳐 혼자서 툴툴거렸다.

'아니…. 젠장! 이건 또 뭔 시추에이션이란 말인가? 정말! 기도 안 차다면서 자신만 미련하고 고집스럽게 이들을 기다리고 있었다 말인가?' 그는 후회스럽다며 혼자 툴툴거렸다.

"그럼 올 사람은 다 오셨나 본데, 법정에 들어가 물건 경락이나 체크해 봅시다."

흰머리 윤편인은 물건 입찰이 벌어지는 경매장 안으로 들어가 일단 자리를 잡고는 자신들이 찜했던 경매 물건부터 파악해 볼 요량으로 돈 사랑 회원들을 부추겨서 안으로 들어갔다.

"그런데 보이지 않는 회원들이 있는 것 같습니다?"

짱구 머리 나겹재는 누군가를 찾아서 두리번거리며 말했다. 그는 이곳저곳을 휘둘러보다가 속 알머리 봉상관에게 고개를 돌렸다.

그는 뭔가를 알고 있는 것처럼 유심히 그의 얼굴을 응시했다. 쏘아보는 그의 눈빛이 무얼 원하고 있는지를 단박에 눈치 챈 속 알머리 봉상관은 곧바로 주절거렸다.

"아하! 충청도 사시는 안편관 회원은 사정이 생겨 못 온다고 연락을 받았습니다. 그리고 아직 선 회원하고 여성 회원들이 도착하지 못했습니다."

속 알머리 봉상관은 그가 찾는 사람을 미루어 짐작하고 선뜻 말해 주었다.

"왜요, 무슨 일이 있나 보죠?"

짱구 머리 나접재는 궁금한 표정으로 재차 물었다.

"예… 안 회원과 조 회원은 집안일 때문에 서울에 올라오지 못하겠다고 연락을 받았습니다. 하지만 다른 분들은 지금 다른 지원에서 볼일이 끝나는 대로 이곳으로 오시겠다고 연락을 받았습니다."

속 알머리 봉상관은 손목시계를 슬쩍 들여다보면서 말했다. 시간은 11시 20분을 막 지나고 있었다.

"아마… 그쪽 낙찰을 보고 온다고 했으니 점심을 먹고 나타나시겠죠?"

둥근 머리 맹비견은 슬쩍 끼어들며, 그들에 대한 추측성 발언으로 이들의 눈길을 모았다. 속 알머리 봉상관은 자신의 말을 가로막듯 중간에 그가 끼어들자, 순간 양미간을 찌푸리며 속이 상한 표정으로 쏘아보고 있었다.

"그보다도 팀장님이 이 근처에 공인 중개사 사무실을 오픈한다고 합니다."

흰머리 윤편인은 경쾌한 목소리로 깜짝 이벤트를 홍보하듯 말했다.

그 소리에 속 알머리 봉상관은 금세 안색이 밝아지며 환하게 미소를 머금고 있었다.

"아하! 그래요? 그거 듣던 중 아주 반가운 소리입니다. 그렇지 않아도 연락할 사무실이 필요했는데, 걱정 하나는 덜은 것 같습니다."

큰 머리 문정인은 순간 밝은 표정을 보이며 기뻐서 싱글벙글 말했다. 그러고는 곧바로 그를 향해 이렇게 주절거렸다.

"팀장님, 축하드립니다."

그는 반갑게 인사부터 챙기고 나섰다.

"허허! 감사합니다. 그런데, 아직은 준비 중입니다."

속 알머리 봉상관은 인사를 받고서 진행 사정을 대충 알려 주었다. 회원들은 그의 자초지종 이야기를 듣고 있었다. 상구 머리 노식신은 그를 부러워하듯 조용히 오른쪽 구두 밑창을 바닥에 쓱쓱 비벼 가며 듣고 있었다.

"아무렴 어때요? 시작이 반인데. 아무튼 우리 중에는 제일 먼저 사무실을 오픈하시는 겁니다. 하하하!"

큰 머리 문정인은 그의 손을 꽉 잡고 반갑게 흔들었다.

"중개 사무실이 법원 근처라면서요?"

짱구 머리 나겁재가 단조롭게 물어 왔다.

"예…. 이 근처에 있으니 끝나고 한번 가 봅시다."

속 알머리 봉상관은 옛사람 말에 떡 본 김에 제사를 지낸다며, 이들에게 위치도 가르쳐 주고, 은근히 자랑도 할 겸 사무실을 구경시켜 주고 싶었다. 그러나 실은 그의 속에는 딴 꿍꿍이가 있었다.

다름이 아니라 중개 사무실로서 적당한 자리인지 아닌지가 궁금했다.

그리고 이런저런 자문을 구하면서 이모저모 중개 사무실을 꾸려 가는 데 도움이 되는 조언을 듣고 싶었다.

나름 부동산 쪽에 일가견이 있는 이들이기에 그는 서둘러 입방아를 찧은 것이었다.

그때 스피커를 통해 입찰 마감 시간이 끝났다는 안내 방송이 흘러나왔다.

손 큰 집행관들은 동시에 입찰함을 개봉하고 있었다. 잠시 뒤 책상 위에 수북이 쌓인 무더기 봉투에서 눈 큰 집행관들은 입찰 봉투에 적힌 사건번호를 일일이 확인하면서 선별 작업을 시작했다.

법정에 모인 사람들 가운데 대부분의 입찰자들은 그들의 작업 과정에서 한시도 시선을 놓치지 않고 있었다.

집행관들의 행동하나 손끝 하나마다 수많은 눈들이 지켜보면서, 그들의 진행 과정을 일일이 두뇌 속에 저장시키고 있었다.

한참을 그렇게 시간이 흐르고, 그들은 서류 정리를 마쳤다. 잠시 후 법정 모니터 화면을 통해 유찰된 사건번호와 낙찰된 사건번호들이 영화의 마지막 엔딩 장면처럼 하나씩 천천히 올라오고 있었다.

회원들의 시선과 신경은 자신들이 선택한 물건이 유찰이 됐는지, 아니면 통쾌하게 낙찰이 됐는지에 온통 쏠려 있었다.

모두는 선정한 물건들을 시뮬레이션을 한다는 편안한 마음으로 임하고 있었다.

예상대로 처음 입찰에 올라온 물건들은 인기 종목이나 내재가치 및 미래가치가 뛰어난 부동산을 제외하고, 대부분이 유찰되고 있었다. 낙찰된 물건들은 짐작대로 두세 번 입찰에 올라온 입지 조건이 조금 열악한 부동산 물건들이 가격이 싼 맛에 임자를 만났다.

회원들은 광고지를 확인해 사건번호를 차례대로 체크해 놓고서 일일이 비교 평가를 하고 있었다.

흰머리 윤편인은 광고지를 손에 들고서 입 큰 집행관을 주목하고 있었다.

왜냐하면 그는 낙찰가격과 낙찰자 호명을 기다렸기 때문이었다.

그러나 돈 사랑 회원들이 선정한 물건 가운데 흰머리 윤편인이 예상했던 물건들은 첫 회라는 무게를 넘지 못했다. 그의 바람과 달리 모두 유찰이 되었던 것이다.

그리고 회원들이 선택한 물건 가운데 두 개의 물건, 아파트와 연립빌라만이 겨우 낙찰이 되었다.

우라질 꼬마빌딩을 건축할 수 있는 물건 하나, 단독주택과 리모델링을 거쳐 수익을 건질 수 있는 빌딩도 경매사건 자체가 연기되었다.

다만 시뮬레이션 낙찰 가격은 이들이 예상했던 범위를 크게 벗어나지 않았다. 열네 명이 선정한 예상가에서 아파트는 감정가 12억 5000만 원으로 1회 유찰이 되어 입찰 가격 10억 원에서 경쟁자가 생각보다 많아 감정가보다 높은 낙찰가 13억 6250만 원에 주인을 찾았다.

예상가 13억 6450만 원보다 200만 원이 낮은 금액에서 낙찰되어 미치고 환장하게도 성공한 예상 가격이었다.

반면 연립빌라는 감정가 3억 8000만 원으로 2회 유찰이 되어 입찰가 2억 4320만 원에서 여섯 명이 경쟁을 붙었다. 하여 낙찰가 3억 2300만 원에 임자를 만났다.

하지만 예상가 3억 2250만 원보다 50만 원이 높은 금액으로 낙찰되어 실패한 차순위 예상가격이었다.

그렇게 낙찰가격이 발표될 때마다 법정에 모인 사람들의 탄식과 함성이 동시에 터져 나오고 있었다.

"제기랄! 우리가 선택한 물건 중에서 아파트 가격만 1등이잖아…"

짱구 머리 나겁재가 신경질적인 목소리로 구시렁거렸다.

"낙찰가도 감정가에 109%가 넘는 금액이라 별 이득도 없는 물건이야… 젠장맞을!"

둥근 머리 맹비견은 짜증을 내며 덩달아 툴툴대고 있었다.

"그러게 말이야, 여러 가지 위험을 감수할 때는 그만한 대가가 따라 줘야 경매할 맛도 나는 거 아니겠습니까?"

짱구 머리 나겁재는 되받아치며 문제의 치부를 들먹이듯 떠들어 댔다.

그들의 대화를 듣고 있던 몇몇 회원들도 고개를 끄덕끄덕 거리면서 수긍을 하는 눈치였다.

"어디 첫술에 배부른 사업이 있습니까? 노력하다 보면 뭐가 걸려도 걸려들지 않겠습니까?"

속 알머리 봉상관은 마땅찮아 이맛살을 찌푸리며 중얼거렸다. 그의 말은 현실은 수긍을 하면서도 회원들의 사기를 떨어뜨리는 발언은 되도록 삼가 달라는 부탁이기도 했었다.

그도 그럴 것이 세상만사가 심리전이라 여기서 한번 꺾이면 아무리 좋은 특효약도 다 말짱 꽝이 되기에 그렇게 당부한 것 같았다.

"하하하! 시뮬레이션해 보기를 아주 잘한 것 같습니다."

큰 머리 문정인은 웃는 얼굴로 끼어들며 이들의 분위기를 반전시키고 있었다.

"내 말이…. 히히!"

상구 머리 노식신은 깐죽거리며 히죽 웃었다.

"뭐 두 사람 말도 일리가 있다고 저는 봅니다."

삼각 머리 조편재는 두 사람의 의견이 영 틀렸다고 볼 수 없기에 심드렁한 기분을 드러내며 그들을 두둔했다.

"아니…. 경매에 대해서 좀 안다는 조 회원까지 가세를 하고 나서는데, 그럼 어떤 물건에 투자를 해야 수익이 나는지를 어디 그 얘기나 한번 들어나 봅시다."

속 알머리 봉상관은 울화가 치밀고 속이 상해 이들을 향해 모지락스럽게 되받아쳤다.

"아이…. 제 말은 그렇다는 겁니다. 꼭 그렇게까지 곡해하지 마세요…, 팀장님! 흐흐."

삼각 머리 조편재는 그의 벌컥 되받아치는 감정 실은 언짢은 소리에 순간적으로 혀가 오그라들어 슬그머니 꼬리를 내리며 히죽 웃었다.

"저도 생각을 좀 해 보았습니다. 그런데 우리가 이 문제를 가볍게 넘길 것이 아니라는 겁니다. 그래서 주제넘게 한마디 한다면 서로 의견들을 충분히 취합해서 고민해 볼 필요가 있다고 봅니다."

흰머리 윤편인은 그들 사이에 중재를 하듯 슬쩍 끼어들었다.

"쳇! 우라질 자식! 그럴 때는 제법 쓸모가 있군그래…"

삼각 머리 조편재는 그의 도움이 흐뭇해 속살거렸다. 속 알머리 봉상관은 감정가격과 거래 시세 가격이 따로 노는 것과, 물가지수나 공시지가 인상 등으로 물건 가치에 따라 상당한 차별이 있다는 것을 잘 알고 있었다. 그래서 그에 말에 공감을 하며 이렇게 주절거렸다.

"그럼 여기서 우왕좌왕하지 마시고, 우리 사무실로 갑시다."

그는 흰머리 윤편인의 말이 일리가 있다는 생각이었다. 그래서 잠시 구겼던 인상을 펴고서 말과 동시에 앞장을 서서 걸어갔다.

"그러죠, 나가서 함께 점심 식사도 하고, 의견들을 교환해 봅시다. 흐흐…"

삼각 머리 조편재는 그의 말을 기다렸다는 듯이 거침없이 그의 뒤를 따라나섰다. 돈 사랑 회원들은 이구동성으로 한마디씩 지껄이며, 그의 뒤를 제멋대로 따라갔다.

흰머리 윤편인은 움직이면서 이런저런 생각을 다각적으로 해 보았다.

그러나 아무리 두뇌를 굴려보아도 지금의 투자 마인드를 가지고는 어림없는 헛발질에 불과했다.

열네 명이 투자해서 이득 배당금을 가져가려면, 새로운 패러다임이 절실히 필요했다.

현재의 경매 시장은 부동산 규제정책으로 대출상황이 열악해서 투자물건도 현찰 보유에 따라 이익금이 판가름 나는 빈익빈부익부 시장이기에 더욱 그랬다.

현찰을 가진 자는 부동산을 골라잡아서 이익을 얻을 수 있었다. 하지만, 현금을 가지고 있지 못한 자는 오뉴월에 개꼬리 신세에 불과했다. 아파트 분양 시장의 '줍줍(줍고 또 줍는 짓)' 현상처럼 현금이 돈을 벌어 주는 가진 자의 시장으로 변질되고 있었다.

반면 현금이 없는 빈곤자들은 경제 성장률 하락과 내수 빈곤이 겹쳐 쪼그라들고 있었다.

그런데 동냥을 못 줄망정 '묻고 더블로 가자.'라며, 세금인상에 대출규제까지 목을 졸랐다. 그래서 그나마 소유했던 부동산마저 내놓거나, 경·공매처분을 당하는 살얼음 시장 속으로 빠져들고 있었다. 한마디로 죽지 못해 겨우 살아가고 있는 것이었다.

그럼 여기서 잠깐 부동산 국면 시장을 들여다보면 이렇다.

부동산시장은 첫째, 회복기 시장(거래량↑, 가격↑)에서 둘째, 호황기 시장(거래량↓, 가격↑)으로, 그리고 다시 셋째, 침체 진입기 시장(거래량↓, 가격↔정점)을 지나 넷째, 침체기 시장(거래량↓, 가격↓)을 거친다. 그리고 다섯째, 불황기 시장(거래량↑, 가격↓)을 거쳐 여섯째, 회복 진입기 시장(거래량↑, 가격↔바닥)으로 들어서는 여섯 개의 국면 시장으로 나누어져 있는 것이다.

그러나 부동산 시장은 세상의 이슈에 편승해 파도를 타듯 변화무쌍하게 굴러간다는 사실이다.

부동산 시장은 국지적(일정한 지역에 한정되는 것) 경향이 강하기도 하지만, 국제 정세와 정부 정책에 따라 상승 무드를 타기도 한다. 그러다가 갑자기 시장이 심리전에 꺾이면, 하루아침에 하락세로 돌아서 깡통주택과 하우스 푸어(집 가진 거지)를 양산하기도 한다.

그렇게 투자자들은 시시각각 형성된 시장의 흐름을 타면서 롤러코스터를 타고 노는 것이다. 어쩌면 이들은 정부의 견제를 넘나들면서 눈치 싸움을 하는 전율을 맛보고 있는 줄도 모른다.

자연의 섭리를 인간이 어찌할 수 없듯이 시장의 흐름(유동성) 또한 규제 속에서도 꽃이 피는 곳이 있기 마련이다. 흐르는 강물을 둑을 쌓아 막아도 결국 강물은 넘쳐흘러 범람하거나 우회하는 것처럼 말이다.

부동산 시장은 변화무쌍해서 순식간에 변곡점을 오고 가는 데서 스릴을 맛보기도 한다.

어찌 보면 인생사 새옹지마라는 고사와 너무도 닮아 있었다. 자본주의 시장은 가진 자가 최고이기에 이럴 때는 '금수저', '은수저'로 태어난 인생이 부럽기까지 했었다.

IMF 경매시장

흰머리 윤편인은 지난 시절 뜨겁던 경매 시장을 돌이켜 보았다. 그때 부동산 경매 시장은 달러 부족과 고금리 여파로 넘어온 물건들이 마치 쓰나미를 만난 것처럼 한꺼번에 넘쳐나 홍수를 이루었다. 한마디로 밀물처럼 쏟아져 나온 것이다.

그렇게 법정마다 부동산 물건들이 산더미같이 넘쳐나던 시절이기도 했었다. 그가 부동산 경매에 첫발을 들여놓은 2000년은 IMF 후유증이 진행되는 과정 속에 있었다.

당시만 해도 경매 시장은 입찰 보증금에 약간의 비용(세금 등)만을 가지고, 권리분석만 잘하면 돈 되는 부동산을 골라잡을 수 있는 블루오션 시장이었다.

흰머리 윤편인은 그 시절 지인들이 경매로 낙찰받았던 부동산 가운데 대박을 터트린 물건 몇 가지를 떠올리며 걸었다.

그 가운데서 단연 최고의 수익률을 챙겼던 물건은 근린 상가 주택(지하 1층 지상 6층)으로, 무려 43.2%의 수익률을 올렸다.

지금 시장에서는 어느 지역에서조차 도저히 찾아볼 수 없는 엄청난 수익률이었다. 그렇게 지인을 꿈에서도 행복하게 만든 경매 물건은 대로변 준주거 지역(용적률 400~500%, 건폐율 60~70%)에 입지하고 있었다.

50미터 거리에 지하철역을 끼고 있어 미래의 내재가치(부동산이 가진 현재가치와 미래가치 수익) 상당히 뛰어난 건물이기도 했었다.

부동산은 그때 감정가 18억 원으로 세 번 유찰되어 입찰가격은 9억 2160만 원까지 떨어져 있었다.

그는 낙찰가 10억 2160만 원을 써내 여럿 명의 경쟁자를 물리치고 낙찰을 받았었다. 나머지 잔금은 임차인들을 설득해 재계약을 맺었다.

그는 친화력을 발휘하여 스물다섯 명이나 되는 임차인으로부터 7억 5000만 원을 충당했었다.

부족한 약간의 금액은 사금융私金融 기관 등을 이용해 대출로 채웠다. 그는 어려운 가운데서도 상가 1층을 리모델링을 거쳐 임대를 놓았다.

거기서 받은 보증금으로 대출을 모두 갚을 수 있었다. 하지만, 근저당권을 살려 놓기 위해 일부를 남겨 놓는 융통성을 부렸다.

그가 근저당권을 살려둔 이유는, 언제든지 현찰이 필요할 때 금융기관을 이용할 수 있는 보험료 또는 매매를 수월하게 할 수 있는 자금의 융통창구라며, 즉 거래의 비상구라고 생각을 했기 때문이었다.

그러고는 임대료를 받아 세금과 이자를 해결할 대책을 가지고 접근했었다. 그러나 그때는 맞고 지금은 틀릴 수도 있다는 생각이 들었다.

왜냐하면 시대는 변하고 환경도 진화하고 있기 때문이었다. 특히 규제가 심한 시장에서는 어림도 없는 개소리에 불과할 수도 있다.

어쨌거나 그 소리를 듣고 뛰어들었던 흰머리 윤편인은 그 당시 부동산 초보 시절이었기에 지인들의 도움을 받아야 했었다.

그들이 소개한 경매 물건은 근린생활시설[지하 1층 지상 4층, 대지 621.49평방미터(188평) 건물 1,190평방미터(360평)]건물이었다.

그때 감정가는 23억 7500만 원으로, 네 번 유찰로 입찰가는 9억 7280만 원까지 떨어져 있었다.

그 당시 흰머리 윤편인의 실력으로는 감당이 안 되는 이해관계들이 복잡하게 얽히고설킨 문제의 물건이었다.

그래서 지인들의 자문을 받아 도전했었다. 결과는 미치고 환장하게도 낙찰 가격 12억 2600만 원을 써내고도 여럿 경쟁자를 물리칠 수 있었다.

그렇게 그는 감정가 51% 금액으로 낙찰을 받았다.

수익률은 49%로 로또에 당첨된 황홀한 기분이었다. 물론 그러고도 뒷감당을 하는 데 상당한 거금이 소요되어 수익률은 30%로 축소되었다.

하지만, 그래도 지금은 레드오션이 된 경매 시장에서 찾아볼 수 없는 꿈같은 현실이 과거 부동산 경매 시장에서는 요즘 청춘들이 장소 불문하고 키스하는 광경처럼 전국의 경매 법정 어디에서나 심심치 않게 구경할 수 있었다.

그 시절 사람들의 정서는 부동산 경매 물건은 가세가 몰락한 흉가라며 꺼려하는 풍조가 만연했었다. 또한 법적인 절차의 어려움이나 폭력 조직의 조직적인 방해도 일반인의 접근을 차단하는 데 한몫을 하던 시절이기도 했었다.

곰탕집

이들이 막 식당에 들어와 자리를 잡고 앉으려는데 흰머리 윤편인의 핸드폰 알람이 울렸다.

'바람이— 불어오는 곳— 그곳으로 가네—.'

"윤 형! 무슨 생각을 하는데 휴대폰 소리가 울리는 것도 모르는 겁니까?"

큰 머리 문정인은 계속되는 알람 소리에 신경이 쓰였다. 그래서 그를 툭 치며 눈치를 주었다.

'바람이 불어오는 곳—.'

멜로디는 반복해서 계속 울려 대고 있었다.

"아… 예."

흰머리 윤편인은 그제야 생각 속에서 빠져나온 듯 고개를 돌려

피식 웃음을 보였다.

"여보세요?"

"윤 회원, 저예요."

"아…, 선 회원이시군요? 지금 어디 계십니까?"

"여기 서부 지원 정문 앞인데 어디들 있습니까?"

"우리는 지금 가까운 식당에 와 있습니다. 점심식사 전이면 이리
와서 함께 드십시다."

그 순간 그의 핸드폰 너머로 요란한 자동차 소음이 흘러나왔다.

"아하! 그렇습니까? 저희는 오다가 식사를 했습니다. 지금 계시
는 식당 위치가 어디쯤 됩니까?"

"법원에서 공덕 오거리 방향으로 걸어오시다 보면 곰탕집 간판
이 하나 보일 겁니다. 그곳으로 오시면 됩니다."

흰머리 윤편인은 한 손을 들어 허공을 가리켰다.

"알겠습니다. 곧 그리로 가겠습니다."

젤 바른 선정재는 그 와중에도 그녀를 챙기고 있었다. 법원 청사
를 돌아보며 회원들을 찾고 있는 미모의 명정관을 향해 다시 돌아
오라고 손짓을 한 것이었다.

"아… 예에, 기다리고 있겠습니다."

흰머리 윤편인은 휴대폰을 접으며 두 사람이 도착했다는 소식을
회원들에게 알렸다.

"식사를 했는지도 물어보고 안 먹었으면 미리 시켜 놓읍시다."

기다리던 회원들이 도착 했다는 소리에 속 알머리 봉상관은 그

들의 점심을 챙기며 중얼거렸다.

"그분들 벌써 식사하고 왔답니다."

흰머리 윤편인은 그의 얼굴을 가만히 쳐다보며 말했다.

"두 사람만 따로…?"

짱구 머리 나겁재가 의아스러운 표정으로 웅얼거렸다.

"아니, 그게 뭐 어때서 도끼눈을 뜨십니까?"

상구 머리 노식신은 별 이상스러운 사람 다 보겠다는 눈빛으로
그를 쏘아보았다.

"냄새를 풍겨도 너무 고약하게 풍기는 것이 영 입맛이 씁쓸해서
안 그럽니까?"

그는 괜히 못마땅해서 짱구 머리를 가로저으며 주억거렸다. 사
람들은 그를 쏘아보며 빙그레 웃고 있었다.

"남의 일에 신경 끄시고 식사나 맛있게 합시다."

큰 머리 문정인은 점잖게 분위기를 돌렸다.

"하하하! 맞아, 남이야 죽을 끓이든, 밥을 하든, 상관할 바가 아
니지…. 암만!"

둥근 머리 맹비견은 입안에 밥을 욱여넣고는 비아냥거리듯 주절
주절거렸다.

"그러나 저러나 경매 시장이라고 해 봐야 건질 만한 물건도 별로
없는 곳에 왜 쓸데없이 가격만 저울질을 하는 건지?"

"…."

"이거야 원…. 어디 입찰할 기분이 나야 고가든, 저가든, 들어가

붙어 볼 것 아닙니까…? 젠장!"

삼각 머리 조편재는 수저를 내려놓으며 탄식을 하듯 말했다. 그의 소리에 회원들의 눈길들이 일제히 그를 향하며 고개를 끄덕거리고 있었다.

"내 말이…. 뭐 세금 제하고, 경비 제하면 손에 쥐는 몫은 개뿔이니, 얘들 용돈 벌기와 다를 게 뭐가 있어? 이제 주택 경매시장도 한 물 갔어…. 젠장맞을!"

대거리를 하듯 짱구 머리 나겁재는 짜증스럽게 징얼거렸다.

"말해 뭐 합니까? 아파트 낙찰가도 감정가에 근접하거나 훌쩍 뛰어넘는 일이 다반사인데, 뭐라도 남는 게 있어야 재미도 있을 것이 아닙니까…? 젠장!"

둥근 머리 맹비견은 물을 들이켜다 말고 구시렁거렸다. 속 알머리 봉상관은 기가 막혀 어이가 없는 눈길로 그를 넌지시 쏘아보고 있었다.

"그래도 그것은 감정가격이나 낙찰가격이지, 시장에서 거래되는 가격이 아니잖습니까?"

상구 머리 노식신은 이들의 말에 알도 모르면 주둥이나 닥치고 있으라는 식으로 비꼬아 틀어 대며 빈정거렸다.

"허허! 속이 다 시원하네."

속 알머리 봉상관은 그 한마디에 10년 묵은 체증이 내려간 표정을 보이며 히죽 웃고는 고개를 돌려 혼자 웅얼거렸다.

"그래요, 요즘 경매 국밥이 보통은 감정가 따로, 낙찰가, 따로 놀죠. 그러나 부동산 시장으로 넘어가면 부르는 거래가격 따로, 시장 거래가격 따로, 계약서 작성 가격까지 따로 놀고 있습니다. 이렇게 각자 노니 완전 경쟁시장이나, 불완전 경쟁시장이나, 요즘 부동산 시장은 '완따국밥'이라는 말이 딱 어울립니다."

휜머리 윤편인은 모두의 심중을 헤아리듯 주절주절거리며 이들의 말을 국 말아먹고 있었다.

조편재의 토지 이력

"요즘 경매시장의 분위기를 보면 지랄하다 자빠졌다는 생각이 듭니다. 왜냐하면 현찰을 왕창 가지고 있든가, 그것도 아니면 아예 쳐다보지도 말든가. 아주 양단간에 결정을 내라는 우라질 시장 같지 않습니까? 젠장!"

삼각 머리 조편재는 자신의 요즘 행동에 대해 정의를 내세우듯 뻔뻔스럽기가 그지없는 표정을 하고 있었다.

그는 그렇게 떠들어 대면서도 한편으로는 가만히 지난 과거를 회상해 보곤 했었다.

자신이 경매를 처음 만났던 시절을 잠깐 돌이켜 보다가 그는 갑자기 허공에 쓴웃음을 날렸다.

왜냐하면 그는 경매를 접하기 이전에 기획부동산 꼬임에 걸려들어 쓸모없는 임야를 지분 형식으로 매입하는 미치고 환장할 엄청난 실수를 저질렀었기 때문이었다.

그것도 한참이 지난 후에야 자신이 사기를 당했다는 사실을 알게 되었다.

삼각 머리 조편재는 당시만 해도 스스로 사건을 해결할 수 있다는 자신감을 가지고 그들을 찾아 뛰어다녔었다.

그러나 감쪽같이 숨어 버린 협잡 모리배 개자식들은 흔적도 없이 사라져 버린 뒤였다. 그래서 그는 천지사방을 미친놈처럼 찾아다녔다.

하지만, 도저히 찾을 길이 없었다. 그래서 그는 생각을 달리해서 기획부동산업자들로부터 사기를 당한 토지 지분 명의자들을 먼저 수소문을 해서 하나둘씩 끌어모았다. 그렇게 모인 사기당한 사람들과 힘을 합쳐 한동안 미친 듯이 전국 방방곡곡을 이 잡듯 누비고 다녔었다.

그러나 꼬리를 자르는 수법으로 잠수를 타 버린 똥물에 튀겨 죽여도 시원치 않을 기획부동산 사기업자 놈들을 만날 수가 없었다.

결국 계약을 해약도 하지 못한 채 통한의 눈물을 삼키며, 마음을 접어야 했었다.

삼각 머리 조편재는 소송을 통해 명의를 변경하려고, 사방으로 자문을 구하러 다녀도 보았다.

그러나 그마저도 쉽지 않다는 변호사의 말에 결국 투자금액을 포기하고 말았다. 그런데 인생사는 묘하게도 그를 부동산 방향으로 이끌어 갔다. 그렇게 사기를 당한 일이 계기가 되어 자신의 오기에 불을 지른 것이었다.

그래서 무작정 부동산 시장에 깡다구 하나 믿고 뛰어들었다. 그러고는 토지로 우라질 손해를 보았으니 토지로 만회를 해 보겠다는 다부진 각오로 부동산 시장을 누비고 다녔었다.

그러나 부족한 관련 지식이 번번이 발목을 잡았다. 그래서 그는 부족한 지식을 채우기 위해 먼저 가까운 서점으로 달려가 부동산에 관련된 전문서적들을 구입해 틈틈이 필요한 지식을 탐독하곤 했었다.

그렇게 삼각 머리 조편재는 주경야독을 병행하며 시간이 날 때마다 경매법원에 들락거렸다.

그가 좌충우돌하며 하루하루를 보내던 어느 날 그에게 여주지원에서 경매로 나온 매각 예정 물건 하나가 눈에 띄었다.

사건물건은 이천시 부발읍 아미리 준농림지[계획관리지역 2,148.77 평방미터(650평)] 토지였다.

진입로가 없는 맹지(도로가 없는 땅)로 건축이 불가능한 토지였다. 그저 농작물만 심을 수 있는 전이었다.

그는 무슨 생각에서인지 이러한 토지 상태를 모르는 채 준농림지 토지에 매력을 느꼈다.

깡다구도 자산이라 했던가? 그는 무작정 낙찰을 받아야 되겠다는 마음을 굳혔다. 그렇게 시작된 입찰은 당시 감정가로 8830만 원이었다. 두 번 유찰로 입찰가는 43,267원으로 시작되었다. 그러자 삼각 머리 조편재는 자기 고집대로 낙찰가 4350만 원을 써냈다.

경쟁 입찰자는 세 명이 달려들었다. 결과는 그에게 행운이 따라주었다. 50만 원 차이로 두 명을 제치고 아슬아슬하게 낙찰을 받은 것이었다.

당시 수익률은 감정가 대비 38.4%였다. 일주일이 지나 매각허가가 떨어지자 그는 서둘러 잔금을 치렀다.

하지만 이후에 크게 실망을 하고 낙담을 했었다. 토지가 도로가 없는 맹지 상태라 주택허가가 나오지 않는다는 사실을 그제야 안 것이다. 그래서 그는 몇 날 며칠을 고민하며 밤잠을 설쳐야 했었다.

그는 허공에 수많은 만리장성을 쌓으며 궁리를 거듭하던 끝에 번득이는 기발한 아이디어 하나를 떠올렸다.

그야말로 토지의 가치부가를 단박에 올릴 수 있는 구상이었다.

그는 토지와 진입로 사이로 물이 흐르지 않는 구거(도랑)를 근거로 구거 점용 허가를 받아 낸 것이었다.

재치가 뛰어난 그에게 관계인들이 어떻게 포섭이 되었는지를 그가 모른다고 입을 닫아 버렸다. 뻔히 보이는 수작이었다. 하늘이 알고 땅이 알고 내가 알고 남이 아는데 그놈만 자신의 행위를 모른다고 발뺌을 했었다.

여하튼 진입로가 생기자 맹지는 졸지에 건축허가를 받을 수 있는 미치고 환장할 토지로 환골탈태해서 내재가치가 부쩍부쩍 상승하기 시작했다.

왜냐하면 그즈음에 부발읍에 지하철 공사가 곧 시작된다는 소식이 들려 왔었기 때문이었다.

토지의 가치는 순식간에 낙찰가에 몇 배로 상승하기 시작했다. 그때부터 토지를 높은 가격에 팔아 주겠다는 중개사들의 전화가 빗발치자, 그는 타이밍을 놓치지 않고 매수자 중에 최고 가격을 제시한 매수인을 골라 매매계약을 체결했었다.

그렇게 삼각 머리 조편재는 지난날의 손해를 만회하고도 남을 금액을 챙길 수 있었다. 그는 토지로 재미를 보자 그 맛을 잊지 못해 다시 경매 시장을 기웃거리며 돈이 되는 토지를 물색하러 다녔었다.

그러던 어느 날 경매 물건 가운데 수원지원에서 나온 경기도 안성시 신소현동 임야[2,842.99평방미터(860평)] 토지가 그의 눈에 들어왔다.

그래서 사건번호를 눈여겨 두었다가 3회까지 유찰된 사실을 확인하고는 적당한 시기가 왔다고 생각해서 움직이기 시작했다.

그는 이번에도 권리분석은 대충 하고서 현장 주변 환경을 임장하고 돌아오면서 주제넘게도 미래의 가치가 있다는 우라질 판단을 했었다. 그러나 지난번엔 천운이 따라줘 우연히 결실을 얻었다는 것을 간과하고 있었다.

그는 달콤한 맛을 잊지 못해 이번에도 다시 한번 그렇게 되기를 소원하며 토지 물건을 낙찰받기로 마음을 굳혔다.

하지만 이때도 그의 깡다구가 한몫을 했기에 가능했었다. 왜냐하면 이때까지도 책으로 얻은 지식이 그의 전부였기 때문이었다.

그렇게 모든 준비를 끝내 놓고서 매각기일에 맞춰 입찰에 참여했었다.

감정가는 2억 5000만 원으로, 입찰가는 3회 유찰이 되어 1억 2800만 원까지 떨어져 있었다.

삼각 머리 조편재는 떨어져도 그만이라는 마음에서 낙찰가 1억 5000만 원을 써냈다.

그 결과 정말 운명의 토지신이 그에게 행운을 안겨 주는 건지? 우연치 않게도 차순위와 200만 원 차이로 아슬아슬하게 토지를 거머쥘 수 있었다.

그로서는 미치고 환장할 기쁨이었다. 아니 행운이었다. 어찌 되었든 그는 참가자 세 명을 제치고 낙찰을 받아 낸 것이었다.

그러나 임야는 투자자가 꺼리는 도시 자연공원으로 묶여 있었다. 그러한 사실을 간과한 채 받은 것도 모자라 진입로도 없는 맹지로 입지조건도 열악했다.

다만 바로 앞에 6차선 간선 도로가 보였기에 그는 도시 자연공원이 해제되면 토지 가격은 상승할 내재가치가 충분하다고 믿었다. 자신의 우라질 운을 믿는 눈치로 이번에도 잘 될 것이라는 확신을 가졌다.

그는 권리분석을 통해 경쟁자가 없는 입찰이라고 판단했었다. 그러나 막상 뚜껑을 열어 보니 우라지다 자빠지게도 입찰자가 세 명이나 붙었다.

그 순간 그는 잠깐 동안 세 명을 제쳤다는 알 수 없는 희열 속에 짜릿한 통쾌감을 맛보고 있었다. 그런데 주변 사람들이 술렁거렸다.

도시 자연공원으로 묶인 토지는 농사 외에는 아무 짝에도 쓸모 없다며 속닥거렸다.

그 소리를 듣는 순간 귀에 잠깐 거슬렸지만, 한편으로는 시벌, 실패한 낙찰인가? 하는 몹쓸 생각도 들었다. 그러자 갑자기 현기증이 핑 돌며 조급증이 밀려왔다. 그들의 망할 놈의 목소리가 계속 귓가에 맴돌았다.

그러면서도 한편 '떨어진 자의 불평이겠지.' 하는 오만한 생각을 하며, 애써 자신을 위로했다.

그러나 한번 불안감에 휩싸이자 좀처럼 조바심을 떨칠 수가 없었다. 삼각머리 조편재는 그길로 차를 돌려 안성시 민원실로 급하게 속력을 냈다.

그는 입찰 전에 충분한 서류 검토를 하지 못했던 게으름이 실수라며 자신을 자학하면서 한편으로는 '별일이야 있겠어?' 하는 마음으로 달려갔다.

시청에 도착한 그는 차를 주차장에 세워 놓기 무섭게 민원실로 득달같이 찾아갔다.

그리고는 민원서류를 부리나케 작성해 접수시키고 조바심을 내며 기다렸다. 얼마의 시간이 지난 뒤에 신청 서류를 받아 쥐었다. 삼각 머리 조편재는 소파에 앉아 떨리는 손으로 서류를 검토하기 시작했다. 그는 거기서 임야가 도시 자연공원으로 지정된 연도 수를 먼저 확인했다.

왜냐하면 제4차 국토종합개발계획(2000~2020년)은 도시 자연공원으로 지정된 연도부터 20년이 지나도록 지방자치단체의 토지 개발계획이 없었다면 민원을 제기할 수 있기 때문이었다.

그는 당장은 아니지만 곧 소유권 행사를 할 수 있겠다는 사실에 초점을 맞추었다. 그러나 이게 웬일인가? 도시기본계획과 안성시 관보를 확인한 결과 실시계획고시에 낙찰받은 토지 한가운데로 도로가 예정되어 있었다.

그에게는 다시없는 빅뉴스였다. 아니, 기절초풍할 대박 사건이었다. 그는 진입로 없는 맹지를 구거 점용 허가로 토지 가치를 상승시킨 경험을 살려 지역권(자기 땅의 편익을 위해 남의 땅을 이용할 수 있는 권리)을 확보하기 전에 토지 소유주의 마음을 먼저 얻어야 되겠다는, 꽤 쓸 만한 생각도 했었다.

그러나 이제는 진입로를 내기 위해 지역권을 확보할 이유가 사라진 것이었다.

도로가 뚫리면 토지 가치상승은 물론이고, 도시 자연공원도 해제될 명분이 충분했다. 다만 도로에 접하는 토지의 일부는 감정공시지가로 보상을 받지 않을까? 즐거운 고민을 하면서 서둘러 낙찰 잔금을 치렀었다.

그가 주택보다는 토지가 자신에게 행운을 안겨 준다고 믿고 있는 마음도 다 이 같은 연유에서였다.

언제가 사주팔자에 토 기운이 자신에게 부를 안겨 줄 문서 운이라는 소리를 들었다.

그 후로 그는 죽 토지에 집착해 살았다. 그가 경매 시장에서 재미를 보던 생각에서 빠져나온 것은 젤 바른 선정재와 미모의 명정관이 도착해 인사를 하고 나서였다.

"아니, 두 분만 재미를 보러 다니지 말고, 우리도 함께 재미 좀 봅시다. 허허허!"

속 알머리 봉상관은 다정하게 식당으로 들어오는 그들의 모습에서 질투를 느꼈다. 그래서 그들을 향해 말 펀치를 한방 날렸다. 나머지 회원들도 눈꼴이 시린 표정으로 두 사람을 쏘아보고 있었다. 무거운 공기를 감지한 젤 바른 선정재가 한마디 주절거렸다.

"재미는커녕 허탕만 치고 왔습니다."

그는 선수를 치듯 짜증스러운 말투로 쌀쌀맞게 말했다.

그리고 속으로는 '제기랄! 영감태기 같으니라고. 눈깔사탕도 아닌데 어떻게 같이 나누어 먹는단 말인가? 젠장맞을, 꼰대 같으니라고!' 하며 옆에 있는 그녀를 보며 씽긋 웃었다.

미모의 명정관은 그의 한마디에 모두가 들어 보라는 듯이 어두운 표정을 지어 가며 우아하게 다듬은 머리를 까닥거리면서 주절거렸다.

"요즘 경매 시장은 도대체가 짭짤한 물건이 없어요."

그녀는 쓸쓸하게 덧붙였다.

속 알머리 봉상관이 던지는 꼬인 속을 미모의 명정관은 알 리가 없었다. 그저 '영감탱이 나이를 생각하셔야지, 어디다 삽질이야 삽질은…. 흥!' 하며 속으로 읊조리며 넌지시 웃고만 있었다.

"그래 오늘 입찰은 어땠습니까?"

흰머리 윤편인은 의자를 꺼내 주며 젤 바른 선정재에게 물었다.

"꼴값 떨다가 500 차이로 물먹고 왔습니다. 젠장!"

젤 바른 선정재는 무거운 낯빛으로 미간을 구겼다.

짱구 머리 나겹재는 '쌤통이다.' 하는 눈길로 히죽히죽 웃고 있었다.

"실패했다고요? 고생한 보람도 없이…. 왜 좀 더 쓰지 그랬습니까?"

삼각 머리 조편재는 안됐다는 얼굴로 빈정거렸다. 속 알머리 봉상관은 '고소해 죽겠다는' 눈길로 빙그레 웃고 있었다.

"호호! 다음에 또 기회가 있겠죠?"

그녀는 아쉬움을 감추며, 엷은 웃음으로 중얼거렸다.

봉상관의 공인 중개 사무실

"자, 음식값도 치렀고, 식사들을 다 끝냈으면 팀장님 사무실이나 한번 가 봅시다."

큰 머리 문정인은 자리를 털고 일어나면서 사람들을 향해 손짓을 해 댔다.

"그래…, 어서 일어들 나세요. 우리 사무실로 갑시다."

계산대 앞을 가리고 서있던 속 알머리 봉상관은 그렇게 말을 하고는 곧장 식당 문을 밀치며 앞장을 섰다. 막 도착한 두 사람은 영문을 몰라 무슨 소리냐며 어리둥절한 표정을 짓고서 사람들을 따라나섰다.

밖으로 나온 회원들은 몇 걸음 걷지 않고서 한눈에 보아도 눈에 번쩍 띄는 입간판을 발견했다. 소식을 모르는 두 사람은 흰머리 윤편인이 들려주는 말을 듣고서야 밝은 얼굴로 듣던 중 반가운 소리라며 자기 일처럼 좋아했다.

"저기 봉상관 공인 중개 사무실이라고 쓴 간판이 보입니다."

짱구 머리 나접재는 모두가 보라는 듯이 소리쳤다. 새롭게 제작된 입간판은 한눈에 산뜻하게 다가왔다. 그 앞에 가서 걸음을 멈춘 속 알머리 봉상관은 굳게 닫혀 있던 셔터 문을 천천히 끌어올렸다.

순간 셔터는 '드르룽 꽝!' 요란한 소리를 내면서 먼지 가루를 허공에 휘날렸다.

속 알머리 봉상관은 상가 출입문을 활짝 열어젖히며 말굽을 내려 문을 고정시켰다.

그사이에 회원들은 사무실로 우르르 몰려 들어갔다.

실내는 아직 공사 중에 있어 고약한 냄새가 빠지지 않은 채 그대로 남아 이들을 맞이했다.

그래서 그랬는지? 우라지게도 코발트로 뒤섞인 야릇한 공사 뒤끝이 신경질적으로 코끝을 자극해 들어왔다. 사무실은 타원형 탁자를 중심으로 가지런히 놓인 소파가 먼저 눈에 띄었다.

좌우로는 책상 등이 연결되어 노트북 하나가 덩그러니 놓여 있었다.

사무실은 열 평 정도 크기로 회원들이 빙 둘러앉기에는 조금 부족한 공간이었다.

아직 집기가 제대로 갖춰지지 않은 탓으로 휑한 찬바람이 공간을 채우고 있었다.

흰머리 윤편인은 사무실 이곳저곳을 둘러보다가 빈자리를 찾아가서 앉았다.

그사이 속 알머리 봉상관은 냉장고 문을 열어 주스를 꺼냈다. 주스 통을 받아 든 미모의 명정관은 종이컵에 머리 숫자대로 한 잔씩 따랐다.

회원들은 따라놓은 음료수 컵을 시계 반대 방향으로 돌리며 회원들 앞자리에 놓고 있었다.

짱구 머리 나겹재는 무슨 이유에서인지 사무실을 구석구석 훑어보고 돌아와 자리에 앉으며 주절거렸다.

"팀장님, 이 정도 규모로 사무실을 내려면 상당한 돈이 들었겠습니다."

그는 속 알머리 봉상관을 쳐다보며 말했다. 회원들의 눈길이 그들에게 쏠리고 있었다.

"허허허! 예에…. 좀 들어갑다."

그는 무슨 연유로 얼렁뚱땅 대충 받아넘기는 눈치였다.

"그럼, 내가 보기에도 열 평은 넘지 싶은데 쩐 좀 들었을 거야."

둥근 머리 맹비견은 그를 툭 치며 모른 척하라고, 살짝 윙크를 해 주었다.

"맞아! 그런 것 같지…?"

짱구 머리 나겹재는 알겠다며 능청스럽게 말을 받았다. 이들은 두 사람만 아는 눈치를 주고받는 것 같았다.

"아니…. 새 회원들은 아직 소식이 없었습니까?"

큰 머리 문정인은 분위기를 환기시키려는 마음에 화제를 슬쩍 돌렸다. 그러고는 아직 도착 전인 회원들을 묻고 나섰다.

그 말에 몇몇 사람들이 손목시계를 들여다보고 있었다.

"글쎄요? 곧 도착할 시간이 다 됐는데…."

흰머리 윤편인은 손목시계를 쳐다보며 중얼거렸다. 그때였다. 스르륵 출입문이 열리면서 그녀들이 수다를 떨며 들어섰다.

"안녕들 하셨어요?"

세 여자는 동시에 인사를 하며 고개를 살짝 까닥거렸다. 순간 진한 화장품 냄새가 바람결에 코끝을 스치고 지나갔다.

"허허허! 어서들 오세요, 회원들이 목을 빼고 기다렸는데 이제들 오십니까?"

속 알머리 봉상관은 그들을 보자 밝게 웃으며 넉살을 떨었다.

"아이…, 죄송해서 어쩌나…? 우리도 빨리 온다고 서둘렀는데, 어찌하다 보니 이제야 도착했네요."

모던한 한옥경은 곤혹스러운 표정으로 어쩔 줄 몰라 하며 안으로 들어섰다. 뒤따라 들어온 두 여자는 죄송한 얼굴로 배시시 미소를 보이고 있었다.

"그래, 가셨던 일은 잘 마무리하셨나요? 호호!"

미모의 명정관은 미소 띤 궁금한 얼굴로 먼저 물었다.

"그게 미역국만 먹고 왔어요. 크크!"

우아한 전원숙은 이맛살을 밉살맞게 찌푸리며, 말끝에 킥킥거렸다.

"어머…. 그쪽도 실패하셨군요?"

미모의 명정관은 몹시 안됐다는 표정으로 마주 보며 슬픈 눈빛을 보였다. 그 순간 그녀는 낯빛과 다르게 '그래 나 혼자 먹기는 왠지 섭섭하지 않겠어…. 후후!' 하며 생각하고 있었다.

그녀와 달리 도회적인 안혜숙은 창백하고 힘없는 표정으로 빈자리를 찾아가서 앉았다.

지난번 숙제

"이제 올 사람은 다 오신 것 같은데 본론으로 들어가 볼까요?"

흰머리 윤편인은 모두를 향해 말하며, 좌우로 주억거렸다. 그는 지난번 미루어 두었던 회칙과 시뮬레이션한 결과를 토대로 투자에 대한 결론을 내고 싶었다. 물론 여기 모인 회원들도 대부분 같은 생각을 가지고 있었다.

"지난번 숙제는 다들 해 오셨습니까?"

흰머리 윤편인은 회원들을 돌아보며 묻고는 히죽 웃었다.

"제가 맡은 회칙은 다 끝냈습니다."

큰 머리 문정인은 기다렸다는 듯이 가지고 온 가죽 가방을 오픈해 한 뭉치 프린트 용지를 꺼내 놓았다. 그러고는 각자에게 한 부씩 돌렸다.

먼저 속 알머리 봉 팀장의 양해를 얻은 흰머리 윤편인은 각자의 의견을 모아 가며 회의를 주도해 나가기 시작했다.

돈 사랑 회원들은 봉 팀장을 제쳐 두고 그가 직접 나서서 회의를 이끌어 나가자, 왠지 싱숭생숭한 표정들이 어딘가 한 곳에 집중을 하지 못했다. 그러고는 자신들의 수다를 이어 가며 분위기 자체가 약간 수선스러워졌다.

그러든 말든 그는 작성된 회칙을 한 가지씩 짚어 나가기 시작했다. 선별 작업은 우려와 달리 모두의 적극적인 협조로 일일이 찬반을 거쳐 가면서도 빠르게 결정되었다.

돈 사랑 회칙은 일반적인 법률에 의거해 합법적으로 잘 정리되어 있었다.

그래서 회칙에 대한 부정적인 반대 의견이나 충돌 없이 그의 노고가 그대로 반영되었다. 그가 준비한 회칙은 처음부터 마지막 회칙까지 정의롭게 잘 작성되었다.

왜냐하면 회칙은 체계적으로 구성되어 사회적 규범에 어긋나거나 특별한 문제가 없었기 때문이었다.

회칙에 대한 정리가 끝나자 회원들은 새 술은 새 포대에 담아야 한다며 새로운 임원 선출을 주장하고 나섰다.

몇몇을 제외하고 대부분의 회원들은 그 의견을 받아들였다.

그러나 투표한 결과는 속 알머리 봉상관 팀장이 새 회장으로 재추대되었다. 그 대신에 이들은 부회장으로 흰머리 윤편인을 새롭게 선출했다. 그리고 감사에는 큰 머리 문정인과 젤 바른 선정재를 선정했다. 또한 이사에는 삼각 머리 조편재와 짱구 머리 나겁재, 그리고 둥근 머리 맹비견과 도회적인 안혜숙을 포함시켰다.

고문에는 새치 머리 안편관과 이국적인 조다혜를 선출하면서 총무에는 상구 머리 노식신과 우아한 전원숙을 새로 뽑았다. 그리고는 서기에는 미모의 명정관과 모던한 한옥경이 마지막으로 임명되었다. 그리고 보면 누구 한 사람 임원이 아닌 회원이 없었다.

여하튼 이렇게 돈 사랑 회원들은 제1기 임원진들을 구성했다. 회원들은 서로에게 축하를 한다며 인사를 나누었다. 그리고 앞으로 잘해 보자면서 격려의 말을 아낌없이 주고받았다.

"이제 회칙과 임원진 선출은 마무리되었으니 남은 과제도 심도 있게 논의를 해봅시다."

속 알머리 봉상관은 회원들을 돌아보며 위엄을 세웠다. 그는 돈 사랑 회장으로 재추대를 받고부터 자신도 모르게 어깨에 힘이 들어가 있었다.

흰머리 윤편인은 그가 뭐라 하든 아랑곳하지 않은 채 빠르게 주절거렸다.

속 알머리 봉상관은 약간의 눈살을 찌푸리고 째려보았다. 하지만, 그를 제지할 생각은 전혀 없는 눈치였다.

"그럼 먼저 투자 물건은 무엇으로 결정할지를 각자의 의견부터 들어 보는 순서가 어떨까 싶습니다."

흰머리 윤편인은 회원들을 번갈아 쳐다보면서 의제의 서두를 꺼냈다. 그리고 이어 주절거렸다.

"모두들 오전에 법원을 들렀다 오셨고, 요즘 시장의 흐름도 대충은 짐작하리라 생각합니다."

흰머리 윤편인은 주도권을 놓지 않을 심산으로 속 알머리 봉 회장의 눈치를 가끔씩 살펴 가며, 논점에 대해 계속 주절거렸다.

"요즘 경매 시장은 고금리 때하고는 판도가 완전 180도 바뀌었습니다."

흰머리 윤편인은 씁쓸한 표정으로 모두를 돌아보며, 억양을 높여 말했다.

"아시다시피 물건도 줄고, 낙찰가격도 상상을 초월해 높게 형성되고 있습니다."

그는 말끝에 한숨을 내쉬었다.

"한마디로 투자 목적 부동산은 옛말입니다. 이제는 실수요자들 위주의 경매 시장이라고 보아도 과언이 아닐 정도입니다."

흰머리 윤편인은 장황하게 시장의 분위기를 반영하며, 현장의 심각성을 늘어놓았다.

"그래도 찾아보면 돈 될 만한 물건은 얼마든지 있습니다."

큰 머리 문정인은 반박을 하듯 자신의 의견을 피력하고 나왔다.

삼각 머리 조편재는 '아주 잘하고 있어.' 하는 눈길로 그를 응원을 하고 있었다.

"하하하! 뭐 틀린 말은 아닙니다. 부동산 시장은 고정성 때문에 국지적 경향이 강하고, 지역마다 상당한 편차를 보이기도 하니 말입니다."

흰머리 윤편인은 그의 말을 수긍하고는 지역 간 부동산 시장의 온냉의 차이를 부각시켰다.

"저는 지금의 시장 상황에서 우리가 투자할 수 있는 부동산은 상가나 근린상가주택 정도가 아닐까 예측해 봅니다."

젤 바른 선정재는 자신의 의견을 주장하며 먼저 말문을 열었다.

"왜 그렇다고 생각하십니까?"

짱구 머리 나겁재는 의아한 눈망울로 물었다.

"아파트나 주택은 실수효자가 아니면 높은 입찰가를 감당하고, 남는 게 없는 이윤도 문제지만, 대출 규제나 세금 인상도 고려해야 할 것이 한두 가지 아니기 때문입니다…"

그는 잠시 머뭇거리다 말을 이어 갔다.

"차라리 상가나 상가주택 등을 분석하고 낙찰받는 쪽이 훨씬 실속이 있을 것 같지 않습니까?"

젤 바른 선정재는 말을 끝내며 은근히 회원들의 눈치를 살피고 있었다.

"맞아요, 요즘 경매 시장에 나가 보면 실속 차릴 물건이 거의 없더라고요."

"…"

"지금 선 감사님이 말씀한 물건들을 잘만 고르면 짭짭한 수익을 안겨 줄지 모릅니다."

삼각 머리 조편재는 그의 말을 호의적으로 받아들이고 있었다.

그는 리모델링을 통해서 가치부가를 올려놓고, 유명 프랜차이즈 임대방식 또는 경영 마인드가 뛰어난 임차인을 입주시켜 건물 가치를 부각시켜야 임대 소득과 매매 차익을 동시에 얻을 수 있다는 것이었다.

그러나 생각은 자유라서 세상의 변화를 놓칠 때가 많다는 사실을 인식해야 한다. 그래서 미래의 시장을 예측하고 진화 과정을 잘 살펴야 그나마 실수를 줄일 수 있는 것이었다.

"뭐…, 상가도 상가 나름이겠지만…. 입지 조건이나 내재 가치가 숨어 있을 만한 상가를 찾아내서 잘만 옥석 고르기를 하면 불가능한 일은 아니라고 봅니다."

흰머리 윤편인은 그의 주장을 부정하지 않았다.

"저는 잘은 모르지만, 시장의 흐름이 그렇다면 돈 되는 고속도로가 러프로드보다는 실속이 있지 않을까요?"

둥근 머리 맹비견은 깐죽거리며 능청스럽게 말했다.

"그럼 상가를 낙찰받아서 주변 환경에 맞게 리모델링하거나 아예 처음부터 주변 상권을 분석하고, 그 지역 업종에 맞는 상가를 낙찰받는 방법도 하나의 책략일 겁니다."

상구 머리 노식신은 새로운 의견을 제시하며 회원들의 눈치를 살폈다. 그럴듯한 의견에 회원들은 가만히 고개를 끄덕이고 있었다.

"굿 아이디어 같군요?"

미모의 명정관은 밝게 미소를 드러내며 엄지손을 추켜세웠다.

"토지도 잘만 개발하면 돈이 될 수 있는데 문제는 시간이 많이 걸린다는 게 흠이기는 합니다."

삼각 머리 조편재는 자신의 지난 경력을 숨긴 채 땅만 한 게 없다는 말만 되풀이하고 있었다. 그는 서울에는 주택을 건축할 수 있는 땅이 공공 부지를 제외하고, 거의 없다는 객관적 현실을 일찌감치 내다보고 있었다.

"호호! 땅은 거짓말을 못한다는 말은 들었지만, 한 푼이 아쉬운 이때 자금도 묶이고 환금성 때문에…?"

우아한 전원숙은 미소를 보이며 머리를 절레절레 흔들었다.

토지기획부동산의 진화

그녀를 째리듯 쏘아본 삼각머리 조편재가 대받아 한마디 주절거렸다.

"그렇기는 한데 이제는 바라볼 투자처는 땅이 최고라고 저는 생각합니다."

그는 소신을 굽히지 않았다. 그는 대도시나 수도권 주변의 입지가 뛰어난 자투리땅을 낙찰을 받거나 사들여 주변 건물들과 합세해 꼬마빌딩을 건축하는 그림을 가지고 있었다.

하지만, 사람마다 생각의 편차로 저항이 따른다는 어려움을 느끼고서 더 이상은 말을 아꼈다. 그러고는 지난날을 잠시 떠올려 보았다.

과거에 땅 투기를 기획하는 사람들은 국가에서 발표하는 개발 정보를 거금을 들여서 입수하곤 했었다.

그들은 주변에 개발 가능성이 높은 인근 지역을 주로 물색하고 다녔다. 그러다 쓸모 있는 토지(전답이나 임야)가 눈에 뜨이면 사전에 점찍어 놓고, 동네 유지나 이장 등을 먼저 끌어들였다.

그들을 앞세운 이들은 손쉽게 토지 소유주를 속여서 토지에 관한 우선권을 가계약으로 선점하고 다녔다. 본 계약서 작성은 나중 투자자를 끌어들여 몇 배의 수익을 챙긴 뒤에야 매매가 이루어지곤 했었다.

이렇게 그들은 일부의 토지 금액을 치르고, 계약자를 바꿔치는 수법으로 토지를 팔아 치웠다.

여기서 한 단계 업그레이드된 업자들이 기획부동산 업체들이었다.

이들은 자금난으로 부도 위기에 몰린, 주로 5년 이상 된 법인회사를 헐값에 사들이거나, 자신들이 직접 바지 법인을 설립해 기획부동산을 차렸다. 이들 업체는 주로 매스컴을 통해 부동산 통신판매 직원을 고용했다.

그렇게 고용된 직원들의 명의를 도용하거나, 전화를 가입시켜 영업자가 운영하는 독립 자영업처럼 기획부동산 업체를 운영하기도 했었다.

그들이 노리는 목적은 고도의 술수로 위장되어 빙산의 일각처럼 지하 깊은 곳에 노림수가 따로 숨겨져 있었다.

직원들은 최면에 걸린 사람처럼 이들의 농간에 빠져들어 한방이나 대박이라는 돈의 노예가 되어 자기 의지와 상관없이 이들에게 묶여 지냈다.

마치 마약을 먹지 않으면 환각 증세를 일으키는 중독환자처럼 살았던 것이었다.

이들은 이른 아침에 출근해서 정신교육으로 무장을 한 채 하루 종일 전화를 붙들고 살았다. 녹음테이프를 틀어 놓은 녹음기처럼 같은 말을 되풀이하며, 앵무새가 되어 갔다. 그러나 무작위로 거는 전화에 걸려든 투자자는 손가락을 꼽을 정도로 극소수에 불과했다는 사실이다.

하지만 요즘은 새로운 기획으로 진화되어 전화를 붙들고 통사정하며 유혹하는 시대는 한물간 유행처럼 사라졌다.

이제는 트위터와 페이스 그리고 블로그 및 카페와 유튜브 등으로 진화되어 일반인이나 전문가들을 끌어들인다.

이들의 꼬임에 빠진 자칭 아마추어 전문가들은 자신들이 기획한 내용이나 돈맛에 낚인 자가 스스로 작성한 부동산 전문지식을 바탕으로 투자자를 끌어모으는 식이다.

이렇게 새로운 술책들이 범람하고 변화해 예전 수법은 고전이 되어 벽장 속으로 사라진지 오래되었다. 전설을 추억하는 야담처럼 남은 것이다.

그러나 땅을 작업하는 수법은 고전을 그대로 답습하거나 약간의 변형을 주고 있을 뿐이었다.

왜냐하면 이러한 기획부동산 업자가 원하는 토지는 공시지가 평당(3.3평방미터) 몇 백 원이나 몇 천 원 이하 하는 경사지 30도(주택

허가조건 최대 22도 이하, 지방자치단체에 따라 더욱 낮아짐)가 넘는 쓸모 없는 임야를 주로 사들여 작업을 하고 있기 때문이었다.

이들은 자신들이 꾸며 놓은 기획사기 투망에 걸려든 눈먼 투자자를 현혹시켜 평생 등기로만 가지고 있어야 하는 산꼭대기 임야 등을 고가에 팔아 치우는 것이었다.

이들의 수법은 보통 거래를 할 수 없는 토지를 혓바닥 사탕발림으로 그럴싸한 투자 유망지역이나 관광 지역으로 탈바꿈 시켰다.

그리고 곧 개발이 예정된 대박 날 토지라며 사기를 쳤다. 거기에 걸려들은 투자자 대부분은 한 방의 로또 같은 꿈을 안고서 토지를 매입했다가 놈들에게 손실만 보았던 것이었다.

요즘은 한술 더 떠서 서울 외곽이나 수도권 등지에 그럴 싸 한 땅을 사들여 대지 위에 수백 명의 지분등기를 올려놓는 개수작을 부린다.

그들이 기획한 토지는 등기상 지분권자가 수천 명을 헤아려 쪼갤 수도 없고, 팔수도 없는 아니, 권리 행사조차도 할 수 없는 토지가 대부분이었다.

예전에 기획사기 부동산이 노리는 투자자는 일반인이 아닌 기획업체에 몰려든 직원들이었다.

이들은 직원으로 모집된 사람들을 압박해 지인이나 친인척들을 유혹하도록 실적을 강요하거나, 대박을 쳐야 한다는 구실을 내세워 그 직원과 관련된 친인척 등이 그동안 절약하며 모아둔 목돈이나 퇴직금을 털어먹었다.

대박을 꿈꾼 투자자들 중에는 우라질 돈 욕심에 빚을 내거나 집을 담보 잡아 투자한 사람들도 부지기 수였다.

그렇게 한바탕 바람이 불고 갔는데도 나중에 부동산 사기에 걸려들어 큰 손해를 본 자신이 토지 매력에 빠진 이유가 정말 아이러니했었다.

그는 생각의 끝에서 실없이 웃고 있었다. 그즈음 옆자리에서 둥근 머리 맹비견이 자신의 의견을 주절거리고 있었다.

"이것은 제 개인적인 생각인데요, 역세권 안에 있는 단독주택을 낙찰받아서 건축을 하거나 수리해서 매매하는 방법은 어떨까요?"

그는 제 나름의 생각을 말하며 히죽거렸다.

"하하하! 좋지요, 그런 물건이 눈에 뜨이면 투자를 고려해 봅시다."

흰머리 윤편인은 그의 말을 받아 주며 두리뭉실 넘어갔다.

이미 앞에서 그와 비슷한 안건이 제안되어 내용이 반복되자, 그는 거기에 대해 대충은 윤곽이 잡혀 있다는 생각에 새로운 방안이 아니라고 여겼다.

"차라리 그것보다는 재건축이나, 재개발 정비구역으로 지정된 건축물을 낙찰받는 편이 실속 있지 않을까요?"

짱구 머리 나겁재는 안 되겠다 싶어 새로운 대안을 제시하고 나왔다.

"그렇긴 한데 워낙 시간이 걸려서…. 그것도 걸림돌입니다."

큰 머리 문정인은 고개를 갸웃거리며 히죽 웃었다.

"입주권을 매도하면 안 되겠습니까?"

그가 재차 물었다.

"당연 되죠…. 하지만 양도세와 초과 이득 부담금이 장난이 아니라 그게 문제죠."

삼각 머리 조편재가 비웃듯 조소를 보이며 비아냥거렸다. 일부의 회원들도 머리를 흔들며 그건 아니라는 눈치를 보이고 있었다.

"에잇…! 차라리 세금도 없고 1가구 2주택에도 걸리지 않는 분양권 거래가 차라리 낫겠다. 흐흐…."

짱구 머리 나겁재는 민망해 혼자서 웅얼거렸다.

"그것도 요즘 규제가 심하던데…요."

건너편에 앉은 모던한 한옥경이 빙그레 웃으며 말했다.

"나는 청약 통장이 있는데 웃돈 붙는 분양이나 받아 볼까? 젠장!"

둥근 머리 맹비견은 자신의 과거를 철저하게 숨긴 채 능청스럽게 떠벌렸다.

"요즘은 정부 정책이 수시로 바뀐다는 사실을 알고 계십니까?"

흰머리 윤편인은 모두를 보며 말했다.

"하긴 정부가 분양가격 제한(분양가 상한제)으로 거래 시세와 분양가 시세가 엄청 차이가 난다는데 뭐 1억에서 2억까지 차이가 나는 곳도 있다니 잘만 고르면 로또 아파트 당첨이지…. 크크!"

젤 바른 선정재는 아는 척 나서며 그를 힐끔 쳐다보았다.

"분양권이나 입주권도 1가구 2주택에 해당되는 세월입니다. 잘 알아보고 하세요?"

큰 머리 문정인은 혹시나 싶어 짚어 주고는 그들을 쳐다보았다.

"맞습니다. 자고 나면 바뀌는 제도가 부동산 정책이고, 규제법이니, 철저하게 검토해서 덤벼들어야 합니다."

흰머리 윤편인은 정권마다 수없이 바뀌고 있는 부동산 규제법이 자유경제시장을 외면하고 있어 선한 마음에서 시작한 서민을 위한 정책이라지만, 요즘 각설이도 잘 맞지 않는다며, 그 옷을 외면한 채 못 입고 있다는 것이다.

왜냐하면 누더기 옷도 적당히 짜깁기를 해야 입는데 이거는 완전 짜깁기로 손발이 나갈 곳을 찾지 못해 어떻게 입어야 할지, 도대체 영문을 몰라 감당조차 할 수 없기 때문이었다.

맹비견의 떴다방

둥근 머리 맹비견은 분양권(신축 아파트 당첨된 권리)만 생각하면 지난 세월이 떠올라 왈칵 눈물이 앞을 가렸다. 아마도 설움이 복받치는 모양이다.

그는 시골 생활을 정리하고 서울로 무작정 상경해 취직할 곳을 찾아 한동안 방황하며 거리를 떠돌아다녔었다. 그러던 어느 날 영등포역 근처를 지나가다가 우연히 고향 선배를 만났다.

둥근 머리 맹비견은 반가운 마음에 그가 가자는 곳으로 따라갔었다. 선배는 고향 후배를 만난 반가움에 아낌없이 술도 사주고, 윤락가에서 회포까지 풀어 주었다.

그는 무슨 일을 해서 이렇게 돈을 물 쓰듯 펑펑 쓰는지가 몹시 궁금했다. 그래서 선배에게 한참을 졸라 겨우 얻어 들은 부동산 청약시장은 그에게는 지금까지 듣도 보도 못한 신세계 그 이상이었다.

오갈 데가 없었던 그에게는 그 선배가 하나님 다음가는 우상처럼 보였다. 그래서 그는 무릎을 꿇고 그에게 간청을 했다. 자신을 받아 달라고 말이다. 마침 심복이 필요했던 선배에게 그의 말은 솜사탕처럼 달콤했었다. 한마디로 서로가 배짱이 맞은 셈이다. 그래서 그는 청약통장을 사고파는 그 세계와 인연을 맺었다.

그는 시장에 입성해 일을 하면서도 한동안은 거래가 불법이라는 사실조차 몰랐다. 만약 알았더라도 그에게는 선택의 여지가 없었다.

왜냐하면 당장 배고픈 설움을 해결하기 위해서는 그 선배에게 매달려야 했기 때문이었다. 아무튼 그에게는 그 세계에 발을 들여놓는 방법이 최선의 길이었다.

그래서 그가 서울에 올라와 처음 시작된 직업이 일명 '떴다방'이었다.

둥근 머리 맹비견은 서울에서 그렇게 바라던 취직자리가 청약통장(아파트를 신청할 수 있는 증서)을 수집하는 떴다방이었지만. 나름 최선을 다해 열심히 일을 했었다.

먹고 살길이 막막했던 그는 부동산 업자로 성공하기 위해 선배가 시키는 일이라면 궂은일도 마다하지 않았다.

그의 첫 직무는 청약 현장이나 분양 현장에서 바람 잡는 역할이었다.

즉 그가 나서 사람을 끌어모으는 것이다. 그의 일은 이 세계에서 초짜 업무로 초보자가 매달리는 데 큰 어려움은 없었다. 한마디로 주둥이만 잘 놀리면 일당은 쉽게 벌어들였다.

그렇게 떴다방에 눈을 뜨면서 그가 부동산 시장에 첫발을 내디딘 것이었다. 그에게는 최초의 시작이자 뜻깊은 출발이기도 했었다.

어느덧 세월이 흘러 경력이 붙은 둥근 머리 맹비견은 물건을 연결하는 지라시 아줌마를 20, 30명을 거느리는 중견 떴다방으로 영향력을 키웠다.

그는 거기서 만족하지 않았다. 떴다방 고수로 성장하기 위해 숱한 고생을 밥 먹듯 했었다.

그러나 떴다방 생활은 그리 만만하지 않았다. 그렇지만, 이를 악물고 꿋꿋하게 참았다. 세월 속에 점점 나이를 먹어 가는 만큼 떴다방 경력과 함께 전과 경력도 계급장처럼 늘어 갔다. 결혼도 하고, 자식도 생기고 보니, 그 세계에서 발을 빼기가 쉽지 않았다

그가 배운 것이 떴다방이요, 아는 것이 부동산 분양권 시장이니, 그에게는 생활 터전이요, 인생의 전부였다.

어찌 되었든 떴다방 중견이라는 경력과 다르게 그는 정보력과 자금력을 가진 전주 밑에 있는 부동산 업자의 지휘를 받고 움직였다.

떴다방 고수가 주로 하는 일은 교통 아줌마와 삐끼들을 고용해 청약통장 모집과 당첨된 분양권을 매입해서 폭탄 돌리기를 하는 것이었다.

즉 웃돈을 받고 팔았다가 떨어지면 다시 되사는 수법으로 처음보다 웃돈을 올려 매도(일명 반지 돌리기)하는 역할을 반복했다.

떴다방들은 재수 좋은 날에는 하루에도 몇 건씩 거래를 올리기도 했었다. 수천만 원 프리미엄은 이들에게 껌 값에 불과했다. 이들의 표적지는 전국 유명 에이급 청약 현장이었다.

전국구가 되면, 연봉이 수억에 달해 먹고사는 데 걱정이 없었다. 둥근 머리 맹비견은 청약 현장이 없는 기간에는 거주지를 옮긴 사람들을 물색하러 다녔다. 거기에다 한술을 더 떠서 시간이 나는 대로 경로당이나 양로원을 공략하고 다니기도 했었다.

왜냐하면 청약 자격이 되는 사람이나 노인들을 수배하기 위해서였다. 그렇게 용의 선상에 올라온 사람들에게 용돈을 찔러주고, 명의를 빌려서 청약 통장을 개설했다.

그 통장으로 분양을 받을 수 있었기 때문이었다.

둥근 머리 맹비견은 여기서 그치지 않았다. 당첨된 사람이 포기한 아파트나 자격조건 미달로 당첨이 취소된 물량을 원장 갈아 치기 하는 수법으로 전량을 사들였다. 물론 이들은 시행 사 측과 충분한 보상으로 미리 교분을 쌓은 후에 거래를 하는 용이 주도 함을 보였었다.

그러나 그는 운발이 다 됐었는지? 아니면 재수에 재살이 옮겨 붙었는지? 언젠가부터 미치고 환장하게도 단속만 나오면 희한하게도 단골로 걸려들었다.

그는 고수도, 전국구도, 아니, 타짜니, 마귀니, 하는 족보에는 올라가 보지도 못했다.

결국 '무궁화 호텔(교도소)'만 내 집 드나들듯 드나들다가 몇 개의

별(전과 경력)로 장성의 반열에 올랐다.

그동안 돌보지 못한 가정은 파경에 이르러 부인은 다른 사내와 정분이 나서 집을 나갔다.

그 바람에 철없는 어린 자식들은 시골집으로 내려가 늙은 부모님이 양육하고 있었다. 그는 자신의 처지를 비관하고 자살을 시도했었다.

하지만, 모진 목숨은 번번이 살아났었다. 이것도 하늘의 뜻이라 믿은 그는 깊은 각성을 하고, 더 이상은 떴다방 시장에서 살지 않겠다는 각오를 단단히 했었다.

그렇게 대장(별 네 개)을 끝으로 그 세계와 손을 씻은 뼈아픈 기억을 가지고 있었다.

공장 및 오피스 빌딩

"아니, 경매 물건에 관한 토론을 하다가 왜 갑자기 삼천포로 빠지는 겁니까?"

속 알머리 봉상관은 주제가 다른 방향으로 흐르자, 한마디 하고 나섰다. 그 소리에 뜨끔했던 흰머리 윤편인은 서둘러 주절거렸다.

"공장이나 아파트 공장이 메리트가 있을 성싶은데 여러분 생각은 어떠십니까? 그리고 오래된 빌딩을 낙찰받아 리모델링을 해서 차익을 남기는 방법도 정부 규제로 한물간 주택 시장보다는 미래지향적이지 않을까, 생각이 듭니다."

그는 속 알머리 봉 회장의 눈치를 살피며 잽싸게 새로운 제안을 하고 나섰다.

"요즘에 지식산업 오피스도 낙찰을 받아서 창업자들을 상대로 임대한다는 소리를 들어 본 것 같기는 한데…"

큰 머리 문정인은 내용을 잘은 모르는 눈치로 어디선가 들은 말을 꺼내 놓으며, 그를 유심히 보았다.

"공장은 낙찰을 받아서 어쩌시려고 그럽니까?"

둥근 머리 맹비견은 애매한 표정으로 갸웃대며 물어 왔다.

그는 공장을 받아서 도대체 어찌할 심산인지, 그게 궁금해 미칠 지경이라는 눈빛으로 쏘아보고 있었다.

"작자를 만나서 매매하는 방법이 우선이겠지만, 때로는 임대를 먼저 주고 필요한 작자를 기다려야 되겠죠?"

흰머리 윤편인은 히죽 웃고는 질문에 대한 대안을 늘어놓았다. 그는 요즘 대한민국 제조업의 마중물이 되는 영세 중소기업들이 무너져 내리고 있다는, 아니 전국 산업단지에 공장들이 폐업으로 경매 물건들이 산더미처럼 쌓이고 있다는 소리를 그는 모르고 있는 것처럼 말했다.

"공장을 낙찰받으려면 그 분야에 식견이 문제일 텐데 가능은 할까요?"

상구 머리 노식신은 의아한 얼굴로 그를 쏘아보며 의문을 제기하고 나섰다.

"맞습니다…, 맞고요. 히…. 공장을 입찰받으려면 아무래도 주의해야 할 사항들이 많은 건 사실입니다."

삼각 머리 조편재는 그에게 사사건건 까칠했던 이전 모습은 어디에서도 찾을 수가 없었다.

"맞아요, 현장 답사는 기본이고, 주변 시세와 공과금 및 세금 체납 여부 등도 함께 살펴야 합니다."

흰머리 윤편인은 뭐 좀 아는 척 떠벌렸다. 삼각 머리 조편재는 무슨 너구리 속셈이었는지? 연신 그의 말에 손뼉을 치며 힘을 싣고 있었다.

"그뿐 아닙니다. 기계나 가구, 장비 등이 감정가에 포함되어 있는지도 살피고, 그리고 임차인 관계도 확인해야 합니다."

삼각 머리 조편재는 히죽거리며 몇 마디 보충을 하고 나섰다. 정말! 해가 동쪽으로 질 모양이다. 그가 왜 그렇게 달라졌을까? 흰머리 윤편인도, 그 누구도 몰랐다.

"완전 당근이죠, 정말, 꼼꼼하게 조사하지 않으면 낭패를 당하기 십상입니다."

젤 바른 선정재가 아는 척 반응하며 거들고 나섰다.

"뭐 여러 가지 장단점들을 많이들 알고 계시네요…. 맞습니다. 오염 물질이나 전기 변압기 문제 등 낙찰자가 처리해야 할 사항들이 하나둘이 아닌 것은 사실입니다. 게다가 기계나 장비, 허가권 등도 문제가 될 수 있습니다."

흰머리 윤편인은 말하는 도중에도 연신 고개를 흔들고 있었다.

"낙찰자에게 소용되지 않는 장비들은 낙찰가를 충분히 감안해 입찰가를 써내야 하는 고충이 따르기도 합니다."

그는 호흡을 고르며 잠시 주위를 주억거렸다.

"그리고 감정가에 일괄 포함되어 있는 물건인가? 그렇지 않으면 별도 매입인지 아닌지도 확인해야 됩니다."

흰머리 윤편인은 말을 이어 하고 나서 주위를 힐끔대며 빙그레 웃었다.

그는 회원들이 알고 있는 상식과 전문가의 도움을 받으면 어중간한 공장은 낙찰을 받는 데는 큰 문제가 없겠다며, 주관적인 생각을 하고 있었다.

"저기, 말이 나와서 하는 말인데요. 공장을 운영하실 분들에게 인허가 문제의 어려움을 단번에 해결할 기회라며 정보를 제공하는 광고를 내면 어떨까요?"

"…"

"그러니까 내 말인즉, 기존시설을 활용하라고 적극 권장하는 것도 하나의 마케팅이다, 이 말입니다. 헤헤!"

짱구 머리 나겹재는 그 말을 해 놓고 '좀 어설펐나?' 싶은 표정으로 실실 웃고 있었다.

"차라리 공장할 임자를 찾아 놓고 낙찰을 받는 방법은 어떻겠습니까?"

장난기가 발동한 둥근 머리 맹비견은 웃자고 자신이 말해 놓고는, 괜히 무안해서 씨익 웃고 있었다.

"맞는 말이긴 한데…. 그루터기 토끼라고 감나무 아래서 감 떨어지기 기다리는 편이 훨씬 빠르겠습니다. 서울에서 김 서방 찾는 것도 아니고, 쉬운 일은 아니죠."

속 알머리 봉상관은 기가 막힌다는 눈빛으로 그를 쏘아보며 혀를 '끌끌!' 차고 있었다. 그때였다. 삼각 머리 조편재가 불쑥 나서며 여성 쪽을 보고 주절거렸다.

"아니, 여성 회원들은 꿀 먹은 벙어리도 아닌데… 어째… 그리 조용들 하십니까? 뭐라도 좋으니 의견들 좀 내시죠?"

그는 능청스러운 표정을 짓고서 히죽거리며 말했다.

그러고는 새로운 여성 회원들을 쏘아보며 일침을 가하듯 쏘아붙였다. 아니 어쩌면 도회적인 안혜숙을 겨냥한 그만의 달콤한 눈길이었는지 모른다.

"호호! 죄송합니다. 의견을 내놓고 싶어도 뭐 아는 게 있어야 뭐라도 꺼내 놓죠."

모던한 한옥경은 어딘가 모르게 괜히 미안해 생글생글 웃어 가며 말했다. 그녀가 먼저 나선 이유는, 자신을 집까지 바래다준 건 그가 호감을 보인 것이라는 착각에서였다.

"어머…. 저도 이제 막 경매를 배워서 도대체 뭐가 뭔지 어리둥절할 뿐입니다. 호호!"

우아한 전원숙은 변명하듯 덧붙여 말하고는 부끄러워 낯을 붉히고 있었다.

재개발 투자 기법

"그럼 제 생각을 말해 볼 테니 흉보지 마세요. 호호!"

도회적인 안혜숙은 고개를 곧추세우며 중얼대고는 약간 거만스레 한 미소로 회원들의 눈치를 살폈다.

"아니…. 흉볼 사람이 여기에 누가 있다고 망설이시는 겁니까? 우리 어여쁜 여사님을…. 히히."

삼각 머리 조편재는 '그래 내가 원하는 여자는 바로 너였어,' 하는 눈빛으로 그를 응원하며 나섰다.

그와는 달리 회원들의 싸늘한 눈초리가 그를 향했다.

"저는 아까 나 이사님이 추천했던 재개발 지역 물건을 낙찰받아서 작업을 해 보는 것도 나쁘지 않다고 보거든요?"

그녀는 뭔가 자신에 찬 목소리로 설득하듯 말했다.

"그런데 늘어지는 기간도 문제지만 세금 등 부담금이 장난이 아니거든요?"

큰 머리 문정인은 그녀의 말에 토를 달고 나섰다. 그러나 까칠했던 나겁재 때와는 달리 사뭇 부드러운 목소리였다. 짱구 머리 나겁재는 그런 그의 태도에 '우라질 자식! 아주 혓바닥에 꿀을 처발랐네그려…' 하며 쭉 째진 눈초리로 쏘아보았다.

"아니…. 안 이사님이 재개발에 대해서 일가견이 있는 눈치 같은데 일단 한번 들어나 봅시다."

흰머리 윤편인은 그에게 눈짓을 해 주며 회원들에게 동의를 구했다.

"뭐… 재개발에 대해서 알아 두면 손해날 거야 없지요?"

속 알머리 봉상관은 꿍꿍이셈을 가지고 있어 자기 딴에 반갑게 받아들였다.

"안 이사님! 만약 재개발 지역 물건을 낙찰받는다면 주로 무엇을 살펴야 합니까?"

흰머리 윤편인은 그녀의 말에 힘을 실어 주듯 먼저 묻고 나섰다.

"글쎄요? 제가 아는 지식은 별로 없지만, 생각나는 대로 말을 해 볼 테니 꼴값 떤다고, 흉이나 보지 마세요. 호호!"

그녀는 입을 가리면서 곱살스럽게 웃었다.

"흉은 누가 본다고 그러십니까? 어서 하려던 말이나 계속해 보세요?"

삼각 머리 조편재는 달달한 눈길로 그녀를 보채듯이 말했다. 그는 처음 만난 날부터 은근히 그녀에게 신경을 쓰는 눈치였다.

주변 여성 회원들도 한마디씩 보태며 그녀에게 응원을 보내고 있었다. 그녀는 힘이 솟는 눈치로 배시시 미소를 짓고서 이어 주절거렸다.

"재개발은 우선 사업 추진 속도가 빠른 곳이 좋다고 말할 수 있습니다. 그러기 위해서는 조합 내부 분쟁이 있는지를 먼저 조사해 봐야 합니다."

도회적인 안혜숙은 단호한 말투로 간결하게 말했다.

속 알머리 봉 회장은 그녀의 설명을 한 자라도 놓칠까 싶어 귀동냥을 하듯 열심히 메모를 하고 있었다.

"그러고요?"

삼각 머리 조편재는 그녀의 어느 매력에 푹 빠졌는가? 연신 히죽히죽 웃어 가며 맞장구를 쳤다.

"두 번째는 단독주택이나 다가구 주택을 가지고 얼마나 많은 쪼개기를 한 구역인지를 살펴야 합니다. 한마디로 다세대 주택 등의 지분을 파악하는 골자가 중요합니다."

그녀는 입술이 말라 가끔 혀를 내밀어 침을 발랐다.

"그 이유는 뭐 때문입니까?"

삼각 머리 조편재가 의혹에 찬 눈빛으로 날카롭게 들이댔다. 순간 그녀는 '에쿠, 깜짝이야! 너 뭐니? 물이나 좀 주면서 보채라, 이 작은 고추 말미잘아…' 하는 눈빛으로 그녀는 마른침을 꿀꺽 삼켰다.

"목이 메시는 것 같은데…. 이 음료수라도 드시고 하시죠?"

삼각 머리 조편재는 그녀의 눈빛을 읽기라도 한 것일까? 아니면 가엾게 말라붙은 입술이 불쌍해 보여서 그랬을까? 어찌 되었든 빈 컵에 자신이 마시려고 따라 놓은 음료수를 그녀에게 선뜻 건넸다.

"어머…. 고마워요."

그녀는 냉큼 받아 들고는 갈중 난 마른 목을 깔짝깔짝 적시며 말을 이어 갔다.

"조합원(입주권 지분)이 늘어나면 수익이 쪼개져서 남는 몫이 없기 때문이죠."

그녀는 삼각 머리 조편재를 그윽하게 쳐다보며 설명을 하고서 '이해를 했습니까?' 하는 눈짓을 해 보였다.

"아하! 이익이 쪼그라들기 때문이다. 젠장! 그런 거였어…."

짱구 머리 나겁재가 외마디 비명처럼 중얼거리며 무릎을 힘껏 내리쳤다.

삼각 머리 조편재는 사랑스러운 눈빛으로 그녀를 바라보며 '당연한 거 아니야…' 하며 고개를 끄덕거렸다.

"허허! 이치와 계산이 딱 맞아떨어지는 소리네그려…. 그리고 또 뭐 없습니까?"

속 알머리 봉상관은 재개발에 흥미가 넘치는 모양이었다. 되도록 몸을 바짝 다가서며 고개를 쳐들고 그녀에게 다시 물었다. 그녀는 '어머머…. 이 꼰대가 돈맛이 제대로 붙었군….' 하며, 미소를 지어 보였다.

"아직 할 내용이 많은데, 해도 되겠어요?"

그녀는 방긋방긋 미소를 보여 가며 조심스럽게 물었다.

"당근이죠, 얼마든지… 계속하셔도 좋습니다."

속 알머리 봉상관은 재개발 스토리가 입맛에 맞았다. 그래서 쩝쩝 침을 삼켜 가며 그녀를 한껏 부추겼다.

그는 개업할 사무실 주변에 재개발 지역이 많아서 그런 눈치로 여하튼 남다른 관심을 드러내고 있었다. 도회적인 안혜숙은 회원들의 뜨거운 호응에 고무되어 굳었던 표정이 한결 밝아져 다시 주절거렸다.

"세 번째는 같은 지역이라도 감정평가액이 높은 지분이나, 주택을 낙찰받아야 유리합니다."

그녀는 호흡을 한번 가다듬고 붉어진 얼굴로 계속 이어 갔다.

"그 이유는 뭡니까?"

이번에는 큰 머리 문정인이 파고들어 왔다. 그는 까칠했던 처음과 달리 그녀의 설명에 빠져들고 있었다. 회원들은 한곳에 몰입하듯 시선을 모아 그녀를 쏘아보고 있었다.

"만약에 중대형 아파트를 선호하신다면 미리 유리한 조건을 만들어 두어야 가능성이 커지거든요? 왜냐하면 재개발은 서민들 위주로 주택을 공급하는 건설이기 때문에 주로 소형 평수를 많이 건축하는 반면 대형 평수는 공급 숫자가 작아 분양받는 것도 제한적이거든요."

그녀는 말을 하면서 큰 머리 문정인의 눈치를 살폈다. 그 순간 속 알머리 봉상관이 한마디 주절거렸다.

"그래서요?"

그는 궁금증이 생기자 조급하게 물었다.

"어머…. 그러다 숨넘어가시겠어요. 호호!"

그녀는 핀잔을 주듯 호들갑을 떨고서 다시 주절거렸다.

"그래서 재개발은 입주 순위가 중요합니다. 따라서 토지와 건물의 감정 평가액이 높게 나와야 상대적으로 덥다 유리하거든요."

그녀는 처음과 달리 달관한 전문가처럼 거침이 없이 떠벌렸다.

"아하! 그러면 부동산 평가액이 높은 순서대로 입주 평형이 정해지나 봅니다."

가만히 듣고 있던 상구 머리 노식신이 대충 이해한 얼굴로 물어 왔다. 그녀는 히죽 웃어 주면서 고개를 끄덕대고는 다시 주절거렸다.

"호호! 맞아요, 지분이나 주택이 저지대에 위치에 있거나 도로와 가깝게 인접할수록 평가액이 높게 나와 유리 하거든요."

그녀는 회원들의 열띤 반응에 힘이 솟았다.

"어머나! 세상에. 그렇구나?"

우아한 전원숙은 탄성을 지르며 중얼거렸다. 그러자 그녀가 해쭉 웃으며 다시 주절거렸다.

"그리고 차량 진입이 수월하거나 대지가 정방향인 지분 등은 아무래도 평가액이 높게 나오는 편이거든요."

그녀는 잠시 호흡을 가다듬으며 고개를 주억거렸다.

"이게 다입니까? 다른 내용은 더 없습니까?"

속 알머리 봉상관은 뭔가 아쉬운 듯 그녀를 부추기며 캐묻고 나섰다.

도회적인 안혜숙은 웃는 낯으로 그를 바라보다가 고개를 좌우로 흔들며 주절거렸다.

"아직요. 크크!"

그녀는 서둘지 말라는 눈치를 주고는 키득키득 웃었다.

"아…, 예에. 난 또. 그럼… 마저 하셔야죠. 여사님!"

속 알머리 봉상관은 괜히 미안해서 죄송한 낯빛을 보이며, 손을 치켜들어 그녀에게 권했다.

"네 번째는 비례율[1]을 알아야 합니다."

그녀는 물음에 대한 답변을 이어 가며 히죽 웃었다.

"아하! 그렇습니까? 재개발 물건도 쉽지는 않군요?"

둥근 머리 맹비견은 한동안 지켜만 보다가 모처럼 말문을 열었다.

펜을 잡고 있던 속 알머리 봉상관의 손놀림은 잠시도 쉬지 않고 있었다.

"호호! 뭐 그렇지도 않아요, 조금만 이해하려고 덤벼들면 그렇게 어렵지도 않습니다."

그녀는 얼굴 가득 웃음을 담고서 유쾌하게 그를 쳐다보았다. 흰 머리 윤편인은 그녀의 설명을 이해하고 있는 눈치로 연신 고개만 끄덕이고 있었다.

---

1) (분양이익 - 총사업비) ÷ 종전 토지 및 건축물 총감정평가액 × 100

"비례율²⁾은 개별조합원의 권리가액(본인이 제공한 종전 부동산의 평가금액)을 결정할 때 수익률을 좌우하는 지표(기준 따위를 나타내는 표지)가 되거든요."

도회적인 안혜숙은 말을 하고는 해쭉 웃었다. 모던한 한옥경은 그녀의 설명을 흘러듣지 않으려고 귀를 쫑긋 세워 집중하는 눈치였다. 그렇게 이들의 눈길은 한곳에 꽂힌 채로 머물고 있었다.

"어…허! 그런 거야?"

속 알머리 봉상관은 메모를 하면서도 연신 고개를 끄덕거렸다.

"그러니까 비례율³⁾은 개인(조합원) 지분 감정평가액에 곱해지는 수치라고 해야겠죠?"

그녀는 회원들의 눈치를 이따금씩 살펴 가며 말했다.

"그 이유는 무엇입니까?"

짱구 머리 나겁재는 궁금해서 먼저 물어 왔다.

"호호! 별다른 이유는 아니고요, 지분 감정 평가액은 각 지분에 따라 금액이 다를 수 있기 때문입니다."

그녀는 '이 사람들이 지금 이해는 하는 거야? 쳇! 알게 뭐람….' 하는 눈빛이 어지럽게 흔들렸었다.

"헐…! 대박! 그런 거였어….''

둥근 머리 맹비견은 엄지손가락을 중지와 검지에 문질러 '딱!' 소리를 내면서 웅얼거렸다.

---

2) 사업 완료 후 조합의 총수입금(분양이익)에서 총사업비를 제한금액을 부동산(토지 및 건축물감정평가액)으로 나눈 금액.
3) 100% 이상 사업성 좋음, 100% 이하 사업성 나쁨.

"아하! 그렇군…."

짱구 머리 나접재는 히죽 웃어 가며 고개를 끄덕거렸다.

"다만, 비례율[4]은 해당 사업장에서 동일하게 적용되기 때문이지요. 후후…."

그녀는 설명을 하고는 '알겠느냐? 이 작은 고추 조개 말미잘들아?' 하는 눈길로 해맑게 웃고 있었다.

"거기에는 또 다른 수익률이 숨어 있습니까?"

삼각 머리 조편재는 달달한 눈웃음으로 물었다.

"어머나! 벌써 눈치 채셨네요? 호호호!"

그녀는 뜨거운 그의 다정스런 눈길이 싫지 않았다. 그래서 재치 있게 받아 주며 한바탕 웃었다. 그러고는 다시 주절거렸다.

"비례율[5]이 높은 사업장은 평균적인 수익률이 높게 나오거든요."

그녀는 삼각 머리 조편재가 계속 관심을 가지고 물어오자, 입 꼬리가 연신 귓바퀴 위에 걸쳐 있었다.

"아하! 그렇군요? 그럼 보통 비례율(사업인가 이후 추정 가능하고, 관리처분 계획인가 시점에 정확한 파악이 가능함)이 높게 나오는 사업장은 주로 어떤 곳입니까?"

삼각 머리 조편재는 다른 회원들이 가렵고 궁금한 곳을 송곳처럼 찔러대며, 살뜰하게 챙기듯 물었다. 특히 속 알머리 봉상관이 자신의 수고를 덜어 주는 그가 좋아 죽을 지경이었다.

---

4) 높으면 부담금 감소, 사업성 높음. 낮으면 부담금 증가, 사업성 낮음.
5) 높으면 조합원 유리, 낮으면 조합원 불리.

"음…. 사유지 비율이 높거나, 사업 면적에 비해 조합원이나 세입자 숫자가 적거나, 건축비가 적게 나오는 구역 등이라고 볼 수 있겠죠…?"

그녀는 몇몇 사람들의 눈치를 살피면서 그중 주로 속 알머리 봉상관이나 삼각 머리 조편재의 눈을 번갈아 맞추어 가면서 말했다.

"아하! 안 이사님 말은 사유지 비율이 높은 만큼 상대적으로 국·공유지를 매입하는 비용이 감소한다. 뭐… 이런 말 아닙니까?"

흰머리 윤편인은 구경꾼처럼 가만히 듣기만 하다가 모처럼 알은 척하며 끼어들었다.

"예…, 맞아요. 어쩜…. 호호!"

그녀는 고개를 끄덕이면서 감탄하듯 바라보고 웃었다. 그러든 말든 그가 이어 주절거렸다.

"그리고 조합원 숫자와 세입자 수가 적으면 적을수록 일반분양 물량이 많아진다는 말이고요?"

흰머리 윤편인은 덧붙여 말하고는 미소를 머금었다.

"어머…. 윤 부회장님은 역시 뭐가 달라도 다르시네요. 어쩜… 그렇게 빨리 이해를 하세요? 역시 대단해요. 호호!"

그녀는 왠지 기분이 좋아서 얼굴에 함박꽃을 피우며 엄지손을 그에게 보여 주었다.

"그럼 이게 다입니까?"

젤 바른 선정재는 뭔가 아쉬운 듯 물었다.

"아직, 한 가지가 더 남아 있긴 하지요. 후후…."

그녀는 고개를 가로저으며 주억거렸다.

"으…흐, 그래요? 그럼 나머지도 어서 말해 주시죠?"

짱구 머리 나겁재는 힘이 드는 눈치로 인상을 잔뜩 찌푸리며 앓는 소리를 내었다. 그러고는 골이 아픈 표정을 보이며, 이마를 짚고 있었다. 그가 그러든 말든 그녀는 주절거렸다.

"마지막으로 재개발 단지는 덩치가 클수록 좋아요, 즉 대단지일수록 유리합니다."

그녀는 눈빛을 반짝이며 야무지게 말했다.

"오…호! 맞아요, 뭐든 크면 좋습니다. 흐흐…."

속 알머리 봉상관은 능청스러운 낯짝으로 변죽을 떨며 히죽 웃어 보였다. 그녀는 '어머, 뭐라는 거야? 이 주책없는 꼰대가…' 하고는 그를 째리듯 쏘아보았다.

"크크!"

"…."

"킥킥!"

회원들은 소리 죽여 키득거렸다. 그녀는 민망한 얼굴로 입가에 냉소를 머금은 채 계속 이어 갔다.

"낙찰을 받든, 지분을 매입하든, 부지면적이 3만 3,000평방미터(1만 평)가 넘고 전체 가구 수가 1,000가구가 넘는 대규모 재개발 구역에 투자를 해야 프리미엄이 제대로 붙는다는 말입니다."

그녀는 음흉스러운 짓궂은 농담에도 크게 개의치 않고서 계속 설명을 하고 있었다. 그때 흰머리 윤편인이 슬쩍 끼어들어 주절거렸다.

"무슨 뜻인지 알겠습니다. 대단지 구역은 편의시설이 잘 갖춰지고, 부대시설이 풍부해서 여러 가지로 장점이 많지요."

그는 보충 설명을 보태며 아는 척 말했다.

"그뿐입니까? 뭐 단지가 크면 아파트 선호도가 높고 브랜드 가치도 한몫하는 편입니다."

삼각 머리 조편재가 부연 설명을 하고는 히죽 웃었다.

"호호! 맞아요, 모두들 잘 아시다시피 보통 단지가 큰 구역은 대형 건설사들이 주로 시공하기 때문에 하자도 적은 편이고, 여러 가지로 유리하다고나 할까요?"

그녀는 기쁜 얼굴로 말하며 싱긋 웃었다. 미모의 명정관은 그녀를 향해 엄지손을 가만히 내밀면서 엷은 미소를 보였다.

"설명을 듣고 보니 재개발에 대해서는 안 이사님께 배울 것이 많습니다. 하하하!"

흰머리 윤편인은 엄지손을 들어 그녀를 은근히 띄워 주었다.

"어머…. 이를 어쩌면 좋아…. 황송하게도 윤 부회장님이 저를 칭찬을 다 해 주시니 몸 둘 바를 모르겠네요. 호호!"

그녀는 수줍어 붉어진 낯빛으로 입을 가린 채 히죽히죽 웃고 있었다.

그러나 그녀가 재개발이나 혹은 재건축에 해당하는 물건에서 간과한 내용이 있었다.

왜냐하면 재개발 지분을 낙찰받았다 하더라도 개인이 경매를 신청한 물건은 조합원 지위가 온전히 승계되지 않기 때문이었다. 즉, 이런 물건은 현금청산 대상이 대부분이라는 것이었다.

따라서 반드시 국가나 지방자치단체 또는 금융기관이 신청한 물건인지, 즉 채권자인지, 반드시 확인하고 입찰에 참석하는 주도면밀한 주의가 필요하다.

그리고 서울 등 투기과열지구에서는 조합 설립 이후에 나온 경매 물건은 조합원 지위 양도가 금지된다는 사실을 명심해야 한다. 게다가 소유자가 주소를 전입해 주택에 2년 이상 살지 않은 물건도 현금 청산 대상이 될 수 있다는 것이다. 즉 소유 기간 동안 전입과 전출을 반복했어도 합산 기간이 2년에 해당되면 문제는 없다.

그리고 특별한 사유(해외 이주 등) 가 있어도 가능하다.

흰머리 윤편인은 몸 테크를 마다하지 않는 사람들은 재개발 물건을 낙찰받아서 아파트를 분양받기까지 그 과정이 장기간이 될 수 있어 20, 30대 젊은 세대는 한 번쯤 도전을 해도 좋겠다는 생각을 잠깐 하고 있을 때였다.

갑자기 속 알머리 봉상관이 불쑥 나서며 주절거렸다.

"그럼, 누가 또 의견을 내실 분 없습니까?"

흰머리 윤편인이 잠시 딴 생각에 한눈을 팔자, 그는 주위를 돌아보며 새로운 제안자를 찾고자 눈에 한껏 힘을 주었다.

"아파트가 수익이 없다고 내칠 것이 아니라 실은 소형은 실소유주 위주로 판이 돌아가지만, 중대형 아파트도 잘만 고르면 금액이 커서 소형 물건 몇 건보다 아마도 실속이 클 것이라고 봅니다…"

큰 머리 문정인은 몹시 안타까운 표정으로 구시렁대면서 말을 이어 갔다.

"물론 지역마다 편차가 크기는 하겠죠?"

그는 시각을 달리하는 사람들을 의식하며 덧붙여 말했다. 그는 정부가 규제를 남발할수록 집값은 풍선효과를 타고 널뛰기를 하고 있는 시장의 이상 흐름을 간파하고 있는 듯 떠벌렸다. 똑똑한 주택 한 채가 연일 신고 가를 갱신하면서 집값 상승을 부추기고, 게다가 최저가 금리와 유동성이 풍부한 시장 상황으로 갈 곳 없는 자금들 그리고 임대차 이법에 대한 역작용 효과를 은근히 싸잡아 떠드는 줄 모른다.

"뭐…, 그래서 우리가 힘을 합치자는 거 아닙니까?"

흰머리 윤편인은 그를 쏘아보며 말을 이어 갔다.

분업 제안

"좋습니다. 모두의 의견도 들었고, 나름대로 안건을 내셨는데 우리는 부동산 시장의 흐름을 따라야 하니, 요즘 시장의 분위기를 분석해 물건을 낙찰받기로 합시다."

흰머리 윤편인은 회원들의 반응을 챙기며 말하는 도중에도 틈틈이 그들의 눈치를 살피고 있었다.

"아니…. 그러지들 마시고요, 분업으로 능률을 올리는 방법은 어떻겠습니까?"

상구 머리 노식신은 돌아가는 꼴이 하도 답답하여 자신의 생각을 털어놓았다.

"그럽시다. 좋은 아이디어 있으면 공유해 봅시다."

견해 차이가 달랐던 삼각 머리 조편재는 그의 말에 '옳다고나.' 싶어 호응을 하고 나섰다.

회원들도 혹시나 싶은 마음에 상구 머리 노식신을 쏘아보면서 눈길을 주고 있었다. 몇몇은 어떤 기대를 잔뜩 걸고 주시하는 눈빛처럼 그를 바라다보았다.

"제 생각으로는 조를 짜 가지고, 각자 수익이 날 만한 물건 고르는 겁니다."

그 말을 하고 나자 상구 머리 노식신은 버릇처럼 자기 긍정에 고개를 끄덕거렸다.

"자식! 그래서 뭐 어쩌자고…. 차라리 각개전투가 낫겠다."

짱구 머리 나겹재는 그를 째리며 속살거렸다.

"그런 다음에 조에서 분석을 거치고, 마지막에 가서 전체가 모여 어떤 물건을 낙찰받으면 좋을지에 대해 결정을 하자는 겁니다."

그는 핏대를 세우며 목소리에 힘이 잔뜩 들어간 채로 우렁차게 말했다.

"뭐…, 나름 괜찮은 제안 같습니다. 허허허!"

속 알머리 봉상관은 그것도 한 가지 방법이라면 방법이라며, 자기 긍정을 하듯 고개를 끄덕거렸다.

흰머리 윤편인도 그의 의견이 타당성이 있다고 생각을 하여 가만히 지켜보고 있었다.

"아니…, 당연히 그렇게 움직여야지 많은 회원이 같은 물건에 매달리는 어리석음은 시간 낭비가 아니겠습니까?"

둥근 머리 맹비견은 아이디어가 굿이면 달리 생각할 필요가 있겠느냐는 식으로 그를 두둔하고 나섰다.

"자…. 그럼 결론은 난 것 같은데, 어떻게 조를 가를까요?"

흰머리 윤편인은 사람들의 동의를 구하며 전체의 의견을 묻고 나섰다.

"우리가 인원이 열네 명이니 좀 전에 의논했던 물건을 위주로 해서 조를 짜면 어떨까요?"

도회적인 안혜숙은 재개발에 대해 설명을 하고부터는 자신감이 붙어 처음과 달리 적극적인 태도로 나왔다.

"그것도 좋지만, 자신 있는 물건을 위주로 조를 가르는 것도 한 방법이기는 합니다."

젤 바른 선정재는 그녀를 힐긋 쳐다보며, 견제하는 눈빛으로 한마디 덧붙였다.

"좋습니다. 그럼 상가건물, 공장 및 빌딩, 단독주택, 토지, 재개발 및 재건축, 중대형아파트가 안건으로 나왔는데… 이 중에 자기가 자신 있는 물건을 책임을 집시다."

"그리고 한 물건에 두세 명씩 인원을 나누어 전담하도록 합시다. 어째… 이 의견에 동의들 하십니까?"

흰머리 윤편인은 회원들을 두루 쳐다보며 의향을 묻고 나섰다.

"그럽시다. 뭐 한동안 해 보고 아니다 싶으면 그때 가서 새로운 방향으로 전환하는 방법도 나쁘지 않을 것 같습니다."

속 알머리 봉상관은 긍정적인 낯빛으로 고개를 주억거리며 말했다. 그는 여러 방법으로 도전을 해 보는 것도 괜찮겠다 싶었다.

프로젝트 파트너

"암요, 그렇게도 해 보고 저렇게도 해 보다가 데이터가 모아지면, 새롭게 변신을 시도해 보는 방법도 여러 면에서 우리에게 도움이 될 겁니다."

큰 머리 문정인은 그의 의견에 꼬리표를 붙이듯 동조하고 나섰다.

그는 액수가 큰 만큼 데이터 등 분석은 필수라고 생각하고 있었다.

"그럼, 상가나 근린 상가 주택은 누가 맡으면 좋겠습니까?"

흰머리 윤편인은 회원들을 둘러보면서 물었다.

"아이…, 그러지 마시고, 아까 추천한 회원한테 맡기면 되겠지요?"

속 알머리 봉상관은 손사래를 치며 '무슨 일을 그렇게 힘들게 하고 있나?' 하는 눈빛으로 눈총을 쏘았다.

그는 노마 지지를 연상시키듯 늙은 꼰대의 저력을 보여 주는 것 같았다.

"좋아요, 그럼 선정재 감사가 맡기로 하고, 누가 파트너로 도와주실래요?"

흰머리 윤편인은 전체 회원을 돌아보다가 자연스럽게 눈길이 미모의 명정관 쪽으로 돌아가 그녀를 빨아들일 것처럼 쳐다보았다.

"호호! 윤 부회장님이 저를 쳐다보는 눈초리가 예사롭지 않으신데…. 그래요, 뭐…. 어려울 거 있나요, 제가 파트너를 하겠습니다."

그녀는 흰머리 윤편인의 눈짓 한 번에 선수를 치듯 말했다. 그리고 혼잣말로 속살거렸다. '아니, 저 말미잘 녀석은 뭐 좀 알고 저러는 거야…? 흥! 아무려면 어때. 자기가 우리 관계를 알면 얼마나 알겠어…?' 하는 눈빛으로 그를 보며 배시시 웃었다. 그래서 그랬는지 알 수 없지만, 그녀의 눈동자는 어지럽게 흔들리고 있었다.

"야…, 이거야 원…. 명 서기님 서슬이 시퍼런 게 파트너 안 시켰으면 큰일 날 뻔했습니다. 그려. 허허!"

쓰린 속을 달래려고 하는 말처럼 속 알머리 봉상관은 능글맞은 눈빛으로 그녀를 쏘아보며 빈정거렸다.

"그러게나 말입니다. 흐흐…."

흰머리 윤편인은 그녀의 뻔뻔함에 새삼 놀라는 표정으로 혀를 '끌끌!' 차며 말했다.

우아한 전원숙은 수시로 안색을 바꿔 가며 대꾸하는 그녀의 표정을 읽고는 조용히 미소를 지었다.

"어머나! 놀리지 마세요."

그녀는 금세 새침한 표정으로 토라져 신경질적인 반응을 보였다.

"우리 명 서기님 쌀쌀맞게 토라지는 표정을 보니까, 정말 화가 많이 나신 것 같은데…. 그만 화 풀어도 될 것 같습니다. 꼭 함께 하고 싶은 사람과 파트너가 되었으니 이제 그러면 된 것 아닙니까…?"

삼각 머리 조편재는 혀를 날름거리며 은근히 비아냥거렸다. 그러고는 곧바로 그녀에게 눈짓을 살짝 해 보이며, 히죽 웃었다.

그렇게 짓궂게 말한 그가 마음에 들지 않은 그녀는 입술을 샐쭉거리며, 쌀쌀맞게 고개를 홱 돌려 외면해버렸다.

"선 감사님 하고 쭉 경매를 하러 다녔으니 그럴 만도 하겠지요."

흰머리 윤편인은 그녀를 변명해 주듯 거들고 나섰다. 그 소리에 여자 회원들은 당연하다는 표정을 짓고서 자기긍정에 고개를 까닥까닥 거리고 있었다.

물론 그녀들 속에는 각자의 생각을 품고 있었다. 하지만, 표면적으로 내보이는 모습은 그녀에게 응원의 눈빛을 보내고 있었다.

"글쎄, 뭘 하고 싶었는지 저는 모르겠지만, 행여 다른 사람을 시켰다면 무척이나 섭섭할 뻔했겠습니다. 명 서기님?"

속 알머리 봉상관은 그 소리가 은근히 고까워 일부러 빈정이 상하도록 주절대고는 고개를 돌려 혀를 날름거렸다.

"어머머…. 제가 그렇게 티를 냈나요? 후후…."

그녀는 '이 노무 영감탱이가 근데…' 하는 눈빛으로 그를 흘겨보다가 한편에서 지켜보는 눈들이 있다는 생각에 금세 민망스러운 표정이 되어 겸연쩍은 미소를 지어 보였다.

속 알머리 봉상관의 엉큼한 개수작에 젤 바른 선정재는 가자미눈을 뜨고서 금방이라도 한 펀치 날릴 것처럼 째려보았다. 그러나 한편으로 그녀의 순진한 대꾸가 더 어이가 없었다. 그래서 그는 안타깝다는 시선으로 그녀를 바라보고 있었다.

"그럼 이번엔 토지를 제의하신 조편재 이사 와 함께 파트너 하실 분 있으세요?"

나접재의 그린벨트 경력

그는 말끝에 짱구 머리 나접재와 둥근 머리 맹비견을 번갈아 보았다.

"제가 같이 하겠습니다."

짱구 머리 나접재는 누가 떠밀지도 않았는데 선뜻 나섰다. 왜냐하면 그는 지난날 남들이 꺼리는 그린벨트 땅을 경매로 낙찰을 받아서 톡톡히 재미를 본 경험을 가지고 있었기 때문이었다.

지금은 그린벨트에 관심을 가지고 있는 투자자라면 다 까발려진 구시대적 과거 수법이지만, 지난 시절에는 돈맛을 안겨 주는 숨겨진 황금 토지이기도 했었다.

아직도 주택건설로 토지 부족 문제나 신도시 개발 문제 등 매번 집값 이슈가 불거질 때마다 빠지지 않고 등장하는 토지 종목이 개발 제한 구역, 일명 그린벨트 땅이었다.

서울 도심 외곽이나 수도권 및 대도시 주변에 묶여 있는 녹지지역 토지이기도 하다. 요즘 다시 부활을 꿈꾸는 자들의 희망 섞인 유물에 불과하지만, 한때 개발시대에는 제법 인기 있는 투자 종목 중 하나였었다.

짱구 머리 나겁재는 그 시절 나름 날고 구르는 재주를 가지고 있는 묘한 구석이 있는 사내였다.

그는 그린벨트 중에서도 해제될 가능성이 많은 집단 취락 지구(인가가 집단적 모여 있는 지역) 등을 찾아내어 주로 경매 컨설팅 업체의 도움을 받아 낙찰을 받곤 했었다.

그는 20가구 이상 살고 있는 집단 취락 지구를 목표로 조정 가능 지역(기준이나 실정에 알맞게 정리가능지역)과 지역 현안 사업 지역(문제가 해결되지 않은 채 남아 있는 사업지역) 그리고 추가 정책 사업(새로운 정책이 가능한 지역)이 가능한 지역을 집중적으로 찾아내서 공략하는 영리함을 보였다.

짱구 머리 나겁재는 낙찰받은 그린벨트 토지가 개발이 될 때까지 무허가 창고를 신축하여 주로 임대를 놓았다. 그는 두려움도 없이 멋대로 우라질 불법 건축물을 구축하고, 지방자치단체의 단속을 한껏 비웃었다.

왜냐하면 그는 불법의 대가로 처벌받는 수위를 잘 알고 있었기 때문이었다. 구청에서 발행하는 과태료는 1년에 300만 원을 징수당했었다.

반면 그가 불법 건축물을 임대하고 받는 수익률(3000만 원/300만 원)은 매월 과태료의 17%에 해당하는 수익을 챙겼다.

그는 부수입 외에도 그린벨트가 해제되면서 구역 개발로 인한 건축물 보상금과 토지 보상금으로 단단히 한몫 챙길 수 있었다.

그는 불법 건축물의 가치를 뻥튀기하는 수법으로 개발 보상금을 노리는 노하우를 숨기고 있을 뿐, 그 시절을 그리워하면서 언제고 다시 대박을 치겠다며, 기회를 노리고 있는 숨어 있는 꾼이기도 하다.

그러나 요즘은 5년 전 항공사진을 기준으로 보상 기준을 결정하고 있어 그가 노리는 과거의 수법은 유물로 남을 것 같다는 추측이 든다.

물론 주택이 부족하다는 이유로 수도권 그린벨트를 훼손하며 신도시를 새롭게 지정하는 정부의 부동산 정책을 기다리는 누군가를 제외하여야 추측이 맞겠지만 말이다.

세상은 항상 미래를 내다보는 현인들이 있어 변환점이 오는 시기를 앞서가고, 꾼들은 소리 소문 없이 시장을 주도한다.

그러나 그들이 떠난 시장을 일반인들이 들어와 규제 소나기를 맞고 있다는 웃기는 짬뽕 같은 세월은 정말 세상 참 아이러니 하다는 생각을 아니할 수 없었다.

일반인들은 꾼들이 개발 정보를 얻기 위해 엄청난 황금과 시간을 쏟아붓고 있다는 사실을 알고나 있을까? 아니면 모를까? 도대체가 궁금할 뿐이었다.

"그럼 토지 파트너는 나겹재 이사가 하는 걸로 합시다."

흰머리 윤편인은 그를 가리키며 삼각 머리 조편재의 파트너로 낙점을 하고 나섰다. 그러고는 곧바로 주절거렸다.

"공장과 빌딩은 제가 제안을 했으니 파트너만 고르면 될 것 같은데…. 누구 같이하실 분 없습니까?"

그는 두리번거리다가 우아한 전원숙 쪽으로 눈길이 멈췄다. 그래서 슬그머니 눈짓을 하며 사인을 주고 있었다. 그러지 않아도 속으로 은근히 기다리고 있었는데 그가 먼저 눈짓을 보내자, 그녀는 곧바로 주절거렸다.

"호호! 제가 같이해 보고 싶어요."

우아한 전원숙은 말을 해 놓고서 어쩐지 쑥스러워 볼이 빨갛게 변해 미소를 지었다. 여성 회원들은 이미 알고나 있었던 것처럼 '어머 저 앙큼한 언니 같으니라고…. 아주 대놓고 대시를 하네.' 하며 눈웃음을 흘겼다.

"하하하! 그러세요, 저는 누구든 환영합니다."

흰머리 윤편인은 의외로 적극적인 그녀의 반응에 짐짓 놀라워하고 있었다. 그러나 한편으로는 우아한 전원숙의 홍조 띤 미소에 마음을 빼앗긴 듯 짜릿한 전율이 온몸을 타고 흘렀다.

그 순간 누군가에게 들킬까 싶어 자신도 모르게 얼른 표정을 고쳐 가며 주절거렸다.

"그럼 재건축 및 재개발은 안혜숙 이사가 맡아 주시는 걸로 믿고, 누가 그녀를 도와 같이하실 분 없으십니까?"

흰머리 윤편인은 그녀를 신뢰하는 것처럼 일방적으로 밀어붙이며, 모두를 보았다.

"재건축과 재개발 물건은 제가 파트너를 하겠습니다. 허허허!"

속 알머리 봉상관은 기다렸다는 듯이 서슴없이 나섰다.

그는 공인 중개 사무실을 오픈하면서 찾아오는 손님을 상대하기 위해서라도 재개발과 재건축에 관한 전문 지식을 습득해야 했었다. 그래서 그녀에게 도움을 청하고 싶었는데 아주 안성맞춤이라며 좋아했다.

"예…. 그럼 그렇게 알고 진행을 하겠습니다. 그러면 단독주택은 맹비견 이사께서 책임을 맡아 주시겠습니까?"

그는 둥근 머리 맹비견을 주시하며 물었다.

"예…, 뭐. 제가 하도록 하죠."

둥근 머리 맹비견은 회원들의 생각과 달리 선뜻 맡겠다며 승낙을 하고 나섰다.

"그러면…? 누가 그를 도와주시겠습니까?"

흰머리 윤편인은 주억거리다가 모던한 한옥경을 쏘아보았다. 그녀는 싫은 내색 없이 선뜻 나서서 주절거렸다.

"맹 이사님을 도와서 제가 한번 해 보겠어요."

그녀는 임대 주택 사업에 관심을 가지고 있어서 그랬는지, 둥근 머리 맹비견의 역량을 뻔히 알면서도 먼저 승낙을 하고 나섰다.

"이제는 마지막으로 중대형 아파트만 남았는데 물건을 제안하신 문정인감사는 그렇다고 치고, 그를 도와 함께 하실 분 없습니까?"

흰머리 윤편인은 마지막 남아 있는 상구 머리 노식신을 주시하며 묻고 있었다. 그는 자신에게 눈길이 다가오자 주위를 두리번거리면서 말했다.

"저만 남은 것 같은데, 제가 돕도록 하겠습니다. 헤헤!"

그는 실실 웃음을 보였다. 큰 머리 문정인은 도움을 주겠다는 그가 반가워 흐뭇한 얼굴로 웃고 있었다.

"그럼 두 분은 어떻게 하죠?"

속 알머리 봉상관은 걱정스러운 표정으로 흰머리 윤편인에게 물었다.

"누구 말입니까? 아하! 두 분…?"

흰머리 윤편인은 회의를 진행하느라 잠시 잊고 있었던 두 사람을 그때야 떠올리며 '아차!' 싶어 이마를 살짝 두드렸다.

두 사람은 집안 사정과 지역적인 문제로 오늘 모임에 참석하지 못했기에 잠시 잊고 있었다.

"오늘 나오지 못한 안편관 고문과 조다혜 고문 말입니다."

속 알머리 봉상관은 그들의 이름을 들먹이며 중얼거렸다.

"두 고문들은 제가 전화를 걸어 고문을 하든, 주리를 틀든, 내 손에서 어떻게 해 보겠습니다. 하하하!"

흰머리 윤편인은 능청스럽게 조크를 던지고는 낄낄 웃음을 터트렸다. 허접한 소리에 웃음이 터진 회원들은 덩달아 낄낄거렸다.

그런데 흰머리 윤편인은 금세 정색을 하고는 다시 주절거렸다.

"그건 웃자고 해 본 농담입니다. 하하! 본인들이 원하는 조를 선택하라고 말해야 되겠죠? 흐흐…."

그는 우스갯소리를 해 놓고 보니 '이건 예의가 아니다.' 싶어 순식간에 표정을 고쳐 다시 말하면서 싱겁게 히죽 웃었다.

"더 의논할 논제가 남아 있습니까? 없으면 오늘은 여기까지 하도록 합시다."

속 알머리 봉상관은 전체를 돌아보며 의향을 타진하고는 곧바로 시간을 확인하고 있었다. 그는 아직 처리할 일들이 남아 있는 눈치였다.

"예…. 그러는 게 좋겠어요."

미모의 명정관은 이제나저제나 끝나길 기다리다가 반갑게 말을 받았다.

"그럼 오늘은 이만들 들어가시고 차후라도 추천할 물건이 나오면 수시로 연락을 취하기로 합시다."

흰머리 윤편인은 전체를 둘러보면서 중얼대고는 고개를 주억거리고 있었다.

"알겠습니다."

회원들은 여기저기서 건성건성 대답을 하고 있었다.

"그리고 우리 모임과 연락처는 당분간 여기 봉 회장님 사무실을 이용하기로 했습니다. 모두 그렇게들 아시고 참고들 하시기 바랍니다."

흰머리 윤편인은 회원들을 향해 목소리를 높여 말했다.

"봉 회장님도 같은 생각이십니까?"

큰 머리 문정인은 그에게 먼저 양해를 구하듯 물었다.

"허허허! 저야 당연 오케이죠."

그는 유들유들 웃어 가며 답변을 해 왔다. 그의 얼굴은 마치 그렇게 해야 마땅하다는 듯한 표정을 보이고 있었다.

"좋습니다. 그럼 당분간 여기 봉 회장님 사업장을 임시 사무실로 정하는 걸로 합시다."

흰머리 윤편인은 모두를 둘러보며 말했다.

당시에 속 알머리 봉상관은 회원들이 사무실로 출근하면 좋겠다는 생각을 가지고 있었다.

왜냐하면 회원들의 역량과 면면을 살펴보더라도 중개 사무실 운영에 도움이 되면 되었지, 손해가 될 이유가 당장에는 없다고 생각했었다.

그래서 그로서는 반대할 이유는 고사하고, 오히려 간절히 바라고 있었는지 모른다.

"힘이 드시겠지만, 각자 맡은 임무는 빠른 시일 내에 마무리하시길 부탁드립니다."

속 알머리 봉 회장은 회원들에게 서둘러 달라는 당부를 잊지 않았다. 회원들은 잘 알겠다는 듯이 빙그레 웃고는 염려하지 말라는 손가락 하트를 그에게 보여 주었다.

"당근이죠, 하루라도 앞당겨야 돈맛도 빨리 볼 테니까요. 하하하!"

젤 바른 선정재가 익살을 떨면서 능청스럽게 받아넘겼다.

"하하하…!"

남성 회원들이 넋 놓고서 한바탕 웃기 시작했다.

"호호호…!"

여성 회원들도 덩달아 따라 웃었다. 이들은 돈이라는 소리만 들어도 괜히 좋았다. 그래서 서로의 얼굴들을 마주 보면서 만개한 해바라기 꽃처럼 활짝 웃고 있었다.

그래서 모임의 닉네임도 돈 사랑이라 작명한 것인지도 모른다.

여성 회원들은 먼저 자기의 소지품을 챙겨서는 낄낄거리며 사무실을 빠져나갔다.

일부 남성 회원들은 한잔 생각이 있는 표정이었다.

이들은 서로의 눈치를 살피다가 아직 시간이 이르다는 흰머리 윤편인에 잔소리 같은 한마디에 김이 빠졌다. 그래서 이들은 각자의 목적지로 뿔뿔이 흩어지고 있었다.

제22장

그녀들의 재건축 수다

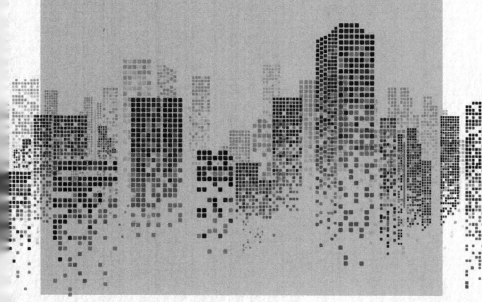

주차장 세차

도회적인 안혜숙을 주축으로 뭉친 여성 회원들은 법원에 다녀온 일들이 마무리가 남아 있어 함께 움직이고 있었다. 흰머리 윤편인과 나머지 회원들은 바쁘다는 핑계로 서둘러 돌아갔다.

그 시각 미모의 명정관은 자동차 정비소를 다녀오겠다는 젤 바른 선정재의 말에 얼른 지갑을 열었다. 그러고는 자신의 카드를 건네주면서 "그럼 저 대신 수고 좀 해 주세요." 하며 싱긋 웃었다. 그는 서로가 약속한 일이 따로 있다는 것을 알기에, 알았다는 눈짓을 하며 자동차 리모컨을 그녀에게 내밀었다. 그녀는 한 손으로 받아 들었다.

젤 바른 선정재가 그녀를 앞서 걸어 나가자, 그의 뒤통수에 대고 그 대신 오빠 차를 말끔히 청소를 해 놓겠다며 상냥스럽게 콧소리를 냈다. 그러고는 그의 세단이 있는 주차장을 향해 곧장 걸어갔다.

이들은 두 사람 사이에 처리해야 할 일이 남아 있는 눈치였다. 그길로 주차장에 도착한 그녀는 받아 온 리모컨을 작동시켜 차 문을 열었다. 그러고는 자기 자동차를 청소하듯 정성을 다해 손닿는 곳이면, 어디든지 구석구석 훑어 가며, 진공청소기로 빨아들이기 시작했다.

그녀는 주로 시트 바닥 아래로 손을 깊숙이 넣고서 털끝만 한 먼지나 머리카락 하나라도 남김없이 끄집어내고 있었다. 젤 바른 선정재의 말을 빌리면 요즘 들어 자기 와이프가 부쩍 자신을 볶아치며, 촉을 세워 감시를 한다는 것이었다. 그 소리를 듣고부터는 그녀는 괜히 가슴이 저리고 손발이 떨리곤 했었다.

혹시라도 둘 관계를 눈치라도 챘나 싶어, 지레 잔뜩 겁을 집어먹었다. 그러고부터는 어디든 다녀온 이후에는 그 흔적을 지우기 위해 항상 뒷마무리를 깔끔하게 하곤 했었다.

왜냐하면 언젠가 차 안에서 곱슬곱슬한 털 한 가닥이 발견되고부터 부인이 유난히 개코로 돌변했다는 것이다. 그뿐 아니라 요즘 들어 차 안에서 여자 화장품 냄새가 난다면서 자신을 부쩍 수상쩍게 여기며 감시를 한다는 것이었다.

게다가 하루걸러 들들 볶아치는 와이프 성화에, 여간 신경이 쓰이는 것이 아니라고 걱정을 했었다. 그러면서 가끔 몹시 긴장한 얼굴로 예민한 반응을 보일 때는 괜히 자기가 미안해지곤 했었다.

그래서 더욱 말이나 행동 하나하나가 조심스럽다는 젤 바른 선정재의 근심에 그녀는 은근히 미안하고 주눅이 들곤 했었다.

그 소리를 듣고부터 미모의 명정관은 언젠가부터 되도록 그의 세단차를 주차장에 세워 두고, 자신의 차를 이용해 볼일을 보러 다니곤 했었다.

그런데 재수 사납게도 하필 물건을 보러 가기로 약속한 날에 그녀의 자동차에 작은 문제가 생긴 것이었다. 할 수없이 그녀는 고장 난 승용차를 정비소에 맡겨야 했었다. 그리고 볼일을 마치고, 집으로 돌아가는 길에 찾아가야 되겠다는 생각을 했었다.

우연인지 하필 속 알머리 봉상관 사무실 근처 자동차 정비소에 수리를 맡겨 놓았던 것이었다.

그렇게 두 사람은 젤 바른 선정재의 세단으로 볼일을 마치고 돌아왔다. 그녀는 법정을 함께 다녀오며 홀린 자신의 흔적들이 혹 조금이라도 남아 있을까 두려웠다. 그래서 세차장에 근무하는 종사자보다 더 신경을 곤두세운 채 자신을 닦달하고 있었던 것이었다.

그런데 요즘 들어 그의 부인이 바짝 감시의 촉을 곤두세우는 이유는 이랬다.

내연 관계로 발전한 두 사람은 물건을 보고 돌아오는 길에 도저히 끓어오르는 욕정을 참지 못할 때면, 가끔씩 한적한 장소에 자동차를 주차시켜 놓고서 남모르게 카섹스를 즐기곤 했었다.

아마 그때 떨어진 한 사람의 음모가 두 사람의 절연을 예고하듯 시트 밑에 숨어 있다가 그의 부인 눈에 발각된 것이었다.

욕정을 주체하지 못하고 사랑을 나누던 두 사람은 자신들도 모르는 이물질을 차 안 어딘가에 남겨 놓았을 거라고는 차마 생각하지도 못했다. 와이프 눈에 발각되기 전까지 두 사람은 밀회를 즐기는 데 정신이 빠져 있어 미처 거기까지 손쓸 틈이 없었던 모양이었다.

그녀는 부인의 눈치가 예전 같지 않다는 말을 듣고 나서야 비로소 '이거 안 되겠다.' 싶었다.

그래서 매사에 조심스럽게 행동을 했다. 오늘도 '혹시 숨어 있던 머리카락이 발견되면 어쩌나?' 싶어 민감한 몸놀림을 보이고 있었던 것이다. 그녀는 청소를 하면서도 지금 자신이 무슨 짓을 하는 건지, 한편 처량하고 한심스러워 몹시 부끄러운 생각마저 들었다.

그녀는 도둑이 제발이 저린다고, 혹시나 싶어 작은 먼지 하나라도 털어 내고 싶었다. 밖에서 보면 차 안에서 심각한 애정행각이라도 벌이는 모습처럼 그녀의 움직임이 예사롭지 않았다. 붉어진 얼굴로 차에서 내린 그녀는 그제야 정신을 가다듬고, 옷에 묻은 먼지를 털어 내며 자신의 매무새를 고치기 시작했다.

그때였다. 주차장 안으로 승용차 한 대가 미끄러져 들어와 그녀의 발 앞에 스르르 정차를 하고 있었다.

차 문이 열리면서 젤 바른 선정재가 미소를 머금고 내렸다. 그녀는 고맙다며 살짝 건치 미소를 짓고는 곧바로 운전석으로 올라탔다.

계기판 앞에는 젤 바른 선정재가 놓아둔 카드와 영수증이 먼저 눈에 띄었다. 그녀는 영수증을 확인하고는 카드를 지갑에 넣었다.

그러고는 미세한 소리와 함께 차 문이 닫혔다. 젤 바른 선정재는 미소를 보이면서 가볍게 손을 흔들었다.

그 순간 차창을 내린 미모의 명정관은 얼굴을 살짝 내밀고는 대신 처리해 줘서 고맙다며 가볍게 손 키스를 해 주었다.

그러자 젤 바른 선정재는 고개를 내밀어 그녀의 입술에 가볍게 키스를 해 주었다. 싱끗 미소를 보인 그녀가 차창을 닫아가며 앞으로 조금씩 움직였다.

출구에 이르자 살짝 경적을 울리면서 차고를 빠져나갔다. 그를 남기고 먼저 떠나가서 미안하다는 마음의 표시 같았다. 그는 곧 미모의 명정관을 뒤따라가며, 천천히 주차장을 벗어나고 있었다….

재건축 투자 기법

한편 동부지원을 들렀다가 숙제를 가져온 세 여자는 클래식 선율이 감미롭고 은은하게 흐르는 조용한 커피숍을 찾아 들어갔다.

그들은 도회적인 안혜숙의 주도하에 주로 재건축 물건을 살펴보러 다녔었다.

그녀는 재개발 투자 지식도 풍부했지만, 재건축에 대한 내공도 상당하게 가지고 있었다.

우아한 전원숙과 모던한 한옥경은 커피를 즐기고 있는 도회적인 안혜숙을 상대로 재건축에 대한 질문을 묻고 있었다. 반면 그녀는 필살기를 자랑하듯이 스스로 질의에 응답을 해 주고 있었다.

두 여자는 주로 자신들이 궁금해했던 재건축에 관해서 차분하게 물어 왔다.

도회적인 안혜숙은 재건축에 관한 숨은 노하우를 늘어놓으며, 그녀들이 알고 싶어 하는 가려운 곳을 거침없이 하나씩 긁어 주고 있었다.

"재건축 물건을 지분에 투자를 하시거나 낙찰을 받으려면 생각보다 많은 문제들을 고려해야 합니다, 언니들…."

그녀의 목소리에는 자만심이 가득해 힘이 잔뜩 들어가 있었다.

"고려하거나 체크해야 할 사항들이 많은가 보죠?"

우아한 전원숙은 궁금해 죽겠다는 표정을 해 가지고 그녀에게 응어리가 맺힌 듯이 쏘아보며 물었다.

"호호! 좀 되죠. 그러나 생각과 달리 재개발과 별반 차이는 없어요."

그녀는 별것도 아니라며 천연덕스럽게 대꾸했다. 그 순간 홀 안 가득히 클래식 선율이 잔잔하게 흐르고 있었다.

그러나 세 여자는 감미로운 멜로디 소리에도 아랑곳하지 않은 채 자기들만의 수다를 떠느라 정신이 없었다.

"재건축은 주로 무엇을 살펴야 하나요?"

모던한 한옥경은 약간의 긴장된 얼굴로 수더분하게 물었다. 우아한 전원숙은 창가를 힐끔대고는 이내 두 여자를 번갈아 쳐다보았다.

"호호! 너무 겁먹지 말아요. 듣다 보면 아하! 그런 것들, 할 겁니다."

도회적인 안혜숙은 재건축 개념을 이해하고 있기에 관련된 내용을 쉽게 이성적으로 정리해 설명했다. 하지만, 그녀들은 양상이 달랐다. 처음 듣는 사람은 골 때리는 외국어를 듣는 고충처럼 생소하기가 그지없어 다가가기조차 두려운 것이다.

그러나 그녀는 이들이 어떤 심정인지를 잘 알고 있었다. 자신도 예전에 처음 설명을 듣는 순간 아주 난감한 상황을 경험한 터라, 어떻게 설명을 해야 쉽게 이해할지 나름 우라지게 고민을 했었다. 그러다가 자신의 한계에서 최선을 다해 늘어놓고 있었다.

그러나 교수 능력이 부족한 그녀로서는 상대가 스스로 터득하거나 이해해 주길 바랄 뿐이었다. 자신은 되도록 가볍게 설명을 해주면서 상대가 이해하는 방법밖에는 지금으로서는 어쩔 도리가 없는 노릇이었다.

"알겠어요, 안 언니가 되도록 쉽게 설명을 해 주세요. 호호!"

우아한 전원숙은 상큼한 미소로 아양을 떨었다. 도회적인 안혜숙은 알겠다며 빙그레 웃음을 보이고는 차분하게 설명을 시작했다.

"우선 재건축은 아파트 노후를 떠나서 대지 가격이 높은 지역일수록 장땡입니다."

"세상에나 정말요…?"

"헐…! 대박!"

두 여자는 쌍 나팔을 불어 대듯 소리쳤다.

"한마디로 땅값이 비싸야 유리하다는 말이죠."

도회적인 안혜숙은 침을 튀기며 열을 올리고는 두 여자를 산뜻하게 바라보았다.

"어머…. 그건 왜 그렇죠?"

우아한 전원숙은 쌍까풀을 만들며 의아한 눈빛으로 물었다.

"그 이유야, 땅값이 비싸면 당연히 분양가격이 높게 책정되기 때문입니다."

그녀는 두 여자를 의기양양하게 쳐다보았다. 목청을 높여 말을 하자, 건너편 젊은 연인들이 흘끔 곁눈질을 하며 신경질적인 눈길을 쏘았다.

"아하! 그러면 개발이익도 늘어난다는 말인가요?"

우아한 전원숙은 아직 모르겠다는 궁금한 얼굴로 되물어 가며, 그녀를 유심히 올려다보았다.

모던한 한옥경은 아마 그럴걸…, 하는 눈길로 커피를 홀짝홀짝 마시고 있었다.

"예…. 당근이죠."

도회적인 안혜숙은 순간 양 눈썹을 꿈틀거리며 쾌활하게 대꾸했다.

"헐…! 대박! 그럼, 재건축도 개발이익이 늘어나면 재개발처럼 조합원의 추가 부담이 감소된다, 이 말씀이군요?"

모던한 한옥경이 아는 척 묻고서 그녀를 뚫어지게 바라보았다.

"호호! 거봐요, 두 언니 모두 금세 알아듣잖아요, 재건축도 별반 다를 것이 없어요?"

도회적인 안혜숙은 해밝은 미소로 웃어 가며, 그녀들을 추켜세웠다. 홀 안은 안토니오 비발디Antonio Vivaldi의 바이올린 협주곡

「사계」 중 봄이 잔잔하게 흐르고 있었다.

"까르르…!"

두 여자도 그냥 따라 웃었다. 주위 사람들은 아랑곳하지도 않은 채 세 여자가 낄낄거렸다.

"그래서 주택 면적에 비해서 대지 지분이 클수록 유리하다는 겁니다."

그녀는 두 손으로 사각을 만들어 보였다. 주변의 따가운 눈총들이 이따금씩 이들을 흘겨보며, 불쾌한 듯 쏘아보고 있었다.

"호호! 그 이유는 저도 알 것 같아요?"

모던한 한옥경이 얼굴 가득히 환한 웃음을 보이며 말했다. 그 순간 도회적인 안혜숙의 낯빛이 일순간에 차갑게 돌변해서 신경질적으로 주절거렸다.

"아… 그래요? 그게 뭔지 한번 말해 보실래요?"

그녀는 말과 다르게 빈 정이 상한 얼굴로 말했다. 그러자 두 사람 사이에 분위기가 싸늘하게 식어 냉기가 감돌며 떨떠름한 표정으로 돌변했다.

그녀는 '아는데 왜 들어. 웃긴 계집이네?' 하는 눈빛으로 그녀를 차갑게 쏘아보고 있었다. 모던한 한옥경은 순간 이건 아니다 싶어 얼른 주절거렸다.

"호호! 제가 너무 아는 척 앞서갔나요?"

그녀의 못마땅한 표정이 영 마음에 걸려 그녀는 말을 바꾸며 잠시 눈치를 살폈다.

자신이 아는 척을 하고 나선 것에 대한 그녀의 표정과 목소리가 갑자기 차갑게 반응을 보이자, 너무나 당황한 나머지 그녀는 뜨끔해 목에 가시가 걸린 것처럼 말문이 탁 막혀 버린 것이었다.

순간 그녀는 재치를 발휘하듯 커피를 홀짝홀짝 마시며 잠시 머뭇거리고 있었다.

"아…, 아니요. 그런 걱정은 하지 마시고, 편안하게 하려던 말이나 해 보세요."

도회적인 안혜숙은 구겼던 인상을 억지로 펴면서 어색한 눈웃음을 보였다.

우아한 전원숙은 머뭇거리는 그녀를 보면서 뭘 망설이고 있냐며 눈치를 주고 있었다.

"알겠어요, 그러면… 음…. 대지 지분이 많다는 것은 조합원이 무상으로 분양을 받을 수 있는 면적이 커진다는 말이 아닌가요?"

모던한 한옥경은 도도한 얼굴로 '내가 하라면 못 할 것 같지…? 흥!' 하며 눈웃음을 살짝 보이면서 조심스럽게 말했다.

그녀는·무슨 말을 할지 지켜보다가 틀린 말은 아닌지라 고개만 끄덕이면서 다시 주절거렸다.

"그렇죠, 대지지분이 넓거나 좁다는 거는 아파트 평형의 크기를 가늠하는 기준이 되거든요."

도회적인 안혜숙은 그녀의 분위기에 압도되어 뭔가를 보여 주지 않으면 자신이 무시당할지 모른다는 중압감을 느끼자, 왠지 모르게 슬며시 긴장감이 찾아들었다.

"어머…. 대박! 세상에. 그렇구나?"

우아한 전원숙은 입에서 나오는 대로 생각 없이 중얼거렸다.

"한마디로 대지가 크다는 말은 조합원이 무상으로 공급받을 수 있는 아파트 평수의 크기를 결정하는 열쇠가 되는 겁니다."

그래서 그녀는 모던한 한옥경의 설명을 보충하며 핵심을 짚어 나갔다. 두 여자는 커피를 홀짝대면서 그녀의 말에 끄덕끄덕 자기 궁정을 하고 있었다.

"다음으로는 분양평수가 큰 세대 수가 적으면 적을수록 유리합니다."

그녀는 두 여자의 눈빛을 번갈아 쳐다보면서 아시겠느냐는 듯이 앞턱을 쑥 내밀었다.

우아한 전원숙은 연신 작은 소리로 탄성을 자아내고 있었다.

"어머나! 그 이유는 뭐예요?"

모던한 한옥경은 애매한 얼굴을 해 가지고 의아한 눈초리로 그녀를 바라보았다. 구걸이라도 할 처량한 모양새 같았다.

그러자, 도회적인 안혜숙은 비아냥거리며 주절거렸다.

"어머…. 이 간단한 것도 모르세요? 후후…."

그녀의 대답은 뜻밖이었다. 거만하기가 나라님의 똥구멍이라도 찌를 기세였다.

모던한 한옥경의 알은척에 대한 앙갚음을 되돌려 주려는 작심한 마음을 그대로 보여 주고 있었다. 참! 여자들이란 사소한 일에도 자존심이 상해 자신을 괴롭히는 것일까…? 그녀는 상대를 깔아 뭉기는 낮짝으로 빈정거렸다. 상대의 자존심을 건드려야 직성이 풀리는 고약한 성질처럼 말이다.

"호호! 그래서 묻는 거지요, 안 언니도 참…."

그녀는 그러거나 말거나 능청스럽기가 도회적인 안혜숙을 찜 쪄먹고도 남을 여우라 별다른 반응을 보이지 않았다. 그녀는 히죽 웃기만 했었다.

우아한 전원숙은 '어머…, 이 언니들 뭐 하자는 거야… 왜들 그래? 내 참!' 하며 속살거리고 있었다.

"왜냐하면 재건축 아파트는 평형별로 건립 비율이 제한되어 있거든요."

"…"

"헐…! 대박!"

"어머… 세상에…! 그렇구나?"

두 여자는 동시에 소리를 지르며 연신 끄덕거렸다.

"그래서 평형 배정도 조합원의 지분 크기에 비례해서 결정이 된다고 보시면 됩니다."

그녀는 두 사람의 얼굴을 번갈아 쳐다보았다.

"아하! 조합원이 큰 평형을 배정받으려면 대형 세대가 많은 단지보다 적은 단지를 선택하는 게 유리하고, 가능하면 큰 평형을 선택하는 편이 좋다는 말이군요…?"

우아한 전원숙은 이해를 했다는 눈길로 말하면서 자기 긍정에 고개를 끄덕거리고 있었다.

"호호! 경매로 낙찰을 받을 때에도 이런 기준을 염두에 두시면 훗날 이득이 될 겁니다."

그녀는 이상하리만큼 우아한 전원숙이 말하는 반응에는 서로의 궁합이 맞는 탓일까? 비위에 거슬려 하지 않는 눈치였다.

"이번에는 우리가 조심해야 할 재건축 위험 지역입니다."

그녀는 말끝에 해쭉 웃었다.

"어머머, 그런 지역도 있어요?"

모던한 한옥경은 눈을 크게 뜨며 호들갑을 떨었다. 그녀의 자만심을 추켜세울 심산이었다. 아니 미리 알아서 납작 엎드리며 자신의 목적을 얻으려고 하는 눈치였다. 여사의 그릇 치고는 배포가 동해바다였다. 한나라 장수 한신韓信이 한량 시절 시장 바닥에서 부랑배의 사타구니 밑으로 기어가며 싸움을 피한 것처럼 말이다.

"혹시라도 단독주택이 밀집된 지역 한가운데 오래된 아파트나 연립주택을 재건축하는 지역은 쳐다보지도 마세요."

그녀는 한껏 들떠 떠벌렸다.

"어머, 그렇군요?"

모던한 한옥경은 건성건성 대답을 하면서도 속으로는 '이 언니가 너무 나대는 것은 아닐까…?' 하며 의심의 긴장을 늦추지 않고 들었다.

"특히, 주택이 산동네나 고지대에 위치에 있는 재건축 지역도 되도록 낙찰을 피하는 것이 상책입니다."

그녀는 목소리에 힘을 넣고는 손사래를 치며 당부했다.

"헐…! 대박! 그런 거예요?"

우아한 전원숙은 중얼거렸다.

"어머…, 세상에. 그런 곳은 투자의 함정이라도 숨어 있나 보죠…?"

모던한 한옥경은 궁금한 얼굴로 동공에 힘을 잔뜩 주고서 물었다.

"예에… 그게 말이죠, 재수 없는 사람은 뒤로 자빠져도 코가 깨진다는 속담처럼 건축 심의 과정에서 재수 빠지게 층고 제한에 걸리면 꼼짝없이 쪽박 찰 수 있기 때문이죠."

"…"

"어머머… 세상에 그러면 재건축을 할 수 없나요?"

우아한 전원숙은 기겁하며 긴장된 표정으로 물었다.

"만약 재건축을 하더라도 조합원의 부담이 증가할 가능성이 상당히 높은 지역이라 볼 수 있거든요."

그녀는 아시겠느냐는 눈빛으로 두 여자를 건너다보았다.

"헉…! 대박!"

"어머나… 그런 곳은 낙찰을 받지 않는 것이 완전 돈 버는 길이겠네요? 크크!"

우아한 전원숙은 킥킥거리며 장난기가 서린 얼굴로 그녀를 바라보았다.

"단정 지을 수는 없지만, 일단은 의심의 눈을 가지고 철저히 검토하면서 유의하는 것이 바람직하겠죠? 아… 참! 저층 단독주택이나 연립주택이 혼재한 지역 가운데 향후 일반 제 1종 주거지역으로 지정되는 지역은 재건축이 어렵다는 점도 알아 두서야 합니다."

"다만 수도권은 토지 부족으로 정책에 따라 수시로 변동할 수도 있다는 것을 가만하셔야 합니다."

그녀는 숨겨 놓은 비술이라도 알려 주는 것처럼 목소리에 힘이 잔뜩 들어가 있었다.

"헐…! 대박! 아니 그런 지역도 있단 말이에요?"

우아한 전원숙은 탄식을 자아내며 중얼거렸다.

"어머나…. 세상에 그런 일도 있군요?"

모던한 한옥경은 돌아가신 부모님이 살아 돌아오신 낯빛으로 반갑게 호들갑을 떨었다.

그러면서도 한편으로는 재건축이 안 되면 차선책으로 가로주택 정비 사업(가로 구역에서 벌이는 빈집 및 소규모주택 정비사업의 일환으로 기존 저층주거지의 도시조직과 가로망을 유지하며, 노후·불량건축물 및 주거환경을 개선하기 위해 시행하는 소규모 사업. 면적 1만 평방미터 이하의 가로구역 중 노후·불량건축물의 수가 전체 건축물의 3분의 2 이상이고 해당 구역에 있는 주택의 수가 20세대 이상이면 가능.)이라도 하면 되겠지, 생각하고는 도회적인 안혜숙을 주목하고 있었다.

그녀는 용도지역은 종류에 따라 토지의 내재 가치가 다르다는 핵심을 모르는 채 재건축을 중심에 두고 이야기를 전개하고 있었다.

"아… 알겠어요, 안 언니 정말 고마워요, 혹시라도 그런 일이 생기면 꼭 토지이용계획 확인원을 살펴볼게요."

우아한 전원숙은 무엇이 그렇게도 고마운 건지, 그녀가 말하지도 않은 공부까지 보태가면서 굽신거렸다.

"아이…, 뭘 그렇게까지. 호호!"

그녀는 기분이 날아갈 것처럼 좋아하며, 입 꼬리에 날개를 달고 있었다.

왜 안 그러겠는가? 두 여자가 자신을 존경스러운 눈으로 우러러보고 있는데, 그녀는 언제 자기가 성질을 그에게 부렸든가? 까맣게 잊어버린 채 감격하고 있었다.

"좌우지간 고마워요, 안 언니…"

두 여자는 약간의 간격을 두고서 번갈아 사탕발림을 하며, 그녀의 비위를 맞추고 있었다. 칭찬은 고래도 춤추게 만든다고 했던가? 도회적인 안혜숙은 마냥 기쁜 얼굴로 힘든 줄도 모른 채 계속 설명을 이어 나갔다.

"그러고는 이런 단지도 피하는 것이 좋아요."

그녀는 두 여자에게 자랑이나 하듯이 새로운 내용을 꺼냈다.

"어느 곳인데요?"

모던한 한옥경은 그 말을 듣고 곧바로 궁금한 눈빛으로 물었다.

"호호! 반복되는 느낌은 있지만, 그래도 대지면적에 비해 가구 수가 많은 곳은 피하는 것이 상책입니다."

그녀는 손사래를 치며 자신의 기준에서 말했다.

"아하! 아까 안 언니가 말한 내용처럼 조합원 지분이 많아지면, 아무래도 개발이익이 감소하기 때문인가요?"

모던한 한옥경은 되새김을 하듯 조금 전의 기억을 더듬어 가며 미간을 살짝 찌푸리고 물었다.

"그렇죠, 조합원에게 돌아갈 개발이익금이 낮아지는 겁니다."

그녀는 두 여자가 서서히 자신의 말을 빨리 알아듣고 반응을 한다는 데 고무되어 갔다.

"그리고 단지 건축물의 용적률(건축물연면적/대지면적)이 낮을수록 사업성이 높다고 볼 수 있습니다."

도회적인 안혜숙은 말끝에서 눈을 감았다가 다시 떴다. 그러나 그녀는 재건축 단지라도 용도 지역의 종류에 따라 층수(용적률)가 다르다는 사실을 간과하고 있었다.

"헐…! 대박!"

모던한 한옥경은 혼잣말로 속살거렸다.

"어머…, 세상에. 그건 또 무슨 연유에서인가요?"

우아한 전원숙은 정말 아무것도 모르는 척 맞장구를 치며, 궁금증을 보이고 있었다.

"호호! 말을 하자면 기존의 건축 연면적(건물전체면적)이 대지면적에 비해 건축물 층수가 낮게 올라간 재건축 단지를 말하는 겁니다."

그녀는 엷은 눈웃음을 보였다.

"아하! 그렇구나."

우아한 전원숙은 몰랐던 내용을 처음 듣는 표정으로 고개를 끄덕거리고 있었다.

"이런 단지는 재건축을 올리면서 평형은 넓게(건폐율) 층수는 높게 건축할 수 있다는 말이죠."

그녀는 '알겠냐? 요것들아!' 하는 건방진 눈빛으로 두 여자를 쳐다보고 있었다. 홀 안에 흐르는 안토니오 비발디의 바이올린 협주곡 「사계」 중 봄의 멜로디 마지막 소절이 끝나 가고 있었다.

"헐…! 대박!"

"어머나…. 세상에, 그렇구나."

두 여자는 주변 손님들의 불쾌한 눈초리를 인식하고 처음과 달리 소리를 스스로 낮추려고, 아니 삼키려고 했었다.

그러나 자신도 모르게 터져 나오는 소리에 본인들도 깜짝 놀라하며, 순간적으로 입을 틀어막고서 사방 눈치를 살피느라 주변을 돌아보는 촌극을 가끔씩 벌이고 있었다.

"가령, 재건축 단지는 기존의 용적률을 130%를 넘지 않아야 사업성이 좋다고 보는 거죠."

그녀는 주변을 아랑곳하지 않은 채 자랑스럽게 떠들어 대고 있었다.

"어머…. 그러고 보니 정말 그러네요?"

우아한 전원숙은 이제 뭐 좀 알겠다는 얼굴로 중얼거렸다.

"안 언니 말대로 대지면적은 넓고 층수는 낮은 단지가 효율성도 뛰어나고, 더불어 개발이익도 높아 수익성이 늘어난다는 말이네. 맞죠? 그 말이죠?"

모던한 한옥경은 교활한 여우처럼 되도록 물어 가면서 말을 건넸다. 그 이유야 물어보지 않아도 뻔했다.

도회적인 안혜숙 그녀의 자존심을 건드리지 않으면서 자신이 얻고자 하는 목적을 이루기 위한 그녀의 노련한 몸부림이었다.

그래서 처음과 달리 항상 조심스럽게 입을 놀리고 있었다.

"맞아요, 경매 물건도 반포동에 있는 아파트처럼 층이 낮은 단지를 고르면 수익이 배가 될 겁니다. 단 용도지역이 어디에 해당하는지? 반드시 토지 이용 계획 확인원을 체크해야 실수가 없습니다."

그녀는 보충 설명을 하며 고개를 끄덕였다. 그러고는 말을 천천히 이어 갔다.

"재건축 단지는 진입도로가 넓을수록 유리하다는 사실을 두 분다 아시죠?"

그녀는 두 여자를 바라보며 묻고는 입맛을 다셨다.

"어마야…. 우리야 모르죠, 그래야 되는 이유라도 있나요?"

모던한 한옥경은 입술에 침을 바르며 시치미를 뚝 떼고는 모르는 척 물었다. 그리고 얼른 커피를 한 모금 마셨다.

"호호! 이유야 간단합니다."

도회적인 안혜숙은 히죽 웃고는 말을 이어 갔다.

"아파트 단지로 들어가는 진입 도로가 좁으면 주변 토지를 사들여야 하는 애로 사항과 추가 비용이 소요되기 때문입니다."

그녀는 '요것들아 이제 알겠느냐?' 하듯 자만이 가득한 눈빛으로 두 여자를 바라보고 있었다.

"헉…! 대박! 그렇구나? 그러고 보면 틀린 말은 아니네…. 어차피 시유지나 사유지를 매입해야 출구를 넓힐 수 있으니…?"

우아한 전원숙은 독백을 하듯 웅얼거렸다.

"아하! 그러면 단지 출입구 주변 도로를 넓혀야 한단 말이죠?"

모던한 한옥경은 이제야 감이 잡히고 대충은 알겠다는 표정으로 그녀를 바라보고 있었다.

"호호! 한마디로 토지 매입비용이 추가된다는 말이네요?"

우아한 전원숙도 전혀 모르는 척 시치미를 떼고서 이제야 알겠다며 아이롱 펌 머리를 끄덕였다.

"그렇죠, 조합원의 부담이 늘어나면 사업에 차질이 생길 수 있거든요, 그래서 되도록 진입 도로가 좁은 재건축 단지는 사람들이 꺼리는 겁니다."

그녀는 여기까지 설명을 마치고 목이 타는지 커피를 한 모금 찔끔 마셨다. 두 여인도 잠시 여유를 가지며 남은 커피를 홀짝홀짝 들이켰다.

도회적인 안혜숙은 목에 갈증이 가시자, 곧바로 나머지 설명을 이어 가기 시작했다.

"지금부터가 중요하니 잘 기억을 해 두셔야 됩니다."

그녀는 안구에 힘을 주어 총기를 반짝이며 말했다.

"정말요…?"

우아한 전원숙은 순간 바짝 긴장된 표정으로 물었다.

"뭐… 그렇다고 별로 어려운 내용은 없으니까? 호호! 미리 겁부터 먹지 마세요."

그녀는 고소를 띤 달관한 여유로움으로 유들유들 웃었다. 홀 안은 안토니오 비발디 바이올린 협주곡 「사계」 중 '여름'이 감미롭게 흐르고 있었다.

"아…, 알겠어요, 안 언니."

두 여자는 대답과 동시에 끄덕였다.

"지금 말을 하려는 재건축 투자는 언니들이 시점을 정확하게 판단하고, 덤벼들어야 이익을 극대화할 수 있기에 설명을 해 주는 겁니다."

그녀는 중요한 말을 할 것처럼 두 여인을 긴장시키고 있었다.

"우리야, 재건축도 재개발처럼 여러 단계를 거쳐서 완성 된다는 내용은 알고 있지만, 안 언니처럼 투자 시점은 잘 모르죠."

모던한 한옥경은 고개를 가로저으며 그녀를 추켜올렸다. 그리고는 존경스러운 눈빛으로 어서 말을 해 달라는 표정을 지었다.

도회적인 안혜숙은 그의 말과 태도가 마음에 쏙 들었는지 실실 웃어 가며, 흐뭇한 얼굴로 규제 지역인 투기(과열·조정)지역 등을 제외한 비규제 지역에 대해 주절거렸다.

"재건축 투자는 네 가지 시점에서 살펴볼 수 있어요."

그녀는 두 여자를 부드럽게 바라보며 단조롭게 말했다.

"어머나…, 세상에. 그렇구나."

"헐…! 대박!"

두 여자는 한껏 목소리를 낮춰 가며 경탄을 금치 못하고 있었다. 도회적인 안혜숙은 그들의 표정에서 야릇한 통쾌감을 느껴가며 주절거렸다.

"그중에 투자이익을 가장 극대화할 수 있는 첫 번째 시점(30년)은 재건축 움직임이 있기 직전이나 사전에 현금 청산에 해당되지 않는 즉 규제 조건에 합당한 부동산을 낙찰받아 두거나, 지분을 사들이는 겁니다."

그녀는 두 여자가 받아들이기 힘든 애매모호한 내용으로 서두를 꺼냈다.

"호호! 무슨 말인지 알 것도 같고, 한편으로는 어디 가서 그런 단지를 찾아야 하는지 감이 오지 않네요?"

우아한 전원숙은 그녀의 설명이 아리송해서 이해를 못 한 채 힘들어하는 표정으로 말했다.

"호호! 전 언니도 참! 왜 다니다 보면 지역마다 곧 재건축이 되겠다 싶은 오래되거나 낡아 보이는 아파트 단지들 있잖아요?"

그녀는 '그것도 모르는 주제에 무슨 투자를 하겠다고…' 하는 건방진 눈빛으로 말했다.

"글쎄요?"

두 여자는 동시에 갸웃거리며 대꾸했다.

"아이…, 참! 간혹 신문이나 티브이 뉴스 같은데 보면 왜 자주 화제가 되거나 이슈로 뜨는 재건축 아파트 단지로 입에 자주 오르내리는 오래된 아파트 같은데도 있잖아요?"

그녀는 그 정도 노력도 없이 어떻게 돈을 벌려고 하는지 한심스럽다는 눈초리로, 자기 동생이었으면 꿀밤이라도 한 대 먹였을 거라는 듯이 두 여자를 쏘아보고 있었다.

"아하! 그래 '금만 가', '은만 가', '동만 가' 하는 하는 오래된 아파트들 말이죠?"

우아한 전원숙은 곧 죽어도 농담을 던지며 나름 익살을 떨었다. 도회적인 안혜숙은 히죽히죽 웃어 가며 "그래요." 하고 대꾸했다.

"아하! 그래⋯. 지난번 신문 기사에 30년이 지난 아파트는 재건축을 할 수 있는 주택에 해당한다며, 재건축 심사를 의뢰할 수 있다고 실렸던데, 그런 아파트에 관심을 가지면 되겠군요?"

모던한 한옥경은 재건축 대상은 건축한지 30년이 지난 아파트나 연립 등을 위주로 지자체에서 건물 노후 정도 등을 판단하는 현지조사(예비 안전 진단)와 민간업체(정밀 안전 진단)에서 조사(주거 환경, 건축 마감 설비 및 노후도, 구조 안전성, 비용 분석 등 정밀 안전 진단 및 종합평가)를 거친 후 재건축 허가기준[E 등급 30점 이하(확정 판결), D 등급 31~55점(조건부 재건축), C 등급 이상 56~100점(유지보수)]에 따라 판단해 합당한 조건에 해당하면 적정성 심사를 거쳐 국토교통부 산하기관(한국 건설 연구원 등) 등 공공기관에서 다시 한번 재건축 적정성 여부를 통과하는 절차를 거쳐야 비로소 건축할 수 있다는 사실을 대충은 알고 있었다.

그러나 그녀는 이왕 무시해버린 자존심을 보상받기 위해서라도 얼렁뚱땅 얼버무리고 있었다.

"맞아요⋯. 그런 아파트[6]를 수소문해서 찾아보고, 등기사항 전부 증명서를 확인하는 동시에 토지 계획 이용 확인원을 검토해 보시면 도움이 될 겁니다. 언니들, 그리고 주변 여건을 잘 살펴서 조만

---

6) 국토교통부 홈페이지 '실거래가 건축 연도' 참조.

간 재건축이 가시화될 성싶으면 미리 투자를 해 놓는 장기적 안목도 매우 중요합니다."

도회적인 안혜숙은 엷은 미소로 두 여자를 쳐다보면서 씨익 웃었다.

그녀는 모던한 한옥경이 신문 기사 줄거리를 몇 마디 들먹이고부터는 하늘로 치솟던 기세가 한풀 꺾이고 있었다. 한동안 우쭐했던 그녀의 거드름은 어느 순간부터 찾아볼 수 없었다.

거만하고 높기만 했던 자만심도 어디론가 사라지고, 목소리는 힘이 풀려 부드럽기가 솜사탕 같았다.

눈치코치가 여우보다 빠른 여자의 촉감으로 빨갛게 농익어 고개 숙인 그녀의 능청을 알아차린 눈치였다. 그때부터 그녀는 괜히 축 처져 풀죽은 표정이었다.

"만약… 장기 투자를 꺼린다면 언제가 좋을까요?"

그런 기분을 모르는 우아한 전원숙은 밝게 웃으며 물었다.

"그때는 두 번째 시점에 해당하는 조합이 결성된 직후가 적당하다고 봅니다."

그러나 그녀는 질문을 받자 '내가 언제 그랬느냐?' 싶게 선뜻 대꾸를 해 주었다.

"그건 왜죠?"

우아한 전원숙은 도대체 뭔 소리를 하는 건지 모르겠다는 눈빛으로 되물었다.

"아하! 그때가 시기적으로 비교적 안전하면서도 높은 투자 수익을 노릴 수 있는 적절한 타이밍이라고나 할까요? 아무튼 그렇습니다."

그녀는 그 말을 해 놓고 히죽거리며 계속 이어 갔다. 두 여자는 커피를 홀짝거리다 말고 다시 메모를 시작했다.

"바꿔 말하면 안전하고 높은 투자수익을 얻을 수 있는 매입 시점으로는 그만큼 적절한 시기가 없다는 말이에요. 호호!"

그녀는 확신에 찬 얼굴로 부드럽게 웃었다.

"그러면 매입 지분에 대한 프리미엄이 가장 높게 형성되는 시점은 언제인가요?"

모던한 한옥경은 차분하게 묻고서 그녀의 대답이 뭐라고 나올지 회심에 찬 미소로 기대하고 있었다.

"호호! 그때가 바로 세 번째 시점이라고 할 수 있는 사업계획 승인을 앞두고 있는 시기와 승인을 받고 난 전후 시점이에요."

그녀는 실실 웃어 가며 그 질문을 기다렸다는 표정으로 일사천리로 설명을 해 주었다. 그러나 그녀는 투기지역(과열지구, 조정지역)이 아닌 비 투기지역을 말하고 있었다.

"헐…! 대박! 그런 거예요?"

"어머나… 세상에 그렇구나?"

두 여자는 되도록 소리를 죽여 가며 동시에 중얼거렸다.

"그때가 지분 프리미엄이 가장 높게 형성이 되는 시점이죠."

그녀는 가려운 곳을 긁어 주듯 거침없이 입을 놀리고 두 여자의 표정을 살폈다. 다만 그만큼 안전한 대신에 수익금은 낮아진다는 것이었다.

"아하! 저 언니 혹시… 가장 안전한 투자 시점은 언제쯤인가요?"

우아한 전원숙은 그녀가 막힘없이 답변을 술술 늘어놓자, 마음 속 깊이 감탄하고 있었다.

그녀는 그동안 실마리를 찾지 못해 궁금해했었던 내용들을 도회적인 안혜숙이 알사탕을 꺼내 주듯 하나씩 끄집어내서 자신에게 알려 주고 있었기 때문이었다.

그사이 모던한 한옥경은 아직 들어야 할 내용이 많다는 생각에 조금 밖에 남지 않은 커피를 리필해 가지고 돌아왔다.

"호호! 가장 안전한 시점이오?"

도회적인 안혜숙은 우아한 머릿결을 매만지며 기억을 더듬느라 갸웃거렸다.

"예…, 언니…"

그녀는 고개를 쭉 내밀며 끄덕였다.

"음…. 네 번째 시점으로 이주비가 지급되는 시기로 볼 수 있어요."

그녀는 일말의 주저함도 없이 재잘 거리듯 일러 주었다. 모던한 한옥경은 가져온 커피를 빈 커피 잔에 적당하게 채워 주고 있었다.

"고마워요. 언니,"

도회적인 안혜숙은 가볍게 인사를 건넸다. 그러는 사이 우아한 전원숙이 주절거렸다.

"헐…! 대박! 그래야 하는 이유라도 있나요?"

그녀는 탄성을 자아내며 고개만 끄덕하고서 사건 의뢰인의 눈빛이 되어 주저 없이 물었다.

"왜냐하면 조합이 설립 인가를 받아 놓고도 진행 사업이 지지부진을 면치 못한 채 진척이 없으면 설립 인가도 취소될 수 있기 때문이죠."

도회적인 안혜숙은 말끝에 이제 뭐 좀 이해가 되느냐는 눈빛으로 그녀를 쳐다보았다.

"어머…. 세상에 깜짝이야…! 아니, 그럴 수도 있나요?"

우아한 전원숙은 눈을 희번덕거리며 소스라치게 놀라는 표정을 보였다.

"아하! 그런 위험이 도사리고 있군요?"

모던한 한옥경은 알겠다면서 고개를 끄덕거렸다. 그녀는 잠시 무엇을 생각하느라 눈동자가 어지럽게 흔들리고 있었다. 그리고 침묵을 한 채 그녀를 노려보듯 응시했다.

"그러나 이주비가 지급되고 나면 보통은 공사가 안정적으로 진행된다고 볼 수 있어요, 왜냐하면 이주비 자체가 거액이기 때문이죠."

그녀는 보충 설명을 하고는 싱긋 웃었다.

갑자기 옆자리에서 웃음소리가 들려오자 그녀는 힐끔 돌아보고 있었다.

"아하! 그렇군요?"

모던한 한옥경은 한참 설명을 듣다가 차츰차츰 그녀가 달리 보이기 시작했다.

자신이 모르는 투자 지식을 생각보다 넓고 깊게 간직하고 있다는 질시 어린 부러움이었다.

도회적인 안혜숙은 남아 있던 커피를 홀짝홀짝 마셨다. 갈증에 메마른 목젖을 촉촉이 적셔 주듯 말이다. 홀 안에선 안토니오 비발디의 「사계」 중 여름이 끝나가고 있었다.

그러나 도회적인 안혜숙은 남아 있는 재건축 스토리를 다시 끄집어내며 계속 주절대고 있었다.

"재건축이 도급제인지, 아니면 지분제인지? 그 여부도 체크해 보아야 합니다."

그녀는 남은 커피를 홀짝거리는 두 여자를 바라보며 말하고 고운 머릿결을 주억거렸다.

"헐…! 정말 지분제와 도급제가 다르면 수익에 직접 영향을 미치나요?"

우아한 전원숙은 정말 그럴 수도 있나 싶은 얼굴로 물어 왔다.

"꼭, 그렇다고 볼 수 없지만, 그래야 투자 수익을 예측할 수 있기 때문이죠."

그녀는 고개를 좌우로 저으며 '모르면 잠자코 배우기나 하지 뭐가 그렇게 말이 많아…' 하는 눈빛으로 설명을 하고 있었다.

"아니…. 지분제와 도급제가 어떻게 다른데 수익이 달라질 수 있지요?"

모던한 한옥경은 수익이 달라진다는 소리에 아리송해 궁금증을 드러냈다. '아니, 이것도 모른단 말이야? 우라질 계집애들 그래 놓고 척은….' 그녀는 속살거리며 말을 이어 갔다.

"지분제는 계약할 당시에 조합원의 지분과 추가 부담금의 여부 등 금액이 확정되지요."

도회적인 안혜숙은 아시겠느냐는 눈빛으로 그녀들의 얼굴을 쏘아보고 있었다.

"헐…! 대박! 그럼 계약서를 쓸 때 조합원의 지분과 추가 부담금 등에 관한 금액이 확정된다 이 말이죠?"

우아한 전원숙은 되풀이해서 물어보며 그녀를 한참을 주시했다.

"당연하죠."

그녀는 대꾸하며 빙그레 웃었다.

"아하! 도급제는 그렇군요?"

모던한 한옥경은 고개를 끄덕이면서 물었다.

"그러나 도급제는 공사 진척에 따라 조합원의 부담금이 추가될 수도 있습니다."

"어머…, 세상에. 정말요…?"

"헐…! 조합원의 부담금이 추가될 수 있다고…?"

그녀들은 고개를 갸웃갸웃거렸다.

"한마디로 투자 수익 예측이 좀 어렵다고 볼 수 있습니다."

도회적인 안혜숙은 미간을 오므렸다 펴면서 약간 머리를 흔들었다.

그녀의 설명은 도급제는 수익과 손해를 예상할 수 없다는 데 초점을 맞추고 있었다.

"그럼 시공사와 공사계약은 도급제가 지분제보다 유리한가요?"

모던한 한옥경은 '무엇이 자신들에게 수익을 남겨 줄 수 있는 타당한 계약인가?' 아리송해서 물었다.

그녀는 도저히 판단이 서지 않는 눈치였다. 도회적인 안혜숙은 피식 웃고는 다시 주절거렸다.

"반드시 그렇다고만 볼 수 없어요, 다만 투자 수익을 예측하는 데 도움을 얻을 뿐이지, 꼭 그렇다는 것은 아니니까요."

그녀는 유불리 문제를 떠나서 예측 가능한 투자 수익을 전제할 뿐 꼭 집어서 이거 다 하고 말하지 못했다.

"그럼 수익을 예측하는 데 이용할 뿐이지, 특별히 어느 계약이 좋다고 판가름 내기는 힘들겠네요?"

모던한 한옥경은 설명을 듣고 나서야 무슨 뜻인지 알겠다며 빙그레 웃었다.

"말하자면 그렇다고 봐야겠죠?"

그녀는 동감을 한다는 듯이 고운 머릿결을 찰랑거렸다.

"안 언니, 재건축을 투자하거나 낙찰을 받는 데 더 알아야 하거나, 확인해야 할 내용들이 남아 있나요?"

우아한 전원숙은 그녀를 쳐다보며 궁금한 눈빛으로 물었다.

"호호! 그럼요, 조합 설립 인가의 취소 가능성 그리고 세입자 문제도 확인할 필요가 있거든요."

그녀는 여유로운 미소를 보이며, '왜 벌써 꾀가 살살 나시나 보네? 귀여운 것들 같으니라고···. 후후!' 하는 눈빛으로 두 여자를 번갈아 쏘아보았다.

"조합 설립 인가의 취소 가능성과 세입자 문제 등을 확인해야 하는 이유는 무엇 때문인가요?"

모던한 한옥경은 더 듣고 싶다는 간절한 눈빛을 보이며, 그녀를 지그시 바라보았다.

"아…. 그게 왜냐하면 조합 설립 인가를 받고 나서 2년 이내에 사업 승인 신청이 없을 시에는 설립 인가 자체가 취소 즉 일몰제(재개발, 재건축, '도시정비사업'이 지연되고 있을 때, 정비 구역 및 사업 자체가 자동 해제, 폐지 또는 추진 위원회나 조합이 해산되는 제도)에 해당될 수 있거든요."

그녀는 수시로 표정을 바꾸어 가며 두 여자의 마음을 공깃돌을 가지고 놀듯이 가볍게도 했다가 때로는 무겁게도 만들었다.

"헉…! 정말이에요?"

"어머나…! 세상에…."

두 여자는 도회적인 안혜숙이 입을 열어 한마디씩 내뱉을 때마다 낯빛이 수시로 변하고 있었다.

"만약 취소가 됐을 때 조합원들의 피해는 언니들도 들어 아시다시피 걷잡을 수 없도록 불어나는 겁니다."

그녀는 이마를 찡그리며 목소리에 힘을 줘서 말했다.

"어머머…! 조합 설립 인가도 취소가 되나 보죠?"

우아한 전원숙은 놀라는 표정으로 어깨 뽕을 올리며 양손을 살짝 벌렸다. 홀 안은 안토니어 비발디 바이올린 협주곡 「사계」 중 가을이 흐르고 있었다.

"호호! 그럼요, 조합 설립 인가를 하고 나서 상당한 기간이 경과했는데도 사업승인 절차를 착수하지 아니한 재건축 단지는 투자나 낙찰을 받을 때 유의해서 살펴야 합니다."

그녀는 늘상 있었던 일처럼 천연덕스럽게 주의를 주었다.

"재건축에도 그런 위험들이 숨어 있는지를 정말 몰랐네요."

우아한 전원숙은 엄청나다면서 고개를 갸웃갸웃 흔들고는 기가다 막힌다는 표정을 하고 있었다.

"특히 세입자 문제만큼은 재개발과 달라서 임차인에 대한 보상이 없습니다."

도회적인 안혜숙은 말을 던져 놓고 두 여자의 표정을 넌지시 살피고 있었다.

"예에…. 아니 임차인들은 어쩌라고요?"

모던한 한옥경은 비통한 심정으로 말했다. 도회적인 안혜숙은 그녀들의 걱정을 즐기는 듯 살짝 미소를 지었다.

'아니 자기들이 뭐라고 별걱정을 다하고 지랄이네…' 하는 표정이었다.

"헐…! 대박! 임차인 보상이 문제네…, 문제야."

두 여자는 도회적인 안혜숙과 달리 마주 보며 혀를 빼물었다.

"그러다 보니 세입자 분쟁도 재건축 사업의 뒷덜미를 붙잡고 늘어지는 데 한몫을 하는 셈이죠, 서울시나 국토부에서 가끔은 공론화가 되어 여론이 형성되기도 하지만, 아직까지는 이렇다 할 해결책을 마련하지 못하고 있는 실정이죠."

그녀는 말을 해 놓고 갑자기 곤혹스러운 표정을 보였다.

"어머…, 세상에. 그들도 살아갈 방도를 열어 줘야 하는 거 아닌 가요?"

우아한 전원숙은 마음이 아리고 안타까운 표정으로 분통을 터트리며 말했다. 그러자 그녀가 피식 웃으며 주절거렸다.

"맞는 말이긴 한데 현실이 녹녹치 못해 문제입니다. 그래서 세입자 분쟁이 재건축 사업의 발목을 잡는 일이 종종 발생합니다. 한마디로 재건축 진행 과정에서 상당한 지장을 초래한다는 겁니다. 언니들은 이러한 상황들을 유념하시고 접근하시면 됩니다."

그녀는 이마를 찡그리며 서로의 이해가 얽힌 복잡한 문제라서 그런 건지? 아까와는 달리 고개만 끄덕거렸다.

"어머…. 세입자 분쟁도 한 골치 하는군요?"

모던한 한옥경은 심각한 표정을 지어 가며 중얼거렸다.

"그러면 임차인 문제는 어떻게 처리되나요?"

우아한 전원숙은 결과가 궁금해 세입자에 대해 먼저 물었다.

"세입자 분쟁이 발생하면 각 조합원은 자기 책임하에서 해결을 하고 있는 게 지금의 현실입니다."

그녀는 쏩쓸한 표정을 짓고서 작금의 실상을 늘어놓았다.

"재개발은 조합 차원에서 해결하는 데 비해 재건축은 개인이 직접 해결해야 한다는 데에서 처리 방법이 완전 다르군요?"

모던한 한옥경은 해결책이 각각 다르다는 설명을 듣고도 '혹시나 문제의 해결 실마리라도 있나?' 싶어 사실을 확인하듯 그녀에게 되물었다.

"맞아요, 재건축은 그런 문제들이 여기저기서 튀어나와 여간 골치가 아픈 것이 아닙니다. 사건이 복잡 다 변하게 많은 편이죠."

도회적인 안혜숙은 수긍을 하며 자기 긍정에 고개를 끄덕끄덕거렸다. 그러나 이들과 달리 그녀의 목소리가 주변 손님들의 신경을 건드렸다. 그래서 그들의 불쾌한 시선들이 일제히 가시 눈총을 쏘아 대고 있었다. 그러든 말든 이들은 자기들 이야기에 빠져 있었다.

"정말… 확인해야 할 문제들이 한두 가지가 아니군요? 후후…."

우아한 전원숙은 말끝에 싱긋 웃었다.

"그럼요, 섣불리 보고 달려들면 큰코다치기 십상이죠. 그래서 고려해야 할 것들이 상당히 많다고 보는 겁니다. 어째… 아직 설명할 내용들이 더 남아 있는데 여기서 그만할까요?"

그녀는 얼른 답변을 하고서 두 사람의 의중을 떠보듯 물었다.

"아니요!"

두 여자는 동시에 입을 떼며 거부하는 손짓을 보여 주면서 히죽 웃었다.

"어차피 듣는 길에 마저 들어야지, 안 그래요? 헤헤!"

모던한 한옥경은 옆자리에 앉은 우아한 전원숙을 쳐다보면서 어깨 뽕을 살짝 추켜세우고는 양손을 벌렸다.

"그럼요, 중간에 그만두면 궁금해서 발길이 떨어지지 않죠. 크크!"

우아한 전원숙은 히죽 웃으며 맞장구를 쳤다. 도회적인 안혜숙은 '참 내! 강의료도 안 주면서 얌체들…' 하고는 눈치를 주면서도 입으로는 수다쟁이 아줌마처럼 계속 주절거렸다.

"호호! 뭔가 알고자 하는 욕심들이 대단들 하십니다."

그녀는 속마음과 다르게 말을 하면서 '깜찍스러운 계집애들 같으니라고…' 하는 눈총을 쏘며 실실 웃었다. 급기야 여종업원이 그 옆을 지나가면서 경고를 하듯이 그녀의 얼굴을 힐끔힐끔 쏘아보았다.

"호호! 제가 좀 그래요."

모던한 한옥경은 지금까지 배창자가 뒤틀리고, 비위가 뒤집혀 구역질이 날 듯해도 참았는데 이제 와서 포기하기에는 너무 아쉬웠다.

"아무튼 좋아요, 내친김에 마저 들려드리죠. 후후…."

도회적인 안혜숙은 두 여자의 말에 알 수 없는 회열을 느끼고 있었다. 그녀는 '그럼 그렇지, 돈 욕심 많은 너희들이…? 흐흐…' 하는 눈길로 다시 설명을 이어 갔다.

"그리고 살펴보아야 할 내용들은, 음…. 시공사와 분쟁이 발생했는지? 아니면 분쟁 가능성이 있는지도 확인할 필요가 있지요."

그녀는 말을 해 놓고 두 사람을 번갈아 보았다.

"하기야 나 같아도 시공사와 분쟁이 발생한 재건축 단지에 투자를 하겠어요?"

우아한 전원숙은 충분히 이해가 된다며 고개를 끄덕거렸다.

"어머, 내 말이요…. 분쟁이 발생하면 어차피 공사에 차질을 빚게될 테고, 그렇다면 계획이 어그러지는 건 불을 보듯 뻔한 일이 아니겠어요? 한데… 그 이유가…?"

모던한 한옥경은 과정을 이해를 한다면서도 원인에 대한 궁금증을 드러냈다.

"뭐 다른 이유가 있겠어요? 추가적인 공사비 부담 문제가 발목을 잡는 겁니다."

그녀는 양손을 벌리면서 단조롭게 말하고는 그들을 보았다.

"헐…! 대박! 예상대로 돈 문제로군…."

우아한 전원숙이 탄성을 자아내며 혼잣말로 웅얼거렸다.

"음…. 그게 완전한 지분제 계약이라면 괜찮지 않을까요?"

모던한 한옥경은 그녀를 보며 반문했다.

그때 맞은편 창가 너머로는 일렬로 지나가는 자율 자동차들이 한 폭의 정물화를 그리고 사라졌다. 이어서 창가에는 보름달을 닮은 임신한 여인들이 세상에서 가장 아름다운 자태로 정담을 나누며 지나가고 있었다. 그러든 말든 그녀는 두 여자를 향해 주절거렸다.

"그렇긴 한데… 재건축은 완전한 지분제 계약이 드물거든요."

그녀의 말에 두 여자는 서로를 바라보며 자기 긍정에 끄덕끄덕거렸다.

"그래서 도급제가 일부 섞여 있지요."

도회적인 안혜숙은 애매한 얼굴로 갸웃거리며 말했다.

"아하! 문제는 거기 있었군요?"

모던한 한옥경이 대뜸 반응을 보였다. 그 순간 긍정을 하듯 그녀가 고개를 끄덕였다.

"그럼 여기서도 또 다른 변수가 있나요?"

우아한 전원숙이 불쑥 끼어들었다.

"음···. 시공회사는 가끔 변덕을 부리거든요."

그녀는 미간을 찡그렸다.

"아니, 왜요?"

우아한 전원숙은 정색을 하며 되물었다.

"시공회사는 경기 변동이나 민원 발생 등을 문제 삼아 계약 변경을 요구하는 경우가 종종 있거든요."

그녀는 시공사의 변덕이 사전에 약속된 계약 조건의 일부라는 사실을 빠트린 채 자신이 알고 있던 내막에 대해서만 설명을 하면서 사건의 전체를 다 아는 것처럼 거들먹거렸다. 거기에 한술 더 떠 내막을 모르는 그녀들은 자기들 입장에서 이렇게 주절거렸다.

"호호! 그 사람들도 다 자기 실속을 차려보겠다는 속셈이 아니겠어요?"

모던한 한옥경은 그 말을 듣고 괜히 불쾌하다는 표정으로 모지락스럽게 말했다.

도회적인 안혜숙은 '어쭈구리! 요것 봐라. 아주 야멸찬 구석이 있네···.' 생각하면서 계속 자기 말을 이어 갔다.

그즈음 홀 안은 안토니어 비발디 바이올린 협주곡 「사계」 중 가을 1악장 끝자락이 흐르고 있었다.

"그래서 부지런한 사람들은 투자 또는 낙찰을 받기 전에 미리 임장을 나가서 꼼꼼하게 살펴보는 겁니다."

그녀는 커피를 한 모금 마시면서 이제야 감 좀 잡았느냐는 얼굴로 이들의 표정을 살폈다.

두 여자는 무슨 말을 그녀가 하고 있는지를 대충은 감을 잡았다는 눈빛을 보이고 있었다.

"정말, 그럴 수 있겠네요?"

우아한 전원숙은 긍정을 하듯 고운 머릿결을 끄덕거렸다.

"안 언니 설명처럼 미리 공사 진행 사항을 점검하고, 그 여부를 판단해 보는 사전 검토가 투자에 큰 도움이 되겠군요? 후후…."

모던한 한옥경은 아부를 하듯 매번 그녀를 추켜가며 대꾸했다. 그러나 한편으로는 이따금씩 한숨을 내쉬며 처량한 얼굴로 호흡을 가다듬었다.

"어유…. 재건축 아파트를 살펴보는 내용도 여간 힘든 일이 아니네요?"

우아한 전원숙은 이마를 한 손으로 짚고는 약간 찡그리면서 말했다.

"호호! 숙달되면 별것도 아니에요, 처음은 누구나 어렵게 느끼지만, 뛰어들어 부대끼다 보면 이골이 나서 금세 돌아가는 상황을 한눈에 판단할 수 있습니다."

그녀는 달관한 자신을 보라는 듯이 어깨 뽕을 쭈뼛거렸다.

"호호! 어쨌든 고마워요, 안 언니."

우아한 전원숙은 해밝게 웃으면서 고개를 까닥거렸다. 그러거나 말거나 도회적인 안혜숙은 거들먹대며 계속 주절거렸다.

"그리고 조합원 지분의 경우에는 여러 가지를 고려해야 할 점들이 있어요."

그녀가 다시 말을 이어 가자, 우아한 전원숙은 알겠다는 듯이 연신 고개를 끄덕였다.

그녀와는 달리 모던한 한옥경은 미소를 보이면서 대거리를 하듯 그녀의 말을 받아 주며, 연신 궁금한 내용을 묻고 있었다.

"어머…. 그래요? 조합원 지분은 검토할 사항들이 더 있나 보죠?"

그녀는 먹고 또 먹어도 배가 고픈 아이처럼 잔뜩 호기심을 드러내며 바짝 다가앉았다.

도회적인 안혜숙은 그런 태도가 어쩐지 싫지 않은 듯 자만심이 가득한 내색으로 만족해하고는 연신 떠벌렸다.

"가령, 조합원들의 지분투자 부담금 확정여부, 및 그 금액은 얼마인지? 그리고 납입시기 등도 확인해 보는 것도 중요합니다."

도회적인 안혜숙은 눈빛을 반짝거리며 말하고는 이들을 지그시 바라보았다.

"헐…! 골치 아프게도 많네요?"

우아한 전원숙은 슬슬 짜증이 솟는 눈치로 혼잣말을 웅얼거렸다. 반면 모던한 한옥경은 그녀와는 다르게 전혀 다른 얼굴로 반갑게 주절거렸다.

"어머나! 그렇구나? 그 밖에 더 없나요?"

그녀는 헤벌쭉 웃고는 궁금한 얼굴을 내밀었다. 도회적인 안혜숙은 히죽 웃고는 다시 주절거렸다.

"만약에 입주 시기가 많이 남아 있다면 시공사의 신뢰도(재정 사정, 신용 상태 등)를 살펴야 합니다. 그리고 입주 시점이 얼마 남지 않았다면 기반시설이 제대로 갖추어졌는지도 꼼꼼하게 따져보는 부지런함도 중요합니다."

도회적인 안혜숙은 시원스럽게 뚫린 고속도로를 달리듯 거침없이 떠벌리고 있었다.

그러나 그녀는 기존 규제 지역인 투기지역 안에 투기과열지구, 조정대상지역이 2015년 4월 사실상 해제되었던 민간택지 분양가 상한제가 2019년 11월 4년 7개월 만에 다시 부활했다는 사실과, 민간택지 분양가 상한제가 지정되면 재건축 수익성이 낮아진다는 내용 등을 놓치고 있었다.

더불어 재건축 초과이익 환수제[재건축으로 조합원이 얻은 이익이 재건축 종료 시점(준공 인가) 집값에서 개시 시점(추진 위원회 설립 승인) 집값과 정상 주택 가격 상승분 및 개발 비용을 뺀 금액이 1인당 평균 3000만 원을 넘을 경우, 초과 금액 구간별로 10~50%를 부담금으로 환수하는 제도]가 적용되면 재정적 손익 문제가 더 크게 발생한다는 내용도 간과하고 있었다.

또한 최근에 보완된 규정을 살펴보면 투기지역(과열지구 및 조정지역) 재건축은 소유자가 입주해 2년 동안 거주해야 현금 청산을 면할 수 있었다. 다만 토지거래허가지역(주택 18평방미터 이상 2년 실거주 의무, 상업용 20평방미터 초과)을 제외한 투기지역(과열지구 및 조정지역) 재건축은 입안 자체가 국회에서 무산되어 철회되었다.

게다가 재건축 매입자는 건축물이 준공되어 소유주로 등기되기 전까지 매도할 수 없다는 사실을 모르고 있었다.

그리고 도회적인 안혜숙은 민간택지 분양가 상한제가 지정되면,

첫째, 공급 부족 현상(서울 지역)을 초래한다는 사실과, 둘째, 민간 택지 및 공공 택지 분양가 상한제가 적용되는 지역은 주변 시세보다 낮게 책정되어 분양 이후에 아파트 가격 상승효과로 반사이익이 높다는 내용도 건너뛰고 있었다.

셋째, 민간 택지 분양가 상한제가 적용된 단지는 오히려 귀해지는 만큼 우량 입지를 갖추고 있는 수도권 일부 단지는 수요의 쏠림 현상이 나타날 수 있다는 내용도 간과하고 있었다.

넷째, 풍선효과로 입지 조건이 뛰어난 수도권 지역 가운데 서울 생활권과 동일한 혜택을 누릴 수 있는 재건축 단지 등도 상승세를 탈것이라는 사실도 놓치고 있었다. 그러나 공급이 가중되면 집값은 수요와 공급의 원리에 따라 하락세로 돌아설 수 있다는 것을 감안해 되도록 환금성과 입지가 뛰어난 곳을 선점하는 전략을 구사해야 장기적인 관점에서 매우 중요하다고 보았다.

그래도 그녀는 지식이 많다는 감사와 칭찬을 두 여자에게 듣고 있었다.

"정말, 우리 언니는 재건축 박사네 안 그래요? 호호!"

우아한 전원숙은 배운 게 많았던 모양이다. 그녀를 홍콩이 아닌 두바이로 보낼 듯 한껏 추켜세웠다.

"저도 언니처럼 재건축에 박식한 사람은 처음이에요, 아무튼 대단합니다. 후후…."

모던한 한옥경은 덩달아 비행기를 태우며 맞장구를 쳤다.

"호호! 그래요?"

도회적인 안혜숙은 칭찬 소리에 입이 귀에 걸려서는 히죽히죽 웃었다. 그녀의 가치는 주가 상승처럼 하늘로 치솟고 있었다. 그런데 '어찌 기쁘지 않겠는가? 누가 입이 있으면 말 좀 해 보라 이 말이지…' 그녀는 들뜬 기분에 이렇게 주절거렸다.

"그럼 우리가 낙찰을 받고 나면 세금은 어떻게 처리되는지 잠깐 짚고 넘어갈까요?"

릴레이 칭찬에 고무된 그녀는 내친김에 세금 문제까지 끄집어냈다.

"어머나…. 세금까지 가르쳐 주시려고요? 호호!"

모던한 한옥경은 세금 소리를 듣자 귀가 번쩍 뜨여 반색을 하며 좋아했다.

"호호! 한 언니나 나나 오늘 계 탔네! 계 탔어…"

우아함 전원숙은 '골이 띵하고, 슬슬 지겨워지는데 꼭

들어야 하나?' 하는 생각을 먼저 하면서도 얼굴은 기뻐 죽겠다며 주책없는 말들이 술술 튀어나왔다.

그즈음 홀 안은 안토니오 비발디 「사계」 중 겨울 1악장이 막 시작되고 있었다.

감미로운 멜로디에 흠뻑 빠져 있는 그녀들은 분위기를 타듯 한껏 기분을 내며, 이렇게 주절거렸다.

"아무래도 오늘 저녁은 우리가 사야 할 것 같은데, 안 언니 뭐 좋아 하세요? 제가 한턱 쏠게요."

모던한 한옥경은 '밥값 정도는 써야 되지 않나?' 싶은 생각에 친근감 있게 다가서며 말했다. 그녀는 세상에 공짜 점심은 없다는 소신을 평소에 가지고 살았기에 그 정도는 대접해야 되겠다 싶었다.

"아이…. 한 언니도 그럴 필요까지 있나요? 여기 커피 값이나 계산하시면 됩니다. 호호!"

그녀는 한옥경이 저녁을 낸다는 소리에 '이게 뭔 귀신 씻나락 까먹는 소린지, 얼마 전까지 자조적인 미소로 분위기를 띄우던 냉랭했던 여자가 맞는가?' 싶었다. 그녀는 한옥경의 그러한 묘한 분위기에 사로잡혀 있는 지식 없는 지혜를 다 까발리면서 코를 납작하게 해 주려고, 자랑삼아 늘어놓은 것이었다.

그런데 이제 와서 새로운 얼굴로 한턱을 낸다고, 설레발을 치니 여간 당황스럽기도 하면서 괜히 황당하다는 생각이 들었다. 그녀는 여러 가지 복잡한 생각을 하고 나서야 에둘러 사양을 했다.

"호호! 언니 마음이 불편하다면 오늘은 커피값으로 대신 하지요."

모던한 한옥경은 '괜히 말했나?' 싶어 잠시 부아가 치밀며 짜증이 났지만, 속으로 분을 삭였다.

"불편해서가 아니고요, 남편과 약속을 잡아 놓은 날이 오늘이거든요, 그래서 집에 일찍 들어가야 해요."

그녀는 분위기가 싸해지자 안 되겠다 싶어 얼른 그럴 듯한 핑계를 만들어 둘러댄다는 것이 그만 이상스럽게 혀가 꼬여 버렸다. 그 말에 두 여자는 무슨 생각을 했는지? 야릇한 표정을 보이며 싱긋 미소를 지었다.

"어머…. 그러시구나. 그럼 언제 날 한번 잡아서 점심이나 같이 해요, 우리…."

우아한 전원숙은 자신이라도 대접을 해야 되겠다는 마음에 약속을 잡고 나섰다.

"호호! 그래도 되나 모르겠네? 아무튼 완전 좋아요."

그녀는 전원숙이 점심을 사겠다고 나서자 괜히 끌리는 기분 탓인지 분위기 탓인지, 쉽게 승낙을 하고 나왔다.

"그럼 언니들 그렇게 알고들 계세요, 제가 좋은 날을 잡아서 연락을 드리도록 할게요."

우아한 전원숙은 두 여자와 번갈아 눈을 맞추면서 싱긋 웃었다.

"그럼 팁으로 아까 하려던 세금에 관해 마저 해 드릴까요? 호호!"

그녀는 식사 초대를 받고나자 기분이 한껏 좋아져 두 여자의 의향을 먼저 물어 왔다.

"저야 당근이죠."

모던한 한옥경은 신이 난 듯 '두말하면 잔소리지, 이 언니야…' 하는 눈빛으로 반갑게 말했다.

"저도 완전 좋죠."

우아한 전원숙은 "완전 싫죠." 소리가 목구멍까지 튀어 나왔다가 쏙 들어갔다. 그렇게 싫은 내색은 못하고 덩달아 오케이로 미소를 보이고 말았다.

"그럼 문제로 낼 테니 한번 맞춰 보실래요?"

그녀는 말을 하고서 실실 웃고 있었다.

"예!"

두 여자는 고개를 끄덕이며 앙팡지게 대답했다.

"첫 번째는 양도 소득세 문제인데요."

그녀는 의미심장한 눈빛으로 두 여자를 쳐다보았다.

"주택건설 촉진법에 따른 재건축 사업이 시작되면서 기존 주택을 철거했거든요."

그녀는 말을 하고서 실실 웃었다.

"네에…!"

모던한 한옥경은 장단을 맞춰 가며 대답을 뻔질나게 잘했다.

"그런데 소유한 토지에 부수(주된 것에 붙어서 따라감)된 부동산을 취득할 수 있는 권리를 주택건설 사업계획 승인 이후에 타인에게 양도했다면, 양도 소득세는 어디에 기준해서 과세될까요?"

그녀는 표준지 공시지가와 실거래 가액 중에 무엇을 기준으로 해 과세를 하는지를 묻고는 조용히 기다리고 있었다.

"호호! 글쎄요? 어디에 기준을 하는데요?"

모던한 한옥경은 모르는 까막눈보다 낫다는 생각에 창피를 무릅쓰고 서슴없이 묻고 나섰다.

우아한 전원숙은 커피를 홀짝이며 알은척 그녀를 쏘아보고 있었다.

"왜 모르겠어요?"

그녀는 낯빛과 다르게 '너희들이 설마 이걸 알겠느냐?' 하는 눈빛으로 물었다. 두 여자는 대답 대신 서로의 눈치를 살피면서 엷은 미소로 연신 고개만 갸웃갸웃거렸다.

"그럼… 양도 소득세는 실거래 가액으로 과세를 한다는 말은 들어 보셨나요?"

그녀는 가볍게 되물었다. 그 말에 모던한 한옥경은 곰곰이 생각을 하느라 검은 눈동자만 어지럽게 움직이고 있었다.

"아… 아니요."

우아한 전원숙은 작은 손을 흔들었다.

"아하! 입주권을 사업 계획 승인 이후에 양도하면 실거래가로 과세를 하는구나?"

물어보듯 중얼거린 모던한 한옥경은 이해를 하겠다며 고개를 끄덕거렸다.

"이해가 되셨나 보네요?"

도회적인 안혜숙은 의외라며 피식 웃고는 그녀를 훑어보았다.

"부동산을 취득할 수 있는 권리, 즉 입주권을 양도하면 실거래가로 양도 소득세를 과세하거든요."

그녀는 중얼거리며 이들을 보았다. 그리고 곧바로 다른 문제를 하나 꺼내 놓았다.

그즈음 홀 안은 안토니오 비발디 바이올린 협주곡 「사계」 중 겨울 2악장이 잔잔하게 흐르고 있었다.

"재건축에서 새로운 주택을 신축하는 경우는 환지처분(토지 구획 정리 사업의 결과, 종전의 토지에 대해 이에 상당하는 다른 토지나 금전으로 청산하는 처분)으로 보거든요?"

그녀는 말끝에 히죽 웃고는 잠시 머뭇거리고 있었다.

도회적인 안혜숙의 입 모양을 따라가던 두 여자의 검은 눈동자는 무슨 말을 하려고 저러나 싶어 그녀의 눈치를 살피고 있었다.

"여기서 두 번째 문제입니다."

도회적인 안혜숙은 말을 하면서 슬며시 눈치를 보고, 계속 이어 갔다.

"재건축에서 환지 처분의 경우 새로운 주택 및 그 부수 토지의 취득 시기는 언제로 볼까요?"

그녀는 주택의 소유권 취득일을 묻고 있었다.

"어머…, 취득 시기?"

두 여자는 서로를 쳐다보면서 잘 모르겠다며 입만 삐죽거리고 있었다.

"그리고 과세 기준은 어디다 둘까요?"

도회적인 안혜숙은 자기 자신에 취해 거만하게 묻고는 그녀들을 바라보았다. 주변 손님들은 이들의 목소리가 귀에 거슬려 은근히 신경이 쓰이는 눈치로 이따금씩 힐끔거렸다.

"호호! 글쎄요…?"

우아한 전원숙은 모르겠다며 고개를 갸웃거렸다.

"음…. 과세는 실거래 가액 같은데 취득 시기는 언제인가요?"

모던한 한옥경은 어설픈 표정을 보이며 능청스럽게 되물어 왔다. 그녀는 '그래 언니들이 뭘 알겠어?' 하는 얕잡아 보는 눈빛으로 설명을 이어 갔다.

"호호! 취득 시기는 환지(토지를 서로 바꿈, 또는 바꾼 땅)전 주택 및 그 부속 토지(철거 전 주택과 대지)의 취득일로 보고요."

그녀는 눈을 아래로 깔면서 힘주어 말했다.

"아하! 그거였어?"

우아한 전원숙은 손가락을 튕겨 가며 '딱' 소리를 냈다.

"헐…! 대박! 환지 전 소유권 취득일을 기준 한다고요?"

이들은 동시에 탄식을 하듯 소리를 자아내고는 겸연쩍어 주위를 살피며 킥킥거렸다.

때때로 그녀들은 주위 눈총들이 자신들을 향해 쏘아보고 있다는 사실을 잊고는 가끔씩 목청을 높였다. 급기야 여종업원이 참다 못해 득달같이 쫓아왔다. 그러나 그녀는 미소 띤 상기된 얼굴로 다른 손님들도 계시니 조심해 달라며 살며시 부탁을 해 왔다.

세 여자는 금세 안색을 바꿔 죄송한 표정을 보였다. 그러고는 조심하겠다며 그녀를 향해 미소를 지었다. 그녀가 돌아서자 도회적인 안혜숙은 살짝 웃고는 목소리를 낮춰 가며 계속 주절거렸다.

"취득가액도 환지 전 주택 및 그 부속 토지의 취득 당시의 표준지공시지가가 아닌 실거래가액으로 과세를 한다는 사실입니다."

그녀는 두 연인을 바라보며 어째 이해가 되었느냐는 눈짓을 해 보였다. 여종업원은 그래도 신경이 거슬리는지 가던 발길을 멈춘 채 눈살을 찌푸리고 있었다.

"아하! 취득 시기나 과세 기준은 환지 전 주택 및 그 부속 토지

(철거 전 주택과 대지 소유권 취득일)의 취득일과 그 당시 실거래가액을 기준으로 하는군요? 호호!"

모던한 한옥경은 소리를 죽여 말하면서 이제야 알겠다는 반응을 보였다.

"전 언니는요?"

도회적인 안혜숙은 의기양양한 얼굴로 물어 왔다.

"예…. 잘은 모르지만, 대충 이해는 했어요."

그녀는 안혜숙을 마주 보며 대꾸를 해 주고 해쭉 웃었다.

"호호! 그래요? 혹시 재건축을 할 때 주택 등기를 멸실 등기(부동산 전체가 멸실하거나 존재하지 않는 건물에 대한 등기가 있는 경우에 행해지는 등기)한다는 소리 들어 보셨지요?"

도회적인 안혜숙은 '이건 알겠지?' 하는 눈빛으로 물었다.

"예…."

모던한 한옥경은 아는 척 건성으로 대답을 했다. 그러자 우아한 전원숙이 툭 나서며 주절거렸다.

"안 언니 그 말은 등기를 소멸한다는 말인가요? 쿡쿡."

그녀는 궁금해 묻고는 괜히 겸연쩍어 하며 키득키득 웃었다.

"맞아요, 호호! 그러고 나면 대지만 소유하고 있는 경우가 종종 있거든요."

그녀는 대뜸 말을 받으며 웃는 얼굴로 머리를 까닥거렸다.

"그렇겠네요?"

모던한 한옥경은 뭐 좀 아는 척 맞장구를 쳤다.

"이런 경우는 재건축이 완료되어 분양주택을 취득하기 전까지는 토지만 소유하고 있는 무주택으로 보거든요."

도회적인 안혜숙은 두 사람을 번갈아 눈을 맞춰 가며 '무슨 뜻인지 알겠죠?' 하는 눈길로 쏘아보았다.

두 여자는 대답 대신 고개를 끄덕거리며 멍하니 쳐다보고 있었다.

"여기서 세 번째 문제를 낼 테니 대답해 보시겠어요?"

도회적인 안혜숙은 눈빛을 반짝이며 두 여자에게 말했다.

"예…, 저는 잘은 모르지만…. 호호!"

우아한 전원숙은 손으로 입을 가리고, 아이롱 펌 머리를 흔들며 실실 웃었다.

"음…. 재건축을 하면서 주택에 부수된 토지가 감소되는 경우가 자주 발생하거든요?"

도회적인 안혜숙은 차분하게 말을 해 가며 두 여자를 가만히 쳐다보았다.

"그런 소리를 어디선가 들어 본 것 같아요."

모던한 한옥경은 한 번쯤은 들어 본 것 같다며, 반갑게 호응을 해 주었다.

"그 대가로 감소된 토지를 건설비에 충당하는 경우가 왕왕 있는데요, 언니들은 이런 경우에 감소된 토지가 과세된다고 생각하세요?"

그녀는 미소를 머금은 채 넌지시 질문을 던졌다. 도회적인 안혜숙은 무슨 일인지 재건축을 설명할 때와는 다르게 아주 부드럽게 그녀들을 나긋나긋 대하고 있었다.

"글쎄요? 감소된 토지를 건설비에 충당했다면 토지를 양도했다는 말이 아닌가요?"

모던한 한옥경은 양손을 펼치면서 묻고는 어깨 뽕을 살짝 올렸다.

"맞아요."

그녀는 히죽 웃고는 고개를 끄덕였다.

"그럼 이익을 챙겼다면 과세될 것이고, 토지끼리 교환해 환지 처분(토지 구획 정리 사업의 결과, 종전의 토지에 대해 이에 상당하는 다른 토지나 금전으로 청산)을 했다면 과세되지 않을 세금 같은데, 뭐가 뭔지 정확하게는 모르겠어요. 후후."

모던한 한옥경은 알 것도 같고, 모를 것도 같다는 얼굴로 그녀를 올려다보았다. 그녀의 의아한 얼굴에는 모르겠다는 어두운 표정이 슬며시 스쳐가고 있었다.

"호호! 모르는 게 당연할지도 몰라요, 저도 가물가물하거든요."

그녀는 그렇게 말해 놓고는 히죽 쪼갰다. 우아한 전원숙은 '어머…. 이 언니도 쩌…네, 쩔…어…!' 하고 눈을 흘기며, 혼잣말로 속살거렸다.

"하지만, 토지가 감소되어 건설비에 충당되면 유상이전(행위에 대한 보상을 받고 옮김)에 해당되어 양도소득세가 과세되지요."

그녀는 담담한 얼굴로 말했다.

모던한 한옥경은 잠시 눈을 흘기며 '으이구…! 잘 암시…롱 내숭은…? 하여튼 교활한 여우야.' 하고 그녀를 쏘아보았다.

"헐…! 그렇구나?"

우아한 전원숙은 알겠다며 고개를 끄덕거리고는 '하여튼 저 언니 내숭은 위정자 뺨쳐, 완전 구단이야….' 하는 눈초리로 쏘아보고 있었다.

"그렇지만, 재건축 조합이 환지처분 계획서를 승인받는 경우에는 과세하지 않습니다."

도회적인 안혜숙은 모른다 해 놓고 그 이유에 대해서 얄밉도록 막힘없이 늘어놓고 있었다.

"그 이유는 뭐예요? 안 언니."

우아한 전원숙은 진저리를 치면서도 여전히 궁금한 눈빛으로 물었다.

"별것은 아니고요, 환지처분이 됐다고 보기 때문에 과세 대상에서 제외하는 것이죠. 후후…."

도회적인 안혜숙은 말을 해 놓고 뭔가 끝냈다는 시원스러움에 환하게 미소를 보였다. 그녀는 마지막 남은 커피를 홀짝 마셨다.

그러나 환지처분을 이해하지 못한 전원숙이 그녀에게 다시 물어 왔다.

거기에 대한 답변으로 그녀는 환지처분은 토지 구획 정리 사업을 하는 과정에서 종전의 토지에 대해 이에 상당하는 다른 토지나 금전으로 청산해 주는 행정 처분이라며 마지막 설명을 해 주었다.

여기서 잠깐, 도회적인 안혜숙이 어떻게 부동산 시장에 첫발을 들여놓게 되었는지에 대해 알아보면 그 사연은 이러하다.

재건축 도우미(OS 요원)

도회적인 안혜숙이 재개발과 재건축에 관한 많은 내공을 쌓게 된 사연은 여느 사람과는 조금 남달랐다.

그녀는 처음부터 부동산 일을 하지 않았었다. 이 길로 뛰어든 동기는 우연한 계기에서 비롯되었다.

한때 그녀는 보험회사 설계사로 잘나가던 시절이 있었다. 그러나 실적에 눈이 멀어 고객의 예탁금을 유용하는 어리석음을 범하고 말았었다.

그녀는 차용한 보험금을 채워야 한다는 막다른 길에서 지푸라기라도 잡는 심정으로 재건축 도우미 일에 뛰어들었다.

그녀가 이 직업을 가지게 된 시기도 1990년대 강남 아파트 재건축 수주전이 막 시작될 무렵이었다. 돈이 급했던 안혜숙은 돈이 되는 일이라면 물불을 가리지 않았다.

불나방처럼 돈이 보이면 닥치는 대로 뛰어들던 그런 시절이기도 했다. 그래서 시작된 재건축 도우미는 보험으로 만난 고객의 주선으로 용역회사에서 일당을 받고 일했다.

처음은 아르바이트로 시간이 나는 틈틈이 일을 거들곤 했었다.

그렇게 발을 들인 OS, 즉 아웃소싱outsourcing 도우미 생활이 완전 본업으로 돌아선 계기는 보험보다는 벌이가 훨씬 좋았기 때문이었다.

도회적인 안혜숙이 하는 일은 주로 재건축 추진위원회와 조합의 손과 발이 되는 우라지게 힘든 일이었다.

조합이 일손 부족으로 할 수 없는 일들을 주로 맡아서 처리했다.

돈 버는 일이라면 자다가도 벌떡 일어나던 그녀가 처리하는 일은 전국에 흩어져 살고 있는 재건축 아파트 소유자 및 지분권자들을 일일이 찾아다니며, 우라질 동의서를 받아 오는 임무부터 망할 놈의 일까지 종류가 다양하고 복잡했었다.

재건축 조합원들이 총회를 개최하고, 사업의 주요 사항을 결정하는 데 젠장맞을 걸림돌이 되거나, 골치 아픈 일들이 생기면, 그 일도 맡아서 처리하곤 했었다.

철거에 앞서 세입자 현황을 조사하고, 단지에 살고 있는 조합원과 세입자 이주에 관해서도 관리업무를 담당했었다. 그녀의 역할은 눈에 보이는 업무로 끝나지 않았다. 빚에 쪼들리자 보이지 않는 검은 그림자의 망할 놈의 역할마저 주저하지 않고 맡아서 처리를 했었다.

게다가 숨겨진 일은 재건축 수주를 위해 물밑 공작을 하는 용역 업체의 하수인 역할이었다.

일용직 노동자처럼 일당을 받고 OS 요원으로 자처하고 나선 것이었다.

업체에 고용되어 공식적으로 하는 일은 조합원의 마음을 유혹하고, 표를 몰아오는 우라질 공작이었다.

도회적인 안혜숙이 포섭하기 위해 담당했던 조합원은 대략 여섯에서 아홉 명 정도였다.

전국에 흩어져 있는 조합원을 유혹하기 위해 불철주야 뛰어다녀야 했던 그녀는, 이들을 끌어들이기 위해 각종 미치고 환장할 선물 꾸러미를 준비해야만 했다.

상품을 구입하기 위해 필요한 경비는 개인 카드로 사용하고, 나중에 용역회사에 영수증을 갖다 주고서야 후불 결제를 받았다.

그녀의 삶은 빚에 저당 잡혔고, 그 우라질 빚을 갚기 위해 돈이 되면 지옥이라도 불나방이 되어 뛰어들었다.

재건축 조합원과 친분을 쌓기 위해 수시로 그들을 찾아다녀야 했다.

때로는 과일바구니로 시작해 가전제품까지 선물 공세는 물론, 그들이 원하는 명품 가방까지도 서슴없이 제공하며 함께 어울려 다녔다.

막장을 원하는 조합원은 현찰 봉투를 제공하며 끌어들였다.

그것도 부족하면 그들이 원하는 모든 일을 처리해 주는 해결사를 자처하고 나서기도 했었다.

그러나 조합원은 모든 금품을 받아 챙기고, 자신의 입맛에 맞는 건설회사에 한 표를 행사해도 모를, 어찌 보면 도깨비놀음 같은 짓이었다.

그렇다고 그녀를 고용한 용역 업체도 어디에 가서 확인은 고사하고, 하소연도 할 수 있는 안전 카드나, 비상 출구도 없는 모종의 도박 같은 투자였다.

조합원들이 어느 업체를 찍었는지를 자신만이 알기에, 재건축 수주전도 뚜껑을 열기 전까지는 모두가 아군이었다.

그래서 그녀는 투표 마지막 순간까지 조합원의 손과 발이 되어 업체의 하수인으로 최선을 다해 뛰었다.

막대한 수익을 놓고 벌이는 우라질 재건축 수주전은 피 말리는 총성 없는 전쟁터로 막후에서는 검은 거래가 판을 치곤했었다.

결과는 항상 조합원의 마음을 얻은 업체가 승리했다. 그래서 건설회사는 재건축 시공을 수주하기 위해 자신들의 입찰전담팀과는 별도로 용역업체를 수소문해 하청(성공보수 조건)을 의뢰했다. 이들은 그들에게 보이지 않는 여러 조건을 내세워 암약하도록 사전 조치를 취하는 것이다.

그러나 재건축 수주전은 사회적으로 많은 파장을 몰고 왔다. 그래서 이들은 용역업체를 중간 방패막이로 내세워 자신들의 위험을 피해 가는 비용을 들이는 것이었다.

즉 이들의 기만적 행위에 가담한 용역 업체가 사회적 충격을 감당하며, 그 대가를 지불받는 조건이었다.

그것도 서로 하겠다고 여러 업체가 대가리가 터지도록 아우성을 친다.

한편 수주 전에 승리한 용역업체는 그에 상응하는 성공보수 외에 인센티브도 챙길 수 있었다. 반면 수주 전에 실패한 용역업체 대표는 그 후유증으로 빚더미에 몰려 가정은 파탄 지경에 이르렀다. 그 여파로 연대 피해를 입은 친지나 지인들은 졸지에 빚쟁이로 만들었다.

거기에 한술 더 떠서 자신은 노숙자 신세로 전락해 채권자들을 피해 전국을 떠도는 모습을 그녀는 자주 목격했다.

그러한 일들을 수없이 경험한 도회적인 안혜숙은 빚이 청산되자, 각오를 새롭게 다지고, 여러 용역업체에서 사전조(장기계약자)에 들어오라는 스카우트마저 뿌리쳤었다.

그리고 언제부터가 재건축 도우미 일에서 완전히 손을 씻었다. 그녀는 그동안 모은 목돈으로 직접 체험했던 재건축과 재개발 투자에 뛰어들었다.

그 과정에서 부동산 경매 시장으로 눈을 뜨게 된 것도, 어쩌다가 부동산 대학원 경매 최고과정까지 인연이 닿아 등록을 하게 된 것도, 돈 사랑 팀원을 만나기 위한 하늘의 뜻이 아니었나 싶었다.

좋은 인연은 다가오는 시운에 따라 달라지겠지만, 어쨌든 도회적인 안혜숙에게는 대학원이 돈 사랑 회원들을 자연스럽게 만나는 계기가 되었다.

지금은 그 일원이 되어 자신의 오지랖 넓은 씀씀이를 베풀기도 하고, 부족한 지식들을 습득하면서 수시로 변화하는 새로운 부동산 정보를 공유하며 함께 어울려 살아가는 것이다.

그러는 가운데 그녀는 격동하는 부동산 시장의 흐름을 몸소 체험하며, 오늘에 이르고 있었다.

그즈음 커피숍 홀에서는 안토니오 비발디 바이올린 협주곡 「사계」 중 겨울 2악장이 끝나고 있었다.

숙제를 마친 세 여자는 돌연히 귀가 시간이 늦었다며 부랴부랴 다음을 기약하고는, 각자의 가정으로 발걸음을 재촉하고 있었다….

제23장

투자 대상 토론

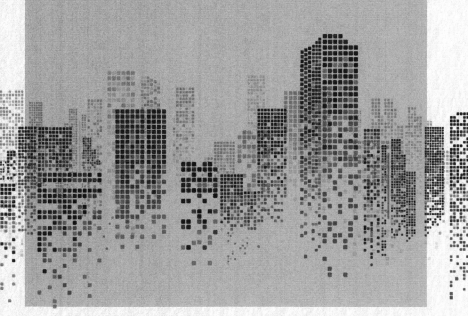

공인 중개 사무실 오픈

보름 후.

중개 사무실에서 헤어진 회원들은 흰머리 윤편인을 비롯해 각자가 맡은 책무대로 물건에 대한 자료를 나름대로 수집하며 지냈다. 그러다 괜찮다 싶은 물건을 발견하면 파트너와 연락을 취해 함께 임장을 다녀오는 수고를 마다하지 않았었다.

그렇게 시간이 날 때면 이들은 어디라도 모여서 권리분석을 함께 하곤 했었다. 그러나 이들과 달리 속 알머리 봉상관은 남은 마무리 공사와 개업 준비에 박차를 가하고 있었다.

그래서 한동안 그의 중개 사무실은 작업 인부들로 북적이며, 공사와 관계된 사람들의 발길이 끊이지 않았었다.

그렇게 열흘이 지나가고 새로운 한 주가 시작되어 닷새째가 되던

날 뜨겁게 달구어진 보도블록 위로 아지랑이 꽃이 피어오르는 나른한 금요일 오후 중개 사무실에는 속속 많은 인파들이 몰려들고 있었다.

공인 중개 사무실을 공식적으로 오픈하는, 아니 영업 시작을 알리기 위한 개업식 날이었다.

그러나 어찌 보면 속 알머리 봉상관 본인에게는 오랫동안 모든 준비를 끝내고 정식으로 문을 여는 뜻깊은 날이기도 했다.

아니 동시에 인생 제2막을 여는 기념비적인 행사이기도 했었다. 벌써부터 입구에는 축하객들이 보낸 화려한 화환들이 즐비하게 장식되어 거리를 오고 가는 행인들의 눈길을 사로잡고 있었다.

사무실은 축하객들로 붐비고, 좌석마다 작은 술자리가 마련되었다. 작은 공간에 세상 공론들이 떠들썩하게 난무하며 사람들은 야단법석을 떨고 있었다.

그 가운데 속 알머리 봉상관은 초대한 손님들을 접대하느라 눈코 뜰 새 없이 분주하게 움직이고 있었다.

돈 사랑 회원들은 이미 그러한 사정을 감안해 눈치코치도 빠르게 사전에 축하 화환과 금일봉을 전달했었다. 그러고는 당일 흰머리 윤 부회장과 상구 머리 노 총무가 회원을 대표해서 간단하게 개업 축하 인사만 드리고 돌아갔었다.

하루 종일 축하객을 맞이해 접대하느라 정신이 없었던 속 알머리 봉상관은 손님들이 건네는 술잔을 마다하지 않았다. 그렇게 한 잔씩 받아먹은 술이 저녁 무렵이 되자, 이미 취기가 얼큰하게 올랐었다.

그래도 마지막까지 버티며 손님들이 다 돌아간 늦은 저녁에야 뒷마무리를 끝내고, 마중 나온 부인 손에 이끌려 집으로 귀가했었다.

그리고 며칠이 지나 하지를 앞두고 해가 중천에 오른 오후 점심 시간이 끝날 무렵 흩어져 지내던 회원들이 하나둘씩 공인 중개 사무실로 모여들고 있었다.

그동안 분석했던 물건들 가운데 투자할 대상을 공론화시키기 위한 모임이었다.

그러면서도 한편으로는 속 알머리 봉 회장의 공인 중개 사무실 개업에 대한 축하를 겸하는 자리이기도 했다.

점심때가 훌쩍 지난 시간이라 거리에는 사람들의 발길이 뜸한 한가로운 오후였다.

에어컨을 가동하기에는 아직 이른 날씨였다. 하지만, 사무실은 제법 서늘한 냉기가 흐르고 있었다.

오전부터 자리를 지키고 있었던 날렵한 사무장과 통통한 여직원은 이른 퇴근 준비를 서두르고 있었다.

그때 사무실 문을 밀치고 들어서는 회원들은 어디서 만났는지? 서너 명이 떼거리로 몰려 들어왔다.

"회장님! 그간 안녕하셨습니까?"

삼각 머리 조편재가 맨 앞장을 서서 웃는 얼굴로 소란스럽게 들어섰다. 그 뒤로 짱구 머리 나겁재와 둥근 머리 맹비견이 차례대로 문턱을 넘어서며 인사를 건넸다.

"어서들 오세요, 그래 그동안 잘들 지내셨습니까?"

속 알머리 봉상관은 기다렸다는 듯이 반가운 미소로 그들을 맞이했다.

"젠장! 날씨가 곧 개나리를 잡아가게 더워지네요?"

짱구 머리 나접재는 기온 상승으로 짜증이 솟구쳐 입구부터 툴툴거리며 들어섰다.

"허허! 아니 기온이 상승하는 거랑 개나리는 무슨 원수라도 졌습니까?"

속 알머리 봉상관은 무슨 소린지 단박에 알아듣고는 반박을 해왔다. 사무실을 지키던 통통한 여직원과 날렵한 사무장은 초면이라 어색한 미소를 보인 채 책상 정리를 서두르고 있었다.

"하하! 그냥 그렇다는 말입니다."

그는 싱겁게 웃어넘기며 속으로 '꼰대가 오늘따라 눈치 하나 더럽게 빠르네, 젠장맞을!' 하며 히죽거렸다.

"먼저 들어갑니다. 중개사님!"

날렵하며 서글서글한 사무장이 수더분하고 통통한 여직원과 함께 인사를 건넸다. 이들은 사람들이 몰려오자 서둘러 퇴근 준비를 마치고, 사무실을 빠져나갔다. 몇 분 뒤에 새로운 한 무리가 문을 밀치고 들어섰다.

젤 바른 선정재와 미모의 명정관 그리고 상구 머리 노식신이 웃는 얼굴로 들어오고 있었다.

"봉 회장님! 지난번 개업식에 왔어야 했는데…. 오늘 우리 모임

행사도 있고, 나름 바쁜 일이 겹쳐서 오지 못했습니다. 하하! 이거 죄송하게 됐습니다."

젤 바른 선정재는 고른 치아를 드러내며 어물쩍 인사를 챙겼다. 뒤따라 들어오던 미모의 명정관과 상구 머리 노식신도 이에 뒤질세라 한마디씩 거들며 호들갑스럽게 낄낄거렸다.

"어서들 오세요, 그래 좋은 물건들 찾았습니까?"

미리 와 있던 회원들이 새로운 얼굴들을 보자, 반가운 마음에 서로의 안부를 챙겼다. 잠시 후 또 한 무리가 들어섰다. 흰머리 윤편인과 큰 머리 문정인이었다.

그리고 새치 머리 안편관이 시차를 두고 도착했다.

오늘도 새로 가입한 여성 회원들은 아직 모습을 드러내지 않고 있었다. 이들은 '그간에 어찌 지냈나?' 서로의 안부를 물어 가며 인사를 챙겼다. 사무실은 금세 시장통처럼 시끌벅적 거리며 소란스럽게 떠들썩거렸다.

많은 인원들이 뿜어내는 뜨거운 열기에 서늘했던 사무실 냉기는 금세 맥을 못 쓰고 서서히 달아오르고 있었다.

"호호! 늦어서 죄송합니다. 어머… 벌써들 다 와서 계시네요?"

이국적인 조다혜가 설레발을 떨며 들어섰다. 회원들의 시선이 일제히 출입구 쪽을 향해 돌아갔다.

그녀들은 반가운 얼굴로 환한 미소를 띠고 들어왔다.

새치 머리 안편관은 슬며시 눈인사를 건네고는 손짓을 살짝 했다. 이국적인 조다혜는 남모를 미소를 짓고는 빈자리를 찾는 척 걸

어가다가 슬며시 새치 머리 안편관이 서 있는 옆자리로 가서 서성
거리고 있었다.

"어머…. 죄송하게도 우리가 항상 꼴찌군요? 안녕들 하셨어요?"

도회적인 안혜숙은 만면에 웃음을 보이면서 호들갑스럽게 인사
를 건넸다. 이들이 들어서자 갑자기 향기로운 화장품 냄새가 코끝
을 스치고 지나갔다.

여자의 분 내음은 이성을 자극하는 향수처럼 은은하게 풍겨져
순간 사내들의 마음을 들뜨게 했다.

"늦어서 죄송해요."

우아한 전원숙과 모던한 한옥경이 뒤따라 들어서며 살짝 고개
를 숙였다. 네 여자는 다른 장소에서 미리 만나 수다를 떨다가 늦
은 눈치였다.

"어서들 오세요, 한동안 못 봤더니 더 젊은 미인들이 되셨네요?"

속 알머리 봉상관은 그녀들을 보자, 반색하며 너스레를 떨었다.

삼각 머리 조편재는 모던한 한옥경이 눈인사를 건네자 괜히 좋
아 빙그레 웃고 있었다.

"모두 안녕들 하셨지요?"

이국적인 조다혜는 회원들을 향해 다시 한번 멋쩍게 인사를 하
고는 소파에 가서 앉았다. 나머지 일행들도 간단한 인사를 건네며,
그녀의 꽁무니를 따라 나란히 빈자리를 찾아가 앉았다.

상가 투자 보고서

상구 머리 노식신은 회원들로부터 넘겨받은 자료를 정리하느라 바쁘게 손을 놀리고 있었다.

노트북을 꺼내 탁자 위에 올려놓은 미모의 명 서기는 회의록을 기록하기 위해 준비하고 있었다.

"자…, 이제 모두들 참석하셨으니 그 동안 준비한 보고서부터 차례대로 발표하도록 합시다."

속 알머리 봉상관은 이 시간을 기다렸다는 얼굴로 서두를 꺼냈다.

"오늘 스타트로 발표할 선 감사님의 자료입니다. 받아서 살펴보세요."

상구 머리 노 총무는 간추린 발표 자료를 회원들에게 한 부씩 나누어 주었다. 회원들은 얼른 받아 들었다. 그리고 첫 장을 넘겨 가며 천천히 읽어 내려갔다.

"토론에 들어가기 전에 먼저 통장을 개설했다는 사실과 계좌 번호를 공개합니다."

상구 머리 노식신은 프린트된 인쇄물을 각자에게 한 부씩 나누어 돌렸다.

"앞으로 이 통장은 우리가 당분간 사용할 통장입니다."

상구 머리 노 총무는 주위를 둘러보며 말했다.

회원들은 웅성거리며 인쇄물에 적힌 내용을 살펴보면서 고개를 끄덕끄덕거렸다.

"아…, 그리고 입금할 일이 생기면 이 계좌를 통해 이용해 주셔야 됩니다."

속 알머리 봉상관은 덧붙여 말하며 눈에 힘을 주고 주억거렸다.

"통장은 회장과 총무의 직인이 찍혀야 돈을 인출할 수 있다는 점을 아울러 알려드립니다."

흰머리 윤편인은 곁다리를 끼듯 한마디 보탰다.

"흐흐…. 잘하셨습니다."

젤 바른 선정재는 히죽거리며 엄지손을 세웠다. 회원들도 잘했다며 눈짓으로 거들고 있었다.

흰머리 윤편인은 괜히 우쭐해서 어깨 뽕을 슬며시 올렸다가 내렸다.

"첫 번째 발표는 누가 먼저 하시겠습니까?"

상구 머리 노 총무는 모두를 향해 물었다.

"배포된 자료 순서대로 발표하면 되겠습니다."

흰머리 윤편인은 그를 쳐다보면서 단조롭게 말했다.

"좋아요, 그럼 자료 순서대로 발표하기로 합시다.

에…. 첫 번째 순서는 상가 물건을 분석하신 선정재 감사님부터 시작하시죠?"

상구 머리 노 총무가 그의 얼굴을 쳐다보며 슬쩍 눈치를 주었다.

"제가 먼저요?"

젤 바른 선정재는 자신을 가리키며 그에게 물었다.

"예…. 그래 주세요."

상구 머리 노식신은 끄덕이며 대꾸했다.

"언제 해도 해야 하는데, 뭐…. 그럽시다."

젤 바른 선정재는 미간을 약간 구겼다 펴고는 이어 주절거렸다.

"저의 자료를 살펴보셔서 잘 아시겠지만, 상가 물건 별로 권리 분석과 상권 분석, 그리고 수익 분석과 낙찰가격을 확인할 수 있을 겁니다."

젤 바른 선정재는 까만 눈동자를 반짝이며 모두를 돌아보았다. 그리고 다시 주절거렸다.

"음…. 그리고 자료를 검토해 보시고, 내용에 의문이 드시거나 보충해야 할 내용이 보이면, 바로 지적이나 질문을 해 주시길 부탁드립니다."

젤 바른 선정재는 슬며시 웃어 가며 다시 주절거렸다.

"제가 설명이 충분할지는 모르겠지만, 답변을 할 수 있는 가능한 범위 내에서 성의껏 설명을 해 드리겠습니다."

젤 바른 선정재는 말과 동시에 정중히 인사를 드리고, 시선을 고정시켰다.

이들은 잠시 소란을 떨다가 이내 그에게 집중하고 있었다.

"상가 물건들은 무엇을 기준으로 해서 분석하셨습니까?"

흰머리 윤편인은 대충 뭉뚱그려 개괄적으로 물었다.

순간 젤 바른 선정재는 마땅찮다는 표정으로 미간을 찌푸리면서 말을 받았다.

"에…. 물어보는 요점을 정확하게 질문해 주시면 감사하겠습니다."

그는 약간의 인상을 구긴 채로 흰머리 윤편인을 쏘아보면서 다시 주절거렸다.

"가령, 권리분석인지 또는 상권분석인지? 그것도 아니면 수익분석인지를 구분해서 질문을 부탁드립니다."

젤 바른 선정재는 그가 포괄적으로 질문을 물어 오자, 짜증이 잔뜩 난 얼굴로 이마를 오므렸다 펴 가며 중얼거렸다.

그러고는 '자식 똥인지? 된장인지? 구별을 못하는 놈도 아니고, 시 건방을 떨기는. 내 참!' 하는 눈빛으로 그를 쏘아보았다.

삼각 머리 조편재는 툴툴대는 볼멘소리를 듣자, 은근히 자기가 기분이 좋아져서 슬그머니 흰머리 윤편인의 얼굴을 흘끔거리며, 피식피식 웃고 있었다.

"죄송합니다. 저는 투자 목적이 임대 수익 또는 매매 차익인지에 대해 묻고 싶었습니다."

흰머리 윤편인은 사과를 겸해 부드럽게 대꾸하고서 살짝 고개를 까닥거렸다.

"아하! 그랬군요. 저는 월세보다는 매매 차익을 염두에 두고 있습니다."

젤 바른 선정재는 그가 무슨 의도에서 묻는지를 알아듣고서 보충 설명을 덧붙였다.

"그 이유가 궁금합니다."

흰머리 윤편인은 파고들듯 되물었다.

"투자자마다 방식은 다르겠지만, 저는 월세는 보너스 개념으로 접근하는 편입니다."

젤 바른 선정재는 말을 해 놓고 씨익 웃으며, 모두를 보았다. 흰머리 윤편인은 자신하고는 생각하는 개념이 다르다는 방향에서 그의 투자 방식은 시대의 흐름을 놓치고 있지 않나 싶어 머리를 갸웃갸웃 거리고 있었다.

"그런 투자 방식이라면 일반 투자보다는 경매 낙찰 쪽이 훨씬 메리트(경제효과 등)가 크다고 할 수 있겠습니다."

큰 머리 문정인이 슬쩍 끼어들었다.

"완전 당근이죠, 그래야 한 푼이라도 더 건질 수 있고, 상가를 매도할 때도 수월합니다."

갑자기 그의 목소리에 힘이 잔뜩 들어갔다. 그러자 흰머리 윤편

인이 다시 주절거렸다

"상가는 오래 보유하면 수익률이나 공실 등에서 변수가 생기지 않습니까?"

그는 의혹의 눈으로 그를 추궁하듯 몰아세웠다.

"당연히 발생합니다. 그래서 거기에 설명했다시피 저는, 공실을 없애기 위해 월세를 낮춰 받더라도 장기적으로 오래 임대하는 세입자를 선호합니다."

그는 흰머리 윤편인을 째리며 '이놈아! 배포 자료나 좀 읽고 질문을 해라, 이 우라질 자식아!' 하는 눈빛으로 노려보았다.

"그럼, 월세를 낮춰 받는 이유가 매매 차익을 챙길 때까지 빈 점포 발생을 줄이기 위한 방편입니까?"

짱구 머리 나겹재가 불쑥 끼어들며 궁금증을 풀었다.

"하하하! 빙고 맞습니다. 공실이 나면 매매도 어렵지만, 여러 가지 애로점이 많습니다."

그는 크게 웃었다.

"헐…! 그런 거야?"

둥근 머리 맹비견은 속살거렸다.

"그래서 이왕이면 점포를 여러 개 묶어 임대하는 임차인을 선호합니다. 즉 통으로 임대하는 세입자를 찾는 겁니다. 히히!"

그는 말끝에 혓바닥을 날름거리며 히죽 웃었다.

"그렇게 해야 하는 이유라도 있습니까?"

둥근 머리 맹비견은 아리송한 표정을 그에게 보였다.

"점포를 개별로 얻는 업종은 공사비(인테리어 비용)가 소액으로 저렴하게 들지만, 점포를 여러 개를 터서 공사를 하는 업종은 공사비 액수가 상당하기 때문입니다."

그는 모두를 향해 '이제 왜 그래야 되는지 아시겠느냐는?' 눈빛을 보였다.

"아니⋯, 꼭 그렇게 해야 하는 특별한 이유라도 있습니까?"

상구머리 노식신은 의아한 눈길로 묻고는 도대체 속셈을 모르겠다는 표정을 보였다.

흰머리 윤편인은 그 속을 아는지 지그시 웃고 있었다.

"하하하! 제 계산이 따로 있기 때문입니다."

젤 바른 선정재는 그의 영문을 모르겠다는 표정을 보고는 통쾌하게 웃었다. 회원들은 덩달아 따라 웃어 가며 그의 얼굴을 주시하고 있었다.

"크크! 젠장! 그렇게 자신 있게 웃는 이유가 뭔지 무척 궁금합니다."

상구 머리 노식신은 속없이 따라 웃고는 가만히 생각해 보니 은근히 뿔대가 나자 짜증스럽게 되물어 왔다. 회원들은 금세 한마디 할 눈초리로 쳐다보고 있었다.

"가령, 시설비용 액수가 커지면 권리금도 덩달아 높아지기 마련이거든요. 흐흐⋯."

젤 바른 선정재는 '요건 몰랐지⋯?' 하는 눈빛으로 히죽거렸다.

"그거야 누구나 다 아는 얘기 아닙니까?"

짱구 머리 나겁재는 대뜸 중얼대고는 '미친 자식 대한민국 어린 아이들도 다 아는 소리를 하고 자빠졌네⋯. 젠장!' 하며 읊조렸다.

"하하⋯. 안다니 다행이군요? 한마디 덧붙인다면, 권리금 액수가 크면 클수록 임차인은 월세를 제날짜에 또박또박 잘 낼 수밖에 없습니다. 후후⋯."

젤 바른 선정재는 말끝에 실실 웃었다. 그러고는 다시 주절거렸다.

"말인즉 한마디로 상가 임대료를 밀리지 않는다, 이 말씀입니다."

그는 결론을 꺼내며 회원들을 둘러보았다.

"왜요? 권리금 때문입니까?"

새치 머리 안편관은 그의 얼굴을 보면서 빈정대고는 피식 웃었다.

"하하하! 빙고! 완전 그렇습니다. 모두 아시다시피 상가 임차인은 권리금을 챙겨 나가기 위해서 자신과의 싸움을 하는 겁니다. 즉, 상가 임대차 법이 정한 규칙을 어기지 않으려고 안간힘을 다해 노력하는 겁니다."

젤 바른 선정재는 자기 딴에 신이 나서 연신 정신 나간 미친놈처럼 낄낄대며 말했다.

"그러면 상가 권리금이 클수록 공실 걱정은 줄어든다는 말입니까?"

둥근 머리 맹비견은 슬쩍 끼어들며 개수작 말라는 얼굴로 빈정거렸다. 회원들은 무슨 말인지 이해가 된다며, 고개를 끄덕대고 있었다.

"당근이죠, 크크! 노력하는 만큼 수입이 오르니 임차인도 좋고, 건물가치도 오르니 누이 좋고 매부 좋은 셈입니다."

"게다가 점포를 빼거나 들어오는 계약도 기존 임차인이 새 임차인을 먼저 구해 가지고, 자기들끼리 말을 맞춰 가지고 연락이 오기때문에, 주택보다는 훨씬 관리하기가 수월한 편입니다."

젤 바른 선정재는 자랑을 하듯 대꾸하며 '이놈이 내가 뭔 말을하는 건지를 뜻이나 제대로 아는 건지? 몰라… 젠장! 알 게 뭐야, 우라질 자식 말이야…' 하며 눈총을 쏘고 있었다.

"그럼, 낙찰을 받고 나서 상가 임차인에게 점포를 비워 달라고 하십니까?"

속 알머리 봉상관은 그의 방식들이 자기와는 다르게 독특하고 개성이 있어 흥미를 느꼈다. 그래서 다른 것들도 더 있나 싶어 파고들었다.

"저는 임장을 할 때 먼저 임차인의 업종을 검토하는 편입니다."

젤 바른 선정재는 빙그레 미소를 보이며 말했다.

"그렇게 하는 이유라도 있습니까?"

속 알머리 봉상관은 눈빛을 반짝이며 물었다.

"아까도 말을 했지만, 권리금이나 시설비가 많이 들어간 업종은 상가를 매각할 때까지 공실이 나지 않도록 도움을 주기 때문입니다. 호호호."

젤 바른 선정재는 장기자랑을 늘어놓듯이 넉살을 떨면서 자신의 노하우를 까발리고 있었다.

흰머리 윤편인과 회원들은 연신 고개를 끄덕거리며 듣고 있었다.

"상가는 낙찰을 받고 나서 얼마나 보유하시는데 그런 방법을 사용하십니까?"

삼각 머리 조편재는 그의 행동이 아니꼬워 못 보겠다는 듯이 눈꼬리를 치켜뜨며 물었다.

"예…. 보통 낙찰을 받고 12개월 안에 처리하는 편입니다. 하지만, 세상사가 어디 마음먹은 대로 다 되던가요? 흐흐…."

쏘아보는 회원들의 가시 눈총을 의식한 젤 바른 선정재는 실실 웃어 가며 겸손하게 대꾸했다.

"자식 여유 부리기는…."

삼각 머리 조편재는 혼잣말을 웅얼거렸다.

"보통은 그 개월 수를 넘어설 때가 다반사입니다."

그는 삼각 머리 조편재의 이죽거림이 못마땅해서 '이 우라질 자식 별안간 왜 이래…?' 하는 눈빛으로 미간을 약간 찌푸렸다가 폈다.

"상가를 낙찰받는 이유가 오로지 차익 때문인가요?"

이국적인 조다혜는 그의 낙찰관이 자신의 예상하고는 사뭇 다르다는 점에서 묻고 있었다.

"물론 첫 번째 이유는 수익에 두지만, 상가는 피로도가 다른 수익형 부동산에 비해 덜한 편이라 선호하는 편입니다."

그는 답변을 하면서 조다혜에게 눈웃음을 치다가 '아차?' 싶어 곁눈질로 힐끔거렸다.

미모의 명정관의 눈치를 살피는 것 같았다. 그러나 그녀는 노트북을 치느라 정신이 없었다. 그는 요즘 들어 그녀와의 관계가 처음과 달리 여러 가지로 미묘해져 있었다. 쉽게 달궈졌다가 쉽게 식어 버리는 양은 냄비처럼 이들도 벌써 여러 가지 면에서 틀어지는 일이 심심치 않게 많았다.

그러나 저러나 이국적인 조다혜는 틈을 주지 않고 주절거렸다.

"피로도라고 하셨는데 뭘 뜻하는 건지요?"

그녀는 의아한 얼굴로 되물어 왔다.

"예에, 특별한 뜻은 없습니다. 그냥 관리를 하는 데 있어서 분쟁이 적다는 말인데, 적당한 단어가 생각이 나지 않아서 사용한 말입니다."

젤 바른 선정재는 빙그레 웃음을 보이며, '아니, 그 정도는 알아들어야지, 시시콜콜하게 그딴 것까지 설명하게 하냐? 이 아주마니야!' 하는 눈빛으로 그녀를 쏘아보고 있었다.

그 순간 새치 머리 안편관은 '눈 깔아라, 우라질 자식아!' 하는 표정으로 그를 매섭게 쏘아보고 있었다.

"호호! 대충 짐작은 가지만 예를 든다면요?"

그녀는 젤 바른 선정재의 속도 모르고 생글생글 웃어 가며, 물고 늘어졌다. 그가 잘생긴 핸섬 남이라는 탓도 한몫하는 눈치였다.

"왜냐하면 상가는 직접 관리할 일이 없어서 세입자를 만날 일이 거의 없는 편이죠."

그는 말끝에 히죽 웃었다.

"듣고 보니 그렇기도 하겠네요?"

이국적인 조다혜는 살포시 웃어 가며 고개를 끄덕였다.

"그래서 주택에 비해 귀찮은 분쟁들은 대체적으로 적은 편에 속합니다."

그는 말을 하고는 '요건 몰랐지?' 하는 표정으로 해죽거렸다.

"아하! 그렇군요."

그녀는 대답을 하면서도 새치 머리 안편관을 의식해서 이따금 흘끔흘끔 눈치를 살폈다.

"뭐…. 세입자도 임대료 인상할 때나 한번 만나 보는 게 고작이니까요."

그는 아랑곳하지 않고 계속 중얼거렸다.

"속은 편하시겠네요? 크크!"

이국적인 조다혜는 빈정거리듯 대꾸하고는 실실 웃었다.

"예…, 조금…. 아, 그래도 이사 오고 나갈 때는 바쁘면 못 만나고, 한가할 때 한 번씩 나가서 만나볼 때도 있습니다."

그는 중개인을 통해 거래 서비스를 받는다는 말은 접어 둔 채 자신의 입장에서 떠벌리고 있었다.

"내가 듣기로는 영세 상가는 분쟁이 많다고 들었는데 그것도 아닌가 봅니다."

속 알머리 봉상관은 평소 듣던 말과 다르다는 의아심에 토를 달고 물어 왔다.

"예…. 저도 처음 상가를 낙찰받을 때는 요령을 잘 몰라서 개고생을 좀 했습니다."

그는 미간을 찌푸렸다 피면서 약간의 미소를 지었다.

"어머, 저런…!"

안타까운 소리에 탄식을 자아낸 미모의 명정관은 몹시 안쓰러운 표정으로 그를 측은하게 바라보며 손가락을 놀렸다.

"어허…. 나름 아픔이 있었습니다그려…. 쯧쯧!"

속 알머리 봉상관은 고개를 끄덕이면서 혀를 찼다.

"그런데 세월이 약이라고…, 이런저런 일을 겪다 보니 이제는 만성이 되다시피 해 나만의 노하우가 생겼습니다. 흐흐…."

젤 바른 선정재는 그 일도 이제는 일상이 되었다는 얼굴로 히죽 웃고 있었다.

"그래, 세월이 약이라는 말이 헛말은 아니지…"

속 알머리 봉상관은 입속말을 속살거렸다.

"어떡해요?"

이국적인 조다혜는 되바라지게 물었다.

젤 바른 선정재는 어이가 없고 기가 막혀 잠시 그녀를 쏘아보다가 이어 주절거렸다.

"저는 되도록 오래된 영세 상가나 노후 상가는 외면하는 쪽으로 말입니다. 후후!"

그 순간 젤 바른 선정재의 표정은 지난날을 회상하듯 어두운 그늘이 잠시 스치고 지나갔다.

"상가도 상가 나름인가 보죠?"

우아한 전원숙은 미소를 머금은 얼굴로 슬쩍 끼어들었다.

그녀를 흘끔 쳐다본 젤 바른 선정재는 끄덕이며 계속 주절거렸다.

"그래서 노후 상가나 영세 상가는 재건축이나 재개발을 염두에 두고서 시세차익을 노려야지, 임대수익을 바라는 것은 바람직하지 못한 투자라고 봅니다."

그는 자신의 아픈 세월을 꺼내 놓고는 고개를 갸웃갸웃 흔들었다.

"하하하! 그 말에 모두가 공감을 할 겁니다. 여러분 생각도 그런 가요?"

흰머리 윤편인은 모두를 향해 묻고는 잠시 주억거렸다.

회원들은 대부분 고개를 끄덕이며 긍정적인 낯빛을 보이고 있었다.

"그래도 형편상 임대수익을 받을 수밖에 없는 투자자도 있을 텐데 그럴 때는 어찌합니까?"

큰 머리 문정인은 새로운 방향으로 그를 곤란하게 몰아갔다.

"정… 그렇다면 최고 최선의 방법을 선택해야 되겠죠?"

젤 바른 선정재는 입술을 곱씹으며 중얼거렸다.

"지금 최고 최선이라 했는데, 무슨 뾰족한 비법이라도 있습니까?"

큰 머리 문정인은 그의 눈을 마주 보며 물었다.

"글쎄요? 갑자기 생각나는 해결책은 건물을 새로 신축하기보다는 제 입장에서는 리모델링을 권장하고 싶습니다."

그는 머뭇거리다 한 가지 대안을 내놓았다.

"그래야 하는 이유라도 있습니까?"

큰 머리 문정인은 세금을 추징하는 공무원처럼 얄밉도록 파고들었다.

"글쎄, 환경이나 조건에 따라 다르겠지만, 비용 면에서 훨씬 작은 금액을 들이면서도, 수익을 거두어들이는 데는 이만큼 효율적인 방법이 또 있을까 싶습니다."

젤 바른 선정재는 그의 질문을 받고, 어쩐지 궁색한 답변으로 일관했다. 하지만, 나름 그의 생각은 현명한 노하우가 확실하다고 큰 머리 문정인은 생각했다.

그와 다르게 흰머리 윤편인도 입지 조건 등 여러 상황이 미래지향적인 내재가치가 있다면, 한번 검토해 볼 만한 밸류 애드(가치부가) 투자라고 보았다.

"상권 분석은 어떻게 접근을 하셨는지? 그리고 상가 선별에 관해서도 알고 싶습니다."

새치 머리 안편관은 상가를 낙찰받기 전에 무엇을 체크했는지에 대해 그의 노하우를 듣고 싶어 했다.

"저는 상권을 분석하기 전에 먼저 지도를 펼쳐 놓고 보는 버릇이 있습니다."

젤 바른 선정재는 양 눈썹을 번갈아 꿈틀거렸다.

"어머, 대박!"

여자 회원들은 화들짝 놀라는 표정으로 목소리를 높였다.

"오⋯호! 그렇게도 하시는구나?"

모던한 한옥경은 새삼 존경스러운 눈빛으로 감탄하고 있었다.

"왜냐하면 우선 지도를 펼쳐 놓는 것은 지역의 전체적인 현황들을 거시적으로 체크하면서 다른 한편으로는 미시적으로 좁혀가며 상세하면서도 구체적으로 구역을 일목요연하게 파악하기 위함입니다."

젤 바른 선정재는 자료의 내용 가운데 지도를 가리키며 말했다.

"구체적이라면… 뭐, 배후 단지 교통편 등등입니까?"

새치 머리 안편관은 그의 남다른 분석력에 궁금증을 참지 못하고 들이대며 물었다.

갑자기 불쑥 튀어나와 묻는 그의 질문에 회원들은 못마땅한 눈길로 쏘아보고 있었다.

"그렇다고 볼 수 있습니다."

젤 바른 선정재는 아랑곳하지 않은 채 답변을 해 주고 계속 이어 갔다.

"저는 구역의 경계선부터 안쪽으로 좁혀 들어가며 목적상가의 배후 수요(단지 등)와 이동 경로(교통편) 그리고 업종(동일업종 및 중대형 업종) 및 인구(세대수) 등을 중점적으로 검토합니다."

젤 바른 선정재는 빅 데이터를 인용하듯 내용을 찬찬히 읽어 가면서 하나씩 짚어 갔다.

"배후수요로 단지(주택·공장 등이 집단을 이루고 있는 일정한 구역)는 상권의 가치를 올려 줄 마중물로 판단한 것 같은데 맞습니까?"

상구 머리 노식신이 불쑥 끼어들며 물었다. 젤 바른 선정재는 그의 눈을 마주보면서 반갑게 주절거렸다.

"빙고! 그렇습니다. 배후 단지가 클수록 상권의 내재가치는 증가하기 때문입니다."

그는 고개를 끄덕이면서 '자식! 이럴 때는 꽤 쓸 만하네,' 하는 눈빛으로 상구 머리 노식신을 쳐다보았다. 그때 새치 머리 안편관이 불쑥 끼어들며 물어 왔다.

"좀 전에 말한 이동 경로는 무얼 중점적으로 파악했습니까?"

그는 젤 바른 선정재가 말한 내용 가운데 하나를 들이대면서 새치 머리를 주억거리고 있었다. 그사이에서 노트북을 두드리는 미모의 명정관과 달리 이국적인 조다혜는 연신 고개를 끄덕이면서 메모를 하고 있었다.

"아하! 그거요?"

젤 바른 선정재는 히죽 웃고는 다시 주절거렸다. 미모의 명정관은 이따금씩 힐끔힐끔 그들을 쳐다보면서도 손가락은 연신 타이핑을 치느라 쉴 틈이 없었다.

"동일한 상권에서도 지나치는 상권(흐르는 곳)과 소비하는 상권(머무는 곳)이 다르거든요."

젤 바른 선정재는 해죽해죽 웃어 가며 말하고는 반복해서 주절거렸다.

"그래서 소비 상권이 어디인지를 파악했습니다."

그는 물음에 거침없이 대꾸하면서도 머릿속으로 연신 '어때 놀랬냐? 이 자식들아' 하는 표정을 짓고서 쯧쯧! 혀를 찼다. 물론 그의 눈빛은 히죽거리고 있었다.

"헐…! 대박! 정말 그런 거야? 어머머…!"

우아한 전원숙은 몰랐던 사실을 알았을 때의 눈빛을 보이며 연신 감탄하듯 속살거렸다.

회원들도 '오호, 그런 거였어?' 하는 얼굴로 그를 쏘아보고 있었다.

"선 감사님! 저기, 말이죠? 동일한 지역 내 상가들도 다른 가요?"

모던한 한옥경은 씽긋 웃으며 묻고는 그를 보았다.

"하하하! 그럼요, 대로를 끼고 있는 상가라도 지하철역이나 버스 정류장 유효 수요 방향(출근방향보다 퇴근방향 유리)과 겹치지 않는 거리에 상가는 죽은 상권이나 마찬가지입니다."

젤 바른 선정재는 환경이 변하면 죽은 상가도 차츰 살아나고, 살아 있던 상가도 점점 죽어 간다는 젠트리피케이션에 대해서는 깜박했다. 어쩜 다윈의 진화론처럼 부동산도 변이가 정답인지 모른다. 어찌 되었든 그는 그 사실을 입에 올리지 않은 채 비껴가고 있었다.

"그럼 비인기 지역도 입지만, 좋으면 대로를 끼고 있는 죽은 상가보다 낫겠네요?"

모던한 한옥경은 비아냥거리듯 말꼬리를 붙잡고 늘어졌다. 회원들은 듣고 나서 긍정을 하는 눈치로 고개를 끄덕끄덕 거리고 있었다.

젤 바른 선정재는 아주 기분이 더러운 눈빛으로 그녀를 차갑게 쏘아보고는 점잖게 주절거렸다.

"그렇죠, 인기지역 죽은 상가보다 차라리 비인기 지역 입지(경제 활동을 위해 선택하는 장소) 상가를 선택하는 편이 훨씬 유리할 수도 있습니다."

젤 바른 선정재는 그녀를 쏘아보며 말에 힘을 주었다. 미모의 명정관은 조리 있는 설명에 그가 멋지고 새삼스러워 보였다. 그래서 그 순간 존경스러운 눈길로 쳐다보고 있었다.

"그럴 경우 어떤 결과를 얻을 수 있나요?"

옆자리에 다소곳이 앉아 있던 도회적인 안혜숙이 고개를 돌려 물어 왔다.

"아하! 왜냐하면 인기지역 주변에 죽은 상가보다는 비교적 안정적인 수익을 얻을 수 있기 때문입니다."

그는 죽은 대로 상권보다 차라리 활기 넘치는 작은 도로 상권이 수익을 보장해 주는 보험인 것처럼 말하고서 그녀의 얼굴을 빤히 쳐다보았다.

"어디에서 근거했는지를 물어도 되겠습니까?"

새치 머리 안편관은 담판이라도 벌일 낯짝으로 물어 왔다.

그의 지론은 상가는 규모와 업종에 따라 지역을 달리해야 한다고 믿고 있었다.

"허허허! 싸움닭처럼 쪼아댈 기셉니다그려?"

속 알머리 봉상관은 분위기가 뜨거워지자, 가볍게 농을 던졌다. 회원들은 웃는 눈빛으로 그들을 쏘아보고 있었다.

"흐흐…, 제가 그랬습니까? 너무 들이댔다면 죄송합니다."

새치 머리 안편관은 그가 너무 일방적이라는 느낌이 들자 자신도 모르게 파고들었다.

그러나 속 알머리 봉상관의 익살스러운 한마디에 그는 주위 사람들에게 불편한 감정을 줬나 싶어 얼른 사과를 하고 나왔다.

그러고는 가볍게 머리를 조아리며 뒷머리를 긁적거렸다.

"죄송할 것까지 있습니까? 어차피 궁금해서 물었는데?"

젤 바른 선정재는 겉으로는 대범한 척 받아들이며 마치 자신을 질책하듯이 그의 말을 받아넘겼다.

그러고는 '우라질 자식! 설쳐 대기는. 누가 그 속을 모를 줄 아냐?' 하는 눈빛으로 그를 차갑게 쏘아보고 있었다.

미모의 명정관은 타이핑을 치다 말고, 가재는 게 편이라고 슬며시 새치 머리 안편관을 흘겨보면서 손가락을 부지런히 놀려 대고 있었다.

"호호! 저도 듣고 싶네요?"

조신하게 듣고 있던 이국적인 조다혜는 누가 끼리끼리 아니라고 할까 봐 슬그머니 새치 머리 안편관의 지원군으로 나섰다.

"알겠습니다. 모두가 원하신다면 털어놓아야 되겠지요? 히히!"

젤 바른 선정재는 실실 웃어 가며 능청스럽게 말했다. 새치 머리 안편관은 '저 우라질 자식! 뭐라고 씨부렁댈지 궁금하네?' 하는 눈길로 그를 째려보고 있었다.

"에…. 그 일대 주민들이 반드시 지나다닐 수밖에 없는 가로(좌우로 향하는 방향) 구역 안쪽 이면(뒷면) 도로가에, 교차로 형태로 이어진 거리의 끝이 대로와 연결된 장소를 잘 살펴보시면, 뱀처럼 똬리를 틀고 앉은 오래된 편의점이 그것을 증명하고 있을 겁니다."

젤 바른 선정재는 말을 하고는 히죽 웃고 있었다.

"헐…! 대박! 맞아. 그래…?"

둥근 머리 맹비견은 무슨 생각이 떠올라 무릎을 탁 치며 중얼거렸다.

"어머머! 우리 동네도 그런 슈퍼마켓을 본 것 같았어…."

여자 회원들은 탄성을 지르며 그의 말을 확인시키듯 조잘거렸다.

"여러분이 살고 있는 지역에 오래된 편의점의 위치가 어디에 자리하고 있는지에 대해 생각을 떠올려 보시면 이해가 훨씬 빠르실 겁니다."

그는 동네 편의점이 그런 입지를 차지하면 주민들의 소비가 꾸준해 입점 업체가 자주 바뀌지 않는다는 점을 부각시키고 있었다.

"어머나…. 그리고 보니 우리 동네 편의점도 바뀌지 않는 이유가 거기에 있었군요?"

미모의 명정관은 그를 추켜세우면서 은근히 한마디 거들고는 야릇한 미소를 지었다.

"맞아요, 저도 가만히 생각해 보니 자동차와 보행자가 함께 다닐 수 있는 도로가에 있는 편의점을 본 것 같아요."

우아한 전원숙은 분위기를 타는 표정으로 덩달아 아이롱 펌 머리를 끄덕이면서 호들갑을 떨었다.

"물론 세상 사는 데는 정답은 없습니다. 그러므로 시대 흐름에 따라서 환경이 변한다는 사실을 감안하셔야 목적 달성에 한걸음 더 나아갈 수 있을 겁니다."

젤 바른 선정재는 빠져나갈 도피처를 찾듯이 변명 비슷하게 중얼거렸다.

"진리입니다. 세상은 시기를 잘 파악하고 행동에 옮겨도 그 사람의 운에 따라 승패가 갈라지기도 하지만, 안다는 것 자체가 적어도 실패의 그늘을 가늠하거나 피해의 크기를 줄일 수 있다고 봅니다."

흰머리 윤편인은 가만히 듣고 있다가 한마디 덧붙였다.

"윤 부회장님 말이 적절하다고 봅니다."

"…"

"그 이유는 세상에 떠도는 투자 격언도 시대 흐름에 따라 반드시 임계점(어떤 물리 현상이 나뉘어 다르게 나타나는 경계)이 나타난다는 사실입니다."

젤 바른 선정재는 시장 상황에 따라서 격변하는 투자의 흐름은 변곡점(곡선에서 오목한 모양이 바뀌는 점)에 도달하면 새로운 변화(혁신)를 받아들여야 한다는 전환점(환승)을 주장하고 있었다. 회원들은 수긍을 하는 눈치로 연신 자기 긍정을 하듯 고개를 까닥이면서 입으로는 웅얼거리고 있었다.

"선 감사님! 가령 예를 들어서 한마디 덧붙여 설명을 한다면…요."

짱구 머리 나겹재는 그의 말꼬리를 붙잡고 늘어졌다.

"여러분도 아시다시피 유명세를 치르는 프랜차이즈 체인 상권은 변두리 구석진 곳에 입점하고 있어도, 소비자들이 수소문해서 찾아간다는 사실을 잘 아시고 계시죠?"

젤 바른 선정재는 말을 하고는 '다들 알지?' 하는 눈빛으로 이들을 쳐다보았다.

"헐…! 대박! 그런 거 모르는 사람도 있어?"

짱구 머리 나겁재는 당연하다는 듯이 속살거렸다.

"그런데 일반 소매상인이 변두리 후미진 곳에 입점하면 그 점포는 이미 죽은 상권이라고 보는 사람들의 시선을 아시는지요?"

젤 바른 선정재는 목소리에 힘을 주고서 모두를 둘러보았다. 그 소리에 둥근 머리 맹비견이 대뜸 받아치며 주절거렸다.

"아… 그거야 삼척동자도 다 아는 사실인데, 당연한 거 아닙니까?"

그는 세상이 이미 다 알고 있다는 표정을 보이며 비아냥거렸다.

"뭐 때문에요?"

새치 머리 안편관은 짐짓 모르는 체 시치미를 떼면서 능청스럽게 그에게 물었다.

"지금 선 감사님 설명은 유명 프랜차이즈 체인점이 입점해 있다는 사실만 믿고, 빈 상가를 섣불리 낙찰을 받으면 낭패를 볼 수 있다 뭐 그런 말이 아닙니까? 잘은 모르겠지만…"

둥근 머리 맹비견은 '내가 것도 모를까 봐? 흥!' 하는 표정으로 중얼거렸다.

"빙고! 맞습니다. 맞고요, 히…. 덧붙여 조언하자면 주변에 대형 마트나 큰 쇼핑몰이 입점해 있다고 해서 근처에 작은 편의점이 다 망하라는 법도 없습니다."

그는 말을 끝내고 히죽 웃었다.

짱구 머리 나겁재는 '우라질 자식! 감히 어디다 쪼개기는…?' 하는 눈빛으로 그를 쏘아보고 있었다.

"암…, 내 말이…"

둥근 머리 맹비견은 혼잣말을 웅얼거리고 있었다.

"왜냐하면 고객들이 찾는 상품은 각자 다르기도 하지만, 상품 별로 차별화 되어 있기 때문에 꼭 구매력을 상실한다고만 볼 수 없다는 겁니다."

젤 바른 선정재는 말끝에 호흡을 고르며 회원들의 눈치를 살폈다.

"글쎄… 대형마트를 운영하는 큰 업체가 들어서면 주변에 기존 상권을 흡수한다고 들었는데, 꼭 그런 이유만은 아닌 가 봅니다."

짱구 머리 나겹재는 그의 말을 비꼬듯 고개를 갸웃대며 빈정거렸다.

"그럼요, 현장은 환경에 따라 영향을 받는 업종이나 구역도 있겠지만, 그렇지 않은 상품과 소매점도 많습니다."

그는 낙수효과(정부가 투자를 높여 대기업과 부유층의 부를 먼저 늘려주면 경기가 부양되어 결국 중소기업이나 저소득층에게 혜택이 돌아가는 효과로, 총체적인 국가의 경기 부양처럼 지역에 큰 업체가 생기면 작은 소매점도 소득이 증가하는 효과가 발생한다는 것)와 분수효과(저소득층의 소비 증대가 생산 및 투자를 촉진시켜 경기를 부양시키는 효과로, 즉 부유층에 세금을 높여 거두어들인 세원으로 저소득층의 복지를 강화하면, 소득이 증가한 저소득층은 소비를 늘려 경기를 부양시키는 효과가 나타난다는 것)를 떠올리며 '자식 모르면 가만이나 있지 설쳐대기는? 쯧쯧!' 하는 눈빛을 쏘아 가며 덧붙여 말했다.

젤 바른 선정재는 남의 말보다 내가 현장에 가서 모든 정황을 직접 확인하고, 결정해야 속이 풀리는 꼼꼼한 성격이었다.

"신도시 상가는 낙찰을 받아도 되겠습니까?"

가만히 듣고 있던 삼각 머리 조편재가 빈정거리며 가볍게 물었다.

"아… 예. 제가 조사한 내용은 유효수요가 있느냐가 관건입니다."

젤 바른 선정재는 무슨 이유에서인지 그 대목에서 먼저 한 발을 빼면서 대꾸했다.

"아하! 그런 거야?"

짱구 머리 나겁재는 중얼대면서 흘러내린 머리카락을 가만히 쓸어 넘겼다.

"왜냐하면 상권이 살아 있는 곳과 죽은 상권은 가격 면에서도 차이가 크게 벌어지기 때문입니다."

"…"

"완전 당근이죠. 호호!"

미모의 명정관은 혼잣말을 웅얼거리며 빠르게 손가락을 놀렸다.

"그걸 말이라고…"

회원들은 이구동성으로 뻔한 소리를 하고 자빠졌다며 혼잣말을 구시렁거렸다.

"잡음 좀 넣지들 마시고, 잘 좀 들어 보세요."

젤 바른 선정재는 미간을 찌푸리며 '인간들이 말이야…. 도대체가 예의가 없어!' 하는 눈총을 쏘아 대면서 말을 이어 갔다.

"상권은 자칫 가격에 떠밀려서 싼 곳으로 입점하면 돌이킬 수 없는 손실을 볼 수 있다는 것을 아서야 합니다."

젤 바른 선정재는 저렴한 월세나 권리금 유혹에 혹해서 상권을 선택하는 어리석음을 경계하라는 뭐 충고 비슷한 줄거리를 늘어놓고서 그녀들을 빤히 바라보았다.

"선 감사님. 차라리 아파트 단지가 배후 수요로 있는 항아리 길목(큰길에서 좁은 길로 들어가는 어귀로 드나드는 길목이 한곳으로 나 있는 골목)은 어떤가요?"

미모의 명정관은 그를 바라보며 귀엽게 눈짓을 깜박거렸다.

"예…에. 항아리 골목 좋지요, 특히 전면 상가를 낙찰받으면 더더욱 유리 합니다."

젤 바른 선정재는 히죽 웃었다.

"어머…. 정말요?"

그녀는 순간 환한 미소를 보였다. 젤 바른 선정재는 머리를 끄덕이면서 그녀를 달콤하게 바라보며 계속 주절거렸다.

"항아리 골목은 고정 고객을 확보하기가 다른 곳에 비해 완전 대낄입니다. 히히!"

젤 바른 선정재는 익살을 떨어 가며 말하고는 겸연쩍은 얼굴로 히죽 웃었다.

미모의 명정관은 순간 그런 그의 모습조차 매력을 느끼고 좋아하며 웃었다.

"헐…! 완전 대박!"

그녀들은 팬클럽 소녀처럼 연신 쫑알쫑알거렸다.

"왜냐하면 상권 확장이 어려워 상가 수요가 공급보다는 훨씬 초과하는 지역이라고 볼 수 있기 때문입니다."

그는 미모의 명정관에 눈을 마주 보며 말을 하고는 달달한 눈웃음을 남모르게 보냈다.

"아하! 그렇기도 하겠네…?"

상구 머리 노식신은 무릎을 탁 치며 뭔가를 깨달은 얼굴로 웅얼거렸다.

"이런 지역일수록 권리금도 높게 형성되지만, 그만큼 상가 내재가치도 함께 상승합니다."

젤 바른 선정재는 과외 선생님처럼 그녀만을 위한 설명을 하고 있었다.

"어머나! 정말?"

그녀는 오빠를 외치며 열광하는 소녀 팬처럼 자신도 모르게 목소리를 높였다. 속 알머리 봉상관은 '미친놈! 그런 지역 상가라면 경매로 나오겠어?' 하는 눈빛으로 그를 째려보고 있었다.

그러나 젤 바른 선정재는 그들의 의혹의 눈초리에도 아랑곳 하지 않은 채 계속 주절거렸다.

"반면 주의할 곳은 후면(이면) 상가입니다."

그는 강한 어조로 머리를 흔들며 말했다.

"아니…; 왜요?"

유독 그의 열열 팬인 미모의 명정관은 빠른 손놀림으로 타이핑을 하면서 그를 향해 물었다.

"왜냐하면 전면 상가보다는 상권이 훨씬 떨어지는 상가지역이라 낙찰을 받을 때는 반드시 현장을 확인하는 주의가 필요합니다."

그는 미모의 명정관을 달달하게 바라보면서 아시겠느냐는 듯이 눈짓을 슬쩍 보냈다.

속 알머리 봉상관은 둘만의 눈짓을 질시를 하듯 아니 꼬아 죽겠다는 눈초리로 꼬나보면서도, 한편으로는 '자식! 구구절절 맞는 말이긴 하네.' 하며 속살거렸다.

"완전 당연하죠."

이국적인 조다혜는 경험을 해 본 표정을 짓고서 중얼거렸다.

"맞아, 그래야 할 것 같네요? 그러나 저는 그 이유가 더 궁금합니다."

미모의 명정관은 수긍을 하면서도 고개를 가로저으며 되물어왔다.

"하하하! 조금만 생각해 보면 알 수 있습니다."

젤 바른 선정재는 다른 사람을 대할 때 얼굴하고는 아주 딴판인 화사한 눈웃음으로 그녀를 대하고 있었다.

"그래도요?"

그녀는 눈짓으로 앙살을 떨며 입술로는 금붕어 시늉을 하며 은근히 보챘다.

"왜냐하면 후면상가는 알리는 데 어려움이 따르기도 하지만, 나중에 상가를 팔려면 환금성이 떨어져 곤란을 겪기 때문입니다."

젤 바른 선정재는 꿀이 뚝뚝 떨어지는 달달한 눈길로 설명을 하면서 씨익 웃었다.

그 모습을 지켜보던 짱구 머리 나겁재는 '흥, 눈꼴사납게 놀고들 있네.' 하며 못마땅한 눈초리로 중얼거렸다.

"여기 보면 대부분 단층 아니면 1층인데 상가는 꼭 1층만 고집해야 하는 이유라도 있습니까?"

상구 머리 노식신은 그가 고른 물건들이 대부분 1층이라는 데 의문점을 갖고서 꼬투리라도 잡듯이 질문을 던졌다.

"아하! 그거요? 저는 층이 높아질수록 임차인을 구하는 데 애를 먹어서 말입니다. 되도록 저층을 선호하는 편입니다."

젤 바른 선정재는 자신은 단층이 최고라는 신념으로 히죽 웃었다.

"예…에, 그랬군요."

상구 머리 노식신은 고개를 끄덕거리며 '그럼 고층은 어쩌라고…' 하며 읊조렸다.

"헐…! 대박! 그런 거였어…?"

모던한 한옥경은 혼잣말을 웅얼거렸다.

"아, 그리고 한 가지 더 있습니다. 향후 매도 시에 환금성이 뛰어나기 때문입니다."

그는 시세 차익을 얻기 위해 주로 경·공매 물건 중에서도 저층 상가를 낙찰받았다.

"그럼 위층이나 지하상가는 투자가치가 떨어진다는 말인가요?"

우아한 전원숙은 의아한 눈빛을 해 가지고, 따지는 투로 물었다.

"하하하! 그럴 리가 있습니까? 그것은 저도 아니라고 봅니다. 다만 가능성은 높은 편이라고 볼 수 있습니다."

순간 젤 바른 선정재는 반짝거리는 머리카락을 가로저었다.

"아니…, 그럼 그 이유가 뭐죠?"

우아한 전원숙은 그에게 재차 묻고서 궁금한 눈길로 쏘아보았다.

"왜냐하면 제 투자 방식이 전부 옳다고 할 수 없기 때문이기도 하지만, 물건의 입지나 환경, 그리고 성격에 따라 선택의 기준이 차별적이기 때문입니다."

젤 바른 선정재는 손을 내저으며 미간을 약간 찌푸렸다. 흰머리 윤편인과 회원들은 뭐 틀린 소리는 아니라는 표정이었다.

"그럼 나름 메리트가 있다고 봐도 무방한 겁니까?"

상구 머리 노식신은 되짚어 묻고는 그를 보았다. 회원들의 눈길이 그들을 향해 모아지고 있었다.

"그렇다고 볼 수 있습니다."

젤 바른 선정재는 마지못해 긍정하는 얼굴로 끄덕거렸다. 속 알머리 봉상관은 그런 그를 째려 가면서 빈정거리듯 '아하! 그래요?' 하고 중얼거렸다.

"젠장! 당연한 거 아니야? 고층이라고 투자가치가 없다면, 누가 건물을 올리겠어…?"

상구 머리 노식신은 혼잣말을 읊조렸다.

"그럼요, 나름 상권을 이해하고 그 환경에 적당한 업종을 찾아내서 임대를 주는 투자자 중에는 역발상으로 짭짤한 수익을 챙기는 분들도 제법 많이 있습니다. 흐흐…"

젤 바른 선정재는 고개를 가로저으며 그가 알 수 없는 묘한 표정으로 웃음 지었다.

"주로 어떤 방식으로 투자를 합니까?"

흰머리 윤편인은 그 수법이 궁금해 군침을 꿀컥 삼키며 들이대고 물었다.

"얼마 전에 경매법원에서 만난 지인인데, 그분은 상가를 낙찰받기 전에 임차인의 매출을 조사한다는 겁니다. 그리고 납품 업체도 만나 임차인에게 가져다주는 납품량도 물어보고, 게다가 거기서 그치는 것이 아니라 주변 중개업소에 들러 상가의 임대료나 권리금, 그리고 상권이 형성되는 상가의 주변 고객의 방문 횟수, 등을 빼놓지 않고 세밀하게 조사해 입찰할 물건의 낙찰가를 추정한다는 겁니다."

젤 바른 선정재는 모두에게 믿음을 주기 위해 능청스럽게도 무명인을 끌어들였다.

그러고는 자신의 숨겨진 스토리를 가지고 의뭉스럽게도 타인을 끌어들여 이들이 신뢰감을 느끼도록 노가리를 풀었다.

"헐…! 야…, 누군지 모르겠지만, 정말 숨 막히게 사는 놈일세…. 젠장! 흐흐…"

짱구 머리 나접재는 혼잣말을 웅얼거렸다. 그 소리를 흘려들은 그가 마땅찮은 표정으로 입술을 실룩거리며 그를 잠시 쏘아보았다.

그 순간 흰머리 윤편인이 주절거렸다.

"아니…, 그렇게까지 해서 얻는 게 뭐가 있습니까?"

그는 궁금증이 더해져 호기심이 생기자, 파고들며 물었다.

"그 사람은 추정치를 가지고 임차인의 수익률을 역산하는 방식으로 상가의 낙찰가격을 정한다고 합니다."

젤 바른 선정재는 자기 체험담을 교묘하게 늘어놓으며 능청스럽게 이들을 끌어들였다.

"그러고 보면 그 분이 정답을 가지고 있는지도 모르겠습니다."

흰머리 윤편인은 긍정을 하며 말했다.

"아니, 이건 또 뭔 개소리야…."

짱구 머리 나겁재는 알 수 없는 소리에 입속말을 읊조렸다.

"왜냐하면 수익률은 지역마다 편차가 크고, 물건마다 개별성도 있는 데다, 일반적인 이들이 두드리는 평균적 계산법은 정확성이 떨어져 판단력에 오차가 발생할 수 있다고 볼 때, 그의 방법이 하나의 해결책이 될 수 있거든요."

젤 바른 선정재의 말이 끝나자 가만히 듣고 있던 흰머리 윤편인은 불쑥 나서 그의 말에 일리가 있다며 이렇게 주절거렸다.

"그렇죠, 상가는 입지와 점포 특성에 따라 수익률도 다르고, 상가별 사업주 운영 능력도 상인의 역량에 따라 천차만별이거든요."

그는 한마디 거들며 미소를 지었다.

"당근이죠, 하하! 완전 맞는 말입니다."

젤 바른 선정재는 손뼉을 치며 말했다.

"헐…! 내가 뭘 잘못 생각했나…?"

짱구 머리 나접재는 속으로 구시렁거렸다.

"업종 선택도 중요하지만, 경영 수완이 뛰어난 임차인을 만나는 것도 정말 중요하거든요."

젤 바른 선정재는 이들의 말을 끊으며 끼어들었다.

"어째서죠?"

모던한 한옥경은 의아한 표정으로 그를 쳐다보았다.

"하하하! 그거야 임차인이 잘 들어오면 상가 내재가치가 상승하기도 하고, 따라서 임대 수익률도 올라가기 때문입니다."

그는 나름 재미있어 하며 껄껄 웃었다. 그러고는 악어와 악어새를 비유하듯 그 이유를 설명했다.

"헐…! 정말… 그런 거야?"

둥근 머리 맹비견은 혼잣말을 웅얼거렸다.

"어디 그뿐인가요? 공실률을 줄일 수 있어, 여러모로 비용을 절감도 할 수 있습니다. 후후…"

젤 바른 선정재는 말을 하고서 못 볼 거시기를 본 유쾌한 표정으로 실실 웃었다.

"아하! 그럴 수도 있겠네요. 호호!"

모던한 한옥경은 긍정을 하면서 단정한 고운 머리로 까닥거렸다. 그 말에 상구 머리 노식신이 장난기가 발동해 끼어들고는 빠르게 주절거렸다.

"또한 매각 시 환금성도 뛰어납니다. 그래서 임차인을 잘 고르는 요령은 도랑도 치고 가재를 잡는 일석이조라고 할 수 있습니다.

히히!"

그는 젤 바른 선정재의 흉내를 내고는 히죽히죽 웃었다.

"까르르…!"

"으하하하…!"

모두가 그의 익살에 웃음을 터트리고 말았다.

"하하하! 그래요, 노 총무님 말마따나 그분은 공실을 줄이려고 여러모로 안간힘을 쓴다고 합니다."

그는 상구 머리 노식신의 장난기를 웃음으로 받아넘기면서도 한편으로는 '우라질 자식! 날 가지고 놀았다 이거지…' 하며 분함을 삼키듯 속살거렸다.

"호호! 숨은 묘수가 있나요?"

모던한 한옥경은 덩달아 킥킥대며 그를 보았다. 젤 바른 선정재는 계속 주절주절 거렸다.

"그는 내수 경기가 불황일 때는 임차인의 부담을 줄여 주기도 합니다."

젤 바른 선정재는 눈에 힘을 주고는 단호하게 말했다.

"헐…! 대박! 그러기가 쉽지 않은데…"

새치 머리 안편관은 미심쩍어 웅얼거렸다.

"어떻게요?"

그녀는 설마 하며 재차 물어 왔다.

"음…. 임대료를 내려 주기도 하고, 때로는 임대료를 몇 달씩 삭감해 줄 때도 있다고 하더라고요."

젤 바른 선정재는 '참! 대단하지 않아?' 하는 얼굴로 설레발을 떨며 말했다.

"야! 대단한 사람이네…"

회원들은 입을 모아 중얼거리며 엄지손을 추켜세웠다.

"그 양반 언젠가는 아예 임대료도 없이 사용하라며 상가를 무료 제공한 적도 있다고 합니다."

그는 흥분한 채 헛바닥을 날름거리며, '너희들은 그렇게 해 봤어?' 하는 눈빛이었다.

"아니…. 정말 대단하네, 난 미치지 않고서야 그렇게는 못할 거 같은데 말이야?"

삼각 머리 조편재는 '자식! 뻥까는 거 아니야…?' 하면서도 혀를 내두르고 있었다.

"그분은 임차인과 함께 공생하는 길을 모색해야 상가를 매매하는 데 도움이 된다고, 자기 얘기를 들려주었죠."

젤 바른 선정재는 설명을 하면서도 그 사람을 생각하는 척 가끔씩 액션을 취하면서 이따금 눈을 껌벅거렸다. 깜찍하게도 그는 회원들을 감동시키며 자신의 이야기를 감쪽같이 미화시켜 까발리고 있었다.

"말이 나왔으니 묻는데요, 공실률을 줄이려면 무슨 노하우가 있나요?"

이국적인 조다혜는 지금까지 그가 들려준 말을 모조리 국말아 먹었다. 그렇지 않고서야 자다가 봉창을 두드리듯 느닷없이 공실에 대한 노하우를 물어올 이유가 없었다.

"아니…. 지금까지 말한 내용들이 전부 공실률을 줄이는 방법인데, 그동안 어디 갔다 오셨습니까? 크크!"

젤 바른 선정재는 그녀를 위아래로 훑어보고, 한심하기 짝이 없다는 표정을 지어 가며 다시 주절거렸다.

"뭐…. 설명을 보태자면 몇 가지 더 있긴 합니다."

그는 그녀의 엉뚱한 질문에 순간 속이 상해 잠시 이맛살을 찌푸렸다 그리고 그의 차가운 얼굴에는 '아주 지랄을 떠세요…' 하는 경멸의 눈길이 가득 했었다.

"죄송하지만 나머지 말도마저 들려주세요. 호호!"

그녀는 낯가죽도 두껍게 지분거리며 웃었다.

미모의 명정관은 '어머…. 저 언니 그렇게 안 봤는데 오늘 보니 정말 실망이네.' 하고서 고개를 흔들며 냉소적인 표정으로 그녀를 쏘아보았다.

"뭐… 어려운 일이라고요, 조 고문님 부탁인데 제가 해 드려야겠죠."

젤 바른 선정재는 속이 쓰리고 어이가 없어 하면서도 웃는 낯으로 말했다.

그 순간 가재는 게 편이라고 새치 머리 안편관은 '우라질 자식! 잘난 척은 더럽게 하고 지랄이야…' 하며 싸늘한 눈총을 그에게 쏘아 대고 있었다. 그러거나 말거나 그는 다시 주절거렸다.

"에…, 여기에 몇 가지를 덧붙인다면 상가 주변에 입점 현황을 조

사하는 데부터 시작해서 공실률 등은 얼마나 비어 있는지? 그 실
태를 파악하는 것도 중요합니다."

젤 바른 선정재는 설명을 하면서도 그녀를 향해 실 웃어 주었다.

"헉…! 정말, 그런 거야?"

짱구 머리 나겹재는 잠시 무얼 놓친 사람처럼 웅얼거렸다.

"어머…. 그런 상황도 체크하시는군요?"

그녀는 감탄을 자아내며 대꾸를 하면서도 속으로는 '참! 대단한
사람들도 많구나…' 생각했다.

"한수 앞을 내다보는 꾼들은, 낙찰을 받으려는 상가 주변에 비어
있는 상가까지 염두에 두고 낙찰에 임하기도 합니다.

왜냐하면 자신이 받은 상가 임차인이 그곳으로 옮겨갈 예상까지
미리 하는 겁니다."

그는 이국적인 조다혜를 응시하며, '아시겠습니까? 이 아줌마야!'
하는 눈짓을 주었다. 그녀는 의미도 모른 채 '미친놈! 어디다 눈 삿
대질을 하고 지랄이야!' 하며 째진 눈초리를 흘기며 입으로는 계속
주절거렸다.

"헐…! 대단들 하다 대단들 해 그렇게 피곤하고 치밀하게 살아가
니 꾼 소리를 듣는 게 당연하겠지요?"

그녀는 감탄하듯 비아냥거리며 연신 고개를 갸웃거렸다.

"어머나! 공실을 줄이는 데도 엄청 잔머리를 굴리는군요? 호호
호!"

그의 목소리에 귀를 기울이던 미모의 명정관은 타이핑을 잠시

중단한 채 그를 올려다보며 너스레를 떨었다.

젤 바른 선정재는 그녀에게 씨익 웃어 주며 다시 주절거렸다.

"이거는 최후의 방법으로 써먹는 수단인데요."

젤 바른 선정재는 최후의 비기라도 내놓을 듯 말하고서 해쭉 웃었다.

이국적인 조다혜는 순간 대거리를 하듯 주절거렸다.

"어머…, 그래요? 그럼 잘 배워둬야지…."

그녀는 젤 바른 선정재 입에서 꿀 떨어지기를 기다리는 표정으로 그의 얼굴을 쏘아보고 있었다.

"가령… 공실 된 상가 등이 팔릴 때까지 일시적으로 임차인을 들여 장사를 시키는 방법 중 하나입니다. 다만 여기에도 조건이 있습니다. 먼저 입지가 뛰어나거나, 시내 한복판이거나, 역세권을 끼고 있는 상가일 때 가능하다는 겁니다."

젤 바른 선정재는 '요건 몰랐죠?' 하는 짓궂은 얼굴로 그녀를 쳐다보았다.

"어머머! 세상에…, 세상에…. 그런 방법도 있어요?"

이국적인 조다혜는 유난스레 호들갑을 떨었다.

새치 머리 안편관은 괜히 질투를 느끼고, 아니 그보다는 보기가 민망해 기도 안 찬다는 눈빛이었다. 그러고는 잠시 그녀를 쏘아보며 쓴웃음을 짓고 있었다.

"이런 월세를 두고 일명 깔세 임대라고 합니다."

젤 바른 선정재는 히죽 웃어 가며 회원들을 돌아보았다.

남자 회원들은 '자식 세상이 다 아는 방법을 혼자 만 아는 비법 인 양 깝죽대고 자빠졌네.' 하는 떨떠름한 표정으로 이죽거리며 듣 고 있었다.

"아하! 그런 상인들을 깔세 임차인이라고 하는군요? 크크!"

이국적인 조다혜는 생판 모르던 내용을 듣고는 흥미가 끌려서 낄낄대고 웃었다. 여성 회원들은 그녀의 웃는 얼굴을 마주 보며 덩 달아 헤실헤실 웃고 있었다.

그녀들의 웃는 소리에 신이 난 젤 바른 선정재는 덧붙여 주절거 렸다.

"이들은 주로 단기 임대를 원하는 상인들로 떨이 상품이나 이월 상품을 취급하는 장사꾼들이 대다수입니다."

그는 신들린 듯 지껄이고 있었다.

새치 머리 안편관의 독기를 품은 질시와 따가운 눈총이 뒤통수 를 뚫고 있는지도 모른 채 강렬하고, 반복적인 리듬에 맞춰서 읊조 리는 랩처럼 그는 주절주절 까발리고 있었다.

"아하! 저도 그 말을 들어 본 적이 있는데, 깔세가 잘나가는 상가 는 입지가 좋다는 증거라고 하던데 맞습니까?"

새치 머리 안편관은 가만히 구경하기가 심심해 심기가 불편한 얼 굴로 비아냥거리며 물었다.

"그렇습니다. 깔세 임차인들은 장사가 될 만한 중심가나 역세권 등 입지가 뛰어난 장소를 선호하는 편입니다."

젤 바른 선정재는 인파가 몰리는 중심 상가나 유동 인구가 벅적

거리는 지하철 역세권 상가 등을 겨냥하듯이 말했다.

"히…. 나부터라도 그러겠네, 젠장!"

둥근 머리 맹비견은 피식 웃고는 고개를 끄덕거리고 있었다.

"그들의 특징은 월세는 선불이고, 계약기간이 끝나면 곧바로 점포를 비워주고 나가는 장점이 있습니다."

젤 바른 선정재는 말을 하면서도 이따금 타이핑을 치는 미모의 명정관을 달달하게 바라보았다.

자기 딴에는 '이국적인 조다혜를 의식하고 그러는가?' 싶어 무엇이든 물어보라는 눈치를 주는 것 같았다. 갑자기 눈도 마주치지도 않은 채 듣기만 하는 그녀가 여간 신경이 쓰이는 표정이었다. 그는 말하는 도중에도 몇 번이고 남모르게 눈치를 주곤 했었다.

하지만 그때마다 그녀는 무슨 일인지 딴청을 피우고 있었다.

다른 여성 회원들과 다정하게 눈웃음을 치는 그에게 질투를 느끼고 토라졌던 모양이었다. 그는 도대체 눈길도 주지 않은 채로 입을 다물고 있는 그녀가 궁금하면서도 한편 어이가 없었다. 그는 안달이 난 강아지 모양 미모의 명정관을 향해 지속적으로 눈길을 주었다.

그러나 한번 틀어진 그녀는 뽀로통한 얼굴로 한동안 말이 없었다.

그렇게 애를 태우며 신경을 곤두세우게 하던 그녀가 실로 오랜만에 마음이 돌아서서 돌연 질문을 하고 나섰다. 아니, 무슨 생각이 났던 모양이다.

"저기요…. 선 감사님! 혹시, 상가를 투자하는 입찰자들은 주로 어디서 실수를 많이 하나요?"

미모의 명정관은 약이 잔뜩 오른 새침한 얼굴로 물어 왔다. 여성 회원들은 그녀의 생소한 질문에 궁금증이 증폭되었다. 그래서 바짝 신경을 곤두세운 채 젤 바른 선정재와 그녀를 번갈아 돌아보고 있었다.

그는 마음을 졸이며 기다리던 그녀의 질문이 반가워 환한 얼굴로 빠르게 주절거렸다.

"음…. 중요한 지적을 하셨습니다. 왜냐하면 낙찰 후에 우리가 미처 생각지 못했던 일들이 왕왕 일어나고 있기 때문입니다."

그는 일단 그녀를 띄워 주고는 히죽 웃었다.

속 알머리 봉상관은 두 사람 노는 꼴이 눈꼴사나워 눈초리를 가늘게 찢고서 '지랄들을 떨고 있네.' 하듯 그들을 쏘아보고 있었다.

"대개 낙찰을 받고 나서 보증금을 포기하는 분들을 보면 인허가증을 소지한 업종 등에서 주로 실수가 많이 발생합니다."

젤 바른 선정재는 달달한 눈빛으로 그녀를 보며 말을 이어 갔다.

"왜냐하면 상가 낙찰자들이 이점을 잘 모르고 낙찰을 받기 때문입니다.

여러분이 간과하기 쉬운 업종 가운데 몇 가지를 열거해 보면, 다음과 같습니다. 특히 안마시술소나 숙박업 그리고 유흥업소나 오락실과 같은 PC방, 등등 특수 업종이 대부분입니다."

그는 부드럽고 달달한 목소리로 그녀의 눈빛을 읽으며 설명을 하고 있었다. 그녀는 다정스럽고 살가운 눈빛을 보이며 답변을 해 주는 그의 설명을 듣고서 속상했던 불쾌감이 다소나마 풀린 표정이었다. 그래서 그녀는 좀 전과는 다른 엷은 냉소로 주절거렸다.

"그럼… 실수를 예방하려면 사전에 어떻게 접근해야 될까요?"

미모의 명정관은 괜히 심사가 뒤틀려 묻는 표정으로 그를 차갑게 쏘아보고 있었다.

"음…. 특수한 업종을 낙찰을 받기 위해서는 사전에 허가증 보유자가 누군지를 확인하고, 영업과 관련된 인허가증을 사전에 확보하는 것이 매우 중요합니다."

그는 뭔가 경고를 하듯 강렬한 눈빛으로 말했다. 일부의 회원들은 화들짝 놀라는 낯빛으로 받아들이고 있었다.

"꼭 확보해야 하는 이유라도 있습니까?"

둥근 머리 맹비견은 들이대듯 물어 왔다.

"그럼요, 당연 있죠, 인허가증이 없으면 영업 자체가 불가능한 업종들이 많이 있습니다."

젤 바른 선정재는 비웃적거리는 얼굴로 히죽 웃으며 대답했다.

"어머나! 정말…?"

그녀는 새침했던 아까와 달리 깜짝 놀라는 얼굴로 웅얼거렸다.

"그렇다면 시벌! 정말 왕짜증이네."

둥근 머리 맹비견은 역정을 내며 핏대를 곤두세워 지껄였다.

"헐…! 대박! 그런 거였어?"

회원들은 쇼크를 받은 듯 돌아가면서 한마디씩 토해 냈다.

"왜냐하면 인허가를 낸 소유주 및 임차인을 새로 교체했을 때 다시 인허가를 갱신하거나, 신청해도 그 당시 허가 조건을 맞출 수 없다면, 낭패 당하기 십상이기 때문입니다."

젤 바른 선정재는 그를 쏘아보며 '뭔 소리인지 이제 알겠냐? 이 우라질 자식아!' 하고 잔뜩 째렸다.

지켜보는 회원들은 '아하! 그런 개수작이 숨어 있었구나?' 하며 고개를 까닥까닥거렸다.

"허가 조건이 까다로워져서 그런 겁니까?"

둥근 머리 맹비견은 되물어 가며 그의 눈빛이 예사롭지 않다는 생각에 '시벌 놈 눈 깔아라…잉!' 하며 속살거리고는 입을 악다문 채 그에게 눈총을 쏘아 댔다.

"그렇다고 볼 수 있습니다. 가령 허가 조건이라는 제도 자체가 자주 바뀌다 보니, 법률이나 규정도 그때는 맞고, 지금은 틀리기도 해서 정책의 변화가 인허가 조건에 수시로 맹점을 드러내기 때문입니다."

젤 바른 선정재는 얼른 답변을 하고는 그의 눈초리가 여간 불편한 게 아니라 눈길을 그녀에게 돌렸다.

"헐…! 허가 조건…? 아주 지랄들을 하세요."

삼각 머리 조편재는 괜히 짜증이 솟구쳐 구시렁거렸다.

"왜냐하면 구역 환경이 바뀌거나 지구단위계획에서 지구 지정을 새롭게 정비한 구역들은 인허가 조건이 까다롭게 변경된 곳이 많기 때문입니다."

그는 고개를 가로저으며 굳은 표정을 보였다. 그런 사실을 몰랐던 일부 회원들은 '아하! 그렇구나?' 하고 중얼거렸다.

"예를 든다면…요?"

미모의 명정관은 궁금증이 가득 찬 눈빛으로 그를 쳐다보며 물었다.

"가령 예를 든다면… 이런 경우에 그렇습니다. 만약, 교육 시설 등 학교가 없을 때 허가를 받을 수 있었던 피시방이나 유흥업 또는 숙박업소 등은 청소년 선도 구역이나 정화 구역으로 묶이거나 유해시설 구역으로 지정 또는 주변에 교육 시설 등이 생긴 경우입니다."

"…"

"반면 해제되는 지역도 가끔은 있습니다."

젤 바른 선정재는 말을 끝내고 그녀를 살갑게 쳐다보며 달달한 눈빛을 쏘았다.

"다른 실수도 있으면 좀 더 말해 주실래요?"

이국적인 조다혜는 흥미가 솟는 눈치로 조르는 말투로 부탁을 해 왔다. 새치 머리 안편관은 어찌해야 좋을지 몰라 안절부절 속만 태우며 연신 불편한 눈총만 쏘아 대고 있었다.

"흐흐…. 관심이 대단하십니다. 요즘 국회에서는 같은 업종끼리 거리 제한이나 한 건물에 동일 업종을 임대할 수 없도록 규제하는 입법을 추진한다는 소리도 있습니다."

그는 히죽 웃었다. 그는 동종 업종들끼리 벌이는 과다한 경쟁을 정부가 규제를 앞세워 제한하겠다는 말을 하고 있었다.

"헐…! 대박!"

"아주, 잘하는 짓이네, 뭐…."

이들은 돌아가며 한마디씩 내뱉고는 서로를 마주 보며 중얼거렸다.

"당장 실현되고 있어 현재 법으로 금지하는 업종들도 다수 있다고 합니다."

"…"

"아하! 그 소리는 저도 방송을 통해 잠깐 들은 적이 있어요."

그녀는 아는 척을 하며 호들갑을 떨었다.

"하하! 그러세요? 앞으로는 그런 규제를 무시하고 임대를 놓았다가 잘못되면 소송에 휩싸이기 십상입니다. 후후!"

그는 차가운 표정으로 말을 하다가 끝말에 가서 실실 웃었다.

"상가 투자도 살펴야 할 내용들이 생각보다 제법 여러 가지로 많네요?"

도회적인 안혜숙은 무거운 표정으로 묻고는 살며시 입가에 미소를 띠었다.

"그렇습니다. 특수한 업종을 임대하려고 낙찰을 받는다면 반드시 이러한 문제들을 확인하고, 입찰에 참가해야 별 탈이 없을 겁니다. 그렇지 않으면 괜히 낭패를 볼 수도 있습니다. 흐흐흐."

그는 각별한 주의를 주면서 그녀에게 따로 눈 삿대질을 하듯 희번덕거리고는 실없이 히죽 웃었다.

"너나 잘하세요!"

도회적인 안혜숙은 그의 표정이 못마땅해서 괜히 심술을 부리듯 속살거렸다.

"참! 관리 사무실을 찾아가서 관리비 미납 여부를 확인한다는 사실은 경매 강의를 통해서 누차 들었으니 모두 잘 아시죠?"

그는 젤을 발라 곱게 빗어 넘긴 머리를 주억거리며 전체를 둘러보았다.

"저기요, 근린상가나 신도시 상가에 대해서도 조사를 하셨잖아요?"

도회적인 안혜숙은 살짝 미소를 보이며 물어 왔다.

흰머리 윤편인은 조용히 듣고만 있었다.

일부 회원들은 '아니 거기까지?' 하며 속살대고는 그냥 두 사람을 번갈아 쳐다보고 있었다.

"그렇습니다만 그게 왜요?"

젤 바른 선정재는 단조롭게 응하며 그녀에게 눈길을 주었다.

"그쪽에 관련된 질문을 해도 될까요? 후후!"

그녀는 애교 섞인 목소리로 말하고 씨익 웃었다.

"물론입니다. 그러나 살살 다뤄주세요. 흐흐…"

젤 바른 선정재는 넌지시 농담을 섞어 말을 건넸다.

미모의 명정관은 그에게 눈치를 주는지 타이핑을 치면서도 연신 힐끔힐끔 올려다보았다.

"알겠어요. 호호!"

도회적인 안혜숙은 남달리 좋아하며 연신 살살거리면서 눈웃음을 치고는 다시 주절거렸다.

"다른 게 아니고요?"

그녀는 잠시 생각을 하느라 머뭇대고는 이내 다시 이어 갔다.

"요즘 근린상가를 낙찰받기 전에 유의해야 할 것들이 많다고 하던데, 혹시… 대출에 대해서 어떻게 대처해야 하는지를 아시나 해서요?"

그녀는 가볍게 웃으며 그를 쏘아보았다.

"근린상가 등 수익형부동산은 금리가 오르거나 공급 물량이 증가하면 임대 수익률 확보에 비상벨이 울린다는 것쯤은 다 아시죠?"

그는 입맛을 다시며 말했다.

"치명적인 가요?"

그 말을 듣고 심각해진 우아한 전원숙은 걱정스러운 얼굴로 끼어들어 물었다.

회원들은 심각한 낯빛을 한 채 가만히 듣고 있었다.

"그럴 수도 있고, 아닐 수도 있습니다."

그는 두 눈덩이를 상하로 움직이며 젤 바른 머리를 주억거렸다.

"만약 그렇다면 해결책은 없나요?"

도회적인 안혜숙은 긴장한 얼굴로 되묻고는 기다렸다.

"음…. 여기서 열쇠는 자기 자본금입니다."

젤 바른 선정재는 그녀를 쳐다보며 심각한 얼굴로 말했다. 회원들은 왜냐고 묻지 않았다. 나름대로 짐작 가는 구석이 있었기 때문이었다.

"왜냐하면 대출 부담이 적을수록 리스크가 축소하는 것처럼 자기 자본금이 크면 다들 알다시피 그만큼 위험률이 줄어들기 때문입니다."

그는 호흡을 고르며 잠시 말을 중단하고 있었다. 회원들은 구시렁 거리며 서로의 눈치를 살폈다. 그때 모던한 한옥경이 주절거렸다.

"아니, 대출도 잘만 이용하면 레버리지(지렛대) 효과를 누릴 수 있지 않나요?"

줄곧 경청으로 일관하던 그녀가 불쑥 들이대듯 물었다.

"당근이죠, 말해 뭐합니까? 다만 저금리일 때 가능합니다."

그는 쉽게 대꾸를 해 놓고, 이건 아니다 싶어 얼른 말을 이어 갔다. 그 말을 듣고 있던 흰머리 윤편인은 '저 사람 뭘 착각하는 거 아냐?' 하며 째진 눈길로 그를 쏘아보았다.

"물론, 내수 시장 경기와 부동산 시장 경기가 모두 호황이라면 고금리라도 상황은 달라지겠지만 말입니다?"

그는 얼른 덧붙여 말하고는 무슨 답변을 기다리는 표정으로 그녀를 응시했다.

모던한 한옥경은 '어머머 뭔 궤변을 늘어놓고는 나보고 뭘 어쩌라고?' 하는 눈빛으로 그를 도리어 빤히 쳐다보았다. 젤 바른 선정재는 별다른 반응이 없자, 다시 늘어놓기 시작했다.

"그러나 정부 규제로 시장이 숨을 죽이는데 고금리 행진까지 시작되면 당연히 수요는 감소할 것 아닙니까?"

그는 여성회원들 가운데 모던한 한옥경을 쳐다보며 말했다.

"그거야 삼척동자도 다 아는 스토리 아냐…?"

그녀는 혼잣말로 속살거리며 그를 응시했다.

"거기다 준공을 앞두고 있는 부동산(상가)까지 쏟아져 나온다면 공급량 증가로 수익률은 고사하고, 전세금 대란에 부동산 가격 하락까지 이중으로 쌍 나팔을 불 것입니다.

그러면 전세 안고 캡 투자한 하우스 푸어(무리하게 빚을 내서 부동산을 샀거나 부동산을 산 후 부동산 값이 폭락해서 전세 가격보다 부동산 가격이 떨어지거나 돈을 벌어도 버는 것이 아닌 집단)들이 줄줄이 양산될 것 아니겠습니까?"

그는 말끝에 씨익 웃고 있었다.

"헉…! 대박! 정말, 그런 거야?"

"완전… 미쳤어!"

여성들은 돌아가며 구시렁거렸다.

"마지막에는 대출금 대란으로 법원에 경매 물건이 넘쳐나도 누가 쉽사리 낙찰을 받겠다고 나서지 않을 겁니다."

젤 바른 선정재는 현실로 곧 닥쳐올 상황처럼 실감 나게 떠벌리며 실실 웃었다.

"으이구…. 몸서리 쳐지네, 젠장!"

상구 머리 노식신은 순간 심리 탓으로 괜히 주눅이 든 표정으로 중얼거렸다.

"어때요? 생각만 해도 끔찍하지 않습니까?"

젤 바른 선정재는 회원들을 향해 진저리를 치며 무겁게 물었다.

"어머머…, 미쳤어! 아예 고사를 지내지 왜…?"

우아한 전원숙이 혼잣말을 고시랑거렸다.

"허허허! 말하면 뭐 합니까? 현찰 가진 놈들만 살판나는 겁니다. 젠장!"

속 알머리 봉상관은 불공평한 세상을 나무라듯이 마땅찮은 표정으로 구시렁거렸다.

그는 법 앞에선 누구나 평등하고, 투표 선거권 앞에서도 평등하지만, 정작 경제 앞에서는 계급이 존재해 평등하지 않다는 것이었다.

"그렇죠, 만약 시장이 그렇게 변질되면 현찰 가진 우라질 꾼들만 살판나는 겁니다. 젠장! 뭐…. 그들은 돈 되는 물건만을 골라 차지할 테니까요."

흰머리 윤편인은 무거운 얼굴로 고개를 끄덕이며 맞장구를 쳤다.

"게다가 세금까지 줄줄이 오르면 여간해서 수익내기는 물 건너간다, 이 말입니다."

젤 바른 선정재는 강의를 하듯 목소리에 힘이 잔뜩 들어가 있었다.

"아하! 그래서 내 자본이 넉넉할수록 유리하다고 하던 말이 그 이유였군요?"

모던한 한옥경은 무슨 소린지 대충 알겠다며 고개를 끄덕거렸다. 그녀의 말끝에 흰머리 윤편인이 주절거렸다.

"말이라고요, 상황이 이렇게 악화된다면 경매 물건뿐만 아니라, 부동산 시장은 아까 누가 말 한대로 가진 자들만의 리그로 변질될 겁니다." 하고 덧붙였다.

"어머…, 정말… 미쳤어!"

우아한 전원숙은 짜증이 붙은 얼굴로 구시렁거렸다.

"내 말이…. 세상이 미쳐 돌아가는 것 같군요?"

모던한 한옥경은 자유시장의 폐단인 독과점이나 불공정 행위를 타박하듯 못마땅한 표정을 짓고서 고시랑거렸다.

"아마… 시장은 입맛대로 고를 수 있는 진짜 꾼들의 잔치판이 될 겁니다."

젤 바른 선정재는 덧붙여 말하고는 그들을 보았다. 회원들은 '그래서는 안 되지…' 하는 걱정스러운 얼굴로 웅얼거렸다.

"근린 상가는 재건축보다 규제가 덜하다면서요?"

짱구 머리 나겁재는 조소 띤 목소리로 빈정거렸다.

그러자 이들은 '좆도 모르는 대왕이 여기 또 하나 나왔네, 젠장!' 하는 눈총으로 귀싸대기를 갈기듯 그를 쏘아보고 있었다.

"그런 소리 말아요, 가계부채 종합대책 후속 조치로 정부에서 임대업 여신심사가 강화된다고 했습니다."

매스컴 등 뉴스에 관심이 많은 새치 머리 안편관은 눈을 째리며 아는 척을 하고 나섰다.

"아니…. 그게 무슨 귀신 씻나락 까먹는 소리입니까?"

짱구 머리 나겁재는 노기등등한 낯짝으로 목청을 높이며 주억거렸다. 그 말을 들은 흰머리 윤편인과 회원들은 '하여튼 뒷벽 치는 데는 뭐 있다니깐…' 하고는 그를 향해 눈총을 주었다.

"정말입니다. 임대소득 대비 이자비용을 근거로 산출하는 이자상환비율(RTI, 개인이 처분할 수 있는 소득 중 부채에 대한 이자지급액이 차지하는 비율) 150%가 적용된다고 했습니다."

새치 머리 안편관이 어깨를 추켜올리며 덧붙여 말하고는 이제야 현실이 뭔지 파악 했느냐는 눈빛으로 그를 째려보았다.

"그러면 임대소득이 이자비용의 1.5 이상이 넘어야 대출이 가능하다는 소리잖아? 젠장! 허 참…. 고얀 일이네. 쯧쯧!"

돈 계산이 빠른 삼각 머리 조편재가 슬쩍 끼어들며 혀를 찼다.

"그럼 뭐야? 상가 낙찰도 물 건너간 겁니까?"

상구 머리 노식신이 황당하다며 목소리를 높였다.

"설마 거기까지…?"

둥근 머리 맹비견은 부정을 하듯 고개를 갸웃거리며 구시렁거렸다.

4권에서 계속

독립운동가 김돈 金墩

■ 김돈(1887. 9. 12.~1950)

경북 의성 춘산면 금천리 814번지 출생.

항일운동 단체, 독립운동 단체 신민부新民府에 몸담았다.

저자의 외조부로, 2002년 건국훈장애국장을 서훈받았다.

27세 때 아호 '농속膿俗' 김돈의 외침과 업적

난세에 "내가 할 일은 나라를 구할 일밖에 없다."라며 가산을 정리해 북만주로 향했다. 일본 제국주의 타도와 민족 해방운동에 앞장섬과 동시에 한민족 농민조합 운동과 재만 한인의 귀화권 등 법적 지위 향상에 전력했다.

1925년 김좌진 장군 등과 함께 신민부를 결성하고 중앙 집행위원 심판부위원장審判部委員長으로 활동했다.

1926년 국민당과 연계하여 동북 혁명군을 조직하고 직접 전투에 참여했다.

1928년 신민부 계파 중 민정파에서 활동 4월 국민부 결성 교통위원에 선임되었다.

1929년 4월 결성되어 남만주 일대를 관장했던 국민부 창립 대회에서 외무담당 위원을 맡았다.

같은 해 9월에는 길림吉林에서 국민부의 정당으로 결성된 조선혁명당의 중앙 집행 위원에 선임되었으며 조선혁명당이 조직한 길흑특별회의 특별 위원에 선임되어 활동했다.

해방 후 1946년 1월 임시정부 비상정치회의 주비회의에 조선혁명당 정당대표로 참여, 2월 비상 국민회의에 후생위원으로 활동. 또 같은 해 12월부터 1948년 5월까지 과도임시정부 관선입법의원으로 활동하며 대한민국 건국에 크게 기여했다.

　1950년 6·25 동란 겨울 인민군에 의해 납북되어 굶주림과 추위 등에 의해 사망했다.